世界名文新视点100篇名文

刘乐土◎编著

华夏出版社
HUAXIA PUBLISHING HOUSE

图书在版编目（CIP）数据

世界名文新视点——100篇名文/刘乐土编著.－北京：华夏出版社，2012.1
（完美人生读书计划）

ISBN 978-7-5080-6554-0

Ⅰ.①世… Ⅱ.①刘… Ⅲ.①文学欣赏－世界－通俗读物 Ⅳ.①I106－49

中国版本图书馆CIP数据核字（2011）第130084号

世界名文新视点——100篇名文

编　　著：	刘乐土
策　　划：	景　立　浩典图书
责任编辑：	赵　楠　刘晓冰　李春燕
责任印制：	刘　洋
装帧设计：	浩　典／道·光
出版发行：	华夏出版社
社　　址：	北京市东直门外香河园北里4号
邮政编码：	100028
经　　销：	新华书店
印　　刷：	三河市李旗庄少明印装厂
装　　订：	三河市李旗庄少明印装厂
开　　本：	720×1030　1/16开
印　　张：	24
字　　数：	424千字
版　　次：	2012年1月北京第1版
印　　次：	2012年1月北京第1次印刷
书　　号：	ISBN 978-7-5080-6554-0
定　　价：	35.00元

本版图书凡印刷、装订错误，可及时向我社发行部调换

C 目 录
CONTENTS

前言 / 1
世界诗歌的典范——《奥德赛》节选 / 2
鞭挞现实的长鞭——《正义》节选 / 6
智慧的聚焦——《子路、曾皙、冉有、公西华侍坐》 / 10
儒家经典的再现——《生于忧患,死于安乐》 / 14
义的最高境界——《鱼,我所欲也》 / 16
西方辩证哲学的开端——《论自然》节选 / 19
古希腊文学的精华——《圣经·旧约》节选 / 22
古希腊悲剧的巅峰之作——《俄狄浦斯王》节选 / 27
西方史学的丰碑——《温泉关战役》 / 32
千秋万世的宝笈——《伯罗奔尼撒战争史》节选 / 36
最后的演讲——《苏格拉底寻求智慧》 / 41
罗马最早的成文法——《十二铜表法》节选 / 45
西方第一部军事专著——《一次战斗的历程》 / 49
博综之思的结晶——《理想国》节选 / 54
西方美学思想之源——《迷狂和灵感》 / 59
打开古希腊文学宝库的钥匙——《悲剧的定义》 / 65
纯哲学的世界——《哲学与智慧》 / 68
知识的工具——《关于推理》 / 71
人类文明的思想养料——《什么是快乐》 / 74
西方政治学的先河——《理想政体形式的条件》 / 78
悲观情绪的释放——《逍遥游》 / 81
秦之文章的楷模——《谏逐客书》 / 85
侠客的终结——《荆轲刺秦王》 / 89
父爱的终极爆发——《论义务》节选 / 92
英雄光荣战绩的平实记录——《战争的策略》 / 95
寓哲学于诗的杰作——《物性论》节选 / 99

公元前372年

诗坛理论争辩的产物——《诗艺》节选 / 103

情感的"舵手"——《知足是一种美好的德行》 / 106

古罗马皇帝的人生思考——《沉思录》节选 / 109

千古忠臣的箴言——《出师表》 / 113

人类精神世界的风景线——《论崇高》节选 / 117

中国行书第一帖——《兰亭集序》 / 120

内心深处的世外桃源——《桃花源记》 / 123

梵语戏剧的顶峰——《沙恭达罗》节选 / 126

西方学者自传的代名词——《关于记忆》 / 130

千古名篇——《滕王阁序》 / 133

窥视东方世界的窗口——《马可·波罗游记》节选 / 138

中世纪不朽的史诗——《但丁的奇遇》 / 141

卸下教会的千年光环——《第四天的故事》 / 145

君主专制制度的赞歌——《君主论》节选 / 148

严格意义上的科学的诞生——《天体运行论》节选 / 151

空想社会主义的先河——《乌托邦中的金银》 / 154

法国随笔式散文的源头——《论悲哀》 / 158

描绘西班牙现实生活的画卷——《堂吉诃德》节选 / 162

科学界的一场革命——《新工具》节选 / 166

混乱年代的深沉思索——《哈姆雷特》节选 / 169

哲学分析方法的创新——《论方法》节选 / 172

人因思想而伟大的明证——《思想录》节选 / 175

求真与至善的最高统一——《伦理学》节选 / 179

近代西方自然法哲学的基调——《立法权的范围》 / 182

现代科学理论体系的样板——《上帝与自然哲学》 / 186

资产阶级法的理论基石——《论法的精神》序言 / 190

石破天惊的巨著——《哲学通信》节选 / 194

现代民主制度的基础——《社会契约论》节选 / 198

平民精神的最佳诠释——《心情烦闷的我》/ 202

对爱情的首次讴歌——《新爱洛伊丝》节选 / 206

欧洲文明的批评史——《论商品价格的组成部分》/ 210

宇宙神创论的消亡——《宇宙发展史概论》节选 / 214

哲学上的"哥白尼革命"——《纯粹理性批判》节选 / 217

诗与画的界限——《拉奥孔》节选 / 220

北美独立战争的旗帜——《常识》节选 / 223

一部时代精神的发展史——《浮士德》节选 / 226

对人类本性的最高赞美——《美育书简》节选 / 230

对人口泛滥的反思——《人口的增长》/ 234

资产阶级国家的第一部民法典——《拿破仑法典》/ 238

黑格尔哲学的终极秘密——《天才的灵感与健康的常识》/ 242

军事史上最夺目的奇葩——《什么是战争》/ 246

唯意志论哲学的诞生——《论人世的痛苦》/ 250

对金钱关系的彻底揭露——《高老头》节选 / 254

俄罗斯生活的百科全书——《叶甫盖尼·奥涅金》节选 / 258

社会才是真正的罪人——《悲惨世界》/ 262

人类思想史上一座最伟大的里程碑——《抑制增加的性质》/ 266

心灵的归宿——《寂寞》/ 270

公元1804年

公元1761年　　　　　　　　　　　　　　　　　　　公元1854年

美国民族诗歌的新时代——《草叶集》节选 / 274

对生活本身的透视——《罪与罚》节选 / 278

世界上最伟大的小说——《战争与和平》节选 / 282

妇女解放运动的宣言书——《玩偶之家》节选 / 286

海军的"圣经"——《海权之要素》 / 289

工人阶级强大的思想武器——《原始积累的秘密》 / 293

马克思主义诞生的标志——《资产者和无产者》 / 297

对人类心灵的揭秘——《梦的解析》序言 / 300

语言学史上结构主义的开端——《语言的两个要素》 / 303

"奉献给神的祭品"——《吉檀迦利》节选 / 307

资本主义精神的产生渊源——《宗教派别和社会分层》 / 310

无产阶级文学的历史新纪元——《母亲》节选 / 313

向知识分子发出的呼唤——《约翰·克利斯朵夫》节选 / 318

马克思主义学说的新发展——《革命的总结》 / 321

哲学思想的概括总结——《关于哲学的价值》 / 326

现代物理学的新突破——《广义相对论》节选 / 330

存在之谜的勘探者——《变形记》节选 / 335

献给人类的伟大赠礼——《查拉斯图拉如是说》 / 340

世纪之诗——《荒原》节选 / 344

存在主义的诞生——《我如何走向现象学》 / 347

复调小说登上舞台——《陀思妥耶夫斯基的诗学问题》 / 350

迷路的现代人的神话——《喧哗与骚动》节选 / 353

乌托邦思想的现代宣言——《乌托邦的终结》 / 358

"自由"的畅述——《为什么写作》 / 362

一部俯瞰女性世界的百科全书——《女性解放的道路》 / 366

闻名世界的一次演讲——《我有一个梦想》 / 370

渴望胜利的呐喊——《热血、辛劳、汗水、眼泪》 / 373

公元1963年

公元1869年

前言 PREFACE

　　安静的阅读能带来头脑的充实、心境的平和以及性格的完美，但在现代社会匆忙的生活节奏中，你每天可以有多少时间去阅读？很少？甚至没有？让我们在匆忙的物质生活中抬起头来，去精神的世界里遨游一番。阅读能带来心灵的洗涤和精神的震撼，用知识装满头脑，你的人生才能够逐步完美。去安静地阅读吧！你获得的将不只是知识，还有受益匪浅的完美人生！

　　在悠悠的历史长河中，我们的先辈给我们留下了丰厚的文化遗产。在历史进程中，数以万计的灵魂人物涌现出来。他们是历史这辆火车的轨道铺路人，也是这辆火车的操纵者。可能这些在厚重的历史面前只能算沧海一粟，但我们却可以借助它们去了解历史，了解世界。卷帙浩繁，完美人生的阅读从何处开始呢？

　　《完美人生读书计划》丛书将人类历史中最具有代表性的名书、名人、名址、名文、建筑、学说、大事、战争一一分类收录，各自成册，方便读者阅读。本套丛书内容丰富，种类齐全，使读者可以全面而精简得当地了解完备的知识，进而完成完美人生的读书计划。

　　这本书中收录的是在世界历史长廊中曾经大放异彩的那些名文。时光飞逝，岁月荏苒，这些世界文坛不老常青树依然散发着它们璀璨的光芒。相信在它们的照耀下，世界文坛会越来越光彩夺目。

作者	文体	推荐理由
荷马	诗歌	荷马的史诗以及全部神话——这就是希腊人由野蛮时代带入文明时代的主要遗产。

世界诗歌的典范
——《奥德赛》节选

作者生平

荷马的生卒年月、出生地点以及两部史诗《伊利亚特》、《奥德赛》——统称为《荷马史诗》——的创作时间和由来，都缺乏可靠的实证资料，至今都没有得出一个明确的统一的结论。

一般认为，荷马生于公元前8世纪后半期的爱奥尼亚，按希罗多德的推算，荷马的生活年代大约在公元前850年左右。

至于荷马出生的地点，在古时候就无法确定下来，现在人们较为倾向于两个地方：基俄斯和爱奥尼亚。传统上把爱奥尼亚称为荷马的出生地，而把基俄斯看做是荷马进行创作的地方。

一般认为，《伊利亚特》的创作时间可能在公元前9世纪。从作品的内容和艺术特色上分析，可能荷马是根据口头流传的篇章整理而成的。

最近一些深海探险家意外地找到了一艘两千三百年前的希腊沉船的残骸，他们认为这一发现可以使得古希腊诗人荷马的《奥德赛》所描述的希腊水手远渡重洋的故事进一步得到证实。

名文欣赏

听完这些话，足智多谋的奥德修斯开口答道：

尊贵的阿尔基努斯，人中的俊杰，

毫无疑问，能够聆听一位像他这样出色的歌手唱诵，

是一件值得庆幸的好事——他有着神一般的歌喉。

我想人间不会有比这更令人高兴的场面：

喜庆的气氛陶醉了所有本地的民众，

食宴在厅堂，整齐地下坐，聆听

诗人的诵唱，身边摆着食桌，满堆着

面包肉块，斟者舀酒兑缸，

依次倾倒，注满杯中。

在我看来，这是最美的景状。

但现在，你的心绪转而要我讲述以往的经历，

▼ 荷马一边演奏竖琴，一边吟唱歌颂特洛伊英雄的史诗。

痛心的遭遇，由此将引发我更猛的嚎哭，更深的悲伤。
我将从何开始，把何事留在后头——
上天，神明给我的磨难，多得述说不完。
好吧，先让我报个名字，使你们知晓
我是谁人，以便在躲过无情的死亡，死的末日后，
我能有幸做东招待，虽然家居坐落在离此遥远的地界。
我是奥德修斯，莱耳忒斯之子，以谋略
精深享誉人间；我声名鹊起，冲上了云天。
我家住阳光灿烂的伊萨卡，那里有一座大山，
高耸在地面，枝叶婆娑的奈里托斯，周围
有许多海岛，一个接着一个，靠离得很近，
有杜利基昂、萨墨和林木繁茂的扎昆索斯，
但我的岛屿离岸最近，位于群岛的西端，
朝着昏黑的地域，而其他海岛则面向黎明，太阳升起的东方。
故乡岩石嶙峋，却是块养育生民的宝地；就我而言，
我想不出人间还有什么比它更可爱的地方。
事实上，卡鲁普索，丰美的女神，曾把我
挽留，在深旷的岩洞，意欲招为夫床，
而诡计多端的基耳凯，埃阿亚的女仙，也曾
把我强留，在她的厅殿，意欲招作丈夫，
但她们绝然不能说动我的心房。由此可见，
家乡是最可爱的地方，父母是最贴心的亲人，
即便浪子置身遥远的地界，丰肥的
境域，远离双亲，栖居异国他乡。
好吧，我将告诉你我的回航，充满艰辛的
旅程，宙斯使我受难，在我离开特洛伊的时光。
疾风推打着我漂走，从特洛伊地面来到伊斯马罗斯的海滩，
基科尼亚人的地方。我攻劫了他们的城堡，杀了他们的
民众，夺得他们的妻子和众多的财富，在那处国邦，

分发了战礼，尽我所能，使人人都得到应得的份额。

其时，我命促他们撒开快腿，迅速

撤离，无奈那帮十足的笨蛋拒不听从，

胡饮滥喝，灌饱醉人的醇酒，杀掉

许多肥羊和腿部蹒跚的弯角壮牛，沿着海滩。

与此同时，基科尼亚人前往招来邻近的

基科尼亚部勇，住在内陆的邦土，

数量更多的兵众，阵杀的好手，

战车上的勇士，亦通步战，在需要的时候。

他们发起进攻，在天刚放亮的拂晓，像旺季里的树叶

或花丛，而宙斯亦给我们送来厄运，让

我们遭受不幸，所以我们必将承受巨大的苦难。

双方站定开战，傍着迅捷的舟船，

互投枪矛，带着青铜的镖尖，

伴随着清晨和渐增的神圣的日光，

我们站稳脚跟，击退他们的进攻，尽管他们比我们人多。

但是，当太阳西移，到了替耕牛卸除轭具的时候，

基科尼亚人终于打退和击败了阿凯亚兵众，

来自海船上的兵勇，每船六位胫甲坚固的伙伴，

被他们杀倒，其余的仓皇逃命，躲过了命运和死亡。

……

名言名段

· 雄迈的狄奥墨得斯，你何必询问我的家世？

正如树叶的衰荣，人类的世景亦如斯，

秋风把衰败的叶子撒落在地，当春天来到

林中又会生发新的绿叶，

人类亦如斯，生生不已，鼎革代谢。

神化的荷马雕塑。古希腊诗人荷马，堪称西方文学的始祖，荷马史诗开创了西方文学的先河。

作者	文体	推荐理由
梭伦	诗歌	站在政治家的高度，用最优美的语言，感喟社会人生、道德正义的恢宏史诗。

鞭挞现实的长鞭
——《正义》节选

作者生平

梭伦公元前560年出生在雅典的一个贵族家里。公元前600年左右，他率军占领了萨拉米斯岛。由此，梭伦登上了雅典的政治舞台，开始实施他改革弊政的计划。

梭伦改革推进了历史的发展，为雅典经济的迅速发展和民主政体的确立奠定了基础。

进行政治改革后，梭伦听到了来自雅典城邦内各方面的不满之声，因此他被迫放弃政权。梭伦晚年退隐在家，从事研究和著述工作。

名文欣赏

记忆之神和奥林匹斯宙斯的女儿们，
庇洛斯山的诸位缪斯，请听我来祈祷。
请赐我以幸福，还有神明所赐的福祉，
请让我获取全人类能有的和表达的那些好名声。

让我对朋友温和，对敌人凶恶，

一些人以为我可敬可亲，一些人则看我可畏可惧。

我想拥有钱财，而我决不去妄想那些

不仁不义之财；因为日后的报应总会跟来。

财富钱粮都是神明所赐，从大地的深处

到高山之巅源源不断来到人的手中，

凭着蛮横和不义获取的钱财来之无名，

不正义之心迷住灵魂，

昧着天理良心，为非作歹，必将随后身败名裂，

恶行好比熊熊的火焰，发端只在微芒之间，

最初视而不见，到最后酿成大祸，给自己带来大苦恼，

行恶之人必不能长久，

神明宙斯定在察览万事万物之结局。

好比春天的狂风四起，

顿时让乌云铺天盖地，浪涛拍天，

荒凉的海底震动不安，让麦田

荒芜成灾，苍天高处的

众神明的眼前，天宇寥廓澄清，万物皆现

太阳光耀肥沃田野，

遮住眼睛的云气丝毫不见，

宙斯的惩罚来得莫可得知，

他不像凡人一样，遇事只会发怒，

他对无仁义之人，自不会坐视不管，

这种人难免暴露其迹。

只是有些人今天还债，有些明天还债，

注定的命运或许有人逃过，

雅典的雕塑作品：《荷犊的青年》。

而他留下的坏根将由无辜的儿女
或后世的子孙后代来承担。
我们世间之人——好人或坏人，
每人在灾难发生之前老是想法不断，
直到事情发生过后才会后悔不已叫苦不迭，
当初一直渴望着空虚的希望，沾沾自喜。
重病在身之人，
盼望有一天恢复健康体魄，
胆怯之人自认为勇武刚勇，
丑陋之人自视貌美无比，
迫于苦役之人，梦想所有，
念念不忘有朝一日发笔横财。
人们各有所求：有人打算
赚大钱，回家乡在漂泊的船上
任凭海风把他四处吹送，
他不顾惜生命；
当雇工之人，扶持着弯犁，
在杂草丛生的土地上年年劳作；
凭借雅典娜的赐予靠双手吃饭和多才多艺之人
在赫菲斯托斯的教导下来谋求生计；
得奥林匹斯神明缪斯之教学会
人间巧妙的格律，无人不喜闻好听；
博通医药之人，得神医派翁的真传，
辛劳无比，学无止境，
身负射神阿波罗之命，此人当为预言之人
可预知远处灾异，某人幸与不幸，
即使得到神明的关照；然凡事皆有命，
卜算也罢，献祭也罢，诸事难挽回。
万事皆有险情，

当初怎知后来的结果，

一个人时常想做好事，

坠入灾难和艰险之中也是常事，

实施恶行之人，神明舒展恩惠

给此人福运无限，糊涂之事皆难免。

人类的眼中，财富无有界限，

即使今天拥有一大笔财富，

总是希望增加再三。什么能满足人的心思？

钱财本来非神明之所赐，

其中何尝不露出祸患的端倪，等什么时候宙斯

送钱财讨债，此物又会归于他人。

名言名段

·作恶的人总能致富，好人却老是受穷，但，我们不愿把道德和恶人的财富做交易，因为道德是永恒的，而财富的主人却是每天都在轮换。

作者	文体	推荐理由
孔子	对话体	深邃的儒家思想，朴素的人生态度，优美的语言描绘，熏陶并影响了华夏子民两千余载，其光辉熠熠闪耀，万古不朽。

智慧的聚焦
——《子路、曾皙、冉有、公西华侍坐》

作者生平

孔子（公元前551—公元前479），名丘，字仲尼，春秋末期鲁国陬邑（今山东曲阜）人。孔子早年曾经从政，周游列国，因不能推行自己的学说，最后讲学一生而终。相传孔子有弟子三千，"身通六艺者七十有二人"。他是儒家学派的创始人，也是中国历史上影响极大的思想家和伟大的教育家。

名文欣赏

子路、曾皙、冉有、公西华侍坐。

子曰："以吾一日长乎尔，毋吾以也！居则曰：'不吾知也。'如或知尔，则何以哉？"

子路率尔而对曰："千乘之国，摄乎大国之间，加之以师旅，因之以饥馑，由也为之，比及三年，可使有勇，且知方也。"

夫子哂之。

"求，尔何如？"

扶植天地師範皇王
六經宗祖萬世綱常

明刻孔子像。儒家学派创始人。

对曰:"方六七十,如五六十,求也为之,比及三年,可使足民。如其礼乐,以俟君子。"

"赤,尔何如?"

对曰:"非曰能之,愿学焉!宗庙之事,如会同,端章甫,愿为小相焉。"

"点,尔何如?"

鼓瑟希,铿尔,舍瑟而作,对曰:"异乎三子者之撰!"

子曰:"何伤乎?亦各言其志也。"

曰:"莫春者,春服既成,冠者五六人,童子六七人,浴乎沂,风乎舞雩,咏而归。"

夫子喟然叹曰:"吾与点也!"

三子者出,曾皙后。曾皙曰:"夫三子者之言何如?"

子曰:"亦各言其志也已矣。"

曰:"夫子何哂由也?"

曰:"为国以礼,其言不让,是故哂之。唯求则非邦也与?安见方六七十、如五六十而非邦也者?唯赤则非邦也与?宗庙会同,非诸侯而何?赤也为之小,孰能为之大?"

译文：

子路、曾皙、冉有、公西华四个人陪孔子坐着。

孔子说:"我年龄比你们大一些,不要因为我年长而不敢说。你们平时总说:'没有人了解我呀!'假如有人了解你们,那你们要怎样去做呢?"

子路赶忙回答:"一个拥有一千辆兵车的国家,夹在大国中间,常常受到别的国家侵犯,加上国内又闹饥荒,让我去治理,只要三年,就可以使人们勇敢善战,而且懂得礼仪。"

孔子听了,微微一笑。

孔子又问:"冉求,你怎么样呢?"

冉求答道:"国土有六七十里或五六十里见方的国家,让我去治理,三年以后,就可以使百姓饱暖。至于这个国家的礼乐教化,就要等君子来施行了。"

孔子又问:"公西赤(即公西华),你怎么样?"

公西赤(即公西华)答道:"我不敢说能做到,只是愿意学习。在宗庙祭祀的活动中,或者在同别国的盟会中,我愿意穿着礼服,戴着礼帽,做一个小小的赞礼人。"

孔子又问:"曾点,你怎么样呢?"

这时曾点弹瑟的声音逐渐放慢,接着"铿"的一声,他离开瑟站起来,回答说:"我想的和他们三位说的不一样。"

▲ 位于山东省曲阜市的孔府、孔庙。

孔子说:"那有什么关系呢?也就是各人讲自己的志向而已。"

曾皙说:"暮春三月,已经穿上了春天的衣服,我和五六位成年人,六七个少年,去沂河里洗洗澡,在舞雩台上吹吹风,一路唱着歌走回来。"

孔子长叹一声说:"我是赞成曾皙的想法的。"

子路、冉有、公西华三个人都出去了,曾皙后走。他问孔子说:"他们三人的话怎么样?"孔子说:"也就是各自谈谈自己的志向罢了。"

曾皙说:"夫子为什么要笑仲由(即子路)呢?"

孔子说:"治理国家要讲礼让,可是他说话一点也不谦让,所以我笑他。难道冉求讲的就不是治理国家吗?哪里见得六七十里或五六十里见方的地方就不是国家呢?难道公西赤讲的不是治理国家吗?宗庙祭祀和诸侯会盟,这不是诸侯的事又是什么?像赤这样的人如果只能做一个小相,那谁又能做大相呢?"

名言名段

· 三人行,必有我师焉。择其善者而从之,其不善者而改之。

· 父母在,不远游,游必有方。

作者	文体	推荐理由
孟子	散文	用一个浅显的故事，阐述了一个伟大的真理——人经历风雨方可成大事，国家需贤臣拱卫方能坚不可摧。

儒家经典的再现
——《生于忧患，死于安乐》

作者生平

孟子，名轲，字子舆，战国时邹（今山东邹城）人，生卒年月不详。

孟子是孔子以后儒家学派的重要代表人物。他认为人性本善，主张"仁政"和"王道"。他还继承和发展了孔子关于"仁"的思想，提出了"民为贵，社稷次之，君为轻"的主张，对当时的暴君暴政进行了猛烈抨击，具有一定的民主色彩和进步意义。

名文欣赏

舜发于畎亩之中，傅说举于版筑之中，胶鬲举于鱼盐之中，管夷吾举于士，孙叔敖举于海，百里奚举于市。

故天将降大任于斯人也，必先苦其心志，劳其筋骨，饿其体肤，空乏其身，行拂乱其所为，所以动心忍性，曾益其所不能。

人恒过，然后能改；困于心，衡于虑，而后作；征于色，发于声，而后喻。入则无法

家拂士，出则无敌国外患者，国恒亡。

然后知生于忧患，而死于安乐也。

译文：

舜从普通的农事劳动之中被任用，傅说从一个筑墙工的位置上被提拔，胶鬲从贩卖鱼盐的工作中被举用，管夷吾从狱官手里释放后被录用为相，孙叔敖从海边被举用进了朝廷，百里奚从市场上被买回来后登上了相位。

所以上天将要降下重大责任在这些人身上，一定要先使他的内心痛苦，使他的筋骨劳累，使他因饥饿而形容憔悴，使他因贫苦而行事错乱，难以称心如意，由此来使他的内心警觉，使他的性格坚定，增加他不具备的才能。

人经常犯错误，然后才能改正；内心困苦，思虑万千，然后才能有所作为；这一切表现到脸色上，流露到言语中，然后才被人了解。一个国家如果在内没有坚持法度的大臣和辅佐君主的贤士，在外如果没有敌对国家和外患，便易于走向灭亡。

这就可以说明，忧愁祸患可以使人生存，而安逸享乐使人萎靡死亡。

名言名段

· 老吾老以及人之老，幼吾幼以及人之幼。

作者	文体	推荐理由
孟子	散文	用最严密的逻辑、最精辟的论证、最恰当的比拟，阐明了生与死、义与利的相互关系，昭示了高尚的情操与品德是人类对至高境界的永恒追求。

义的最高境界
——《鱼，我所欲也》

作者生平

孟子，名轲，字子舆，战国时邹（今山东邹县）人，生卒年月不详。

孟子是孔子以后儒家学派的重要代表人物。他认为人性本善，主张"仁政"和"王道"，继承和发展了孔子关于"仁"的思想，提出了"民为贵，社稷次之，君为轻"的主张，对当时的暴君暴政进行了猛烈抨击，具有一定的民主色彩和进步意义。

名文欣赏

鱼，我所欲也；熊掌，亦我所欲也。二者不可得兼，舍鱼而取熊掌者也。生，亦我所欲也；义，亦我所欲也。二者不可得兼，舍生而取义者也。生亦我所欲，所欲有甚于生者，故不为苟得也；死亦我所恶，所恶有甚于死者，故患有所不辟也。如使人之所欲莫甚于生，则凡可以得生者何不用也？使人之所恶莫甚于死者，则凡可以辟患者何不为也？由是则生而有不用也，由是则可以辟患而有不为也。是故所欲有甚于生者，所恶有甚于死者。非独

清代康涛所绘《孟母断机教子图》。

贤者有是心也，人皆有之，贤者能勿丧耳。

一箪食，一豆羹，得之则生，弗得则死。呼尔而与之，行道之人弗受；蹴尔而与之，乞人不屑也。

万钟则不辨礼义而受之，万钟于我何加焉！为宫室之美，妻妾之奉，所识穷乏者得我与？乡为身死而不受，今为宫室之美为之；乡为身死而不受，今为妻妾之奉为之；乡为身死而不受，今为所识穷乏者得我而为之：是亦不可以已乎？此之谓失其本心。

译文：

鱼是我喜欢的，熊掌也是我喜欢的。(如果)这两样东西不能一齐得到，(只好)放弃鱼而选择熊掌。生命是我热爱的，正义也是我热爱的。(如果)不允许同时拥有这两者，(只好)牺牲生命以坚持正义。生命本是我热爱的，(可我)还有比生命更值得我热爱的，所以(我)不肯为了热爱生命就苟且偷生；死亡本是我厌恶的，(可我)还有比死亡更让人厌恶的，所以我不因为厌憎死亡就逃避祸患。如果人们喜爱的东西没有比生命更重要的，那么一切求生的手段哪有不被采用的呢？如果令人厌恶的东西没有比死亡更厉害的，那么一切可以避开祸患的手段哪有不被采用的呢？靠某种不义的手段就可以苟全生命，有的人却不肯采用。靠某种不义的手段就可以避免祸患，有的人却不肯去干。这样看来，有比生命更值得热爱的东西，有比死亡更值得厌恶的东西。不仅仅有道德的人有这种精神，每个孟府仪门。孟府仪门是一座飞檐彩拱的门楼，在古代只有列土封侯的人才有资格建造这种仪门。

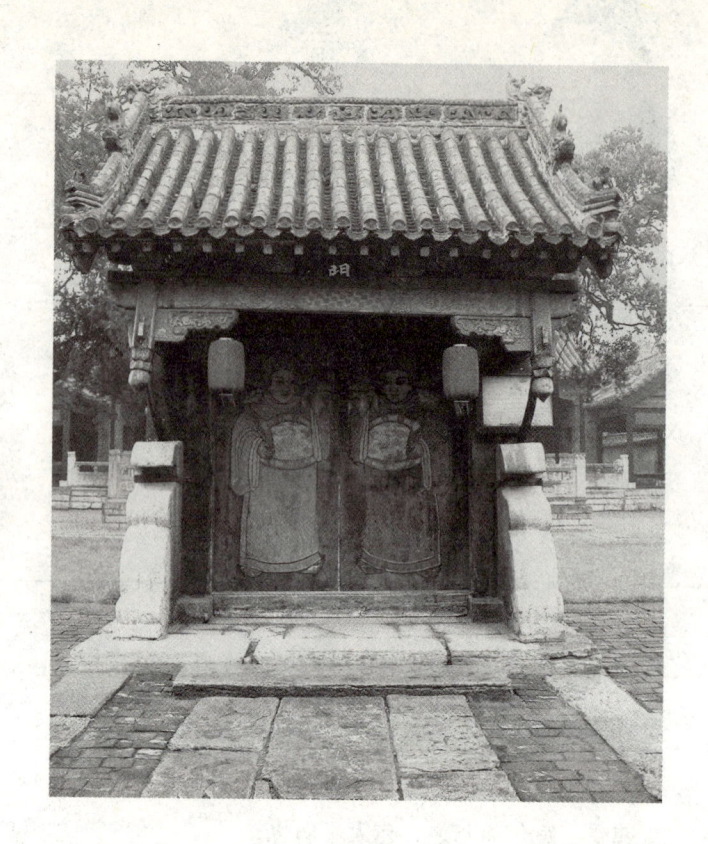

人都有这种精神，不过有道德的人能够始终保持罢了。

　　一碗米饭，一盅肉汤，得到这些就能活下去，得不到便会饿死。（可是）恶声恶气地递给人家，（就是）过路的（饿汉）都不会接受；踩踏过才给人家，讨饭的叫化子也不屑一顾。

　　对于优厚的俸禄，有人不区别是否符合礼义就接受它。那优厚的俸禄对于我有什么好处呢？（只是）为了住宅的华丽、妻妾的侍奉和我所认识的贫困的人感激我吗？过去宁死也不肯接受，今天却为了住宅的华丽而接受了；过去宁死也不肯接受，今天却为了妻妾的侍奉而接受了；过去宁死也不肯接受，今天却为了所认识的贫困的人感激自己而接受了。这种不符合礼义的做法不是可以停止了吗？这就叫做丧失了他的本性。

名言名段

· 鱼，我所欲也；熊掌，亦我所欲也。二者不可得兼，舍鱼而取熊掌者也。

作者	文体	推荐理由
赫拉克利特	议论文	千锤百炼的语言，明晰透彻的推论，表述了朴素的辩证法思想及伦理道德观点，并且成为了西方辩证哲学的精神资源与渊薮。

西方辩证哲学的开端
——《论自然》节选

作者生平

赫拉克利特，出生在小亚细亚爱非斯城的一个贵族家里。生平资料不详，据说他本来应该继承王位，但赫拉克利特对政治没有兴趣，把王位让给了兄弟，后隐居起来献身于学术。其所著的《论自然》只保留了一百三十多个片断，记述了他关于哲学、自然科学和政治的观点。

名文欣赏

这个"逻各斯"，虽然永恒地存在着，但是人们在听见人说到它以前以及在初次听见人说到它以后，都不能了解它。虽然万物都根据这个"逻各斯"而产生，但是我在分别每一事物的本性并表明其实质时所说出的那些话语和事实，人们在加以体会时却显得毫无经验。另外一些人则不知道他们醒时所做的事，就像忘了自己睡梦中所做的事一样。

因此应当遵从那人人共有的东西。可是"逻各斯"虽是人人共有的，多数人却不加理会地生活着，好像他们有一种独特的智慧似的。

如果幸福在于肉体的快感，那么就应当说，牛找到草料吃的时候是幸福的。

太阳每天都是新的。

如果一切事物都变成了烟，鼻孔就会把它们分辨出来。

互相排斥的东西结合在一起，不同的音调造成最美的和谐；一切都是斗争所产生的。

驴子宁愿要草料不要黄金。

走下同一条河的人，经常遇到新的水流。灵魂也是从湿气中蒸发出来的。

多数人对自己所遇到的事情不假思索，即便受到教训之后也还不了解，虽然他们自以为了解。

死亡就是我们醒时所看见的一切，睡眠就是我们梦寐中所看到的一切。

找金子的人挖掘了许多土才找到一点点金子。

人在夜里为自己点上一盏灯，当人死了的时候，却又是活的。睡着的人眼睛看不见东西，他是由死人点燃了；醒着的人则是由睡着的人点燃了。

人们死后所要遭遇到的事，并不是人们所期待的，也不是人们所想象的。

最可信的人所认识和坚持的事，只不过是一些幻想；然而正义一定会击倒那些说谎和作假证的人。

最优秀的人宁愿取一件东西而不要其他的一切，就是：宁取永恒的光荣而不要幻灭的事物。可是多数人却在那里像牲畜一样狼吞虎咽。

对于灵魂来说，死就是变成水；对于水来说，死就是变成土。然而水是由土而来，灵魂是由水而来的。

博学并不能使人拥有智慧。否则它就已经使赫西阿德、毕泰戈拉以及克塞诺芬尼和赫卡泰拥有智慧了。

智慧只在于一件事，就是认识那善于驾驭一切的思想。

灵魂的边界你是找不出来的，就是你走尽了每一条大路也找不出；灵魂的根源是那么深。

我们走下而又不走下同一条河，我们存在而又不存在。

时间是一个玩骰子的儿童，儿童掌握着王权！

战争是万物之父，也是万物之王。它使一些人成为神，使一些人成为人，使一些人成为奴隶，使一些人成为自由人。

看不见的和谐比看得见的和谐更好。

上升的路和下降的路是同一条路。

海水是最纯洁的，又是最不纯洁的：对于鱼，它是能喝的和有益的；对于人，它是不能喝的和有害的。

不死的是有死的，有死的是不死的；后者死则前者生，前者死则后者生。

神是日又是夜，是冬又是夏，是战又是和，是不多又是多余。他变换着形相，和火一样，当火混合着香料时，便按照各人的口味而得到各种名称。

正如蜘蛛坐在蛛网中央，只要一个苍蝇碰断一根蛛丝，它就立刻发觉，很快地跑过去，好像因为蛛丝被碰断而感到痛苦似的，同样情形，当身体的某一部分受损害时，人的灵魂就连忙跑到那里，好像它不能忍受身体的损害似的，因为它以一定的联系牢固地联结在身体上面。

最美丽的猴子与人类比起来也是丑陋的。

最智慧的人和神比起来，无论在智慧、美丽还是在其他方面，都像一只猴子。

与心做斗争是很难的。因为每一个愿望都是以灵魂为代价换来的。

我们对于神圣的东西大都不认识，因为我们没有信心。

在我们身上，生与死，醒与梦，少与老，都始终是同一的东西。后者变化了，就成为前者，前者再变化，又成为后者。

清醒的人们有着一个共同的世界，然而在睡梦中人人各有自己的世界。

一切事物都换成火，火也换成一切事物，正像货物换成黄金，黄金换成货物一样。

我们既踏进又不踏进同样的河流，我们既存在又不存在。

名言名段

· 人不能两次踏进同一条河流，所以它分散又团聚，接近又分离。

· 最美丽的猴子与人类比起来也是丑陋的。

作者	文体	推荐理由
古希伯来人	神话	《圣经·旧约》以完整的结构、壮阔的场景、明晰的论证，阐述了人类的起源、传承与善恶冲突，被视为西方文学的源泉之一。

古希腊文学的精华
——《圣经·旧约》节选

作者生平

《圣经·旧约》是古代希伯来民族的文献总集。希伯来人是古代闪米特族的一支，原来游牧于幼发拉底河流域。大约公元前15、14世纪时，希伯来人征服了迦南（地中海东岸平原之古称，现在巴勒斯坦和叙利亚、黎巴嫩沿海地区）。

公元前13世纪末12世纪初，希伯来人遇到从地中海东部岛上侵入的强敌腓力斯人。公元前11世纪初，以色列部落的首领扫罗建立了第一个统一的王国。扫罗战死后，犹太王国又分裂为南、北部两个王国。经过八年的斗争，犹太王国的大卫即位，统一了犹太和以色列，并最终把腓力斯人赶出国境，控制了从腓尼基到埃及的通商大道，国势日盛，经济、文化空前繁荣。大卫的儿子所罗门即位后，以色列国家达到全盛时期，史称"黄金时代"。

所罗门死后，王国又陷入分裂状态，形成南北对峙的局面，南部为犹太，北部为以色列，国势开始衰微。公元前722年，以色列被亚述王国灭亡。公元前586年，犹太被新巴比伦征服，宣告灭亡。古希伯来人开始了流亡和被奴役的生活。犹太王公贵族、手艺人、歌唱家乃至普通百姓，大多被劫至巴比伦，苦难的亡国奴生活使犹太人陷入黑暗的深渊。

他们渴望返回故土，祈求"救世主"降临，拯救他们摆脱异族的压迫和奴役，复国兴邦。这就是历史上著名的"巴比伦之囚"。

公元前538年，新巴比伦王国为波斯帝国所灭，在居鲁士大帝的恩典下犹太人重新返回耶路撒冷，并建立了神权政体，规定除信奉耶和华神之外，不得信奉任何其他的神，形成了犹太教。古希伯来犹太教的祭司们把本民族自古遗留下来的各种文献编纂起来，形成了一部内容丰富的文献总集，即《圣经·旧约》。

名文欣赏

《约伯记》

乌斯地有一个人名叫约伯。那人很正直，敬畏神，远离恶事。他生了七个儿子，三个女儿。他的家产有七千羊，三千骆驼，五百对牛，五百母驴，并有许多仆婢。这人在东方人中就为至大。他的儿子，按着日子，各在自己家里设摆筵宴，就打发人去，请了他们的三个姊妹来，与他们一同吃喝，筵宴的日子过了，约伯打发人去叫他们自洁。他清早起来，按着他们众人的数目献燔祭。因为他说，恐怕我儿子犯了罪，心中弃掉神。约伯常常这样行事。有一天，神的众子来侍立在耶和华面前，撒旦也来在其中。耶和华问撒旦说，你从哪里来？撒旦回答说，我从地上走来走去，往返而来。耶和华问撒旦说，你曾用心察看我的仆人约伯没有？地上再没有人像他完全正直，敬畏神，远离恶事。撒旦回答耶和华说，约伯敬畏神，岂是无故呢？你岂不是四面圈上篱笆围护他和他的家，并他一切所有的吗？他手所做的都蒙你赐福；他的家产也在地上增多。你且伸手毁他一切所有的，他必当面弃掉你。耶和华对撒旦说，凡他所有的都在你手中，只是不可伸手加害于他。于是撒旦从耶和华面前退去。有一天，约伯的儿女正在他们长兄的家里吃饭喝酒，有报信的来见约伯，说，牛正耕地，驴在旁边吃草，示巴人忽然闯来，把牲畜掳去，并用刀杀了仆人；唯有我一人逃脱，来报信给你。他还说话的时候，又有人来说，神从天上降下火来，将群羊和仆人都烧灭了；唯有我一人逃脱，来报信给你。他还说话的时候，又有人来说，迦勒底人分作三队忽然闯来，把骆驼掳去，并用刀杀了仆人；唯有我一人逃脱，来报信给你。他还说话的时候，又有人来说，你的儿女正在他们长兄的家里吃饭喝酒，不料，有狂风从旷野刮来，击打房屋的四角，房屋倒塌在少年人身上，他们就都死了；唯有我一人逃脱，来报信给你。约伯便起来，撕裂外袍，剃了头，伏在地上下拜，说，我赤身出于母胎，也必赤身

归回；赏赐的是耶和华，收取的也是耶和华。耶和华的名是应当称颂的。在这一切的事上约伯并不犯罪，也不以神为愚妄（或作"也不妄评神"）。

又有一天，神的众子来侍立在耶和华面前，撒旦也来在其中。耶和华问撒旦说，你从哪里来？撒旦回答说，我从地上走来走去，往返而来。耶和华问撒旦说，你曾用心察看我的仆人约伯没有？地上再没有人像他完全正直，敬畏神，远离恶事。你虽鼓动我攻击他，无故地毁灭他，他仍然持守他的纯正。撒旦回答耶和华说，人以皮代皮，情愿舍去一切所有的，保全性命；你且伸手伤他的骨头和他的肉，他必当面弃掉你。耶和华对撒旦说，他在你手中，只要存留他的性命。于是撒旦从耶和华面前退去，击打约伯，使他从脚掌到头顶长毒疮。约伯就坐在炉灰中，拿瓦片刮身体。他的妻子对他说，你仍然持守你的纯正吗？你弃掉神，死了吧。约伯却对她说，你说话像愚顽的妇人一样。嗳，难道我们从神手里得福，不也受祸吗？在这一切的事上约伯并不以口犯罪。约伯的三个朋友毯螅人以利法，书亚人比勒达，拿玛人琐法，听说有这一切的灾祸降临到他身上，各人就从本处约会同来，为他悲伤，安慰他。他们远远地举目观看，认不出他来，就放声大哭。各人撕裂外袍，把尘土向天扬起来，落在自己的头上。他们就同他七天七夜坐在地上，一个人也不向他说句话，因为他极其痛苦。

《耶利米哀歌》

先前满有人民的城，现在何竟独坐。先前在列国中为大的，现在竟如寡妇。先前在诸省中为王后的，现在成为进贡的。她夜间痛哭，泪流满腮。在一切所亲爱的中间没有一个安慰她的。她的朋友都以诡诈待她，成为她的仇敌。犹大因遭遇苦难，又因多服劳苦，就迁到外邦。她住在列国中，寻不着安息。追逼她的都在狭窄之地将她追上。锡安的路径因无人来守圣节就悲伤。她的城门凄凉。她的祭司叹息。她的处女受艰难，自己也愁苦。她的敌人为首。她的仇敌亨通。因耶和华为她许多的罪过使她受苦。她的孩童被敌人掳去。锡安城（"城"原文作"女子"。下同）的威荣全都失去。她的首领像找不着草场的鹿，在追赶的人前无力行走。耶路撒冷在困苦窘迫之时，就追想古时一切的乐境。她百姓落在敌人手中，无人救济。敌人看见，就因她的荒凉嗤笑。耶路撒冷大大犯罪，所以成为不洁之物。素来尊敬她的，见她赤露就都藐视她。她自己也叹息退后。她的污秽是在衣襟上。她不思想自己的结局，所以非常地败落，无人安慰她。她说，耶和华啊，求你看我的苦难，因为仇敌夸大。敌人伸手，夺取她的美物。她眼见外邦人进入她的圣所；对于这外邦人，你曾吩咐不可入你的会中。她的民都叹息，寻求食物。他们用美物换粮食，要救性命。他们说，耶和华啊，求你观看，因为我甚是卑贱。你们一切过路的人哪，这事你们不介意吗？你们要观看，有像这降临到我身上的痛苦没有，就是耶和华在他发怒的日子里使我所受的苦？他从高天使火进入我的骨头，克制了我。他铺下网罗，绊我的脚，使我转回。他使我终日凄凉发昏。我罪过的轭是他手所绑的，犹如轭绳缚在我颈项上；他使我的力量衰败。主将我交在我所不能抵挡的人手中。主轻弃我中间的一切勇士，招聚多人（原文作"大会"）攻击我，要压碎我的少年人。主将犹大居民踹下，像在酒醉中一样。我因这些事哭泣。我眼泪汪汪。因为那当安慰我、救我性命的，离我甚远。我的儿女孤苦，因为仇敌得了胜。锡安举手，无人安慰。耶和华论雅各已经出令，使四围的人做他仇敌。耶路撒冷在他们中间像不洁之物。耶和华是公义的。他这样待我，是因我违背他的命令。众民哪，请听我的话，看我的痛苦。我的处女和少年人都被掳去。我招呼我所亲爱的，他们却愚弄我。我的祭司和长老正寻求食物、救性命的时候，就在城中绝气。耶和华啊，求你观看，因为我在急难中。我心肠扰乱。我心在我里面翻转，因我大大悖逆。在外，刀剑使人丧子。在家，犹如死亡。听见我叹息的有人，安慰我的却无人。我的仇敌都听见我所遭的患难。因你做这事，他们都喜乐。你必使你报告的日子来到，他们就像我一样。愿他们的恶行都呈在你面前。你怎样因我的一切罪过待我，求你照样待他们。因我叹息甚多，心中发昏。

斯皮内利于1650年所作的油画《大卫为扫罗弹竖琴》。

名言名段

· 上帝说要有光，于是就有了光。

· 我的爱人，我的新娘，

你眼睛的顾盼，你项链的摇动，

把我的神魂夺走了！

我的爱人，我的新娘，

你的爱情多么甜蜜，胜似美酒，

你散发的香气胜过任何香料。

亲爱的，你的嘴唇甘甜如蜜，

你的舌头有蜜有奶，

你衣裳的芬芳正像黎巴嫩的香气。

作者	文体	推荐理由
索福克勒斯	戏剧	以完美的艺术布局、严谨的结构、跌宕的情节,刻画了一个意志坚定、临危不惧、集各种美德于一身的俄狄浦斯王的鲜明形象。

古希腊悲剧的巅峰之作
——《俄狄浦斯王》节选

作者生平

索福克勒斯大约于公元前496年出生在雅典附近的科罗诺斯。索福克勒斯在音乐和体育方面受过严格的训练,年轻时即以出色的文学才华而闻名。公元前468年,索福克勒斯的《特里普托勒摩斯》三部曲在戏剧比赛中取得胜利。

索福克勒斯后来积极参加政治活动,公元前443年,索福克勒斯当选为税务委员会主席。公元前440年,索福克勒斯被选为雅典十将军之一。此后,索福克勒斯在雅典城邦的政治斗争中沉浮,曾进入雅典的"十人委员会"。公元前406年,索福克勒斯逝世。

名文欣赏

克瑞翁:公民们,听说俄狄浦斯王说了许多可怕的话,指控我,我忍无可忍,才到这里来了。如果他认为目前的事是我用什么言行伤害了他,那我背上这臭名,真不想再活下去了。如果大家都说我是城邦里的坏人,连你和我的朋友们也这样说,那就不单是在这一方面中伤我，而是在许多方面。

歌队长：他的指责也许是一时的气话，不是有意说的。

克瑞翁：他是不是说过我劝先知捏造是非？

歌队长：他说过，但不知是什么用意。

克瑞翁：他控告我的时候，头脑、眼睛清醒吗？

歌队长：我不知道；我不明白我们的国王在做什么。他从宫里出来了。

俄狄浦斯偕众侍从自宫中上。

俄狄浦斯：你这人，你来干什么？你的脸皮这样厚？你分明是想谋害我，夺取我的王位，还有脸来我家吗？喂，当着众神，你说吧，你是不是把我看成了懦夫和傻子，才打算这样干？你狡猾地向我爬过来，你以为我不会发觉你的诡计，发觉了也不能提防吗？你的企图岂不是太愚蠢吗？既没有党羽，又没有朋友，还想夺取王位？那要有党羽和金钱才行呀！

克瑞翁：你知道怎么办吗？请听我公正地答复你，听明白了再下判断。

俄狄浦斯：你说话很狡猾，我这笨人听不懂；我看你是存心和我为敌。

克瑞翁：现在先听我解释这一点。

俄狄浦斯：别对我说你不是坏人。

克瑞翁：假如你把糊涂顽固当做美德，你就太不聪明了。

俄狄浦斯：假如你认为谋害亲人能不受惩罚，你也算不得聪明。

克瑞翁：我承认你说得对。可是请你告诉我，我哪里伤害了你？

俄狄浦斯：你不是劝我去请那道貌岸然的先知吗？

克瑞翁：我现在也还是这样主张。

俄狄浦斯：已经隔了多久了，自从拉伊俄斯……

克瑞翁：自从他怎么样？我不明白你的意思。

俄狄浦斯王与斯芬克斯。狮身人面的斯芬克斯那个著名的谜语"早上用四条腿走路、中午用两条腿走路、晚上用三条腿走路的动物是什么"被俄狄浦斯猜对了,答案是"人",斯芬克斯因而自杀。

俄狄浦斯:……遭人暗杀死去后。

克瑞翁:算起来日子已经很长了!

俄狄浦斯:那时候先知卖弄过他的法术吗?

克瑞翁:那时候他和现在一样聪明,一样受人尊敬。

俄狄浦斯:那时候也提起过我吗?

克瑞翁:我在他身边没听见他提起过。

俄狄浦斯:你们也没有为死者追究过这件案子吗?

克瑞翁:自然追究过,怎么会没有呢?可是没有结果。

俄狄浦斯:那时候这位聪明人为什么不把真情说出来呢?

克瑞翁:不知道;不知道的事我就不开口。

俄狄浦斯:这一点你总是知道的,应该讲出来。

克瑞翁:哪一点?只要我知道,我不会不说。

俄狄浦斯:要不是和你商量过,他不会说拉伊俄斯是我杀死的。

克瑞翁:要是他真这样说,你自己心里该明白;正像你质问我一样,现在我也有权质问你了。

俄狄浦斯：你尽管质问，反正不能把我判成凶手。

克瑞翁：你难道没有娶我的姐姐吗？

俄狄浦斯：这个问题自然不容我否认。

克瑞翁：你是不是和她一起治理城邦，享有同样权力？

俄狄浦斯：我完全满足了她的心愿。

克瑞翁：我不是和你们俩相差不远，居第三位吗？

俄狄浦斯：正是因为这个缘故，你才成了不忠实的朋友。

克瑞翁：假如你也像我这样思考，就会知道事情并不是这样的。首先你想一想，谁会愿意做一个担惊受怕的国王，而不愿有同样权力又无忧无虑呢？我天生不想做国王，而只想做国王的事，这也正是每一个聪明人的想法。我现在安安心心地从你手里得到一切；如果做了国王，倒要做许多我不愿意做的事了。对我来说，王位会比无忧无虑的权势甜蜜吗？我不至于这样傻，不选择有利有益的荣誉。现在人人祝福我，个个欢迎我。有求于你的人也都来找我，从我手里得到一切。我怎么会放弃这个，追求别的呢？头脑清醒的人是不会做叛徒的。而且我也天生不喜欢这种念头，如果有谁谋反，我决不和他一起行动。为了证明我的话，你可以到皮托去调查，看我告诉你的神示真实不真实。如果你发现我和先知一同图谋不轨，请用我们两个人的——而不是你一个人的——名义处决我，把我捉来杀死。可是不要根据靠不住

索福克勒斯雕像。索福克勒斯是希腊民主制由盛转衰时期的悲剧诗人。

的判断、莫须有的证据就给我定下罪名。随随便便把坏人当好人，把好人当坏人都是不对的。我认为，一个人如果抛弃他忠实的朋友，就等于抛弃他珍惜的生命。这件事，毫无疑问，你终究是会明白的。因为一个正直的人要经过长久的时间才看得出来，一个坏人只要一天就认得出来。

歌队长：主上啊，他怕跌跤，他的话说得很好。急于下判断总是不妥当的啊！

俄狄浦斯：那阴谋者已经飞快地来到眼前，我得赶快将计就计。假如我不动，等着他，他会成功，我会失败。

克瑞翁：你打算怎么办？是不是把我放逐出境？

俄狄浦斯：不，我不想把你放逐，我要你死，好叫人看看嫉妒别人的下场。

克瑞翁：你的口气看来是不肯让步，不肯相信人了？

俄狄浦斯：……

克瑞翁：我看你很糊涂。

俄狄浦斯：我对自己的事并不糊涂。

克瑞翁：那么你对我的事也该这样。

俄狄浦斯：可是你是个坏人。

克瑞翁：要是你很愚蠢呢？

俄狄浦斯：那我也要继续统治。

克瑞翁：统治得不好就不行！

俄狄浦斯：城邦呀城邦！

克瑞翁：这城邦不单单是你的，我也有份儿。

歌队长：两位主上啊，别说了。我看见伊俄卡斯忒从宫里出来了，她来得恰好，你们这场纠纷由她来调停，一定能很好地解决。

名言名段

·当我们等着看一个凡人的结局时，切勿说他幸福，因为他还没越过人生的终点，也没受过苦难。

作者	文体	推荐理由
希罗多德	记叙文	尽管只是记载了一场历史战役，但它却描绘了西亚、北非、古希腊等地的风土人情、政治宗教，展示的是近二十个国家的文化历史画卷，堪称西方史学第一丰碑。

西方史学的丰碑
——《温泉关战役》

作者生平

希罗多德，古希腊历史学家。关于这位历史学家，历史上没有文献记载他的生平。我们只知道大约在公元前484年，希罗多德生于小亚细亚的哈利卡纳索城的一个富人的家里，父亲是一个奴隶主，叔父是本地著名诗人。希罗多德曾参加过推翻本邦僭主政治的斗争，后斗争失败，叔父被杀，希罗多德被放逐到萨摩斯岛，后在地中海周围地区漫游。

公元前447年，希罗多德抵达雅典。公元前444年，希罗多德随着雅典的移民队伍来到意大利南部建立图里城，并取得了公民权，此后一直住在此地直至逝世。

名文欣赏

克谢尔克谢斯在日出之际行了灌奠之礼之后，等到市场上大约人最多的时候，便开始了他的进攻。他是接受了埃披阿尔铁司的意见才这样做的，因为从山上向下面出击比较便捷，而且道路比绕山和攀山要近得多。克谢尔克谢斯和他留下的异邦军就是这样进击的，但是列欧尼达司麾下的希腊军是抱着必死的决心的,现在他们是深入到狭谷的更加宽阔的地带来了。原来在这之前,他们一直在保卫着垒壁,而在所有过去的日子里,他们也都是退守在狭路里面在那里作战的。但现在他们是从狭谷里面出来和敌人作战了。异邦军在那里被杀死的很多。异邦军的长官们拿着鞭子走在部队的后面,抽打士兵使之前进。异邦军当中许多人掉到海里淹死了,但是相互践踏而死的人却要多得多,而且对于死者,根本没有人注意。希腊人晓得他们反正是要死在从山后面迂回过来的人们的手里的,因此他们便不顾一切地拼起命来,拿出最大的力量来对异邦军作战。

这时,他们大多数人的枪已经折断了,于是他们便用刀来杀波斯人。在这次的苦战当中,英勇奋战的列欧尼达司倒下去了。和他一同倒下去的还有其他知名的斯巴达人。由于他们的杰出的德行和功勋,我打听了他们的名字,此外我还打听到了所有他们三百人的名字。在这次战斗里,波斯人方面也死了不少知名之士,其中有大流士的两个儿子阿布罗科美斯和叙佩兰铁司,他们的母亲就是阿尔塔涅斯的女儿普拉塔古涅。这个阿尔塔涅斯是国王大流士的兄弟,又是阿尔撒美斯的儿子叙司塔司佩斯的儿子。当他把他的女儿许配给大流士的时候,他把他的全部家产都给她做陪嫁了,因为她是他的独生女儿。

克谢尔克谢斯的两个兄弟就在那里倒下去了。而为了列欧尼达司的遗体,在波斯人和拉凯戴孟人之间发生了一场激烈的冲突,直到最后希腊人发挥了自己的勇气,四次击退了他们的敌人,这才把他的遗体拉走。而且直到埃披阿尔铁司率军到来的时候,这场混战才告结束。当希腊人知道他们到来的时候,从那个时刻起,战斗的形势便改变了。因为希腊人退到道路的狭窄部分去,进入壁

温泉关战役中，斯巴达王率领三百勇士决心与侵略者血战到底。

垒，而除底比斯人之外的全体人员在一个小山上列阵；小山就在通路的入口处，而在入口那里现在有一座为纪念列欧尼达司而竖立的石狮子。在那个地方，凡是手里还有刀的就用刀来保卫自己，手里没有刀的就用拳打牙咬的办法，直到后来异邦军用大量投射武器向他们攻来的时候。他们有的人从正面进攻，捣毁了壁垒，有的人则迂回包抄，从四面八方进击。

拉凯戴孟人和铁司佩亚人就是这样行动的。但在他们当中，据说最勇敢的是一个叫做狄耶涅凯斯的斯巴达人。关于这个人，有这样一个传说，即在他们和美地亚人交战以前，一个特拉奇司人告诉狄耶涅凯斯说，敌人是那样的多，以致在他们射箭的时候箭雨竟可以把天上的太阳遮盖起来。他听了这话之后毫不惊慌，完全不把美地亚人的人数放在眼里。他说他们的特拉奇司朋友给他们带来了十分吉利的消息，因为假如美地亚人把天日都给遮住了的话，那他们便不用在太阳之下和他们交战了。狄耶涅凯斯讲过这话以及其他同样性质的话，而拉凯戴孟人就因这些话而怀念狄耶涅凯斯。

勇名仅次于狄耶涅凯斯的据说是拉凯戴孟的两兄弟，他们是欧尔有庞托司的儿子阿尔佩欧斯和玛隆。在铁司佩亚人当中，名声最响的是哈尔玛提戴斯的儿子，一个名叫狄图拉姆波司的人。

为了被埋葬在他们阵亡的地方的所有这些人以及在列欧尼达司把联盟者送还之前阵亡的人们，立了一块碑，碑上的铭文是这样的：

四千名伯罗奔尼撒人曾在这里对三百万敌军奋战。

这是为全军所刻的铭文；对于斯巴达人则另外有这样一个铭文：

过客啊，去告诉拉凯戴孟人
我们是遵从着他们的命令长眠在这里的。

这就是为拉凯戴孟人刻的铭文。而下面的铭文则是给死者的。

这里长眠着英勇战死的美吉司提亚斯，
他是给渡过了司佩尔凯欧斯河的美地亚人杀死的。
这位预言者分明知道即将到来的宿命，
却不忍离开斯巴达的统帅。

除去卜者美吉司提亚斯的铭文之外，这些铭文和石柱都是阿姆披克图欧涅斯为了追念他们而雕刻和建立的；给美吉司提亚斯的那个铭文则是列欧普列佩斯的儿子西蒙尼戴斯为了友情的关系而刻立的。

（列欧尼达司：斯巴达国王；克谢尔克谢斯：波斯国王萍西斯；拉凯戴孟人：斯巴达人）

名言名段

·为了保存人类所取得的伟大成就，使之不致因年代久远而被人遗忘，也是为了使希腊人和异邦人那些值得赞叹的丰功伟绩不致失去它们的光彩，特别是为了要把他们之间发生战争的原因记载下来，以永垂后世。

作者	文体	推荐理由
修昔底德	记叙文	英国思想家休谟这样赞扬此作品："修昔底德作品的第一页就是一切真实的历史的开端。"

千秋万世的宝笈
——《伯罗奔尼撒战争史》节选

作者生平

修昔底德（约公元前460—公元前400），古希腊著名历史学家、作家。传世文献对修昔底德的生平事迹记载极少。我们所知道的只是修昔底德出身于雅典一个富有的显贵家庭，自幼受到良好教育。

公元前431年，伯罗奔尼撒战争爆发时，修昔底德应征入伍，参加了陆军、海军的一些战役。

公元前424年，修昔底德当选为雅典十将军委员会中的将军。斯巴达进攻雅典在爱琴海北岸的重要据点安菲波利斯，修昔底德指挥色雷斯舰队驰援被困，无助于挽回败势，城陷落后被雅典当局判以叛逆罪，并被革职，放逐于外整整二十年。直到公元前404年伯罗奔尼撒战争结束后，修昔底德才返回雅典。公元前400年，修昔底德死于雅典。

名文欣赏

在这次战争刚刚爆发的时候，我就开始写我的历史著作，相信这次战争是一个伟大的战争，比过去曾经发生过的任何战争都更有叙述的价值。我的这种信念是根据下列事实得来的：双方都竭尽全力来准备；同时，我看见希腊人世界中其余的国家不是参加了这一边，就是参加了那一边；就是那些现在还没有参加战争的国家，也正在准备参加。这是希腊人的历史中最大的一次骚动，同时也影响到大部分非希腊人的世界，可以说，影响到几乎整个人类。虽然对于远古时代，甚至对于我们当代以前的历史，由于时间的遥远，我不能完全明确地知道，但是尽我的能力，回忆过去，所有的证据使我得到一个结论：过去的时代，无论在战争方面，还是在其他方面，都不是伟大的时代。

伯罗奔尼撒战争绘画。

例如，现在所称为希腊的国家，在古时没有定居的人民，只有一系列的移民；当各部落经常受到那些比他们更为强大的侵略者的压迫时，他们总是准备放弃自己的土地。当时没有商业；无论在陆地上或海上，没有安全的交通；他们利用土地，但只限于必需品的生产；他们没有剩余产品作为资本；土地上没有正规的耕种模式；因为他们没有要塞的保护，侵略者可以随时出现，把他们的土地夺去。这样，他们相信在别处也和在这里一样，可以获得他们每日的必需品，所以他们对离开他们的家乡也没有什么不愿意的，因此，他们不建设任何或大或小的城市，也没有取得任何重要的资源。凡是土地最肥沃的地方，如现在的帖撒利、彼奥提亚、伯罗奔尼撒的大部分地区（阿卡狄亚除外）以及其他希腊最富饶的地区，人口的变动最为频繁；因为在这些肥沃的地区，个人容易获得比其邻人优越的条件，这就会引起纷争，纷争使国家崩溃，因而使外族易于入侵。

还有一点，照我看来，可以作为这个国家早期居民的弱点的良好证据：在特洛伊战争以前，我们没有关于整个希腊共同行动的记载。当然，我认为这个时候，整个国家甚至还没有叫做"希腊"。在丢开利翁的儿子希伦的时代以前，希腊的名称根本还没有；各地区以各种不同的部落名号来称呼,其中以"皮拉斯基人"的名号占主要地位。希伦和他的儿子们在泰俄提斯的势力得到增长,并且以同盟者的资格被邀请到其他国家以后,这些国家才因为和希伦家族的关系,各自称为"希伦人"。但是很久之后,这个名称才代替了其他一切名称。关于这一点,在荷马的史诗中可以找到最好的证据。荷马虽然生在特洛伊战争以后很久,但是他从来没有在任何地方用"希伦人"这个名称来代表全部军队。他只用这个名称来指阿溪里部下的泰俄提斯人;事实上,他们就是原始的希伦人。其余的人,在他的诗中,被他称为"得纳安人"、"亚哥斯人"和"亚加亚人"。他甚至没有用过"外族人"这个名词;我认为在他的那个时候,希腊人还没有一个统一的名称,以和希腊人以外的世界区别开来。无论如何,这些不同的希伦人集团,在特洛伊战争以前,没有参加过集体的行动。就是对于特洛伊的远征,也只有在事先获得更多的航海知识的时候,他们才可能行动一致的。

根据传说,米诺斯是第一个组织海军的人。他控制了现在希腊海的大部分地方;他统治着西克拉底斯群岛。在这些岛屿上,他建立了最早的殖民地;他驱逐了开利阿人之后,封他的儿子们为这些岛屿上的总督。我们很有理由猜想,他必尽力镇压海盗,以保障他自己的税收。

这时候海上的交通比较便利些了,所以不只是希伦人,还有住在沿海一带和岛屿上的蛮族都把海上劫掠作为职业。海盗的领袖是强有力的人;他们做海盗的动机是为着自己的利益,同时也是为了扶助他们同族中的弱者。他们袭击那些没有城墙保护而分散在四处的村镇;他们以劫掠这些地区的方式来谋得他们大部分的生计。在那个时候,这种职业完全不被认为是可耻的,反而被当做光荣的。这种态度,就是在现在的习俗中,还可以找到例证:大陆上居民中有些人因在海上行劫而致富的,他们还被认为是可以自豪的;在古诗中,我们也发现,对于由海上来的人,人们总是问这个问题:"你们是海盗吗?"被这样询问的人从不畏缩而且否认曾经做过海盗的事实,询问他们的人也不会因为他们曾经做过海盗而谴责他们。

同样武装行劫的事情在大陆上也流行,就是现在希腊大部分地区还有古时的生活习惯——例如奥佐利亚的罗克里斯人、埃托利亚人和阿开那尼亚人以及大陆上这些地区附近的其他人民,他们随身携带武器的习俗就是古代劫掠风俗的遗留;因为在那个时候,住宅没有保障,彼此来往,很不安全,所以全希腊都有随身携带武器的习俗。过去随身携带武器是一件平常的事,正像现在的蛮族人一样。上面我所说的这些人至今还是过着这种生活,

38

这一事实足以证明过去在一切希伦人中，这是普遍的习俗。

……

在以后的时期中，城市的位置不同了；因为航海事业比较普遍，有了资本储蓄，有城墙的新城市事实上是建筑在沿海一带的。有些人信《荷马史诗》上的证据的话，阿伽美浓自己指挥的船只似乎比其他任何人都要多些，同时他又帮助阿卡狄亚人装备了一个舰队。在描写阿伽美浓所继承的权杖时，荷马称他为"许多岛屿和全亚哥斯的国王"。

他的势力根据地是在大陆上；如果他没有一个强大海军的话，除海岸附近的几个岛屿外，他不会统治其他任何岛屿。从这次远征上，我们可以合理地推想到以前其他远征的情况了。

迈锡尼当然是一个小地方，当时的许多村镇，我们现在看来，都不是很大，但是这点不足以成为一个可靠的证据来否认诗人们以及传说所说的这次远征军的庞大武装力量。举个例吧，假如斯巴达城将来荒废了，只有神庙和建筑的地基保留下来了的话，过了一些时候之后，我想后代的人很难相信这个地方曾经有过像它的名声那么大的势力。但是斯巴达人占有伯罗奔尼撒半岛五分之二的土地，它不但在整个伯罗奔尼撒半岛上，并且在半岛以外许多同盟国中都占着重要的地位。因为斯巴达城不是有规则地设计的，城内设有壮丽的神庙或纪念物，而只是一些古老形式的村落的聚集，它的外表不如我们所料想的。在另一方面，如果雅典有同样的遭遇的话，一个普通人从亲眼所看见的它的外表来推测，会认为这个城市的势力两倍于实际情况。

因此，我们不应单凭城市的外表来判断它们的实力；我们没有理由不相信特洛伊远征是过去所有曾经发生过的远征中的最大一次远征。同时这次战争不是按照近代战争的规模进行的，这也是真的。我们可否完全相信《荷马史诗》中的人物，这是颇有问题的；因为他是一个诗人，他的人物可能是夸大了的。就是我们承认这些人物的话，阿伽美浓的军队似乎也比现在的军队少些。荷马记载的船舶数目是一千二百条。他说每条彼奥提亚船上的水手是一百二十人，每条法罗克提提斯船上的水手是五十人。我认为这些数字是他说明各种船舶上人数的最大量和最小量。总之，他的船舶长期被占据着，以为通商和防御邻国侵略之用。由于海盗的广泛流行，岛屿上和大陆上的古代城市建筑在离海岸有一定距离的地方；这些城市，直到现在还留在原来的地址。因为海盗们不但彼此劫掠，而且劫掠沿海居民，不管他们是不是以航海为职业的。

海上劫掠在岛屿上的开利阿人和腓尼基人中间也同样流行。他们事实上把这些岛屿的大部分地方殖民地化了。但是米诺斯组织海军后，海上交通改进了。他派遣殖民团到大部分的岛屿上，驱逐著名的海盗。结果，沿海居民现在才开始获得财富，过上比较安定的生活了。凭着他们新财富的力量，他们有些人为自己的城市建筑城墙。因为贪图利益的普遍欲望，弱者安于忍受强者的统治；那些因为获得财富而势力强大的人则控制小城市。当特洛伊远征时，希腊人沿着这些路线已经发展得相当远了。

名言名段

· 的确，它（《伯罗奔尼撒战争史》）不是一部为一时的听众所写的获奖作品，而是为了垂诸久远才编纂的。

· 我的责任是不相信任何一个偶然的消息提供者的话，也不相信在我看来很有可能是真实的事。我列举的事件，无论是我亲自参与的还是我从其他与此有关的人那里得到的消息，都经过了对每一细枝末节精心备至的审核。

作者	文体	推荐理由
苏格拉底	散文	这是苏格拉底临刑前的"申辩词",是西方思想史上为思想自由而献身的千古绝唱。

最后的演讲
——《苏格拉底寻求智慧》

作者生平

公元前469年,苏格拉底出生在雅典附近的阿洛佩凯村的一个平民家里。

苏格拉底早年对自然科学很感兴趣,20岁的时候,苏格拉底师从阿尔赫拉于斯,学习关于自然的知识,精通当时的几何学和天文学。

苏格拉底三十多岁时,把注意力从天上转到人间,着重探讨与现实生活密切相关的伦理道德问题。伯罗奔尼撒战争爆发时,苏格拉底没有忘记一个公民对国家应尽的义务,他曾经三次服军役与斯巴达军队作战。

苏格拉底40岁的时候已经有了一批崇拜他的学生,他们把自己的老师看成最聪明的人。

苏格拉底为人正直,矢志报国,但他不愿意担任国家公职,甘愿做一名道德教师,他要以个人的道德和信念的力量来反对一切非法行为。

公元前399年的一天,一位悲剧作家美利都和另外两人控告苏格拉底犯了大罪,提议判他死刑。最后,审判的结果是苏格拉底以死刑终结生命。苏格拉底拒绝越狱,认为那是非法的,最终安详地喝下了毒芹酒。

名文欣赏

雅典人啊，你们如何被我的原告们蛊惑影响，我不得而知；而我对于我自己，几乎忘其所以然，他们的话说得娓娓动听，但并没有一句是真实的。在他们编织的许多假话中，最离奇的是告诉你们，提醒你们不要被我骗了，不要上我的当，因为他们以为我是一个可怕的雄辩家。这简直无耻之极！他们的无耻，事实会证明，我丝毫不是什么善辩，除非他们把一个人说真话当做是善辩。如果他们真的以说真话为善辩，我还真的自认为是雄辩家呢——不是他们所说的那种演说家、雄辩家。他们的话全是假的，我说的句句为真；凭郑重的誓言，雅典人啊，我不像他们那样只是雕琢词句，我只是随便说说，也没有经过什么组织。我自信我说的都是公道话，你们也不必对我的言语苛求什么，这样反而会节外生枝；像我这把年纪的人决不会像小孩那样去说谎。可是，雅典人啊，我恳求你们，在申辩的过程中，听到我平时在市场兑换摊旁或其他地方所惯用的言语，请不要见怪，也不要因此而阻止我。我至今已70岁，这还是第一次上法庭，对这个地方的言辞，我是一个门外汉。我如果真是一个外邦人的话，那也就好了，你们一定会原谅我，准许我说自幼操持着的家乡话；现在，我这样请求，似乎也不算什么过分：辞令的优劣高下与否并不重要，言语本身是否公正才是关键。这该是审判官所具备的品德，而申辩者说实话也当是分内之事。

……

你们如果听说我通过教自己的学生，由此而获得一部分钱财，这也不是事实。如果能教育才俊，对我来说倒是一件好事。像赖安庭偌斯的部吉亚士、凯厄斯的普洛迪格士、意列厄斯的希皮亚士，他们一个个周游各城，以言辞打动各地方的青年，以至于这些青年愿意不计算代价地追随着他们，即便那些与本城的人在一起的人也愿意抛弃故友而追随他们；这些青年人还送他们钱财，充满了感谢不尽之情。据说这个地方还有一位智者，来自巴里安，目前还在本城。我曾偶然见过一位在这些智者们身上花钱比所有人都多的人，他就是希朋尼苦士的公子卡利亚士。他有两个儿子。我问他："卡利亚士，你的两个儿子好比幼小的驹犊，你自然会为他们雇看管之人，让他们各依自己的性子，成长为有用之才；看管之人只不过是一个马夫或牧人。你的儿子是人，你打算为他们找

《苏格拉底之死》表达了古希腊哲学家苏格拉底面对死亡时毫不畏惧的精神。

一个什么样的看管人呢?在人的本性和公民的天职方面,谁有相关的知识?我猜想你一定留意这方面的事了,因为你有两个儿子。或许你已经有一位人选了,或者一个也没有?""当然有了。"他说。"那你所挑选的是哪一位?从什么地方来的呢?多少钱?"我这样问道。他说:"是从巴里安来的叶维诺土,他出价好高的。"叶维诺土真是可以享有此等福气,如果他真的有这种技术,真的可以教得好。如果我有这种技术,我该有多自豪!可是我不会,雅典人啊。

或许你们有人会问:"苏格拉底,你这是怎么啦?那对你的诬告又是如何来的呢?你如果没有那些哗众以取宠,危言以耸听的言行,此类谣传断断不会空穴来风,无端而起的。还是请你如实诉说一番,以免我们对你判下不实之词。"我认为提出这一质问的人,无疑是在说一些公道话,我正要剖白的是我为什么会招致这样的名声和诽谤。请听我来诉说,或许有人认为我是在说笑,在漫天胡诌,不过请相信,我对你们所说的都是事实。雅典人啊,我无非是由于某种智慧而招致了他们一哄而起的声讨。这是一种什么智慧呢?或许只不过是人的智慧,或者我真的有这种智慧。刚才我提到的那些人也许有过人的智慧。可我不知道如何来形容和表述他们的那种智慧——因为我对那种智慧无所得,可以说是一窍不通。说我持有那种智慧的人是在说谎，是在诽谤，混淆视听。雅典人啊，即使在你们的面前我显得有些夸夸其谈，一副说大话的样子，也请不要高声阻断我的诉说；我说的不是自己的话，而是引证你们认为的那些有分量的言词。如果我真的有什么智慧，哪一种智慧，可以让勒弗伊的神为证。你们大概都认识海勒丰的，他与我为自幼交好的朋友，也是你们多数党的同好，同你们一起被放逐，一起回来。你们一定了解他是什么样的人，对待事情是何等的热诚激烈。有一次，他竟去了神庙求谶；诸位，请不要截断我的话；他问神："是否有人的智慧超过于我？"答曰："没有人的智慧可以超过苏格拉底。"今天，海勒丰已经故去，他的弟弟在此，他可以为我所说的话作证。

请你们想一想，我为什么会提起这个话题来，因为我要坦白地告诉你们，那些对我的谤讪是从哪里而兴起的。听了神的话后，我胸中不免疑团顿生："神的话究竟指的是什么呢？神摆出了一个何种谜题？我自认为毫无智慧，神说我是最有智慧之人，这究竟暗示出什么呢？就神的本性来说，他是绝不会说谎的。"神的话究竟该做何解释呢？我内心的疑团久久不能解开。我后来花了很大的心力去探讨神所说的话的真意。

我造访过一位以智慧而著称的人，想在他那里反驳神明之语，满城都言说此人的智慧远过于我，而你却说我最智慧。我见到这个人——我不必举其姓名，他是一个政治人物，我对他的印象是这样的：与他交谈之后，觉得这个人对他人，对许多人，尤其对于他自己，显得颇有智慧，其实并非如此。于是，我设法向他指出，自以为智慧过人的他其实并无什么大的智慧。结果，我遭到了他的嫉恨，也遭到了在场的许多人的嫉恨。离开后，我自己在心里忖度着："我的智慧超过此人，我与他可以说都是一无所知，可他以自己的不知为知，我则知为知之，不知为不知。我想，在这一点上，我确乎比他聪明，我不以所不知为知。"当我再造访他人——那些同样以智慧而著称的人，看到了同样的情况。于是，除了他以外，我又结怨多人……

直至今天，我仍然遵循着神的旨意，处处察访我所认为的有智慧之人，无论城邦的公民或者是异邦之人；每每看到一人并不智慧，就为神明之语增加一个佐证，指出这个人为不智之人。为了探究此事，我无暇再思量国事、家事；为了献身于神之事业，我竟至于一贫如洗，穷困潦倒。

名言名段

·分手的时候到了，我去死，你们去活，谁的去路好，唯有神知道。

作者	文体	推荐理由
古罗马贵族	法条	《十二铜表法》是古罗马文明对世界文明的最大贡献，它成为后世罗马法及欧洲法学的渊源。

罗马最早的成文法
——《十二铜表法》节选

作者生平

古罗马贵族。

《十二铜表法》，又称《十二表法》，于公元前449年颁布。这部法律系先前各项表、法的汇编，铸刻法律条文的原物已佚，仅在拉丁古典作家的著作中保存有片断条文，是后世罗马法以及欧洲法学的渊源。

名文欣赏

第一表　传唤

一、原告传被告出庭，如被告拒绝，原告可邀请第三者作证，强制前往。

二、如被告托辞不去或企图逃避，原告有权拘捕。

三、如被告因疾病或年老不能出庭，原告应提供乘骑的牲口或车子；但除自愿外，不必用有篷盖的车辆。

四、如诉讼当事人为有财产的，则担保他按时出庭的保证人，应为具有同级财力的人；如为贫民，则任何人都可充任。

五、如当事人双方能自行和解的，则讼争即认为解决。

六、如当事人不能和解，则双方应于午前到广场或会议厅进行诉讼，由长官审理。

七、诉讼当事人一方过了午时仍不到庭的，承审员应即判到庭的一方胜诉。

八、日落为诉讼程序休止的时限。

九、保证人应担保诉讼当事人于受审时按时出席。

第二表　审理

一、诉讼标的在1000阿司以上，交誓金500阿司；标的不满1000阿司，交替金50阿司。关于自由身份之诉，不论这人家产多少，一律交50阿司。

二、审理这天，如遇承审员、仲裁员或诉讼当事人患重病，或者审判外国人时，则应延期审讯。

三、凡需要人证的，应在证人的门前高声呼唤通知他在第三个集市日到庭作证。

四、即使是盗窃案件，也可进行和解。

第三表　执行

一、对于自己承认或经判决的债务，有30天的法定宽限期。

二、期满，债务人不还债的，债权人得拘捕之，押他到广场申请执行。

三、此时如债务人仍不清偿，又无人为他担保，则债权人得将他押至家中拘留，拴以皮带或脚镣，但重量最多为15磅，愿减轻的听之。

四、债务人在拘禁期间，可自备伙食，如无力自备，则债权人应每日供给谷物饼一磅，愿多给的听便。

五、债权人可拘禁债务人60天。在此期内，债务人仍可谋求和解；如不获和解则债权人应连续在三个集市日里将债务人牵至广场，并高声宣布所判定的金额。

六、在第三次牵债务人到广场后，如仍无人代为清偿或保证，债权人可将债务人卖于台伯河以外的外国或把他杀死。

七、如债务人有数人时，得分割债务人的肢体进行分配，纵未按债额比例切块，也不以诈骗论处。

八、对叛徒的追诉永远有效。

第四表　家长权

一、对奇形怪状的婴儿，应即杀之。

二、家属终身在家长权的支配下。家长得监禁之、殴打之、使做苦役，甚至出卖之或杀死之；纵使子孙担任了国家高级公职的亦同。

三、家长如三次出卖他的儿子，该子即脱离家长权而获得解放。

四、夫得向妻索回钥匙，令其随带自身物件，把她逐出。

五、婴儿自父死后十个月内出生的，推定他为婚生子女。

第五表　继承和监护

一、除威士塔修女外，妇女受终身的监护。

二、在族亲监护下的妇女，其所有要式移转物不适用时效的规定；但妇女转让这些财物时，曾取得监护人同意的，不在此限。

三、凡以遗嘱方式处分自己的财产，或对其家属指定监护人的，具有法律上的效力。

四、死者未立遗嘱指定其继承人，又无当然继承人的，其遗产由最近的族亲继承。

五、如无族亲时，由宗亲继承。

六、遗嘱未指定监护人时，由最近的族亲为法定监护人。

七、精神病人无保护人时，对其身体和财产，由最近的族亲保护之，无族亲时，由宗亲保护之。

精神病人不得管理自己的财产，应由他最近的族亲为他的保护人。

八、获释的奴隶未立遗嘱而死亡时，如无当然继承人，其遗产归恩主所有。

九、被继承人的债权和债务，由各继承人按他的应继分的比例分配之。

十、遗产的分割，按遗产分析处理。

十一、以遗嘱方式解放奴隶而以支付一定金额给继承人为条件的，则在付足金额后，该奴隶即取得自由；如该奴隶已被转让，则在付给让受人以该金额后，亦即取得自由。

第六表　所有权和占有

一、凡依"现金借贷"或"要式买卖"的方式缔结契约的，其所用的法定语言就是当事人的法律。

二、凡主张曾订有"现金借贷"或"要式买卖"契约的,应负举证之责;订有上述契约后又否认的,处以标的两倍的罚金。

三、使用土地的,其取得时效为二年,其他物件为一年。

四、妻不愿依一年的时效而成立有夫权婚姻的,则应每年连续外宿三夜以中断时效的完成。

五、外国人永远不能因使用而取得罗马市民财产的所有权。

六、于诉讼进行中,在长官前对物的所有权有争议时,应裁定该物归事实上的占有人或其他合适的人暂行占有。

有关的身份之诉,应裁定把所争占有的对象归请主张该对象为自由人的一方。

七、凡依"拟诉弃权"的方式转让物件的,与"要式卖买"一样具有法律上的效力。

八、出卖的物品纵经交付,非在买受人付清价款或提供担保以满足出卖人的要求后,其所有权并不移转。

九、凡以他人的木料建筑房屋或搭葡萄架的,木料所有人不得擅自拆毁而取回其木料。

十、但在上述情况下,可对取用他人木料的人,提起赔偿两倍于木料价之诉。

十一、在木料和建筑物已分离,或做葡萄架的柱子已从地里拔出后,则原所有人有权取回。

名言名段

· 如被告因疾病或年老不能出庭,原告应提供乘骑的牲口或车子;但除自愿外,不必用有篷盖的车辆。

· 毁伤他人肢体而不能和解的,他人亦得依同态复仇而毁伤其肢体。

古希腊雕塑《直立的骑手》。

作者	文体	推荐理由
色诺芬	记叙文	本文出自西方第一部军事名著,既有严谨的史实记录,又不乏文学的风味与意趣,是叙事文中的杰作。

西方第一部军事专著
——《一次战斗的历程》

作者生平

色诺芬(约公元前444—公元前354),古希腊的历史学家、军事家和政论家。雅典人,苏格拉底最为著名的弟子之一。

色诺芬的生平资料不足,许多涉及具体年代的问题,我们就不得而知了。色诺芬生于雅典埃尔基亚村社的一个富裕家庭里。大约在公元前403年,色诺芬离开雅典,参加了小居鲁士对他兄长波斯国王的远征。返回希腊后,他站在斯巴达一边参加了科林斯战争。因此,色诺芬被雅典国民会议缺席判处死刑。后来,色诺芬迁居科林斯,晚年专心从事著述。约公元前369年,雅典和斯巴达和好之后,色诺芬被雅典赦免。

名文欣赏

那一天他们又在肯特里特河边平原上的村庄里找到住处。此河宽约二普勒特隆,介于亚美尼亚和卡杜客亚人地带之间。在这里希军得到喘息,他们很高兴看到平原。此河离卡杜客亚人山地有六七司塔迪之远。这时，他们便走进住处，很高兴，因为他们有给养，又有那些刚刚过去的苦难的回忆。在他们经过卡杜客亚人土地行军的这七天当中，他们总在不断地战斗，所受的罪比波斯国王和蒂萨弗尼斯所招致的全部加在一起还要多。所以，感到免除了这些麻烦，他们便欣然就寝安歇了。

可是，天亮时，他们发现河对岸有一队全副武装的骑兵，准备阻挡他们的去路。骑兵上面是悬崖峭壁，也有列好战阵的步兵，要阻止他们推进到亚美尼亚。所有这些都是奥戎塔斯和阿图卡斯的队伍，其中有亚美尼亚人、马尔狄亚人和卡尔丹雇佣兵。据说卡尔丹人是独立的、英武的人民。他们使用长藤盾牌和长矛做武器。方才所说的摆好队伍的悬崖离河有三四普勒特隆远，看见的只有一条路通向该处，显然是人工路。于是在这个地点希军准备过河。可是当他们试图过河时，发现水深没胸，而且河底有大而滑的石头，很不平整。另外，他们无法在水中携带盾牌，因为如果那样水流就会把他们冲走。若是顶在头上，身躯便无法避免弓箭和其他弹丸的攻击。于是他们转回来在河边扎下营来。同时，在前一夜所住地点的山边，他们能见到大批卡杜客亚人武装起来聚在一起。这时希军极为沮丧，因为有河难过，河那边且有队伍要阻挡他们渡河，而后面又有卡杜客亚人准备在他们强渡时攻其后队。

因此，他们在这里停了一天一夜，颇为焦急不安。但是色诺芬做了一梦：他被上了枷锁，但是枷锁自动脱落了，于是他自由了，能够想走多大步子就走多大步子了。天还没亮时，他去找客里索甫斯，告诉他说有希望一切会好起来，并讲起他的梦，客里索甫斯很高兴。一等到天开始亮，所有将官就都来到跟前，着手祭神。第一个祭牲兆头就很吉利，于是将官和队长们便退下，发令让队伍吃早饭。

当色诺芬正在吃饭时，两个年轻人跑来见他。因为人们都知道，凡是有关战斗的事，不管他是在进早餐或正餐，都可以来找他；如果他在睡觉，也可以唤醒他向他报告。现在这两个年轻人是来报告他们在拣干柴准备生火时偶然间看到的河那边的情况：有一个老头、一个妇女和几个小姑娘把看来像衣服包裹似的东西藏进一直伸延到紧靠河边的岩石当中的岩洞里。看到这事，

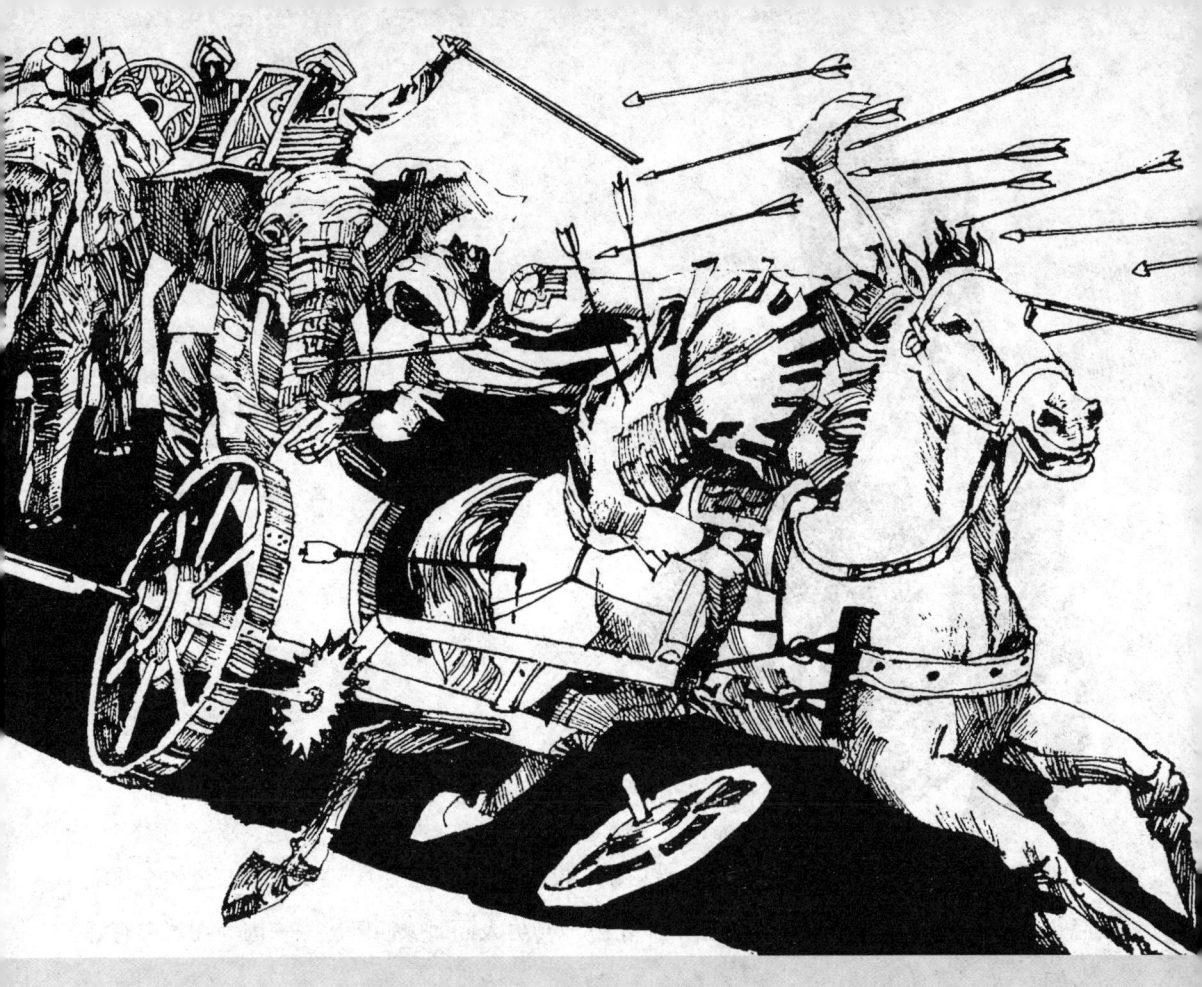

他们断定过河是安全的，因为这是一个敌人骑兵来不到的地方。于是他们脱了衣服，只带短刀，赤身去过河，以为他们必得泅水。但是向前走到对岸，连半腰都没有漫到。渡河之后，他们取了衣服包裹，便向色诺芬报告此事。色诺芬立刻对神祭酒，并指使侍从给青年倒了一杯，对显示了此梦和此渡口的神祈祷，也求神帮助实现其他好事。洒酒祭奠之后，他马上领着这两个青年去见客里索甫斯，向他重述了此事。客里索甫斯听了也对神祭酒。事后他们命令队伍打点行装，而他们自己把将官们叫来商议如何能最好地完成渡河任务，并打败前面的敌人而且不受后面敌人的伤害。最后他们决定让客里索甫斯带领一半队伍先行，试图渡河；另一半队伍同色诺芬暂时在后面停一下，辎重驮兽和随行人员在前后两部分队伍之间渡过。

　　这些安排令人满意地做好之后，他们出发了。年轻人靠河右岸在前面领路，从这里徒步跋涉到对岸约有四司塔迪之遥。当他们前进时，敌骑兵队也对着他们行进。希军到达渡口就停下来整装待命。客里索甫斯往头上戴了一个花环，打开他的罩袍，拿起武器，命令所有其他的人也这样做，并指使队长各自带领连队成纵队，一部分在他左侧，其余在右侧。

面带愠色的古希腊少女。

同时预卜官们在向河水祭神，而敌人在射箭、投石，但尚未击中。兆头吉利，全体士兵唱起赞歌并高声呐喊助阵，妇女们也都一个不差地与男人同时喊叫呼应——因为在营中有好多妇女。

这时客里索甫斯及其部下进入河中，而色诺芬则带领后卫部队中最机敏灵活的队伍开始向后全速奔向通往亚美尼亚山地道路对面的渡口，佯装出想要在那个地点渡河，从而切断沿河骑兵队伍的姿态。敌人一见客里索甫斯所部轻易无阻地渡过河来，而色诺芬和他的士兵却往后跑，大吃一惊，怕被切断，便全速逃奔向那条通向河边的道路。到了路上，他们便急忙向山上跑去。这时，指挥希军骑兵队伍的吕修斯和跟随客里索甫斯的轻装营指挥官埃司基尼斯看到敌人全面溃逃，便奋起直追；其余希军则呐喊助阵，要把这些逃兵一直逼到山上。此刻客里索甫斯过河之后，不想去追击敌人骑兵，而是马上冲过去向河边的峭崖上面的步兵攻去。这些兵，看到他们自己的骑兵在溃逃而又有重甲兵攻上前来，便放弃了河边高地。

色诺芬见到那一边一切进行顺利，便立即转身往回奔，与正在过河的队伍会合。因为这时他看到卡杜客亚人正在走下去进入平原，显然是想攻击最后面的部队。这时客里索甫斯占领了这些峭崖，吕修斯带领他的小队冒险向前追击，已经俘获了敌人的行李辎重队的零散部分，掳获物中有上好衣装和杯子。当希军辎重队和随行人员正在渡河时，色诺芬掉转部队，面向卡杜客亚人并下令队长各自把自己的连队按班编排，使各班向左列好战阵。于是队长和班长们便面向卡杜客亚人，而使队尾停在向着河的一边。卡杜客亚人一见后卫部队没有了那群随行人员，看来人数并不多，便更加迅急地攻上前来，口里还唱着一种歌。在客里索甫斯方面，因为一切都安全，他便把轻装步兵投石手和弓箭手派回到色诺芬处，让他们去执行色诺芬的任何命令。但当看到他们开始过河时，色诺芬派来一名信使，让他们就地停留在河岸上，不要渡过河来。但当他自己的队伍该开始过河时，他们要在对面下到河里，在这边和那边，都好像要渡河，投枪手握持箍带，弓箭手箭在弦上，但不要行进很远。色诺芬命令自己的士兵，当投石能打到盾牌发出响声时，要奏起胜利赞歌，冲击敌人。当敌人转身逃跑、河岸上的号手吹起冲锋号时，他们要向右转，队尾带头，全体士兵要尽快地跑去渡河，各守各的队位，以免互相影响。第一个到达彼岸的是英雄。卡杜客亚人看到希军剩下的人不多了（因为甚至连指派留下的人也有的走开去照看驮兽、行装或妇女去了），便勇猛地逼上前去，开始投石、射箭。于是希军响起了胜利赞歌，跑步向他们冲击。他们没有迎战，因为，虽然他们装备齐全足以在山中进攻和退却，但不足以与对方交手战斗。此刻希军号手发出信号，一方面敌人开始比以前更快地奔逃，一方面希军则掉转头来极迅速地自己逃走渡过了河。有少数敌军觉察到这种行动，跑回来到河边射箭伤了少数希兵，但他们当中大多数人，甚至希军已到河的彼岸时，仍可见到还在继续奔逃。同时，前来迎接色诺芬的队伍行动勇猛，前进得过于远了。他们在色诺芬所部的后面渡河回去，也有些人受伤。

名言名段

·幸福就在于奢华宴乐。而我则以为，能够一无所求才是像神仙一样，所需求的愈少，也就会愈接近于神仙；神性就是完美，愈接近于神性也就是愈接近于完美。

作者	文体	推荐理由
柏拉图	对话体	当代哲学家怀特海这样来赞誉柏拉图及他的作品："两千年的西方哲学史都是在为柏拉图的学说思想做注脚。"

博综之思的结晶
——《理想国》节选

作者生平

柏拉图，原名阿里斯托克利，古希腊著名的思想家，是西方哲学史上第一个使唯心论哲学体系化的人。

公元前427年，柏拉图生于雅典的一个名门望族家里。柏拉图幼年受过良好的教育，最初对诗歌艺术感兴趣，后来从事哲学研究。公元前407年，20岁的柏拉图从学于著名哲学家苏格拉底，并成为苏格拉底的忠实信徒。公元前387年，柏拉图在雅典一所称为阿加德米的体育馆附近设立了一所学园。此后，柏拉图在此执教四十年，直至逝世。

今天，以柏拉图的名义流传下来的著作有三十多篇对话和十余封书信，其中真伪掺杂。经后世的学者考辨，已经大致厘定出归于柏拉图名下的著作。柏拉图的著作大多是以对话体裁写成的。其中最著名的、影响最大的无疑还是他的《理想国》。

名文欣赏

苏：接下来让我们把受过教育的人与没受过教育的人的本质比作下述情形。让我们想象一个洞穴式的地下室，它有一条长长的通道通向外面，可让和洞穴一样宽的一道亮光照进来。有一些人从小就住在这洞穴里，头颈和腿脚都绑着，不能走动也不能转头，只能向前看着洞穴后壁。让我们再想象在他们背后远处高些的地方有东西燃烧着发出火光。在火光和这些被囚禁者之间，在洞外上面有一条路。沿着路边已筑有一带矮墙，矮墙的作用像傀儡戏演员在自己和观众之间设的一道屏障，他们把木偶举到屏障上头去表演。

格：我看见了。

苏：接下来让我们想象有一些人拿着各种器物举过墙头，从墙后面走过，有的还举着用木料、石料或其他材料制作的假人和假兽。而这些过路人，你可以料到有的在说话，有的不说话。

格：你说的是一个奇特的比喻和一些奇特的囚徒。

苏：不，他们是一些和我们一样的人。你且说说看，你认为这些囚徒除了火光投射到他们对面洞壁上的阴影外，他们还能看到自己的或同伴们的什么呢？

格：如果他们一辈子头颈被限制住了从而不能转动，他们又怎能看到别的什么呢？

苏：那么，后面路上的人举着的东西，除了它们的阴影外，囚徒们能看到它们别的什么吗？

格：当然不能。

苏：那么，如果囚徒们能彼此交谈，你不认为，他们会断定，他们在讲自己所看到的阴影时是在讲实物本身吗？

格：必定如此。

苏：又如果一个过路人发出声音，引起囚徒对面洞壁的回声，你不认为，囚徒们会断定，这是他们对面洞壁上移动的阴影发出的吗？

格：他们一定会这样断定的。

苏：因此无疑，这种人不会想到，上述事物除阴影外还有什么别的存在。

格：无疑的。

苏：那么，请设想一下，如果他们被解除禁锢，矫正迷误，你认为这时他们会怎样呢？如果真的发生如下的事情：其中有一人被解除了桎梏，被迫突然站了起来，转头环视，走动，抬头看到火光，你认为这时他会怎样呢？他在做这些动作时会感觉痛苦的，并且，由于眼花缭乱，他无法看见那些他原来只看见其阴影的实物。如果有人告诉他，说他过去惯常看到的全然是虚假，如今他由于被扭向了比较真实的器物，接近了实在，所见比较真实了，你认为他听了这话会说些什么呢？如果再有人把墙头上过去的每一器物指给他看，并且逼他说出那是些什么，你不认为，这时他会不知说什么是好，并且认为他过去所看到的阴影比现在所看到的实物更真实吗？

格：更真实得多呀！

苏：如果他被迫看火光本身，他的眼睛会感到痛苦，他会转身走开，仍旧逃向那些他能够看清而且确实认为比人家所指示的实物还更清楚更实在的影像的。不是吗？

格：会这样的。

苏：再说，如果有人硬拉他走上一条陡峭崎岖的坡道，直到把他拉出洞穴见到了外面的阳光，不让他中途退回去，他会觉得这样被强迫着走很痛苦，并且感到恼火；当他来到阳光下时，他会觉得眼前金星乱蹦金蛇乱串，以致无法看见任何一个现在被称为真实的事物的。你不认为会这样吗？

格：噢，的确不是一下子就能看得见的。

苏：因此我认为，要他能在洞穴外面的高处看得见东西，大概需要有一个逐渐习惯的过程。首先大概看阴影最容易，其次要数看人和其他东西在水中的倒影容易，再次是看东西本身。经过这些之后他大概会觉得在夜里观察天象和天空本身，看月光和星光，比白天看太阳和太阳光容易。

格：当然。

苏：这样一来，我认为，他大概终于能直接观看太阳本身，看见他的真相了，就可以不必通过水中的倒影或影像，或任何其他媒介中显示出的影像来看它了，就可以在它本来的地方就其本身看见其本相了。

格：这是一定的。

苏：接着他大概对此已经可以得出结论了：造成四季交替和年岁周期，主宰可见世界一切事物的正是这个太阳，它也就是他们过去通过某种曲折方式看见的所有那些事物的原因。

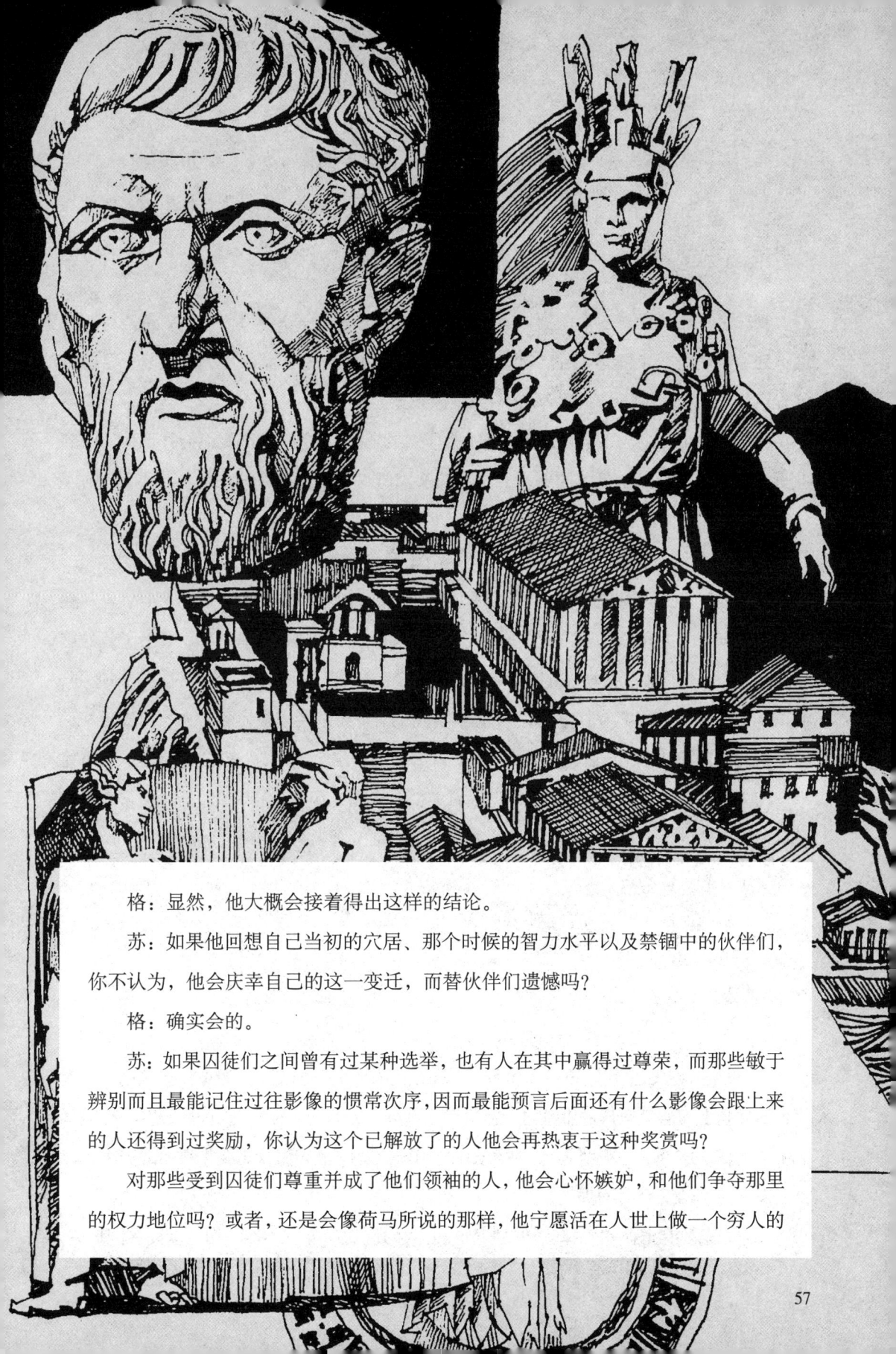

格：显然，他大概会接着得出这样的结论。

苏：如果他回想自己当初的穴居、那个时候的智力水平以及禁锢中的伙伴们，你不认为，他会庆幸自己的这一变迁，而替伙伴们遗憾吗？

格：确实会的。

苏：如果囚徒们之间曾有过某种选举，也有人在其中赢得过尊荣，而那些敏于辨别而且最能记住过往影像的惯常次序,因而最能预言后面还有什么影像会跟上来的人还得到过奖励，你认为这个已解放了的人他会再热衷于这种奖赏吗？

对那些受到囚徒们尊重并成了他们领袖的人，他会心怀嫉妒，和他们争夺那里的权力地位吗？或者，还是会像荷马所说的那样，他宁愿活在人世上做一个穷人的奴隶，受苦受难，也不愿和囚徒们有共同意见，再过他们那种生活呢？

格：我想，他会宁愿忍受任何苦楚也不愿再过囚徒生活的。

苏：如果他又回到地穴中坐在他原来的位置上，你认为会怎么样呢？他由于突然地离开阳光走进地穴，他的眼睛不会因黑暗而变得什么也看不见吗？

格：一定是这样的。

苏：这时他的视力还很模糊，还没来得及习惯于黑暗——再习惯于黑暗所需的时间也不会是很短的。如果有人趁这时就要他和那些始终禁锢在地穴中的人们较量一下"评价影像"，他不会遭到嘲笑吗？人家不会说他到上面去走了一趟，回来眼睛就坏了，不会说甚至连起一个往上去的念头都是不值得的吗？要是把那个打算释放他们并把他们带到上面去的人逮住杀掉是可以的话，他们不会杀掉他吗？

格：他们一定会的。

苏：亲爱的格劳孔，现在我们必须把这个比喻整个儿地应用到前面讲过的事情上去，把地穴囚室比喻成可见世界，把火光比喻成太阳的能力。如果你把从地穴到上面世界并在上面看见东西的上升过程和灵魂上升到可知世界的上升过程联想起来，你就领会了我的这一解释了，既然你急于要听我的解释。至于这一解释本身是不是对，这是只有神知道的。但是无论如何，我觉得，在可知世界中最后看见的，而且是要作很大的努力才能最后看见的东西乃是善的理念。我们一旦看见了它，就必定能得出下述结论：它的确就是一切事物中一切正确者和美者的原因，就是可见世界中创造光和光源者，在可理知世界中它本身就是真理和理性的决定性源泉；任何人凡能在私人生活或公共生活中行事合乎理性的，必定是看见了善的理念的。

格：就我所能了解的而言，我都同意。

名言名段

·……把地穴囚室比喻成可见世界，把火光比喻成太阳的能力。如果你把从地穴到上面世界并在上面看见东西的上升过程和灵魂上升到可知世界的上升过程联想起来，你就领会了我的这一解释了……我觉得，在可知世界中最后看见的，而且是要作很大的努力才能最后看见的东西乃是善的理念。

·你心里要有把握，除掉颂神的和赞美好人的诗歌以外，不准一切诗歌闯入国境。

作者	文体	推荐理由
柏拉图	对话体	以对话的形式、贴切的比喻,阐述了文学灵感的来源与文学魅力永存的根由。是西方美学思想的初步展现,也是后人研究这一领域的引路人。

西方美学思想之源
——《迷狂和灵感》

作者生平

柏拉图,原名阿里斯托克勒,古希腊著名的思想家,是西方哲学史上第一个使唯心论哲学体系化的人。

公元前427年,柏拉图生于雅典的一个名门望族。

柏拉图幼年受过良好的教育,最初对诗歌艺术感兴趣,后来从事哲学研究。公元前407年,20岁的柏拉图从学于著名哲学家苏格拉底,并成为苏格拉底的忠实信徒。

公元前387年,柏拉图在雅典,在一所称为阿加德米(Academy)的体育馆附近设立了一所学园。柏拉图在此执教40年,直至逝世。

今天,以柏拉图的名义流传下来的有30多篇对话和十余封书信,其中真伪掺杂。经后世的学者考辨,已经大致厘定出归于柏拉图名下的著作。柏拉图的著作大多是以对话体裁写成的。其中最著名的,影响最大的无疑还是他的《理想国》。

名文欣赏

伊：我不能否认，苏格拉底。可是我自觉解说荷马比谁都强，可说的意思也比谁都要多，舆论也是这样看。对于其他诗人，我就不能解说得那样好，请问这是什么缘故？

苏：这缘故我懂得，伊安，让我来告诉你。你这副长于解说荷马的本领并不是一种技艺，而是一种灵感，像我已经说过的。有一种神力在驱使你，像欧里庇得斯所说的磁石，就是一般人所谓"赫剌克勒斯石"。磁石不仅能吸引铁环本身，而且把吸引力传给那些铁环，使他们也像磁石一样，能吸引其他铁环。有时你看到许多个铁环互相吸引着，挂成一条长锁链，这些全从一块磁石得到悬在一起的力量。诗神就像这块磁石，她首先给人灵感，得到这灵感的人们又把它递传给旁人，让旁人接上他们，挂成一条锁链。凡是高明的诗人，无论在史诗或抒情诗方面都不是凭技艺来做成他们的优美的诗歌，而是因为他们得到灵感，有神力凭附着。科里班特巫师们在舞蹈时，心理都受一种迷狂支配；抒情诗人们在作诗时也是如此。他们一旦受到音乐和韵节力量的支配，就感到酒神的狂欢，由于这种灵感的影响，他们正如酒神的女信徒们受酒神凭附，可以从河水中汲取乳蜜，这是她们在神志清醒时所不能做的事。抒情诗人的心灵也正像这样，他们自己也说他们像酿蜜，飞到诗神的园里，从流蜜的泉源吸取精英，来酿成他们的诗歌。他们这番话是不错的，因为诗人是一种轻飘的长着羽翼的神明的东西，不得到灵感，不失去平常理智而陷入迷狂，就没有能力创造，就不能做诗或代神说话。诗人们对于他们所写的那些题材，说出那样多的优美词句，像你自己解说荷马那样，并非凭技艺的规矩，而是依诗神的驱遣。因为诗人制作都是凭神力而不是凭技艺。他们各随所长，专做某一类诗，例如激昂的酒神歌、颂神诗、合唱歌、史诗，或短长格诗，长于某一种体裁的不一定长于他种体裁。假如诗人可以凭技艺的规矩去制作，这种情形就不会有，她就会遇到任何题目都一样能做。神对于诗人们像对于占卜家和预言家一样，夺去他们的平常理智，用他们做代言人，正因为要使听众知道，诗人并非借自己的力量在无知无觉中说出那些珍贵的词句，而是由神凭附着来向人说话。卡尔喀斯人廷尼科斯是一个著例，可以证明我的话。他平生只写了一首著名的《谢神歌》，那是人人歌唱的，此外就不曾写过什么值得记忆的作品。这首《谢神歌》倒真是一首最美的抒情诗。不愧为"诗神的作品"，像他自己称呼它的。神好像用这个实例来告诉我们，让我们不用怀疑，这类优美的诗歌本质上不是人的而是神的，不是人的制作而是神的诏语；诗人只是神的代言人，由神凭附着。最平庸的诗人也有时唱出最美妙的诗歌，神不是有意借此教训这个道理吗？伊安，我的话对不对？

伊：对，苏格拉底，我觉得你对。你的话说服了我，我现在好像明白了大诗人们都是受到灵感的神的代言人。

苏：而你们诵诗人又是诗人的代言人？

伊：这也不错。

苏：那么，你们是代言人的代言人？

伊：的确。

……

苏：你说过诵诗人的技艺和御车人的技艺不同，记得不？

伊：还记得。

苏：你也承认过，它们既然不同，就有不同的知识题材。

伊：对。

苏：那么，根据你自己的话，诵诗人不能对所有的事情都知道，诵诗的技艺也不能包括一切知识。

伊：我敢说，可能有些例外，苏格拉底。

苏：你的意思是说，诵诗人对其他技艺的题材不全知道，既然不全知道，知道的究竟是哪些呢？

伊：他会知道男人和女人，自由人和奴隶，统治者和被统治者，是什么样身份，该怎样活。

苏：你是否说，一个诵诗人会比一位驾驶人，对于一个船长在海浪颠簸时所应该说的话，知道得更清楚？

伊：不是，驾驶人知道得最清楚。

苏：诵诗人是否比医生还更能知道诊病人所应该说的话？

古希腊雕塑家米隆的作品《掷铁饼者》。

伊：不能。

苏：但是他会知道奴隶所应该说的话？

伊：他会知道。

苏：假如那奴隶是一个牧牛人，在设法驯服发狂的牛时，他应该说什么话？诵诗人是否比牧牛人知道得更清楚呢？

德国画家安泽尔姆·费尔巴哈所绘的《柏拉图的宴会》。

伊：他不能比牧牛人知道得更清楚。

苏：他知道一个纺织妇关于纺织羊毛所应该说的话吗？

伊：他不知道。

苏：但是他知道一个将官劝导兵士所应该说的话？

伊：是，那类事情是诵诗人知道的。

苏：那么，诵诗人的技艺就是将官的技艺吗？

伊：我知道一个将官该说的话——这一点我却有把握。

苏：在评判将官的技艺时，你是站在将官的身份上，还是站在诵诗人的身份上，来评判它呢？

伊：在我看，那并没有什么分别。

苏：这话怎样讲？你说诵诗人的技艺和将官的技艺是一样的？

伊：对，完全一样。

苏：那么，一个高明的诵诗人同时也就是一个高明的将官？

伊：当然是那样，苏格拉底。

苏：一个高明的将官同时也就是一个高明的诵诗人？

伊：不，我倒没有那样说。

苏：但是你说高明的诵诗人同时就是高明的将官？

伊：不错。

苏：你是希腊的最高明的诵诗人吧？

伊：首屈一指，苏格拉底。

苏：你也是希腊的最高明的将官吗？

伊：当然，苏格拉底；荷马就是我的老师。

苏：那么，伊安，你既然不仅是希腊的最好的诵诗人，而且也是希腊的最好的将官，可是你在希腊走来走去，总是诵诗，不当将官，这是什么缘故？你以为希腊只需要戴金冠的诵诗人，而不需要将官吗？

伊：理由很简单，我们以弗所人是你们雅典人的仆从和兵卒，不需要将官。而你们雅典和斯巴达也不会请我去当将官，因为你们自信有足够的将官。

苏：好伊安，你没有听说过奎卒库人亚波罗多柔吗？

伊：你说的是谁？

苏：他虽是一个外国人，却屡次被雅典选为将官。此外还有安竺若人法诺特尼斯，克左拉弥尼人赫刺克利第，虽然也都是外国人，因为才能卓著，也都被雅典任命，统领过军队，还任过其他官职。如果以弗所人伊安先生有本领，雅典人不也会选他做将官，拿尊贵的职位给他吗？以弗所人本来不就是雅典人，而他们的城邦不也很不平凡吗？你说你宣扬荷马是凭技艺知识；如果这话是真的，你就不免欺哄我了。你在我面前自夸对于荷马知道许多珍贵的东西，而且允许我领教，可是到我再三恳求你的时候，你不但不肯显示你的本领，而且不肯说你究竟擅长哪些题材，你这不是欺哄我吗？你真像普洛透斯，会变许多形状；你左变右变，弯来扭去，变成各色各样的人物，到最后，你装成一个将官！你想溜脱了我的手掌心，不显出你朗诵荷马的本领！像我刚才所说的，若是你对荷马真有技艺的知识，允许我领教，口惠而实不至，你就真是在欺哄我。不过你如果并没有技艺的熟识，对

63

柏拉图认为毕达哥拉斯发展了对数字的宗教式的敬畏,并可以在它们的几何形式中获得灵感和愉悦。

荷马能说出那些优美的词句,是不由意识的,凭荷马灵感的,就像我所想的那样,我就不能怪你不诚实了。不诚实呢,受灵感支配呢,你究竟愿居哪一项?

伊:这两项差别倒很大,受灵感支配总比不诚实要好得多。

苏:那么,伊安,我也就朝好的一边想,认为你的宣扬荷马的本领不是凭技艺的知识,而是凭灵感。

名言名段

·凡是高明的诗人,无论在史诗或抒情诗方面都不是凭技艺来做成他们的优美的诗歌,而是因为他们得到灵感,有神力凭附着……因为诗人是一种轻飘的长着羽翼的神明的东西,不得到灵感,不失去平常理智而陷入迷狂,就没有能力创造,就不能做诗或代神说话。诗人们对于他们所写的那些题材,说出那样多的优美词句,像你自己解说荷马那样,并非凭技艺的规矩,而是依诗神的驱遣。

作者	文体	推荐理由
亚里士多德	议论文	俄国美学家车尔尼雪夫斯基这样评价本文："它是第一篇最重要的美学论文，也是前世纪末叶至今一切美学概念的根据。"

打开古希腊文学宝库的钥匙
——《悲剧的定义》

作者生平

公元前384年，亚里士多德出生在马其顿。17岁时，亚里士多德到达雅典，在柏拉图的学园里学习了二十年。亚里士多德钻研各科知识，是柏拉图弟子中最出类拔萃的，柏拉图称之为"学园的精英"。

亚里士多德学成后，逐步形成自己的思想体系，开始对柏拉图学派逐渐采取批判接受的态度。

名文欣赏

悲剧是对一个严肃、完整、有一定长度的行动的模仿，它的媒介是经过"装饰"的语言，以不同的形式分别被用于悲剧的不同部分，它的模仿方式是借助人物的行动，而不是叙述，通过引发怜悯和恐惧使这些情感得到疏泄。所谓"经过装饰的语言"，指包含节奏和音调，即唱段的语言。所谓"以不同的形式分别被用于不同的部分"，指悲剧的某些部分仅用格律文，而另一些部分则以唱段的形式组成。

既然模仿通过行动中的人物进行，那么，戏景的装饰就必然应是悲剧的一部分，此外，唱段和言语亦是悲剧的一部分，因为它们是人物进行模仿的媒介。所谓"言语"，指格律文的合成本身，至于"唱段"的潜力，我想不说大家也知道。既然悲剧是对行动的模仿，而这种模仿是通过行动中的人物进行的，这些人的性格和思想就必然会表明他们的属类（因为只有根据此二者我们才能估量行动的性质，而人的成功与失败取决于自己的行动）。因此，情节是对行动的模仿，这里说的"情节"指事件的组合。所谓"性格"，指的是这样一种成分，通过它，我们可以判断行动者的属类。"思想"——我的意思是——体现在论证观点或述说一般道理的言论里。

由此可见，作为一个整体，悲剧必须包括如下六个决定其性质的成分，即情节、性格、言语、思想、戏景和唱段，其中两个指模仿的媒介，一个指模仿的方式，另三个为模仿的对象。形成悲剧艺术的成分尽列于此。不少诗人——或许可以这么说——使用了这些成分，因为作为一个整体，戏剧包括戏景、性格、情节、言语、唱段和思想。

事件的组合是成分中最重要的，因为悲剧模仿的不是人，而是行动和生活（人的幸福与不幸均体现在行动之中；生活的目的是某种行动，而不是品质；人的性格决定他们的品质，但他们的幸福与否却取决于自己的行动），所以，人物不是为了表现性格才行动，而是为了行动才需要性格的配合。由此可见，事件，即情节是悲剧的目的，而目的是一切事物中最重要的。此外，没有行动即没有悲剧，但没有性格，悲剧却可能依然成立。事实上，当代大多数悲剧诗人的作品缺少性格，一般说来，许多诗人的作品也都有这个毛病。再以画家为例，比较珀鲁格诺托斯和富克西斯的作品可以看出，前者善于刻画性格，而后者的画作却无性格可言。再则，要取得我们所说的悲剧的功效，只靠把能表现性格、言语和思想都处理得很妥帖的话语连接起来是不够的；相反，一部悲剧，即使在这些方面处理得差一些，但只要有情节，即只要是由事件组合而成的，却可在达到上述目的方面取得好得多的成效。另外，悲剧中的两个最能打动人心的成分是属于情节的部分，即突转和发现。还有一点可资证明：新手们一般在尚未熟练掌握编排情节的本领之前，即能稔熟地使用言语和塑造性格——在这一点上，过去的诗人也几无例外。

因此，情节是悲剧的根本，用形象的话来说，是悲剧的灵魂。性格的重要性占第二位（类似的情况也见之于绘画：一幅黑白素描比各种最好看的颜料的胡乱堆砌更能使人产生快感）。悲剧是对行动的模仿，它模仿行动中的人物，是出于模仿行动的需要。

第三个成分是思想。思想指能够得体地、恰如其分地表述见解的能力；在演说中，此乃政治和修辞艺术的功用。"昔日的诗人让人物像政治家似的发表议论，今天的诗人则让人物像修辞学家似的讲话。"性格展示抉择（无论何种）的性质（在取舍不明的情况下），因此，一番话如果根本不表示说话人的取舍，是不能表现性格的。思想体现在论证事物的真伪或讲述一般道理的言论里。

　　第四个成分是话语中的言语。所谓"言语"，正如我们说过的，指用词表达意思，其潜力在诗里和在散文里都一样。在剩下的成分里，唱段是最重要的"装饰"。戏景虽能吸引人，却最少艺术性，和诗艺的关系也最疏。一部悲剧，即使不通过演出和演员的表演，也不会失去它的潜力。此外，在决定戏景的效果方面，服装面具师的艺术比诗人的艺术起着更为重要的作用。

名言名段

　　·悲剧是对一个严肃、完整、有一定长度的行动的模仿，它的媒介是经过"装饰"的语言，以不同的形式分别被用于悲剧的不同部分，它的模仿方式是借助人物的行动，而不是叙述，通过引发怜悯和恐惧使这些情感得到疏泄。

▼ 意大利文艺复兴时期"艺坛三杰"之一——拉斐尔所绘的《雅典学派》。

作者	文体	推荐理由
亚里士多德	议论文	古希腊哲学中对世界本原解释得最为深邃与鲜明的文章,是对哲学与智慧最为独特与理性的诠释。作品不仅是人类哲学思辨的开启,更是后人科学研究的前奏。

纯哲学的世界
——《哲学与智慧》

作者生平

公元前384年,亚里士多德出生在马其顿。17岁时,亚里士多德到达雅典,在柏拉图的学园里学习了二十年。亚里士多德钻研各科知识,是柏拉图弟子中最出类拔萃的,柏拉图称之为"学园的精英"。

亚里士多德学成后,逐步形成自己的思想体系,开始对柏拉图学派逐渐采取批判接受的态度。

名文欣赏

因为我们正在寻求这门知识,我们必须研究"智慧"是哪一类原因与原理的知识。如果注意到我们对于"哲人"的诠释,这便可有较明白的答案。我们先假定:哲人知道一切可知的事物,虽于每一事物的细节未必全知道;谁能懂得众人所难知的事物,我们也称他有智慧(感觉既人人所同有而易得,这就不算智慧);又,谁能更擅于并更真切地教

▲ 古希腊哲学家通过沉思与辩论发现哲理与智慧。

授各门知识之原因,谁也就该是更富于智慧;为这门学术本身而探求的知识总是较之为其应用而探求的知识更近于智慧,高级学术也较之次级学术更近于智慧;哲人应该施为,不应被施为,他不应听从他人,智慧较少的人应该听从他。

　　这些就是我们关于智慧与哲人的诠释。这样,博学的特征必须属于具备最高级普遍知识的人;因为如有一物不明,就不能说是普遍。而最普遍的就是人类所最难知的;因为它们离感觉最远。最精确的学术是那些特重基本原理的学术;而所包涵原理愈少的学术又比那些包涵更多辅加原理的学术更为精确,例如算术与几何。研究原因的学术较之不问原因的学术更为有益;只有那些能识万物原因的人能教诲我们。知识与理解的追索,在最可知事物中,所可获得的也必最多(凡为求知而求知的人,自然选取最真实的也就是最可知的知识)。原理与原因是最可知的,明白了原理与原因,其他一切由此可得明白,若凭次级学术,这就不会搞明白的。凡能得知每一事物所必至的终极者,这些学术必然优于那些次级学术;这终极目的,个别而论就是一事物的"本善",一般而论就是全宇宙的"至善"。上述各项均当归于同一学术;这必是一门研究原理与原因的学术;所谓"善"亦即"终极",本为诸因之一。

69

古希腊伟大的思想家亚里士多德雕像。

就从早期哲学家的历史来看，也可以明白，这类学术不是一门制造学术。古往今来人们开始哲理探索，都应起于对自然万物的惊异；他们先是惊异于种种令人迷惑的现象，逐渐积累一点一滴的解释，对一些较重大的问题，例如日月与星的运行以及宇宙之产生，做出说明。一个有所迷惑与惊异的人，常自愧愚蠢（因此神话所编录的全是怪异，凡爱好神话的人也是爱好智慧的人）；他们探索哲理只是为脱离愚蠢，显然，他们为求知而从事学术研究，并无任何实用的目的。这个可由事实为之证明：这类学术研究的开始，都在人生的必需品以及使人快乐安适的种种事物几乎全都获得了以后。这样，显然，我们不为任何其他利益而找寻智慧；只因人本自由，为自己的生存而生存，不为别人的生存而生存，所以我们认取哲学为唯一的自由学术而深加探索，这正是为学术自身而成立的唯一学术。

名言名段

· 人本自由，为自己的生存而生存，不为别人的生存而生存。

· 求知是人类的本性。我们乐于使用我们的感觉就是一个说明；即使并无实用，人们总爱好感觉，而在诸感觉中，尤重视觉。

作者	文体	推荐理由
亚里士多德	议论文	人类逻辑科学的奠基之作。文章提出了系统的理论，详细地研究了推理的形式，提出了以三段理论为中心的演绎推理体系，并为作者赢得了"逻辑学之父"的桂冠。

知识的工具
——《关于推理》

作者生平

公元前384年，亚里士多德出生在马其顿。17岁时，亚里士多德到达雅典，在柏拉图的学园里学习了二十年。亚里士多德钻研各科知识，是柏拉图弟子中最出类拔萃的，柏拉图称之为"学园的精英"。

亚里士多德学成后，逐步形成自己的思想体系，开始对柏拉图学派逐渐采取批判接受的态度。

名文欣赏

本文的目的在于寻求一种探索的方法，通过它，我们就能从普遍接受所提出的任何问题来进行推理；并且，当我们自己提出论证时，不至于说出自相矛盾的话。为此，我们必须首先说明什么是推理以及它有些什么不同的种类，以便掌握辩证的推理，因为这就是我们在本文里所研究的主题。

推理是一种论证，其中有些被设定为前提，另外的判断则必然地由它们产生。当推理由以出发的前提是真实的和原初的时，或者当我们对于它们的最初知识是来自于某些原初的和真实的前提时，这种推理就是证明的。从普遍接受的意见出发进行的推理是辩证的推理。所谓真实的和原初的，是指那些不因其他而自身就具有可靠性的东西。不应该穷究知识第一原理的缘由，因为每个第一原理都由于自身而具有可靠性。所谓普遍接受的意见，是指那些被一切人或多数人或贤哲们，即被全体或多数或其中最负盛名的贤哲们所公认的意见。从似乎是被普遍接受但实际上并非如此的意见出发以及似乎从是普遍接受的意见或者好像是被普遍接受的意见出发所进行的推理就是争执的，因为并非一切似乎被普遍接受的意见就真的是被普遍接受了。在所谓的被普遍接受的意见中，没有一种会像争执的论证的第一原理那样非常明显地出现在表面。因为其中谬误的性质十分明显，多数人，甚至理解力很差的人也能发现。可见，在上述的那些争执型的推理中，前者称得上是推理，其余的则是争执的推论，而不是推理，因为它似乎是推理，其实并不是。

除了所有上述的推理外，还有一些从只适于某些特殊学科的前提出发而进行的虚假推论，如像在几何学及其相关学科中出现的。这类推理与上述的种种推理似乎不同。因为画错图形的人既不是从真实的和原初的东西，也不是从普遍接受的意见出发来推理的。因为他没有依照定义，也不根据一切人或多数人或贤哲们，亦即全体或多数或其中最负盛名的贤哲所公认的意见，而是从那些虽适于特定学科但并不真实的假定出发来进行推理的。由于他不恰当地绘制半圆形，或是由于他使用不可能的方法画了若干直线，从而导致了错误的结论。

上面所说，可以视为是对推理种类的概述。一般说来，有前面讲过的一切和后面要讲的一切，关于它们的区别我们就充分地说明了。因为我们的目的不是要对每一种推理下一精确定义，而只是想对它们做粗略说明。因此，只要能够用某种方式去认识它们之中的任何一个，对我们来说就已经完全够了。

继上述论述之后，接下来应该说明的就是关于本文有什么作用以及有多少作用的问题。它的作用有三：关于智力训练，关于交往会谈，关于哲学知识。它对于智力训练的作用是显而易见的，因为有了方法，我们就能更容易地论证提出的有关问题。它对于交往会谈也有作用。因为一旦涉及多数人的意见时，我们不是以其他人，而是以他们自己的看法为依据来做出适当反应的，同时也能改变他们

的说法中对我们来说似乎是不正确的某种东西。它对于哲学的知识也有用，因为假如有了从两方面探讨问题的能力，我们就容易在每个方面洞察出真理与谬误。此外，对于与每门学科相关的初始原理，它也有用。因为从适于个别学科的本原出发是不可能对它们言说什么的，既然这些本原是其他一切事物的最初根据，而且，必然要通过关于每个东西的普遍意见来讨论它们。辩证法恰好特别适于这类任务，因为它的本性就是考察，内含有通向一切探索方法的本原之路。

名言名段

· 当我们具有了修辞、医学以及诸如此类的能力时，我们就会具备完全的方法。这就意味着我们从那些可以利用的材料出发以达到其目的。

作者	文体	推荐理由
亚里士多德	议论文	作者以平实的语言描绘了幸福和至善的最高范畴,提出了仁与善是人类幸福的基本原则。这一观点对西方伦理思想的形成产生了深远的影响。

人类文明的思想养料
——《什么是快乐》

作者生平

公元前384年,亚里士多德出生在马其顿。17岁时,亚里士多德到达雅典,在柏拉图的学园里学习了二十年。亚里士多德钻研各科知识,是柏拉图弟子中最出类拔萃的,柏拉图称之为"学园的精英"。

亚里士多德学成后,逐步形成自己的思想体系,开始对柏拉图学派逐渐采取批判接受的态度。

名文欣赏

在这一切之后,接着似乎应该谈一谈快乐。它看来最适合我们人类的天赋。所以,人们把快乐和痛苦当做教育青年的手段,同时,应该喜欢什么,应该憎恶什么,对伦理德性也是极其重要的。它们贯穿于整个生命,对德性和幸福生活产生巨大的影响和作用,因为,人们选择快乐,避免痛苦。忽略这些问题是不应该的,何况在这里众说纷纭。有些人说,古希腊大理石浮雕《骑马的行列》。

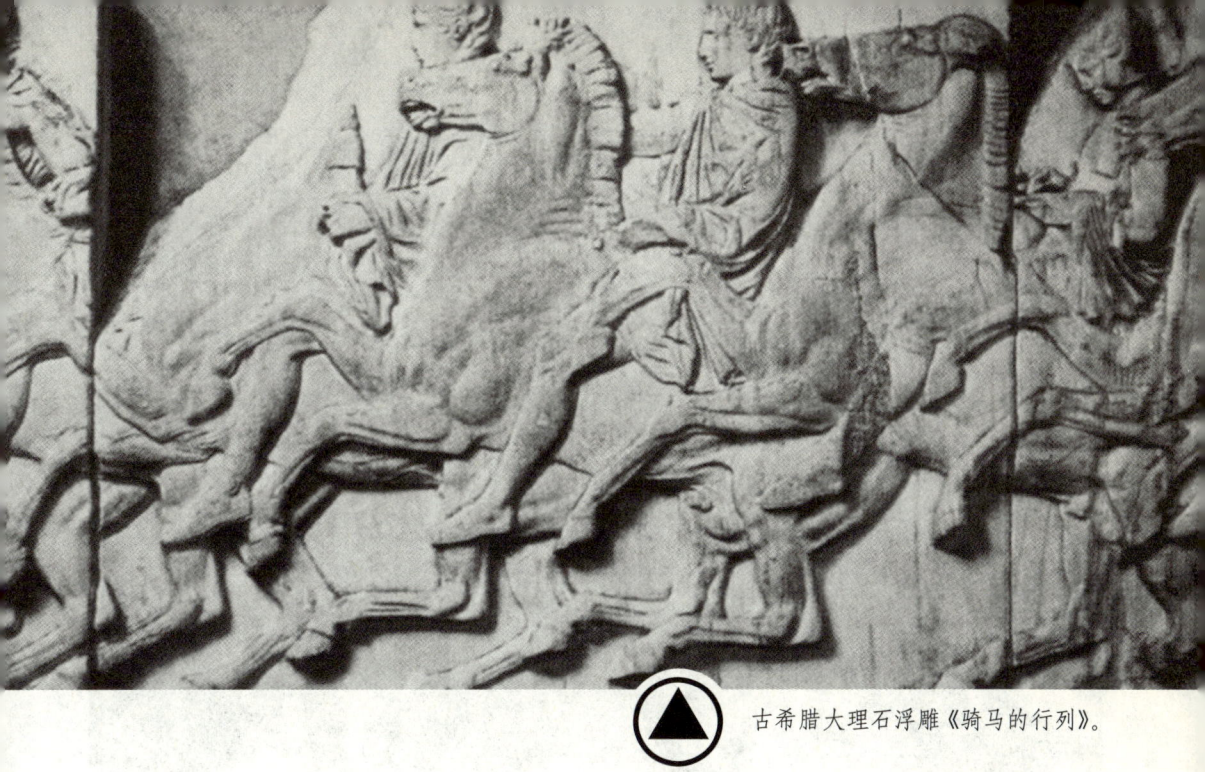

快乐就是善。有些人则相反，说它完全是恶。而在这些人中，有的人似乎相信是这样，有的人则认为，即使快乐不是恶，把它算作恶才有益于世道人心。因为，说来大多数人都是孜孜以求，要成为快乐的奴隶，所以应该矫枉过正，以求达到平衡。

这样的说法很可能不妥，与事实相比，在情感和实践上那些理论的可靠性比事情更小。人们在感觉上说了与事实不相符合的话，就要受到嘲笑，无人相信。一个菲薄快乐的人，有时被认为对此热衷，这就意味着它确实是人皆向往的事情，不过大多数人对它不能加以辨别而已。这样看来，理论的真理，不但对认识最为有用，在生活上也是如此。与事实相符人们就相信，促使对此能够理解的人们按照这种方式生活。这里说的已足够了，让我们进而讨论关于快乐的那些意见。

由于看到快乐为一切有理性的和无理性的所追求，所以优多克索斯认为快乐就是善。因为，在一切事物中，凡是被选择的东西就是可贵的，被最多选择的东西是最高贵的。现在既然快乐为一切生物之所趋，那么它对这一切当然是最高的善（每一生物都为自己寻求善，正如寻求食物一样）。为全部所追求的，对一切都是善的东西就是至善。人们相信这些说法并不是由于它们本身，而是由于伦理德性，因为他在人们看来很节制，而不会是个爱享乐的人，既然他不是作为享乐的朋友而说，事情就也许真是这样吧。

他还认为，与对立面相比，快乐之为善是很明显的。痛苦就其自身就为一切生物所逃

75

争论中的柏拉图与亚里士多德。

避,那么,它的反面就是为一切生物所欢迎。其次,凡是不以他物为手段,不以他物为目的而选择的东西才是最可贵的,众所周知,这就是快乐。一个人在享乐的时候并不问为什么享乐。看来快乐就是就其自身而被选择的。他还说,不论什么样的善,公正举动还是节制行为,只有增加快乐才更受到欢迎,善的事物由它而增长。

　　似乎这番论证,只不过指出快乐是各种善之一,并不能证明它比其他善更强。因为任何善与其他善在一起,比单个的更为人所重视。而利用这同一论证,柏拉图却证明善不是快乐。快乐的生活和明智相结合,比它自身更为人所珍重,如若它在混合后才更好,那就证明快乐并不是善,因为善是不需补充就应为人所选择的东西。所以,很显然,没有什么东西,即使加上善自身而更为人所选择,可能成为善。那么这个我们所能有的东西到底是什么呢?这就是我们所要寻求的。

　　在另一方面,有些人持相反意见,认为所有生物追求的东西并不就是善,不过是不知所云。我们说,凡是全体看来是善的东西,就是这种东西。有的人反对这种信念,然而他的话并不更令人相信些。如若这些只是无思想的东西所追求的,那么,所说的也许就是这样，如若有理性的东西也是这样，这话还有什么意义呢？或许在低等动物中，有一种比其自身更强大的善良本性，它追求本己的善。

就是关于对立面的论证，似乎也并不妥当。人们说，即便痛苦是恶，快乐也并不就是善。因为恶和恶也相对立，同时两者也和不相干的相对立，这话并不错，不过这里所说的并没道出真理。因为，如若两者都是恶，那么两者都应避免，如若属于不相干之类，那就或者都不相关，或者一律平等看待。而现在，人尽皆知，却是一个被当做恶来逃避，一个被当做善来选择，所以两者是对立的。

……

人们说，善是有限定的，快乐则无限定，因为它允许量的差异。如若对快乐可以做这种区别，那么对公正以及其他德性也可以在某些方面清楚地说出更高和更低来，而对德性行为也是如此。人可更公正、更勇敢，行为也可以更加公正、更加节制，或差一些。如若所说的是多种快乐，那么所指恐怕并不是原因，因为快乐可能既有混合的，也有纯粹的。

而快乐又为什么不能像健康那样，虽然是限定的，但又有程度上的差别呢？在全部健康中并没有同一的尺度，就是在同一事物中，也没有永不改变的尺度，它只能在消逝中作一定时间的停留，所以在度量上就有了区别。关于快乐可能也是这样。

其次，人们以善为完满，而运动和生成则是不完满的，于是力图证明快乐是运动和生成。这种说法看来不妥当，快乐并不是运动。快和慢是一切运动所固有的，不是就自身而言的（例如天体运动），而是相对于他物而言的。快乐则完全没有这种特性。被逗乐和被激怒可以是快的，但快乐感觉则不能快，也不相对于他物而言，如像行走、增长以及一切这类运动变得快乐的过程可以快，但这种实现活动，我说的是快乐本身，却没有快。

名言名段

·朋友和奉承者有明显区别，善和快乐是两件不同的事情。朋友的交往是为了善，而和奉承者相处则是为了快乐。一个要受到责备，另一个则被赞美，因为他交往的要求是不同的。

·理性的沉思活动则好像既有较高的严肃的价值，又不以本身之外的任何目的为目的，并且具有它自己本身所能有的愉快，而且具有自足性、悠闲舒适、持久不倦和其他被赋予最幸福的人的一切属性……这就是人的最完满的幸福。

作者	文体	推荐理由
亚里士多德	议论文	作品倡导建立一个理想的、健全的政体——由议事、行政、审判三要素构成。它论证了法律与政体的统一性。这一见解在西方政治思想史上产生了深远的影响。

西方政治学的先河
——《理想政体形式的条件》

作者生平

公元前384年，亚里士多德出生在马其顿。17岁时，亚里士多德到达雅典，在柏拉图的学园里学习了二十年。亚里士多德钻研各科知识，是柏拉图弟子中最出类拔萃的，柏拉图称之为"学园的精英"。

亚里士多德学成后，逐步形成自己的思想体系，开始对柏拉图学派逐渐采取批判接受的态度。

名文欣赏

理想政体形式的条件

这里，我们打算阐明，政治团体在具备了相当的物质条件以后，什么形式才是最好而又可能实现人们所设想的优良生活的体制。因此我们必须考察其他各家的政体的（理想）形式（不以我们的理想为限）；我们应该全面研究大家所公认为治理良好的各城邦中亚里士多德在给亚历山大讲课。

业已实施有效的各种体制以及那些声誉素著的思想家们的任何理想形式。我们这种研究希望使（实际的和理想的）各种政体的合乎道义而有益的各方面能够明示世人；也愿意世人知道我们的志向不在于显露才华，自炫智慧，这里只是由于我们对列国的史迹和现状以及各家的高论洞见其中的纰缪，不能不为之辨明而已。

我们应当从这个问题的自然起点开始。人们在进行政治组合时，该把哪些事物归社团公有？

在下列三者中必居其一：所有的公民必须把所有一切东西完全归公，或完全不归公，或一部分归公，另一部分仍归私有。既然是一个政治组合，竟然完全没有一些公有的东西，这当然是不可能的：每一城邦的建立，其政治体制必须把某些东西加以组合，至少是每一分子的住所应该在大家共同的疆界以内。称为一个"同邦公民"（同城市民），就隶属于同一城

79

▲ 古希腊帕斯特姆的雅典娜神庙。这个神庙将多利安式柱和爱奥尼亚式柱结合在一起，是非常完美的建筑作品。

邦，隶属于同一城邦也就是共同居住于一个地区。但我们还得在第一和第三两个方式之间有所选择。一个优良的城邦是否应该尽可能地把一切东西划归公有，或者对公有的东西要有所局限，某些东西就不该公有？倘使按照第一方式，则公民们就可把子女归公育，妻子归公有，财产归公管。柏拉图在《理想国》中所述的苏格拉底的主张就认为这些都必须归公。那么，我们应该保持现状（保持家庭和私有财产），还是应该遵从《理想国》中所倡议的新规约呢？

名言名段

· 人类在其本性上，也正是一个政治动物。

作者	文体	推荐理由
庄子	散文	深刻的内涵为浪漫的想象所展示，恢宏的气势与亦庄亦谐的语言相烘托，庄子任凭思想自由挥洒，阐述了追求自由、逍遥至上是人生的快乐之巅。

悲观情绪的释放
——《逍遥游》

作者生平

庄子（约公元前369—公元前286），名周，战国时宋国蒙（今河南商丘东北）人。庄子推崇老子学说，后世把他与老子并称为"老庄"。庄子师承于老子，且发展了老子学说，成为道家思想的集大成者。

庄子消极地逃避现实政治，追求个人精神上的绝对自由，他的《庄子》和屈原的《离骚》并称"庄骚"，共同构成我国文学的浪漫主义的源头。

今存《庄子》一书，是庄子和他的门人后学所著文章的纂辑。一般认为，现存《庄子》33篇中，《内篇》7篇是庄周所做，《外篇》15篇和《杂篇》11篇则掺杂了庄子后学的作品。

名文欣赏

北冥有鱼，其名为鲲。鲲之大，不知其几千里也。化而为鸟，其名为鹏。鹏之背，不知其几千里也，怒而飞，其翼若垂天之云。是鸟也，海运则将徙于南冥。南冥者，天池也。

《齐谐》者，志怪者也。《谐》之言曰："鹏之徙于南冥也，水击三千里，抟扶摇而上者九万里，去以六月息者也。"野马也，尘埃也，生物之以息相吹也。天之苍苍，其正色邪？其远而无所至极邪？其视下也，亦若是则已矣。

且夫水之积也不厚，则其负大舟也无力。覆杯水于坳堂之上，则芥为之舟；置杯焉则胶，水浅而舟大也。风之积也不厚，则其负大翼也无力。故九万里，则风斯在下矣，而后乃今培风；背负青天而莫之夭阏者，而后乃今将图南。

蜩与学鸠笑之曰："我决起而飞，抢榆枋而止，时则不至，而控于地而已矣，奚以之九万里而南为？"适莽苍者，三飡而反，腹犹果然；适百里者，宿舂粮；适千里者，三月聚粮。之二虫又何知？

小知不及大知，小年不及大年。奚以知其然也？朝菌不知晦朔，蟪蛄不知春秋，此小年也。楚之南有冥灵者，以五百岁为春，五百岁为秋。上古有大椿者，以八千岁为春，八千岁为秋。而彭祖乃今以久特闻，众人匹之，不亦悲乎！

汤之问棘也是已："穷发之北有冥海者，天池也。有鱼焉，其广数千里，未有知其修者，其名为鲲。有鸟焉，其名为鹏。背若太山，翼若垂天之云。抟扶摇羊角而上者九万里，绝云气，负青天，然后图南，且适南冥也。斥鴳笑之曰：'彼且奚适也？我腾跃而上，不过数仞而下，翱翔蓬蒿之间，此亦飞之至也。而彼且奚适也？'"此小大之辩也。

故夫知效一官，行比一乡，德合一君，而征一国者，其自视也，亦若此矣。而宋荣子犹然笑之。且举世而誉之而不加劝，举世而非之而不加沮，定乎内外之分，辩乎荣辱之境，斯已矣。彼其于世，未数数然也。虽然，犹有未树也。夫列子御风而行，泠然善也。旬有五日而后反。彼于致福者，未数数然也。此虽免乎行，犹有所待者也。若夫乘天地之正，而御六气之辩，以游无穷者，彼且恶乎待哉？故曰：至人无己，神人无功，圣人无名。

译文：

北海有条鱼，它的名字叫做鲲。鲲的巨大，不知道它有几千里。变化成为鸟，它的名字叫作鹏。鹏的背脊，不知道它有几千里；振翅飞翔起来，它的翅膀像天空的云彩。这只鸟，随着海上汹涌的波涛迁移到南海。南海就是天池。

《齐谐》这部书，是记载怪异事物的。《齐谐》的记载说："大鹏迁移到南海去的时候，翅膀在水面上拍击，激起的水浪达三千里远，然后趁着上升的巨大旋风飞上九万里的高空，用六个月的时间从北海飞到南海才休息。像野马奔跑似的蒸腾的雾气，飞荡的尘土，都是生物用气息互相吹拂的结果。天的深蓝色，是它真正的颜色呢？还是因为它太远而没有尽头以致看不清楚呢？大鹏从高空往下看，也不过像人们在地面上看天一样罢了。再说水聚积得不深，那么它负载大船就会浮力不足。倒一杯水在堂上的低洼处，那么只有小草可以作为它的船；放只杯子在里面就会粘住，这是因为水浅船大的缘故。风聚积得不大，那么它负载巨大的翅膀就会风力不足。所以大鹏飞到九万里的高空，风就在下面了，然后才能乘风飞翔；背驮着青天，没有什么东西阻拦它，然后才能向南飞。寒蝉与斑鸠笑话它说："我一下子就飞起来，碰上树木就停下来，有时候飞不到，落在地上就是了，哪里用得着飞上九万里的高空再向南飞呢？"到郊外去旅行的人只要带三顿饭，吃完三顿饭就回家，肚子还是饱饱的；到百里外去旅行的人，头天晚上就要舂米做好干粮；到千里外去旅行的人，要用三个月来积聚干粮。这两只飞虫又懂得什么呢？

知识少的比不上知识多的，年寿短的比不上年寿长的。根据什么知道这些呢？朝生暮死的菌类不知道一个月有开头一天和最后一天，寒蝉不知道一年有春季和秋季，这是寿命短的。楚国南部生长一种叫冥灵的树，把一千年当做一年。古代有一种叫大椿的树，把一万六千年当做一年。彭祖只活了八百岁，可是现在却以长寿而特别闻名。一般人谈到长寿，就举彭祖去相比，这不是很可悲吗？

商汤问他的大夫棘，是这样说的："在那草木不生的北方，有个深海，就是天池。有鱼生长在那里，鱼身的宽度达到几千里，它的长度没有人能知道，它的名字叫做鲲。还有鸟生长在那里，它的名字叫做鹏。它的背就像一座泰山，翅膀像天空的云彩。鹏鸟奋起而飞，翅膀拍击急速旋转向上的气流，飞上九万里的

◀ 战国时期伟大的思想家、哲学家和文学家庄子像。

元代画家刘贯道的作品《梦蝶图》。此图取材于"庄周梦蝶"的典故。

高空,穿过云层,背驮着青天,然后向南飞,打算飞往南海。蓬间雀笑话它说:"那大鹏将要飞到哪里去呢?我向上跳跃,不超过几丈就落下来,飞翔在飞蓬和青蒿之间,这也是飞翔的最高限度。可是它将要飞到哪里去呢?"这就是小和大的分别。

所以那些才智足以胜任一个官职,品行可以迎合一乡人的心意,道德符合一个君主的心意而又能取得全国人信任的人,他们看待自己,也像蓬间雀这样自视很高。宋荣子就笑话这样的人。再说宋荣子就算得到了所有当代人的称誉他也不会更加努力,所有当代的人都责难他他也不会更感到沮丧,能确定物我的分别,明辨荣辱的界限,如此而已。他对于世俗的名誉没有拼命追求。虽然如此,他还是未能达到最高的境界。列子驾着风行走,轻妙极了,十五天后才回到地上来。他对于幸福的事情没有拼命追求。这样做虽然免掉了步行的辛苦,但还是要依靠风。至于乘着天地的正气,驾驭阴、阳、风、雨、晦、明的变化,来漫游于无穷无尽的空间和时间之中,那种人还依靠什么呀!所以说:道行达到最高峰的人就没有"我",修养达到神化境界的人不求功利,圣明的人不求成名。

名言名段

其文汪洋辟阖,仪态万方,晚周诸子之作,莫能抑先也。

——鲁迅

作者	文体	推荐理由
李斯	议论文	本文堪为最为大胆、精辟的政治谏文。作者思路清晰，语言犀利，逻辑严谨，有理有据，不容辩驳。不仅排比、反问等修辞手法用得得心应手，其气势亦恢宏磅礴，堪为佳作。

秦之文章的楷模
——《谏逐客书》

作者生平

　　李斯（？—公元前208），楚国上蔡（今河南上蔡县）人。年少时做过郡里的小吏，后与韩非一起从荀卿学"帝王之术"。学成后，西入秦，得到秦王器重，拜为客卿。秦统一天下后，李斯为丞相。李斯在秦王嬴政统一中国的事业中起了重要作用。秦统一全国之后，他又积极主张废诸侯，行郡县，书同文，车同轨，对旧的典章制度进行了一系列改革。秦始皇死后，赵高谋立胡亥，李斯被迫胁从。虽委曲求全，保住禄位，但终为赵高谗害，被二世腰斩于咸阳，夷灭三族。

名文欣赏

　　臣闻吏议逐客，窃以为过矣。昔穆公求士，西取由余于戎，东得百里奚于宛，迎蹇叔于宋，来丕豹、公孙支于晋。此五子者，不产于秦，而穆公用之，并国二十，遂霸西戎。孝公用商鞅之法，移风易俗，民以殷盛，国以富强，百姓乐用，诸侯亲服，获楚、魏之师，

85

举地千里,至今治强。惠王用张仪之计,拔三川之地,西并巴、蜀,北收上郡,南取汉中,包九夷,制鄢、郢,东据成皋之险,割膏腴之壤,遂散六国之从,使之西面事秦,功施到今。昭王得范雎,废穰侯,逐华阳,强公室,杜私门,蚕食诸侯,使秦成帝业。此四君者,皆以客之功。由此观之,客何负于秦哉!向使四君却客而不内,疏士而不用,是使国无富利之实而秦无强大之名也。

　　今陛下致昆山之玉,有随、和之宝,垂明月之珠,服太阿之剑,乘纤离之马,建翠凤之旗,树灵鼍之鼓。此数宝者,秦不生一焉,而陛下说之,何也?必秦国之所生然后可,则是夜光之璧不饰朝廷;犀象之器不为玩好;郑、卫之女不充后宫;而骏马駃騠不实外厩;江南金锡不为用,西蜀丹青不为采。所以饰后宫,充下陈,娱心意,说耳目者,必出于秦然后可,则是宛珠之簪,傅玑之珥,阿缟之衣,锦绣之饰不进于前,而随俗雅化,佳冶窈窕赵女不立于侧也。夫击瓮叩缶,弹筝搏髀,而歌呼呜呜快耳者,真秦之声也;《郑》、《卫》、《桑间》、《韶虞》、《武象》者,异国之乐也。今弃击瓮叩缶而就郑卫,退弹筝而取韶虞,若是者何也?快意当前,适观而已矣。今取人则不然。不问可否,不论曲直,非秦者去,为客者逐。然则是所重者在乎声乐珠玉,而所轻者在乎人民也。此非所以跨海内、制诸侯之术也。

臣闻地广者粟多，国大者人众，兵强者士勇。是以泰山不让土壤，故能成其大；河海不择细流，故能就其深；王者不却众庶，故能明其德。是以地无四方，民无异国，四时充美，鬼神降福。此五帝三王之所以无敌也。今乃弃黔首以资敌国，却宾客以业诸侯，使天下之士退而不敢西向，裹足不入秦，此所谓"借寇兵而赍盗粮"者也。

夫物不产于秦，可宝者多；士不产于秦，而愿忠者众。今逐客以资敌国，损民以益雠，内自虚而外树怨于诸侯，求国无危，不可得也。

译文：

臣听说官吏们在计议驱逐客卿，臣私下以为这是错误的。从前，穆公访求贤士，从西方的戎争取由余，从东方的宛得到百里奚，从宋国迎来蹇叔，从晋国招来丕豹、公孙支。这五位先生，不出生在秦国，而穆公任用他们，兼并了二十个小国，终于称霸西戎地区。孝公采用商鞅的新法，转移风气，改变习俗，人民因而殷实，国家因此兴旺，诸侯都来归附听命，至今政治安定，国力强盛。惠王采用张仪的计策，攻占三川地区，西并巴蜀，北收上郡，南取汉中，囊括九夷，控制鄢、郢，东据成皋之险，割取别国肥沃的土地，于是拆散六国的合纵联盟，迫使他们向西侍奉秦国，功业一直延续至今。昭王得范雎，废穰侯，驱逐华阳君，加强王室地位，遏制贵族势力，一步步吞食诸侯各国，使秦国成就了帝王的事业。这四位君王，都是依靠客卿的功劳。从上述事实看，客卿有什么对不起秦国的地方呢？假使当初四位君王拒绝客卿而不接纳，疏远贤士而不任用，那就会使国家没有雄厚富裕的实力，而秦国也就没有强盛的威名了。

如今，陛下得到昆山的美玉，占有随侯珠、和氏璧，悬挂明月珠，佩带太阿剑，驾乘纤离马，竖立翠凤旗，陈设灵鼍鼓，这几样珍宝，一件也不出产于秦国，而陛下却喜爱它们，为什么呢？如果必须是秦国出产的然后才可以使用，那么，夜光玉璧就不会装饰在您的朝廷，犀角象牙制成的器物就不会为您所赏玩，郑、卫的美女就不会充满您的后宫，骏马駃騠就不会养在您的马圈，江南的金锡就不会为您所利用，巴蜀的颜料就不会为您添光彩。您所用来装饰后宫、充满下堂、赏心悦目的一切，如果必须出产于秦国然后才可采用，那么，那些镶嵌宛珠的簪子、缀满小珠的耳环、东阿白绢做的衣服、锦缎刺绣的饰物就不可能呈献在您面前，而那些装扮雅致、艳丽漂亮的赵国美女，就不会侍立在您身旁了。敲瓮击缶，弹筝拍腿，鸣鸣呀呀地唱歌以赏心悦目的，那才是真正的秦国音乐呢。《郑》、《卫》、《桑间》的新调，《韶虞》、《武象》的古曲，都是别国的音乐。如今，放弃敲瓮击缶而听郑卫之音,停止弹筝拍腿而取《韶虞》之乐,这样做是为什么呢?还不是为了心情愉快,看得舒服罢了。如今用人却不这样。不问行还是不行,不分有理还是无理,不属于秦国的人都离开,凡是外来的客卿都驱逐,这样做只能说明您所重视的在于女色、音乐、珠宝、美玉,而所轻视的却是人才。这可不是用来统一天下、制服诸侯的政策啊!

臣听说,土地广阔,粮食就充足,国家强大,人口就众多,武器精良,士兵就勇敢。因此,泰山不舍弃任何土壤,所以能那样高大;河海不排斥任何细流,所以能那样深广;帝王不拒绝任何臣民,所以能显示他们的恩德。因此,土地不论东西南北,民众不问哪个国家,四季都很美好,鬼神都来降福,这就是五帝三王之所以无敌于天下的原因。如今竟然抛弃百姓去资助敌对国家,排斥客卿以成就其他诸侯,使天下的贤士退缩而不敢向西方来,停步而不愿进入秦国,这可就是"供给敌人武器,送给强盗粮食啊"!东西不出产于秦国,然而珍贵的很多;贤士不出生于秦国,然而愿意效忠者不少。如今,驱逐客卿以资助敌国,损害民众而有利于仇人,对内削弱自己,对外结怨于诸侯,而想求得国家没有危险,是不可能的啊!"

秦始皇陵的铠甲武士俑。

名言名段

·泰山不让土壤,故能成其大;河海不择细流,故能就其深。

·秦之文章,李斯一人而已。

——鲁迅

作者	文体	推荐理由
司马迁	记叙文	文章用优美的语言，跌宕的情节，刻画了一个性格鲜明、舍生取义的人物形象——荆轲。因为作者的文采，使得荆轲的豪杰壮士之名万古流芳。

侠客的终结
——《荆轲刺秦王》

作者生平

司马迁（约公元前145或公元前135—公元前87），西汉伟大的史学家、文学家。字子长，夏阳（今陕西韩城）人，父司马谈，学问广博。汉武帝即位，司马谈为太史令。元封元年（公元前110年），司马谈在临终时嘱咐司马迁继续自己的事业，撰写史书。三年后，司马迁任太史令。武帝天汉三年（公元前98年），李陵孤军深入匈奴，败降，而司马迁极言李陵降敌出于无奈，意在待机报答汉朝，因此触怒武帝，获罪下狱，受宫刑。司马迁为完成《史记》，隐忍苟活。出狱后任中书令，继续发愤著书，终于完成了我国最早的一部纪传体通史《史记》，人称《太史公书》。

名文欣赏

遂至秦，持千金之资币物，厚遗秦王宠臣中庶子蒙嘉。嘉为先言于秦王曰："燕王诚振怖大王之威，不敢举兵以逆军吏，愿举国为内臣，比诸侯之列，给贡职如郡县，而得奉守先王之宗庙。恐惧不敢自陈，谨斩樊於期之头，及献燕督亢之地图，函封，燕王拜送于庭，使使以闻大王，惟大王命之。"秦王闻之大喜，乃朝服，设九宾，见燕使者咸阳宫。荆轲奉樊於期头函，而秦舞阳奉地图柙，以次进。至陛，秦舞阳色变振恐，群臣怪之。荆轲顾笑舞阳，前谢曰："北蕃蛮夷之鄙人，未尝见天子，故振慑。愿大王少假借之，使得毕使于前！"秦王谓轲曰："取舞阳所持地图。"轲既取图奏之，秦王发图，图穷而匕首见。因左手把秦王之袖，而右手持匕首揕之。未至身，秦王惊，自引而起，袖绝。拔剑，剑长，操其室。时惶急，剑坚，故不可立拔。荆轲逐秦王，秦王环柱而走。群臣皆愕，卒起不意，尽失其度。而秦法：群臣侍殿上者，不得持尺寸之兵；诸郎中执兵皆陈殿下，非有诏召不得上。方急时，不及召下兵，以故荆轲乃逐秦王，而卒惶急无以击轲，而以手共搏之。是时侍医夏无且以其所奉药囊提荆轲也。秦王方环柱走，卒惶急不知所为，左右乃曰："王负剑！负剑！"遂拔以击荆轲，断其左股。荆轲废，乃引其匕首以掷秦王，不中，中铜柱。秦王复击轲，轲被八创。轲自知事不就，倚柱而笑，箕踞以骂曰："事所以不成者，以欲生劫之，必得约契以报太子也。"于是左右既前杀轲，秦王不怡者良久。已而论功，赏群臣及当坐者各有差，而赐夏无且黄金二百溢，曰："无且爱我，乃以药囊提荆轲也。"

译文：

到了秦国，荆轲拿出价值千金的礼物厚赠给秦王宠爱的大臣中庶子蒙嘉。蒙嘉预先告诉秦王："燕王实在畏惧大王的威严，不敢出兵抗拒大王派出的兵将，燕国愿意完全归附秦国，作为秦国臣属，列身于各诸侯国的行列，像郡县一样向您交纳贡赋，只求能够守住先王的祠庙。燕王因恐惧而不敢亲自来陈述，特意砍下樊於期的脑袋，献上燕国督亢的地图，用匣子密封好，燕王在朝廷上举行送行仪式，派使者把这些情况禀报大王，请求大王指示。"秦王听后大喜，便穿上上朝的礼服，安排了有九个司仪的隆重仪式，在咸阳宫接见燕国使者。荆轲捧着装樊於期脑袋的匣子，秦舞阳捧着地图匣子，按正副使次序前进。到了殿前的台阶时，秦舞阳脸色突变，全身发抖，大臣们感到奇怪。荆轲回头对秦舞阳笑了笑，并上前谢罪说："北方荒僻地区的粗野之人，没有见过天子，所以惊恐畏惧。请大王稍微宽容他一下，让他能够在大王面前完成他的使命。"秦王对荆轲说："取秦舞阳所拿的地图来。"荆轲拿着地图进献上去。秦王展开地图，图卷展到最后匕首露出来了。荆轲左手抓住秦王的衣袖，而右手持匕首直刺秦王，还没有触及秦王的身体时，秦王大惊，抽身跃起，只把

荆轲刺秦王画像砖。画面中秦王绕桩而逃,荆轲虽被卫士牢牢抱住,却仍奋力掷出匕首,做最后一击,秦王的惊恐和荆轲的以死相拼构成强烈对比。

袖子挣断了。秦王抽剑,剑太长,仅仅抓住了剑鞘,再加上当时惊慌失措,剑又套得很紧,所以不能立刻拔出剑来。荆轲追赶秦王,秦王绕着柱子跑。大臣们都非常惊愕,事情来得突然,出人意料,大臣们全都失去了常态。秦朝的法律规定,在殿上侍候的大臣都不能携带武器;许多侍卫官拿着武器排列在殿下,没有诏令召唤不准上殿,所以荆轲才能追逐秦王。大臣们惊惶失措,只好一齐赤手空拳来打荆轲,医官夏无且也用他所带的药袋投击荆轲。秦王正绕着柱子跑,急迫惊慌之际,不知如何拔剑。侍从大喊:"大王把剑往背后推。"秦王就把剑推到背后,于是拔出剑来,砍断了荆轲的左腿。荆轲残废了,便举起匕首掷向秦王,没有击中,击到铜柱上。秦王再刺荆轲,荆轲被砍伤八处。荆轲知道事情已经没有希望成功,就靠着柱子笑笑,叉开两腿坐下骂道:"事情之所以不成功,是因为我想劫持你,一定要得到你的承诺去回报太子。"这时侍从上前杀死了荆轲。秦王为此恼怒多时。事后论功赏赐群臣和处置有罪过的人,各有差别,赏了夏无且黄金二百镒。秦王说:"无且爱戴我,才拿药袋子去投击荆轲。"

名言名段

· 风萧萧兮易水寒,壮士一去兮不复还。

——荆轲

作者	文体	推荐理由
西塞罗	议论文	本文不仅是一封流露着慈祥父爱的家书,更是一个诚实的罗马公民的行为准则。

父爱的终极爆发
——《论义务》节选

作者生平

公元前106年1月3日,西塞罗出生在意大利的一个山区小城。西塞罗16岁时到罗马求学,研读法律和哲学,后开始了一段律师生涯。公元前76年,西塞罗任罗马行政官。公元前66年,西塞罗当选为大法官。公元前63年,西塞罗又被选举为执政官。公元前60年,恺撒、克拉苏、庞培的前三头同盟上台掌权,西塞罗被流放于马其顿。公元前44年,恺撒被刺身亡,西塞罗支持年轻的屋大维,反对安东尼。公元前43年,安东尼、屋大维和李比达结成后三头同盟,西塞罗被列入不被法律保护者的名单,遭政敌逮捕。同年12月17日,执行长官赫里尼乌斯按执政官之一的安东尼的命令割下了西塞罗的头颅和双手,并将其钉在罗马城市广场的讲坛上。

名文欣赏

关于善的要素

首先,"自然"赋予每一种动物进行自我保存的本能,避免一切可能引起对生命或躯体的伤害的危险，获得并创生出一切生命所必需的物品，例如食物、住所等等。生殖的本能（其目的是延续生命）以及对自己后代的程度不一的关爱也是一切动物的另一共同禀性。但，人与兽之间最显著的区别是：兽只为感官所驱使，几乎没有过去或未来的概念，只使自己适应于此时此刻的情形；而人（因为他有理性，凭借这种理性他能领悟到一些事物的前因后果，并明白其中的各种关系，类比推论，并且把现在和将来联系起来）却很能够预见生命的整体过程，为生存生活做必要的准备工作。

"自然"当然也需要依靠理性的力量，以共同的言语和生活作为纽带把人联结起来；尤其"自然"还要向人们传达一种异常温和的对自己后代的爱意；还促使人们聚居在一起，组织、参加公共的集会活动；由此会进一步去要求男性提供大量的物质财富，以满足这样的需求，使生活变得更加舒适——这不仅是为了自己，也是为了妻子儿女，为了所宠爱的和那些应该赡养的人们；这一责任也同样会激发勇气，使得人们在谋生的活动中变得更加坚强勇毅。

渴求真理、探索真理是人所秉持的天性和爱好。因此，当我们已没有必要为工作上的事操心时，剩下的时间就会渴望看到、听到或学习一些新的事物，而且会想要知道创造的秘密，拥有实现一个奇迹的愿望，这些是幸福生活所不可缺少的东西。我们由此开始明白，真实、单纯和真诚的东西是最适合于人的天性。除了发现真理的热情之外，人似乎还有一种对于独立的渴求，由此可知"自然"精心打造出来的心灵是不想受任何支配的，除非这个人制订出的行为规则，或这个人是真理的传授者，或者为了公众的利益而根据正义和法律进行统治。这

▼ 古罗马竞技场。

西塞罗是古罗马时期著名的演说家、政治家。

种态度可以造就出灵魂的伟大，可以产生出对于世俗环境的优越感。

"自然"和"理性"明确给我们以谕示：人唯一能体认秩序和礼节，唯一能知道该如何节制自己的言行。而其他的一切动物都体察不到"可见的世界"中的美、爱与和谐；并且"自然"和"理性"还会把这类情感从感知的世界扩展、提升到精神世界之中，让人们知道应该在思想和行为中保持美、爱意和秩序。因此"自然"和"理性"都是小心谨慎的，不做任何不恰当的或缺乏刚健之美的事情，在它的思想和行为中不会做也不去想那些变幻无端、异想天开的事情。

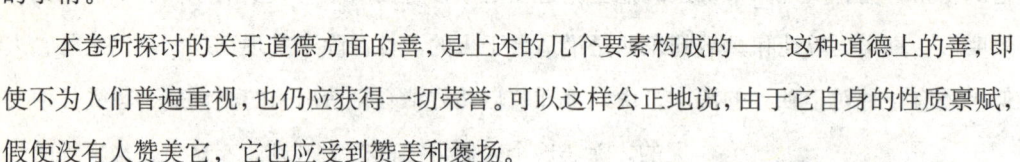

本卷所探讨的关于道德方面的善，是上述的几个要素构成的——这种道德上的善，即使不为人们普遍重视，也仍应获得一切荣誉。可以这样公正地说，由于它自身的性质禀赋，假使没有人赞美它，它也应受到赞美和褒扬。

我的儿子，马尔库斯，你现在已看到了"道德的善"的大概，也可以说看到了它的大体面貌。正如柏拉图所说的："如果能用肉眼看到它，它就会唤起对智慧的深深的爱。"还有，一切有德性之事物无不出于下列四种来源的一种：（一）充分发掘、认识，合理地发展真理；（二）保证一个有组织、有秩序的社会，使每一人都负其身上应尽的责任，忠诚履行其所承担的义务；（三）时时秉持一种伟大的、坚强的、高尚的和不可战胜的精神理念；（四）一切的言行举止都条理分明，老成持重，克己节制。

名言名段

· 官员的特有职责在于认识到他代表国家，应该保持国家的尊严和荣耀，维护法律，确定法权，铭记这些是委托给他们的责任。

作者	文体	推荐理由
恺撒	记叙文	恺撒用平实的文笔、翔实的资料及对战争场面的真实描述，向世人展示了作为古罗马帝国的缔造者，同时也拥有一位伟大作家的全部才华。

英雄光荣战绩的平实记录
——《战争的策略》

作者生平

公元前100年，恺撒出生于罗马一个败落的尤利乌斯家族的家里。在姑父马略的提携下，恺撒13岁时当选为朱比特神的祭司。

公元前73年，恺撒在军队中担任参将的职务。公元前68年，恺撒任财务官。公元前65年，恺撒出任市政官。公元前62年，恺撒任大法官，后又被选为行政长官，行政长官任职期满后，又出任西班牙总督。公元前60年，恺撒载誉回到罗马。在同盟庞培和克拉苏的支持下，公元前59年，恺撒当选为执政官。

公元前45年，恺撒被宣布为终身独裁官，并拥有统帅、大教长、祖国之父等尊号，集军、政、司法、宗教大权于一身，成为名副其实的军事独裁者。恺撒掌权后进行一系列的改革以加强集权统治。恺撒的专制招致了元老贵族共和派的反对。公元前44年3月15日，恺撒被共和派布鲁图等人刺死。

恺撒的传世名著有《高卢战记》、《内战记》等，在语法方面著有《论类比》，天文学方面著有《论星宿》等，但都已失传。

名文欣赏

　　文内几这个国家的势力，远远超过沿海的一切地区，因为他们不但拥有大量船只，惯于用来远航到不列颠，而且就航海的知识和经验来说，也远远超过其他人。加之，散布在这片海涛汹涌、浩荡无边的大洋沿岸的几个港口，全都掌握在他们手中，经常在这片海洋上航行的所有各族，差不多都得向他们纳贡。首先发起扣押悉留斯和维朗纽斯的正是他们。他们认为如果能扣下这两个人，就可以用来换回自己交给克拉苏斯的人质。高卢人采取行动一向是很突然、很匆促的，在他们的势力影响之下，邻近各族也就因同一目的而扣留了德来彪斯和德拉西第乌斯。使者们很快地在他们的领袖中往来奔走一番之后，他们之间便设下了盟誓，规定除一致同意之外，不得擅自单独行动，原因是好让大家分担同样的命运。他们还煽动其他各族说，与其忍受罗马人的奴役，不如继续保持祖先们传下来的自由。所有沿海地区都很快接受了他们的意见。他们联合派使者来见布勃留斯·克拉苏斯说，如果他想要自己的部下回去，就得把人质还给他们。

　　恺撒从克拉苏斯处得知了这个消息，因为他离那边较远，就命令在流入大洋的里杰尔河上建造战舰，到行省里去征集桨手，并准备好水手和领航员。这些事情很快就进行完毕，一到季节许可时，他自己匆匆赶到军中。文内几人及其他各邦的人一听到恺撒到来的消息——同时也知道自己把使者——持有这种称号的人是在各族人民中一致被认为是神圣不可侵犯的——扣留下来投入牢狱，是一件极为严重的罪行，便估量着将落到自己头上来的危险有多大，从而积极备战起来。因为他们对自己所处的地理形势抱有很大的信心，所以特别留意准备那些船只所需用的东西。他们深信，由于河口港汊交错，陆路被切断了，加之我们对地形不熟，港口稀少，海路也受到了一定的阻碍。他们还认为我们由于缺乏粮食，绝不可能在他们那边耽搁很久。即令发生的事情件件都跟他们设想的相反，他们的舰只仍不失为一支强大可靠的力量，罗马人既不可能有很多舰只，又不了解自己就要在那边作战的这个地区的浅滩、港口和岛屿的情况，而且他们知道，在茫无边际的大洋上航行，究竟跟在狭隘的海面上是完全不同的两回事。既经这样决定之后，他们就给市镇筑起防御工事，把乡间的谷物运进城里，还把大量船只集中到文内几境内；他们认为，恺撒要用兵，一定首先在文内几人那边开始。他们把奥

恺撒在元老院议事厅中被多名贵族议员刺杀时的场景。

西丝米人、勒克索维人、南姆内德斯人、安皮利亚几人、莫里尼人、狄布林得斯人和门奈比人都联合起来，作为参加这个战争的同盟，并派人到正好面对这些地区的不列颠岛上去召请援军。

要进行这场战争，存在着许多困难，如上所述。虽然如此，促使恺撒进行这次战争的原因却有许多：因扣留罗马骑士而给罗马的侮辱、投降之后又轻易背叛、交了人质后再肆意反复、这么多国家的合谋叛乱，特别重要的是他深恐如果姑息了这一地区的行动，其余各族就会认为也允许他们这样做了。他很了解差不多全高卢人都爱闹事，要煽动他们作战是件极容易的事，同时他也知道，一切人的本性都是爱好自由，痛恨受奴役的。因此，他应该在还没更多的部落参加这次叛乱以前，先把自己的军队分开，散布得更广一些。

恺撒与部下在高卢。

因而他派他的副将季度斯·拉频弩斯带着骑兵到靠莱茵河最近的德来维里人那边去，命他去访问雷米人和其他比尔及诸族，嘱咐他们保持忠顺，如果日耳曼人企图用船只强渡过来——据说比尔及人已经邀请他们过来帮助自己——便截阻他们。他又命令布勃密斯·克拉苏斯带十二个营和大批骑兵进入阿奎丹尼，防止这些族派援军进入高卢，免得这么大的两个部落联成一气。又派副将奎因都斯·季度密斯·萨宾多斯带三个军团进入文内里人、古里阿沙立太人、勒克索维人中间去，注意不让他们的兵力和其他各邦联合起来。他还派年轻的特契莫斯·布鲁图斯统率舰队以及从庇克东内斯、桑东尼和其他仍旧保持平静的地区集合起来的高卢船舰，并命令他尽速向文内几地区赶去。他自己也带着步兵，向那边前进。

名言名段

·为了避免在同一时期跟敌人这样庞大的兵力作战，设法把敌人的军队分开，是一件极为重要的事情。

作者	文体	推荐理由
卢克莱修	诗歌	以诗歌及论述的形式,把哲学、文学及科学技术等诸多领域的内容融会贯通,组成了一部百科全书式的佳作。

寓哲学于诗的杰作
——《物性论》节选

作者生平

关于卢克莱修的生平,留下的史料很少。我们大致知道他生于罗马共和国末期,与恺撒大帝为同时代人。卢克莱修患间歇性精神病,最后服毒自杀。卢克莱修以其优秀的作品而被后世赞叹不已。马克思认为,卢克莱修乃是"真正的罗马史诗人"、"朝气蓬勃、叱咤世界的大胆诗人"。

名文欣赏

虚空

物体里存在着虚空。虚空是一种其中无物而不可融的空间。没有虚空,事物就不能运动,甚至根本就不能产生出来。任何东西都是由虚空和物质混合而形成的。虚空无重量,一个棉花小团与体积相同的铅块的重量不同,是因为它包含着更多的虚空。斯多亚派用鱼能在水中游动的例子证明无虚空却有运动,这是完全错误的。因为水中若没有虚空,怎

▲ 罗马老城区俯瞰。这些历史遗迹向人们诉说着古罗马的辉煌。

能为鱼让开路？把空气看成可伸缩的东西而否认空气中存在虚空也是错误的。因为没有虚空，空气就不能扩张和凝缩。

除了原子和虚空，没有什么东西是自存的，

独立存在的全部自然，

建立在两种东西的基础上。

存在着物体和虚空，

物体在虚空之中，

并通过虚空而运动。

自然中没有既能离开物体，又与虚空无关的第三种东西。物体能动作或能承受动作，虚空为物体的运动提供场所。宇宙中的一切或是物体和虚空，或是二者结合的产物。偶然的东西时来时去，物体的本性则是不变的。时间并非如斯多亚派所说的是独立存在的，而是物体的偶性，因为离开了事物的动和静，就不能感觉到时间。历史上发生的每个行为都是物体的偶性或空间的偶性。

原子的特性

物体可以分为两种：事物的始基和始基结合而成的东西。始基即原子，它是坚实的。原子组成的物体里都有虚空，若无虚空，那整个世界就会是坚实的。由此可以确信，虚空和物体互相间隔着，彼此有区别。原子又是永恒的、单一的，否则一切东西老早就会完全消失，我们周围的一切也就都是从无中产生出来的了。原子又是不可分的，因为如果它可分割可毁灭，那么作为质料的原子就会由于过去的破坏而减损到不能形成物体的程度，存在着的事物本身也就是永恒的了。但这显然和事实不相符。从物种具有确定的特性，可见的东西具有极限这几点，也可推知原子具有永恒性、坚实性和单一性。再说若没有最小限度，那么，最小的量也会有无限的部分，在总量和最小量之间就没有差别了，原子也就不能作为形成事物的质料了。

对其他哲学观点的驳斥

有些人把一种元素，如火，看做万物的始基，是离开了正确道路的推理。因为如果事物由单一而纯粹的火所形成，它们又如何能各不相同？他们不承认物里面有纯粹的虚空，从而损坏了他们自己用火的凝缩和稀薄来说明事物形成原因的理论；如果火通过自己的结合形成事物，那么火本身就会彻底地消灭。这些人的首领就是那个赫拉克利特。用空气、水或土作为始基，同样是远远地离开了真理。恩培多克勒及其学派以为万物由四种元素组成，失败得更厉害。因为他们否认了虚空，也就否认了运动；他们没有规定事物可分的最小界限，而这些元素又是生长出来的可毁灭的，彼此在许多方面互相损害和敌对。这样，全部物的总和必定又归于无，如果元素在复合物中不改变其本性，那它们怎能创造别的东西？他们用四种元素的转化来解释事物的产生，是向壁虚构，因为要形成事物必须有一种不变的东西。阿那克萨哥拉的"种子"也具有类似于四元素说的错误，而且，要是像他那样认为一切东西都潜藏在一切中，那么谷物中应露出血液，草料中会滴出乳汁，干柴里会隐藏着火苗。真正的原子论的解释是：那些稳定的始基保持住它们自己的本性永远不变，随着它们的减少、增加以及秩序的改变，事物就变化其性质。宇宙是无限的，我的使命是从文艺女神那里采摘花朵编成花环加在凡人的头上，我急切地要为人的心灵解开可怕的宗教锁链，用清澈的歌声唱出晦涩的主题。现在我来向你揭露宇宙和虚空是否有限。我们必须承认空间是无限的，否则物质就会由于重量而沉积在世界的底部，宇宙的一切也就不会发生。在可见的世界中，物限住了物，但宇宙不能给自己定下一个限度，如强迫虚空围住一切物体，正如物体围住虚空一样，由这种交替使整体成为无限。

事物的始基不是有计划地创造世界，也不是订立契约规定运动的方式，而是通过各种运动和结合按照某种排列方式建立起世界的。在这个问题上，美米乌斯，你不要相信斯多亚派关于一切东西都倾向世界中心，世界是由于这种向心力而坚固、不易变形的说法。因为既然世界无限，它就没有中心，任何事物也不会在那里得到一个固定的位置，而且并非一切物体都趋向中心。

名言名段

·我乐于采摘这个地方的新的花朵，
为我自己编织一个光荣的王冠，
文艺女神从来还未曾从这个地方
采摘花朵编成花环加在一个凡人头上：
第一因为我所教导的是极重要的东西，
并且是急切地从人的心灵解开
那束缚着它的可怕的宗教的锁链；
其次因为关于这样晦涩的主题，
我却唱出了如此明澈的歌声，
把一切全都染以诗神的魅力……

作者	文体	推荐理由
贺拉斯	议论文	一部开启西方文学古典主义文艺思潮的佳作，一曲弘扬古希腊文学传统的颂歌；一座影响了西方文学进程的里程碑。

诗坛理论争辩的产物
——《诗艺》节选

作者生平

贺拉斯，古罗马著名诗人和文艺理论家。公元前65年，贺拉斯出生在意大利南部。贺拉斯先在罗马求学，后到雅典深造，专门学习文学和哲学。青年时期，贺拉斯推崇的是古希腊文化。公元前44年3月，贺拉斯拥护共和派，并参加了共和派的军队，被委任为军团司令官。公元前42年，贺拉斯所在的军队战败。公元前40年，贺拉斯在大赦的时候回到罗马。

贺拉斯生活贫困，于是就设法谋得了一个差事，同时开始创作诗歌。贺拉斯的主要作品有《颂诗》、《讽刺诗》2卷、《书札》2卷。《书札》中的《诗艺》是他的重要理论著作。

名文欣赏

选材

你们从事写作的人，在选材的时候，务必选你们力能胜任的题材，多多斟酌一下哪些是掮得起来的，哪些是掮不起来的。假如你选择的事件是在能力范围之内的，自然就会文辞流畅,条理分明。谈到条理,如果我没有弄错的话,它的优点和美就在于作者在写作预定要写的诗篇时能说此时此地应该说的话,把不需要说的话暂时搁一搁不要说,要有所取舍。

用自己独特的办法处理普通题材是件难事,你与其别出心裁写些人所不知、人所不曾用过的题材,不如把特洛亚的诗篇改编成戏剧……

诗歌的魅力

一首诗仅仅具有美是不够的,还必须有魅力,必须能按作者的愿望,左右读者的心灵。你自己先要笑,才能引起别人脸上的笑容,同样,你自己得哭,才能在别人脸上引起哭的反应……忧愁的面容要用悲哀的词句配合,盛怒要配威吓的词句,戏谑配嬉笑,庄重的词句配严肃的表情。大自然当初创造我们的时候,她使我们的内心能随着各种不同的遭遇而起变化:她使我们(能产生)快乐(的感情),又能促使我们愤怒,时而又以沉重的悲痛折磨我们,把我们压倒在地上;然后,她又(使我们)以语言为媒介,说出(我们)心灵的活动。如果剧中人物的词句听来和他的遭遇(或身份)不合,罗马的观众不论贵贱都将大声哄笑。神说话,英雄说话,经验丰富的老人说话,青春、热情的少年说话,贵族妇女说话,好管闲事的乳媪说话,走四方的货郎说话,碧绿的田垄里耕地的农夫说话,柯尔库斯人说话,亚述人说话,生长在底比斯的人、生长在阿耳戈斯的人说话,其间都大不相同。

恰如其分

请你倾听一下我和跟我在一起的观众要求的是什么。如果你希望观众赞赏,并且一直坐到终场落幕,直到唱歌人喊"鼓掌",

奥古斯都(即屋大维)全身像。恺撒被杀后,屋大维回到罗马与共和派展开斗争。当时贺拉斯正在担任共和派的司令官。

古罗马石雕壁画。▶

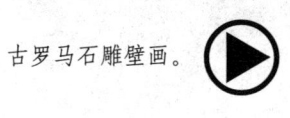

那你必须（在创作的时候）注意不同年龄者的习性，给不同的性格和年龄者以恰如其分的修饰。已能学语、脚步踏实的儿童喜和同辈的儿童一起游戏，一会儿生气，一会儿又和好，随时变化。口上无髭的少年，终于脱离了师傅的管教，便玩弄起狗马来，在阳光照耀的广场的绿草地上嬉游；他就像一块蜡，任凭罪恶捏弄，忠言逆耳，不懂得有备无患的道理，一味挥霍，兴致勃勃，欲望无穷，而又喜新厌旧。到了成年，兴趣改变，他一心只追求金钱和朋友，为野心所驱使，做事战战兢兢，生怕做成了又想更改。人到了老年，更多的痛苦从四围袭击他：或者因为他贪得无厌，得来的钱又舍不得用，死死地守着；或者因为他无论做什么事情，左右顾虑，缺乏热情，拖延失望，迟钝无能，贪图长生不死，执拗埋怨，感叹今不如昔，批评并责骂青年。随着年岁的增长，它给人们带来很多好处；随着年岁的衰退，它也带走了许多好处。所以，我们不要把青年写成老人的性格，也不要把儿童写成成年人的性格，我们必须永远坚定不移地把年龄和特点恰当配合起来。

名言名段

·一首诗仅仅具有美是不够的，还必须有魅力，必须能按作者的愿望，左右读者的心灵。你自己先要笑，才能引起别人脸上的笑容，同样，你自己得哭，才能在别人脸上引起哭的反应。

105

作者	文体	推荐理由
普鲁塔克	议论文	一篇能令人体悟到什么是知足、知足如何获得、怎样才算是知足者的佳作。它千百年来一直告诫人们应该用理智来控制情感，这一观点影响了西方伦理观千余年。

情感的"舵手"
——《知足是一种美好的德行》

作者生平

普鲁塔克，罗马帝国早期的伦理学家，最为出色的希腊传记作家之一。

普鲁塔克出生在希腊中部一个有着高度文化素养的家庭里，父亲是一位有名的传记作家和哲学家。公元66年，普鲁塔克在雅典学习哲学、修辞学和自然科学，后到亚历山大城进修，研读数学、哲学、修辞学、历史学，兼攻医药学。

普鲁塔克流传下来的著作，主要包括有五十篇传记的《传记集》和有六七十篇论文和语录的《道德论集》。

名文欣赏

知足是一种美好的德行

令人高兴的是，尽管你与大人物交往甚密，作为演说家享有常人难以匹敌的荣誉，但是你没有像悲剧中的梅罗普斯那样去生活，崇拜的人群使他对正常的反应"不以为意"。你要记住一再听到的话,精致的鞋子不能消除痛风,昂贵的指环不能除掉指上的倒刺,波斯头巾不能治愈周期性偏头痛。除非人们对拥有金钱、荣誉、宫廷的权力感到喜悦,而又未必为没有这些东西而焦虑不安,否则金钱、荣誉或者宫廷的权力如何能使人精神平静,过上无忧无虑的生活呢?除理性外,又有什么能培养我们,并使我们惯于迅速而随时地把心灵中非理性的和情感的成分,降服在作乱之时呢?又有什么能不容情感因受一时的环境影响而泛滥成灾并把情感荡涤掉呢?色诺芬奉劝我们在得意时尤其应想着神灵并尊崇他们,这样万一有事就可以向神灵呼唤,相信他们是慈祥的,能赐福的。这一点与对感情有特效的论点相同:明智的人在感情迸发以前就应背诵对感情有特效的论点,然后把感情贮存起来,以待发挥更大的效力。大型猛犬一听到动静就开始吼叫,只有熟人才能让它安静下来。与此类似,人的情感如果变得难以驾驭,就不容易宁静,除非通晓并坚信关于感情的论点,随时用以控制感情。

雅典卫城厄勒忒奥神庙的女像柱。

有人说过,一个人要想得到满足,就必须不参与公私事务。首先,如果得到满足的代价是无所事事,这一代价未免太高了。这就类似于向病人建议:"待在床上别动,可怜的家伙。"埋头大睡不是治愈精神烦恼症的好办法。如果一位精神病医师为治疗心灵的烦躁而开的处方是懒惰、柔弱和背弃亲朋与国家,那么他也就没有什么更高明的地方了。其次,以为不参与公私事务就能心平气和,这是不正确的;假如那样,主要关心的是家务事的妇女就应该比男人更能做到心理平静了。尽管赫西奥德说过,北风"吹打不到少女纤弱的身体",但是事实上,由于她们妒忌、迷信、有野心和思想空虚,女人的住所更多地受到了烦恼不安和消沉的袭击。拉埃特斯"在一位皱皮老太婆服侍饮食"的情况下独自在一个农庄度过了二十年。但是,尽管他舍弃了国家、宫殿和王位,苦恼、闲散和消沉一直困扰着他。一些赋闲无事的人变得郁郁不乐，正如下例所述：

但他仍然愤愤不平，坐在快船之上，

宙斯降生的帕琉斯之子，快腿的阿喀琉斯。

他不再参加男人视之为荣耀的集会，

不再鏖战疆场，而是耗尽心神地待在那里，

渴望听到战场上传来的厮杀声。

阿喀琉斯承认他因此感到不自在，坐立不安："我坐在快船边，成了世上的累赘。"这就是为什么即使伊壁鸠鲁也认为，渴望出人头地的人不应闲散在外，而应通过参与政治和社会事务去实现其理想；如果他们没有实现自己的理想，这种人就会由于闲散而产生更多的烦恼。但是地位的荒谬之处在于，它不是驱策那些有能力承担公职的人，而是驱策那些因闲散而无能的人去追求公职。我们不应根据一个人地位的高低来断定他是否知足，而应根据他的品质是高尚还是低贱来断定，因为正如所知，忽视行善应受谴责的程度不亚于作恶。

希腊神话中的缪斯女神。

名言名段

·谁要是用钥匙去劈柴，而用斧头去开门，他不但会把这两个工具弄坏，而且也会使它们失去了它们的用途。

·地理学家把世界上那些他们毫无所知的地方填塞到自己绘制的地图边缘……在纵观那些推理所能及和确实有史可稽的时代之后，我也不妨这样说，超过这个范围，再上溯到更加遥远的时代，那就唯有种种传说和杜撰的故事了。那里是诗人和传奇作家活跃的领地。

作者	文体	推荐理由
奥勒留	议论文	以古罗马帝王与哲学家的视角剖析人生的札记，运用精辟的语言诚恳劝慰，发表人类探求个人道德完美的感言。

古罗马皇帝的人生思考
——《沉思录》节选

作者生平

奥勒留，即马可·奥勒留·安东尼·奥古斯都，古罗马皇帝，也是最后一个斯多噶学派代表。

奥勒留于公元121年出生，是罗马著名的安尼乌斯家族的后裔，自小受到古罗马皇帝的宠爱。奥勒留受到良好的教育，启蒙老师有著名的修辞学家弗隆托、斯多噶派哲学家罗斯提库斯等。

公元161年，奥勒留即位称帝。此后，奥勒留加强了中央对地方行省的监督和控制。奥勒留还是一位颇有才能的军事统帅，是一位著名的马上皇帝，戎马生涯二十年。公元180年3月，奥勒留病死于今天的维也纳。

名文欣赏

一日之开始，我就对自己说：我会遇到好管闲事的人、忘恩负义的人、傲慢的人、欺诈的

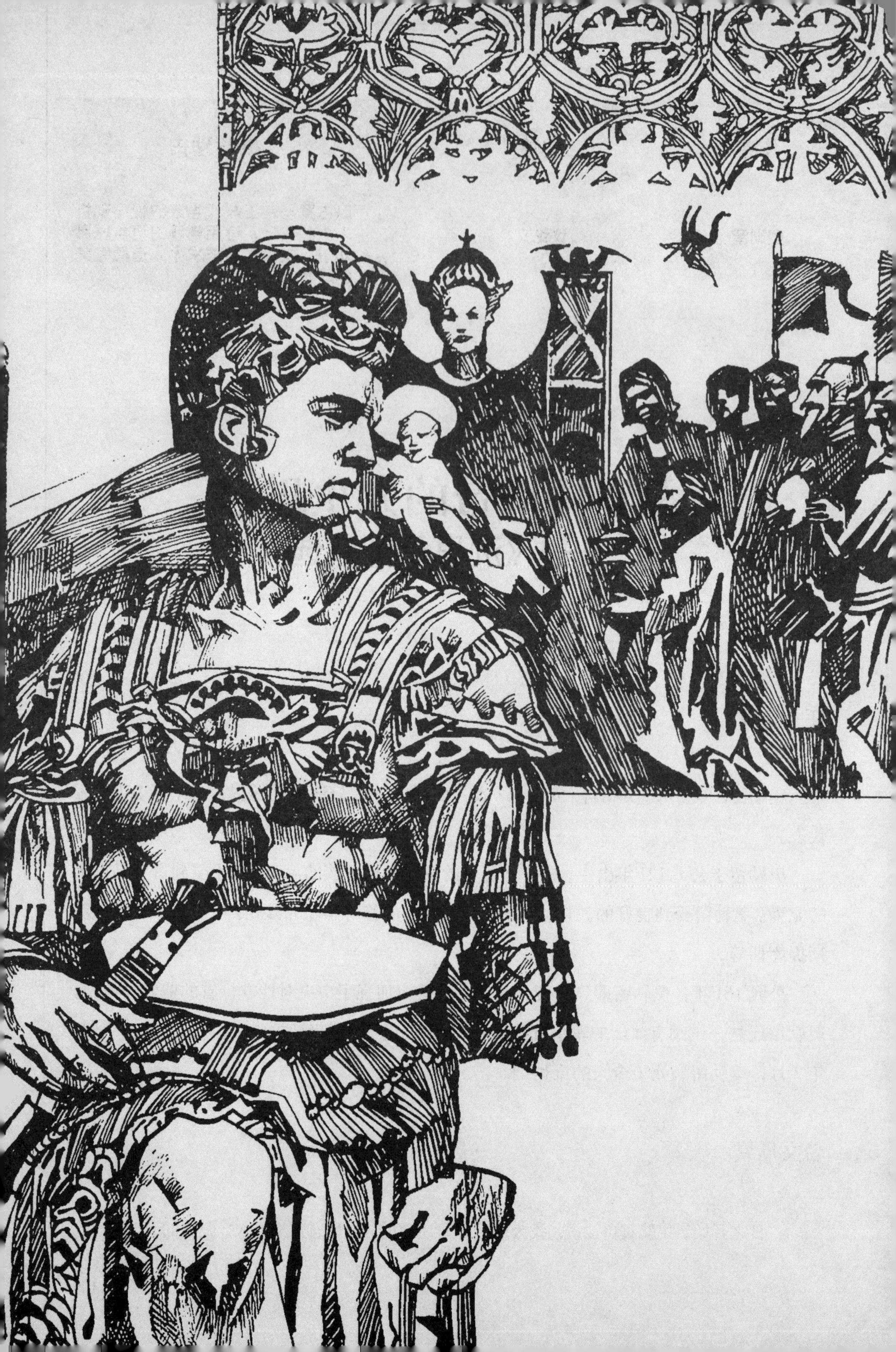

罗马君士坦丁凯旋门。凯旋门是为了炫耀侵略战争的胜利而建的。

人、妒忌的人和孤僻的人。他们之所以有这些品性，是因为他们不知什么是善，什么是恶。但，我——作为知道善和恶的性质，知道前者是美后者是丑的人；作为知道做了错事的人的本性与我是相似的，我们不仅具有同样的血液和皮肤，而且分享同样的理智和同样的一分神性的人——绝不可能被他们中的任何一个人损害，因为任何人都不可能把恶强加于我，我也不可能迁怒于这些与我同类的人，或憎恨他们。因为，我们天生是要合作的，犹如手足、唇齿和眼睑。那么，我们之间的相互反对就成为违反本性之举了，或者说是自寻烦恼和自我摒弃。

无论我是什么样子的人，我只是一团小小的肉体，呼吸和支配着的一部分而已。放下你的书籍，不再让你为此而分心，分心是不允许的；但你此刻似乎面临着死亡，轻视这团肉体吧；那也只是血液、骨骼和网状的组织，神经、静脉和动脉。看看呼吸吧，它算一种怎样的东西呢？是空气，但并不是同一的空气——每一时每一刻都在排出和吸入。第三是支配部分了：我们无妨这样来考虑，你是一个老者；不要再成为一个奴隶了，不要像木偶一样做那些反社会的运动，不要不满意你此时的命运，更不要躲避未知的到来。

名言名段

·对于那些看起来特别值得我们赞同的事，我们应当揭开其外表，查看其价值，将一切溢美之词通通撇开，因为外表极易使理智受到蒙蔽。

·不管宇宙是原子的集合，还是自然界是一个体系，我们首先要肯定，我是自然所统治的整体的一部分；其次，我是在一种方式下和与我自己同种的其他部分密切关联着的。

古罗马提姆加德城遗址。该城为古罗马皇帝的军事殖民地,是为了防止外敌入侵而修建的。

作者	文体	推荐理由
诸葛亮	议论文	南宋诗人陆游曾云:"出师一表真名世,千载谁堪伯仲间。"

千古忠臣的箴言
——《出师表》

作者生平

诸葛亮(公元181—公元234年),字孔明,琅琊阳都(今山东沂南)人。青年时随叔父逃避战乱隐居于南阳隆中(今湖北襄阳西),由于刘备多次盛情邀请,他加入刘备阵营,成了刘备的重要谋臣,并为刘备建立蜀汉,魏、吴、蜀三国鼎立之格局的形成立下大功。

蜀汉建立后,诸葛亮担任丞相。刘备死后,他一心辅佐后主刘禅,一面采取以攻为守的方法,北抗曹魏,一面采取和解的手段,东联孙吴,使蜀汉一直保持了较好的生存环境。

名文欣赏

臣亮言:先帝创业未半而中道崩殂,今天下三分,益州疲敝,此诚危急存亡之秋也。然侍卫之臣不懈于内,忠志之士忘身于外者,盖追先帝之殊遇,欲报之于陛下也。诚宜开张圣听,以光先帝遗德,恢弘志士之气,不宜妄自菲薄,引喻失义,以塞忠谏之路也。宫中府中,俱为一体,陟罚臧否,不宜异同。若有作奸犯科及为忠善者,宜付有司论其刑赏,以昭陛下平明之理，不宜偏私，使内外异法也。

　　侍中侍郎郭攸之、费祎、董允等，此皆良实，志虑忠纯，是以先帝简拔以遗陛下。愚以为宫中之事，事无大小，悉以咨之，然后施行，必能裨补阙漏，有所广益。将军向宠，性行淑均，晓畅军事，试用于昔日，先帝称之曰能，是以众议举宠为督。愚以为营中之事，悉以咨之，必能使行阵和睦，优劣得所。亲贤臣，远小人，此先汉所以兴隆也；亲小人，远贤臣，此后汉所以倾颓也。先帝在时，每与臣论此事，未尝不叹息痛恨于桓、灵也。侍中、尚书、长史、参军，此悉贞良死节之臣也，愿陛下亲之信之，则汉室之隆，可计日而待也。

　　臣本布衣，躬耕于南阳，苟全性命于乱世，不求闻达于诸侯。先帝不以臣卑鄙，猥自枉屈，三顾臣于草庐之中，咨臣以当世之事，由是感激，遂许先帝以驱驰。后值倾覆，受任于败军之际，奉命于危难之间，尔来二十有一年矣！先帝知臣谨慎，故临崩寄臣以大事也。受命以来，夙夜忧叹，恐托付不效，以伤先帝之明。故五月渡泸，深入不毛。今南方已定，兵甲已足，当奖率三军，北定中原，庶竭驽钝，攘除奸凶，兴复汉室，还于旧都。此臣所以报先帝而忠陛下之职分也。至于斟酌损益，进尽忠言，则攸之、祎、允之任也。愿陛下托臣以讨贼兴复之效，不效则治臣之罪，以告先帝之灵。若无兴德之言，则责攸之、祎、允等之慢，以彰其咎。陛下亦宜自谋，以咨诹善道，察纳雅言，深追先帝遗诏。臣不胜受恩感激！

　　今当远离，临表涕零，不知所云。

译文：

　　臣诸葛亮上表进言：先帝的开创大业未完成一半，竟中途去世。如今天下分成三国，我益州地区人力不足、民生凋敝，这真是处在万分危急、存亡难料的时刻。但是，宫廷里的侍奉守卫的臣子，不敢稍有懈怠；疆场上的忠诚的将士，舍生忘死地作战，这都是追念先帝的特殊恩遇，想报答陛下的缘故。陛下确实应该广开言路，听取群臣的意见，发扬光大先帝遗留下来的美德，振奋鼓舞志士们的勇气，绝不应随便看轻自己，说出无道理的话，从而堵塞了忠诚进谏的道路。宫中的近臣和丞相府统领的官吏，本都是一个整体，升降惩罚，扬善除恶，不应标准不同。如有做坏事违犯法纪的，或尽忠心做善事的，应该一律交给主管部门加诸葛亮读书图。诸葛亮为匡扶汉室，鞠躬尽瘁，死而后已。

以惩办或奖赏，以显示陛下在治理工作方面公允明察，而不应有私心和偏袒，使宫廷内外施法不同。

　　侍中侍郎郭攸之、费祎和董允等人都是些善良诚实、忠贞正直的人，因而先帝才选拔他们来辅佐陛下。我认为宫内的大小事情都应该征询他们的意见，然后再去处理。这样一定能够补救缺点，防止疏漏，增强实效。将军向宠，平和公正，通晓军事，当年试用他时，先帝曾加以称赞，说他能干，因而经众人评议荐举，任命他为中部督。我认为军营里的事情，无论大小，都要征询他的意见，这样就一定能够使军中团结和睦，德才高低的人各有合适的安排。亲近贤臣，远避小人，这是汉朝前期所以能够兴盛的原因；亲近小人，远避贤臣，这是汉朝后期所以衰败的原因。先帝在世的时候，每次跟我谈论起这些事，对于桓帝、灵帝时代，没有不哀叹和遗憾的。侍中郭攸之、费祎，尚书陈震，长史张裔，参军蒋琬，这些都是忠贞、耿直、能以死报国的节义臣子，诚愿陛下亲近他们，信任他们，则汉王室的兴盛就不远了。

　　我本是个平民，在南阳郡务农亲耕，在乱世间只求保全性命，不希求让诸侯知道我从而获得显贵的地位。先帝不介意我的卑贱，委屈自己，降低身份，接连三次到草庐来看望我，征询我对时局大事的意见，因此我深为感激，从而答应为先帝效力。后来在先帝兵败

白帝城诸葛亮观星台。

的危急关头,我接受委任,至今已有二十一年了。先帝深知我做事谨慎,所以临去世时把国家大事嘱托给我了。我自接受遗命以来,日夜担忧叹息,只恐怕托付给我的大任不能完成,从而损害先帝的英明。所以我五月率兵南渡泸水,深入荒芜之境。如今南方已经平定,武器充足,应当鼓励和统率全军,北伐平定中原地区,我希望竭尽自己低下的才能,消灭奸邪势力,复兴汉朝王室,迁归旧日国都。这是我用来报答先帝,并尽忠心于陛下的职责。至于衡量利弊得失,毫无保留地进献忠言,那就是郭攸之、费祎、董允的责任了。希望陛下责成我去讨伐奸贼,如果没有取得成效,那就惩治我失职的罪过,用来告慰先帝的神灵。如果没有发扬圣德的言论,那就责备郭攸之、费祎、董允等人的怠慢,公布他们的罪责。陛下自己也应该思虑谋划,征询从善的道理,明察和接受正确的进言,追念先帝遗诏中的旨意。我接受您的恩泽,心中感激不尽。

如今正当离朝远征之时,流着泪写了这篇表文,激动得不知该说些什么话。

名言名段

・出师一表真名世,千载谁堪伯仲间!

——陆游

作者	文体	推荐理由
朗吉努斯	议论文	作者把崇高的文学之美，细致而恰当地分解成可体验的生活之味和可模仿、可企及的美，是西方美学史上举足轻重的鸿篇巨作，是审美范畴中最为亮丽的风景。

人类精神世界的风景线
——《论崇高》节选

作者生平

《论崇高》的作者是谁，成书于哪个世纪，至今还很难断定。一般学者都认为这部书的作者是公元3世纪雅典修辞学家、做过叙利亚的帕尔米拉的韧诺比亚王后顾问的卡苏斯·朗吉努斯（213—273）。但这一看法早在19世纪就引起了异议。

我们可以确定的是，《论崇高》与贺拉斯的《论诗艺》相比时间稍晚，作者为希腊人而不是罗马人。

名文欣赏

有没有可以传授崇高或高超的一种技术

首先要求我们解决的问题是：究竟有没有可以传授崇高或高超的一种技术。因为有人常常主张，企图使这种研究对象服从技术规则只是自欺欺人而已。他们告诉我们，崇高是天生的，并非依靠传授就能获得的，天资是唯一能够教授它的老师。天然的产物（他们的

117

看法是如此），如果被干巴巴的技术规律所束缚，就会大为减色，从而在各方面变质。但是我认为，此中真理是可以证明为并非如此的。我们可以这样来看这事情：在较高尚、较激烈的情境中，自然（指人的天性），虽然确是独来独往，但是，在一般场合并不见得极端任性，极端鲁莽，而且在一切场合，自然是不可缺少的赋予活力的元素，但是决定其恰当强度，恰当时刻，和提供其为了实践和应用的规则的，总是方法的任务。那些巨大的激烈情感，如果没有理智的控制而任其为自己盲目、轻率的冲动所操纵，那就会像一只没有了压仓石而漂流不定的船那样陷入危险。它们每每需要鞭子，但也需要缰绳。德谟斯梯尼关于一般生活所说的话，"最大的幸福是运气好，但是其次，而且同样重要的，是有见识"（因为好运气是会为无见识所破坏净尽的），可以用在文学上，假使我们用"天资"来代替"运气"，用"技巧"来代替"见识"。而且（这是最重要的一点），作者在什么时候必须听天资的指挥，也只有从技术上才会体会到。有种批评家专门挑剔热情学习技巧的作家，如果他能够考虑我以上所说的一切，他或者会改变认为我们当前的研究毫无用处的主张。

作品中真正的崇高

……甚至在悲剧里，在这种主题所本有的庄严足以使夸张的措辞为人所容忍的场合，我们还是不能原谅乏味的浮夸，在冷静的散文里，它必然更显得何等荒唐……幼稚是虚弱而又狭窄的心灵的通病——实在是文辞弊病中最为卑陋的一种。所谓幼稚是指一种掉书袋的习惯，努力于无谓的雕琢而结果搞得冷冰冰的，索然无味。人们犯这种错误，起初是追求新奇纤巧，尤其是俏皮，而终于陷入琐屑无聊和愚蠢的做作。

……如果任何作品，在一个敏锐而有修养的人一再听过之后，不能使他的灵魂适应崇高的思想，如果它所表达的，缺乏余不尽之致；如果你听得越久，就越不想听它，那这里就未必有真正的崇高了……但是如果这个作品，是不同凡响，无懈可击，难于忽视，或者简直不容忽视的，如果它又顽强而持久地占住我们的记忆，这时候我们就可以断定，我们确是已经碰上了真正的崇高了。一般来讲，凡是大家所永远喜爱的东西，就是崇高的真正好榜样。当所有不同职业、习惯、理想、时代、语言的人们，对于某一作品，大家看法完全相同的时候，这种不谋而合、异口同声的判断，使我们赞扬这一作品的信心，更加坚定而不可动摇。

崇高语言的主要来源

崇高语言的主要来源，可以说，有五个。这五个来源所共同依靠的先决条件，即掌握语言的才能，这是必不可少的。第一个是最重要的条件，即庄严伟大的思想。第二是强烈而激动的情感。这两个崇高的条件主要是依靠天赋的,其余的可以从技术那里得到些助力。第三是运用藻饰的技术,藻饰有两种:思想的藻饰和语言的藻饰。第四是高雅的措辞,它可以分为恰当的选词,恰当地使用比喻和其他措辞方面的修饰。崇高的第五个原因总结全部上述的四个,就是整个结构的堂皇卓越……我要满怀信心地宣称,没有任何东西像真情的流露得当那样能够导致崇高,这种真情如醉如狂,涌现出来,听来犹如神的声音。

我已经说过,在这全部五种崇高的条件之中,最重要的是第一种,一种高尚的心胸。因此,虽然这是一个天生而非学来的能力,但是也锻炼了我们的灵魂,使之达到崇高,使之永远孕育着高尚的思想。人家可以问,怎样才办得到呢?我曾经在别处这样讲过,崇高就是"伟大心灵的回声"。因此,一个毫无装饰、简单朴素的崇高思想,即使没有明说出来,也每每会单凭它那崇高的力量而使人叹服。阿雅克斯在冥界的沉默是伟大的,比他说的任何话都更为高超。首先解决这种伟大构思的来源问题是绝对必要的,答案也就是:真正的思辨只有品质不卑鄙的人才有。因为把整个生活浪费在琐屑的、狭窄的思想和习惯中的人是决不能产生什么值得人类永久尊敬的作品的。思想深沉的人,言语就会汇通,卓越的语言,自然属于卓越的心灵……

风格的庄严、恢宏和遒劲大多依靠恰当的运动形象……这词现在一般用于这种场合,即说话人由于其感情的专注和亢奋而似乎见到他所谈起的事物并且使听者眼前产生类似的幻觉。诗人和演说家都用形象表达思想,但有不同的目的。诗的形象以使人惊心动魄为目的,演说的形象却是为了意思的明晰。但是两者都有影响人们情感的企图。

……在诗里,我曾说过,神话般的,使人无从信以为真的夸张是可以容许的。但演说中的形象之美主要在于其有力和真实……

关于思想的崇高,它怎样从心灵的伟大、从模仿、从运用形象等等地方产生,只能提出这简单的纲要了。

名言名段

·崇高的风格是一个伟大心灵的回声。

·我并不打算说,堂皇的语言是在任何场合都合适的。一个琐屑的问题用富丽堂皇的言语打扮起来,会产生把一个悲剧英雄的巨大面具戴在小孩头上那样的效果。

作者	文体	推荐理由
王羲之	散文	以最凝练的语言、最潇洒的风度、最飘逸的笔风描绘中国古代名士感喟人生苦短的代表作。

中国行书第一帖
——《兰亭集序》

作者生平

王羲之（321—379），字逸少，东晋琅琊临沂（今山东临沂）人，后迁会稽（今浙江绍兴）。士族出身，曾任江州刺史、会稽内史、右军将军，世称"王右军"。王羲之是中国古代著名的书法家，也是东晋出色的文学家。

名文欣赏

永和九年，岁在癸丑，暮春之初，会于会稽山阴之兰亭，修禊事也。群贤毕至，少长咸集。此地有崇山峻岭，茂林修竹，又有清流激湍，映带左右，引以为流觞曲水。列坐其次，虽无丝竹管弦之盛，一觞一咏，亦足以畅叙幽情。是日也，天朗气清，惠风和畅。仰观宇宙之大，俯察品类之盛，所以游目骋怀，足以极视听之娱，信可乐也。

夫人之相与，俯仰一世，或取诸怀抱，晤言一室之内；或因寄所托，放浪形骸之外。虽取舍万殊，静躁不同，当其欣于所遇，暂得于己，快然自足，不知老之将至。及其所之既倦，情随事迁，感慨系之矣！向之所欣，俯仰之间，已为陈迹，犹不能不以之兴怀，况修短随化，终期于尽！古人云："死生亦大矣！"岂不痛哉！

每览昔人兴感之由，若合一契，未尝不临文嗟悼，不能喻之于怀。固知一死生为虚诞，齐彭殇为妄作。后之视今，亦犹今之视昔，悲夫！故列叙时人，录其所述。虽世殊事异，所以兴怀，其致一也。后之览者，亦将有感于斯文。

译文：

永和九年，是癸丑年。暮春三月的上旬，我们在会稽郡山阴县的兰亭聚会，举行祓禊活动。本地贤德之士无不到会，老少济济一堂。兰亭这地方有崇山峻岭，繁茂的林木和幽深的竹丛，又有清澈湍急的溪流，辉映环绕左右，正好引溪水作为泛觞的曲水。大家依次坐在水边，虽然没有管弦合奏的盛况，饮酒赋诗，也足以令人畅叙胸怀。

这一天，天气晴朗，和风习习。仰观浩大的宇宙，俯察众多的物类，纵目四顾，舒展胸襟，极尽耳目视听的欢娱，真是人生的一大乐事！

人们彼此亲近交往，俯仰之间便度过了一生。有的人在室内晤谈，倾吐自己的心里话；有的人则将志趣寄托于外物，生活狂放不羁。虽然他们或内或外的取舍千差万别，好静好动的性格各不相同，但当他们遇到可喜的事情，得意于一时，感到心满意足，竟然都会忘记衰老即将到来的事。等到对已有的事物感到厌倦，心情也随之改变，又不免会引发无限的感慨。以往所得到的快乐，很快就成为历史的陈迹，人们对此尚且不能不发出感慨，更何况人的一生长短取决于造化，而终究要归结于穷尽呢！古人说："死生是件大事。"这怎么能不

有"书圣"之称的古代著名书法家王羲之像。

让人痛心呢?

每当看到前人产生感慨的原因,和我所感慨的就像一张符契那样一致,总难免要在前人的文章面前嗟叹一番,不过心里却不明白为什么会这样。我当然知道把死和生混为一谈是虚诞的,把长寿与短命等量齐观是荒谬的,后人看待今人,就像今人看待前人,这正是事情的可悲之处。所以我要一一列出到会者的姓名,录下他们所做的诗篇。尽管时代有别,行事各异,但触发人们感情的原因却是相通的。后人阅读这些诗篇,恐怕也会由此引发同样的感慨吧。

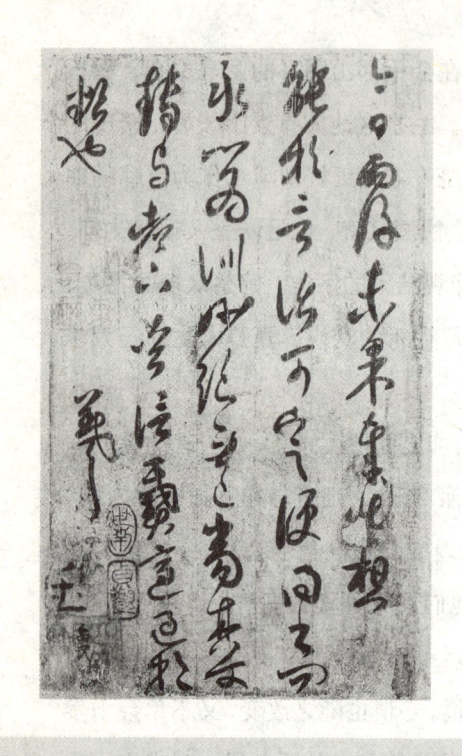

王羲之行草书《雨后帖》局部。

名言名段

· 所以详察古今,精研篆隶,尽善尽美,其唯王逸少乎?

——李世民

· 且元常专工于隶书,伯英尤精于草体;彼之二美,而逸少兼之。

——孙过庭

· 冠绝古今,唯右军王逸少一人而已。

——欧阳询

作者	文体	推荐理由
陶渊明	散文	积极达观的人生态度与崇尚自由的理想主义色彩，足以成为千余载来中国文人顶礼膜拜的楷模。

内心深处的世外桃源
——《桃花源记》

作者生平

陶渊明（365—427），字元亮，后改名潜，江州浔阳柴桑（今江西九江西南）人。他一生中先后做过江州祭酒、建威参军等地方小官，但为官时间都不长。最后任的官职是他41岁时所任的彭泽县令，但不到三个月就弃官回乡了。此后他一直在故里过着隐居田园的生活。他死后，他的朋友私谥他为靖节，所以后人又称他为靖节先生。

名文欣赏

晋太元中，武陵人捕鱼为业。缘溪行，忘路之远近。忽逢桃花林，夹岸数百步，中无杂树，芳草鲜美，落英缤纷。渔人甚异之，复前行，欲穷其林。

林尽水源，便得一山。山有小口，仿佛若有光，便舍船，从口入。初极狭，才通人。复行数十步，豁然开朗。土地平旷，屋舍俨然。有良田美池桑竹之属。阡陌交通，鸡犬相闻。其中往来种作，男女衣着，悉如外人。黄发垂髫，并怡然自乐。见渔人，乃大惊，问所从来。具答之。便要还家，设酒杀鸡作食。村中闻有此人，咸来问讯。自云先世避秦时乱,率妻子邑人来此绝境,不复出焉,遂与外人间隔。问今是何世,乃不知有汉,无论魏、晋。此人一一为具言所闻,皆叹惋。余人各复延至其家,皆出酒食。停数日,辞去。此中人语云:"不足为外人道也。"

既出,得其船,便扶向路,处处志之。及郡下,诣太守,说如此。太守即遣人随其往,寻向所志,遂迷,不复得路。南阳刘子骥,高尚士也,闻之,欣然规往,未果,寻病终。后遂无问津者。

译文:

晋太元年间,武陵有个靠捕鱼为生的人。(一天)他沿着溪水行船,不知不觉迷路了。忽然遇到一片桃花林,只见两岸几百步以内全是桃花,没有夹杂一棵别的树。花草鲜艳美

▼ 明代的《陶渊明扶松图》。此图根据陶渊明的《归去来兮辞》而作。

丽，桃花盛开。渔人觉得很奇怪，便继续向前划去，想达到桃林的尽头。

　　桃林的尽头正是溪水发源的地方。那里有一座山，山下有个小洞口，仿佛有光亮透出来。渔人便弃船步行，从洞口走进去。刚进去时，看到地方十分狭窄，仅容一人通过。再向前走几十步，便豁然开朗。土地平坦广阔，房屋整整齐齐，有肥沃的田地、幽静的池塘、桑树、竹林等等。田间的小路纵横交错，不时传来鸡鸣狗吠的声音。人们来往耕作的情形，男男女女的衣着装束，都和外界一样。老老少少全都自由自在，看上去十分怡然自得。他们看见渔人，大为惊讶，问他是从哪里来的，渔人一一地告诉了他们。人们就邀请他来到家中，摆酒杀鸡来款待他。村里听说有这样一个客人，都来问候和打听消息。他们自称祖先为了躲避秦代的战乱，领着妻子儿女和乡亲来到这个与世隔绝的地方，再没出去过，于是和外边的人断绝了来往。他们询问（渔人）现在是什么朝代，（他们）竟然不知道有汉朝，更不要说魏朝和晋朝了。渔人就把他所知道的外界情形一五一十地讲给他们听，他们听了都惊叹感慨。其余的人也都相继邀请渔人到家中，拿出酒饭来招待他。渔人一连住了好几天，才告辞离开。这里的人叮嘱他说："用不着对外面的人说起（这里）。"

　　渔人出了（洞口），找到了自己的船，顺着来时的路，一处一处地做了标记。回到武陵郡，便去见太守，如此这般地说了一通。太守随即派人跟着他前往（桃花源），寻找以前沿途所做的标志，结果迷失了方向，再也找不到那条路了。

　　南阳人刘子骥，是个志趣高尚的人，他听说了这件事，兴致勃勃地打算去寻访，没有去成，不久他病死了。后来就再也没有去探访的人了。

名言名段

·羁鸟恋旧林，池鱼思故渊。
·相见无杂言，但道桑麻长。

明代王仲玉所绘《陶渊明像》。

作者	文体	推荐理由
迦梨陀娑	戏剧	诗人善于在不破坏宁静和美的情况下保持自己作品的内在力量。他用鲜艳的色彩使沙恭达罗的青春爱情绚丽多彩。

梵语戏剧的顶峰
——《沙恭达罗》节选

作者生平

迦梨陀娑，印度古典梵语诗人、戏剧家。

迦梨陀娑被誉为笈多王朝的"宫廷九宝"（王宫的九位艺术家）之一，尤其是他在戏剧艺术方面所取得的卓越成就使他有"印度的莎士比亚"之称。目前学术界认为属于迦梨陀娑的作品有：抒情诗集《时令之环》，抒情长诗《云使》，叙事诗《鸠摩罗出世》和《罗怙世系》，剧本《摩罗维迦和火友王》、《优哩婆湿》和《沙恭达罗》。

名文欣赏

国王如临仙境一般，这时他马上意识到，这就是净修林了。国王命令御者在林边休息、等他，他自己徒步去见那些静修者。国王一边走着，一边欣赏着周围的美景。忽然，他看到三个净修的女郎，她们正拿着水壶给幼嫩的花树浇水，于是国王便急忙躲到了花丛里。

只听见一个女郎似乎有些不平地说："沙恭达罗呀，对净修林里的树木，我们的父亲印度桑奇大塔东门。塔门的雕刻展现了印度早期佛教艺术的精华。

干婆比对你还更加爱护,可是父亲却指定用水把花木四周挖好的小沟灌满,本来你自己就柔弱得像新开的茉莉花。"

"阿奴苏耶,这样做,不仅仅是由于父亲的命令,我爱这些花木,就像爱我的姐妹一样。"那个被称作沙恭达罗的女郎,一边浇灌着树木,一边回答。

又有女郎发出建议:"沙恭达罗,我们已经将这些在夏天里开花的树木浇过水了,那么现在我们也该给那些开过花的树木一些水了吧!只有大公无私的德行,才值得尊敬。"

"毕哩阇婆陀,你说得非常对!"沙恭达罗赞同道,于是十分爱惜地把水轻轻浇在花丛中。

听着她们的对话,国王看着她们,吃惊地暗自想:"这就是干婆的女儿沙恭达罗吗?这女子真正是国色天香,那身材真是修长迷人呀,那明眸摄人心魄,双唇像蓓蕾一样鲜艳,两臂像嫩枝一般柔软……啊,在后宫里也难找到这样的佳丽,今天竟然在净修人中间找到了!"

只听见沙恭达罗欢快的声音又响了起来:"朋友们!看呀,风吹得那棵小芒果树的嫩枝像小指头似的摆动,仿佛是在向我召唤,我要去向它致意。"于是,沙恭达罗高兴地跑过去,调皮地向芒果树敬了个礼。

"沙恭达罗,这株茉莉,被称作'林中之光',它自愿做芒果树的老婆。"阿奴苏耶指着一棵茉莉对沙恭达罗说。

127

沙恭达罗走近那棵茉莉，轻抚着："是的，草木都在成双成对地拥抱结婚呀，真是太可爱了呀！"

    "阿奴苏耶，你知道为什么沙恭达罗那样聚精会神地看着这棵'林中之光'吗？那是因为'林中之光'跟一棵同它相配的树联结在一起了，所以沙恭达罗也希望有一个称心如意的郎君相伴呢！"毕哩阁婆陀打趣道。

    "你心里才这样想呢！"沙恭达罗回敬道，又继续浇她的花树去了。

    突然，沙恭达罗吃惊地盯着一个春藤："啊，怪极了，还没有到季节，怎么这一棵春藤就从头到脚结满了花骨朵呢？"

    毕哩阁婆陀瞧了瞧沙恭达罗，神秘地告诉她："我们的父亲干婆亲手培植这棵春藤。他告诉我，春藤开花预示着你的婚期快到了！"沙恭达罗听了这话，羞得满面通红，可是她的内心却涌起了幸福的憧憬。这时，飞来一只蜜蜂，绕着沙恭达罗粉红娇嫩的脸飞舞，她被吓得惊慌失措，急忙向她的女友求救。

    二位女友看着沙恭达罗的窘样，禁不住笑了起来："小蜜蜂把你的脸当做可以采蜜的鲜花了，我们俩可救不了你！快去请豆扇陀来吧！国王可是保护我们的净修林的。"

    听到这些话，国王想："哈，我露面表现的机会来了！"于是，他装着若无其事的样子，从藏身的花丛后面走了出来："现在宇内正在恶人的约束者补卢的后裔的统治下。有谁敢对贞静的静修者的女儿们无礼呢？"

    突如其来的国王着实让三位嬉闹的女郎吃了一惊，她们不知所措地转头看着国王。"我们的女友被一只蜜蜂吓着了，她很害怕！"过了好一会儿，阿奴苏耶才指着沙恭达罗说。

    "你们的苦行顺利吗？"当国王走向沙恭达罗时，他问道。沙恭达罗惊恐地低下头，站在那里，不知该怎样回答。

    "由于您这位高贵的客人的降临，现在一切都顺利了。"阿奴苏耶替沙恭达罗答道。

    看到国王，沙恭达罗内心一阵骚乱，她想："我是怎么了？看到这个人，我怎么就对他产生一种好感呢？这可是净修林里的清规所不允许的呀！"

    看着娇羞含情的沙恭达罗，聪明的毕哩阁婆陀对同样心猿意马的国王说："沙恭达罗是一个天女的女儿，被干婆收养了，待她如同亲生女儿一般。先生，她是要净修的，可是我们的师傅却有意帮她找一个年貌相当的女婿。"

    "国王豆扇陀来到这附近打猎来了，惊了一只象，它跑到净修林里来了，净修者们当

▲ 印度女郎。图中的印度女郎拥有曼妙的身姿、独特的装束,散发出别具一格的魅力。

心呀!"一阵急促的喊声,打断了她们的话。这喊声吓得三位女郎恐慌地站了起来,收拾好东西,向国王告别了。沙恭达罗走在最后,她欲行又止,于是含情脉脉地回头看了国王一眼,跟着她的姐妹们一起走了。

沙恭达罗这一眼,令国王销魂,他再也无意回城了。于是,国王就让随从们在离净修林不远的地方驻扎下来。国王的军师和将军很担心他的安全,他们极力劝说国王启驾回城,可是国王的心中,此刻只有美丽的沙恭达罗。

名言名段

· 倘若要用一言说尽——春华秋实,大地大国,心醉神迷,惬意满足,那我就说:沙恭达罗!

——歌德

作者	文体	推荐理由
奥古斯丁	散文	不仅是弘扬"上帝创造一切"理论的神学论著,更是一篇西方文学的上品。本文文笔峻利,立意恳切,对后世影响极大。

西方学者自传的代名词
——《关于记忆》

作者生平

公元354年11月13日,奥古斯丁出生于北非塔加斯特城的一个小镇,7岁至12岁,他在故乡小城接受初等教育,学习拉丁文、希腊文和算术,并读荷马、维吉尔等人的文学作品。

奥古斯丁12岁时,在故乡附近的马道拉城接受中等教育,修习语法、诗艺、历史、文法和雄辩术。17岁时,奥古斯丁在母亲的苦心劝导和亲戚们的鼎力资助下前往迦太基城接受高等教育,主攻修辞学将近五年。公元373年,奥古斯丁成为一名摩尼教徒。

公元375年,奥古斯丁回到塔加斯特教授雄辩术近一年,后来,又到迦太基的学校教授雄辩术,共七年之久。公元386年的秋天,奥古斯丁到米兰郊外一所别墅里静修思过。经过半年多的灵魂净化之后,他领受了米兰主教的洗礼,正式成为基督徒。公元388年,他召集一批同道开始过一种清心寡欲的隐修生活——自此出现了修道士这个群体。公元391年,奥古斯丁出访希波城,深得当地主教赏识,被聘为神甫,开始布道。公元392年,罗马皇帝狄奥多西颁布法令取缔异教,使基督教正统派成为罗马国教。

公元430年5月,奥古斯丁离开了尘世。

名文欣赏

一个妇人丢了一文钱,便点灯在四处找寻,而如果这一文钱她已完全忘记,一定是找不到的,因为即使找到,如果记不起,怎能辨别那是她的钱?我记得自己找到许多丢失的东西,在找寻之时,别人会提醒我:"是否这个?是否那个?"在未找回我遗失的那件东西之前,我只是回答:"不是。"假使我回忆不起来,即使那件东西放在手中,也是认不出来的,也是找不到的。我们每次找寻并最后获得失去的东西,都是如此。一件物质的、可见的东西在我眼前消失掉,但并不被我的记忆丢失掉,记忆留下了这东西的影像,我们凭此找寻,直至那件东西重现在我们的眼前。东西得到后,我们根据心中的影像,就可以认出它。如果记不起来,便不会认得,不认得,便不能说失去的东西已经找到。因此,一样东西在眼前不见了,却仍被记忆保留着。

意大利画家皮·阿姆布罗乔所绘《圣奥古斯丁出发》。

但如果记忆本身丢失了什么东西,比如我们会在忘记之后,尽力追忆那些东西,这时到哪里去找寻呢?不是在记忆之中吗?如果记忆里涌现出另一样东西,我们就会拒绝其出现的真实性,直至所要找寻的东西前来;它只要一出现,我们就会说:"就是这个了。"我们如果不认识,便不会这样说;如果记不起,便不会认识。可见这东西我们一定已经遗忘了。

是否这事物并未全部丢失,保留了一部分以致可以让人找寻另一部分?是否记忆觉得经常地把整个事物回想出来更好,以致在残缺不全的地方要努力再寻觅缺失的部分?

西班牙大师克莱奥迪·科埃里奥的作品《圣奥古斯丁的胜利》。

　　我们看见或想到一个熟悉的人却回想不起他的姓名，就属于这种情况。当想到别的姓名时，就不会和这人联系起来，我们会对这些不实的姓名一概排斥，因为在过去的记忆和思想中从不把这些姓名和那个人相联系，直到出现的那个姓名和我们过去对那人的认识完全相符为止。这个姓名是从哪里找出的呢？当然是从记忆那里。即使经过别人的提醒而想起，也一样来自记忆。因为别人并没有告诉我们一个新的东西，让我们接受，而是我们自己回忆起来的，从而再确认别人说的符合原来的记忆而已。如果这姓名已完全从记忆中抹去，那么纵然有人提醒，我们也是想不起来的。因此，当还记得自己忘却了什么的时候，说明我们还没有完全忘怀。如果确实完全忘掉了一件已丢失的东西，我们便不会去找寻的。

名言名段

　　·人们赞赏山岳的崇高，大海的波涛，海岸的逶迤，星辰的运行，却把自身置于脑后……我恨自己，因为我仍然赞赏尘世之物，我早该从非基督教哲学家（即塞涅卡）那里了解到，除了灵魂以外没有任何东西值得赞赏，对伟大的灵魂来说，没有任何东西是伟大的。

　　一件事不能因为说得巧妙，便成为真理，也不能因为言语的朴拙而被视为错误；但也不能因言语的粗率而被视为真理，因言语典雅而被视为错误。

作者	文体	推荐理由
王勃	诗歌	诵读美文如身临其境，体味意蕴如玉珠飞溅，触摸风骨如峻洁盘松，流芳千古乃实为自然。

千古名篇
——《滕王阁序》

作者生平

王勃（649—676），字子安，绛州龙门（今山西稷山县）人，初唐著名文学家。他从小聪明多才，7岁就能写很好的文章，被视为天才少年。不到20岁，就任朝散郎、沛王府修撰。当时，诸王贵戚之间盛行斗鸡，王勃做了一篇《檄英王鸡》的游戏文章，触怒了唐高宗，因而被赶出王府。此后，他漫游剑南，曾一度任虢州参军，又因性格高傲，得罪同僚而被革职。他父亲也由于他的缘故被贬为交趾令。唐高宗上元二年（公元675年），他往交趾（今越南）省亲，在渡海时溺水而死，年仅28岁。

名文欣赏

豫章故郡，洪都新府。星分翼轸，地接衡庐。襟三江而带五湖，控蛮荆而引瓯越。物华天宝，龙光射牛斗之墟；人杰地灵，徐孺下陈蕃之榻。雄州雾列，俊彩星驰。台隍枕夷夏之交，宾主尽东南之美。都督阎公之雅望，棨戟遥临；宇文新州之懿范，襜帷暂驻。十旬

位居初唐四杰之冠的王勃。

休假,胜友如云,千里逢迎,高朋满座。腾蛟起凤,孟学士之词宗;紫电青霜,王将军之武库。家君作宰,路出名区;童子何知,躬逢胜饯!

时维九月,序属三秋。潦水尽而寒潭清,烟光凝而暮山紫。俨骖騑于上路,访风景于崇阿。临帝子之长洲,得仙人之旧馆。层峦耸翠,上出重霄;飞阁流丹,下临无地。鹤汀凫渚,穷岛屿之萦回,桂殿兰宫,列冈峦之体势。披绣闼,俯雕甍,山原旷其盈视,川泽纡其骇瞩。闾阎扑地,钟鸣鼎食之家,舸舰迷津,青雀黄龙之舳。云销雨霁,彩彻云衢。落霞与孤鹜齐飞,秋水共长天一色。渔舟唱晚,响穷彭蠡之滨;雁阵惊寒,声断衡阳之浦。

遥吟俯畅,逸兴遄飞。爽籁发而清风生,纤歌凝而白云遏。睢园绿竹,气凌彭泽之樽;邺水朱华,光照临川之笔。四美具,二难并。穷睇眄于中天,极娱游于暇日。天高地迥,觉宇宙之无穷;兴尽悲来,识盈虚之有数。望长安于日下,指吴会于云间。地势极而南溟深,天柱高而北辰远。关山难越,谁悲失路之人?萍水相逢,尽是他乡之客。怀帝阍而不见,奉宣室以何年?

嗟乎!时运不齐,命途多舛。冯唐易老,李广难封。屈贾谊于长沙,非无圣主;窜梁鸿于海曲,岂乏明时?所赖君子安贫,达人知命。老当益壮,宁移白首之心?穷且益坚,不坠青云之志。酌贪泉而觉爽，处涸辙以犹欢。北海虽赊，扶摇可接；东隅已逝，桑榆非晚。孟尝高洁，空怀报国之情；阮籍猖狂，岂效穷途之哭！

勃，三尺微命，一介书生。无路请缨，等终军之弱冠；有怀投笔，慕宗悫之长风。舍簪笏于百龄，奉晨昏于万里。非谢家之宝树，接孟氏之芳邻。他日趋庭，叨陪鲤对；今晨捧袂，喜托龙门。杨意不逢，抚凌云而自惜；钟期既遇，奏流水以何惭？

呜呼！胜地不常，盛筵难再。兰亭已矣，梓泽丘墟。临别赠言，幸承恩于伟饯；登高作赋，是所望于群公。敢竭鄙怀，恭疏短引；一言均赋，四韵俱成。清洒潘江，各倾陆海云尔。

滕王高阁临江渚，佩玉鸣鸾罢歌舞。画栋朝飞南浦云，珠帘暮卷西山雨。闲云潭影日悠悠，物换星移几度秋。阁中帝子今何在，槛外长江空自流。

译文：

汉代的豫章旧郡，现在称洪都府。天上正对着翼、轸两星宿的分野，地上联结着衡山、庐山两座名山。旁边围着三江和五湖，前后靠着楚地和闽越。这里地上物产的精华，乃是天的宝物，宝剑显示物产富饶，它的光芒直冲上牛、斗二星之间；人有俊杰是因为地有灵秀之气，陈蕃专为徐孺子设下几榻。州郡繁多，有如浓雾；人才辈出，像繁星一样多。城池坐落在夷夏交界的要害之地，宾主集中了东南地区的英俊之才。都督阎公，享有崇高的名望，远道来到洪州坐镇；宇文州牧，是美德的楷模，赴任途中在此暂留。正逢十日休假的日子，杰出的友人云集；高贵的宾客，也都不远千里来此聚会。文坛领袖孟学士，文章的气势像蛟腾凤舞；紫电青霜这样的宝剑，出自王将军的武器库里。父亲在交趾做县令，我在探亲途中经过这个名城；我年幼无知，竟有幸参加了这次盛大的宴会。

时当九月，秋高气爽。积水消尽，潭水清澈，暮霭中山峦呈现一片紫色。在大路旁准备鞍马，在山岭中访求风景。来到昔日帝子的长洲，登上仙人居住过的宫殿。这里山峦重叠，青翠的山峰耸入云霄；红色的楼阁凌空而起，俯瞰水面。白鹤、野鸭停息的小洲，极尽岛屿的迂回之势；桂树木兰建成的宫殿，跟起伏的山峦配合有致。打开雕花的阁门，俯视彩饰的屋脊，山峰平原尽收眼底，湖川无滕王阁位居江南三大名楼之首。

际,视野开阔。门户整齐,遍地是钟鸣鼎食的富贵人家;舸舰塞满了渡口,尽是雕饰着青雀黄龙花纹的大船。正值雨过天晴,虹消云散,阳光灿烂。落霞与孤雁一起飞翔,秋水和长天连成一片。傍晚渔舟中传出的歌声,响彻鄱阳湖滨;寒夜雁群惊叫,叫声回荡在衡阳的水边。

　　高歌远眺,兴致飞扬。箫管吹起清风,美妙的歌声让白云也不忍离去。像睢园竹林的聚会,饮酒的豪兴超过彭泽县令陶渊明;像邺水的荷花灿烂,诗人的文采胜过临川内史谢灵运。音乐与饮食,文章和言语,这四种美好的事物都已经齐备;良辰美景,赏心乐事,这两个难得的条件也凑在一起了。向天空中极目远眺,在假日里尽情欢娱。天高地远,认识宇宙的无穷无尽;乐尽悲来,早知兴衰贵贱都是命中注定。西望长安在夕阳下,遥看吴越在云海间。南方的陆地已到尽头,大海深不可测;北方的北斗星多么遥远,天柱高不可攀。关山重重难以越过,有谁同情不得志的人?萍水相逢,大家都是异乡之客。怀念宫廷,无法到达;献身朝廷,岂有指望?

唉，时机不好，命运不顺。冯唐容易衰老，李广难以封侯。使贾谊遭受委屈，贬于长沙，并不是因为没有圣明的君主；使梁鸿逃匿到齐鲁海滨，难道不是政治昌明的时代？只不过君子安于贫贱，达人了解命运罢了。年纪虽然老了，但志气应当更加旺盛，谁能理解白头人的一片苦心？境遇虽然困苦，但节操应当更加坚定，决不抛弃自己的凌云壮志。即使喝了贪泉的水，心境依然清爽廉洁；就算身处于干涸的车辙中，心情依然开朗愉快。北海虽然十分遥远，乘着旋风还是能够到达；朝阳已过，还有晚景可以珍惜。孟尝君品行高洁，但空怀着报国的热情；阮籍为人放纵不羁，我们怎能学他那种穷途的哭泣！

我王勃只是地位低下的一个书生。虽然和终军一样青春年少，却无处去请缨杀敌；我羡慕宗悫乘风破浪的英雄气概，也有投笔从戎的志向。如今我抛弃功名，不远万里去侍奉父亲。虽然比不上谢家的杰出人才，但是却有幸能和贤德之士交往。不久我将见到父亲，像孔鲤一样聆听长辈的教诲。今天我荣幸地奉陪各位长者，高兴自己登上了龙门。司马相如假如碰不上杨得意那样的引荐人，就只有抚拍着自己的文章而自我叹惜；但既然已经遇到了钟子期，弹奏一曲《流水》又有什么羞愧的呢？啊！名胜之地不能常存，盛大的宴会难以再逢。兰亭宴饮集会已为陈迹，石崇的梓泽也变成了废墟。承蒙这个宴会的恩赐，临别作文；至于登高作赋，这只有指望在座诸公了。为表示微薄的心意，我做了这短短的引言。每人各用一个韵，大家都做八句诗。请在座诸位施展潘岳、陆机一样的才华，各自谱写瑰丽的诗篇吧。

滕王建的高阁面临长江，佩玉响的时候舞罢歌阑。早晨南浦的云飞上画栋，傍晚西山的雨卷入珠帘。云闲水静啊自在悠悠，时过境迁啊几度春秋。阁中的滕王现在哪里？门外的长江空自流淌。

名言名段

· 落霞与孤鹜齐飞，秋水共长天一色。

· 东隅已失，桑榆非晚。

· 老当益壮，宁移白首之心？穷且益坚，不坠青云之志。酌贪泉而觉爽，处涸辙以犹欢。

作者	文体	推荐理由
马可·波罗	记叙文	不仅是一部展示古代中国富足昌盛的名著、一部讴歌东方文明传奇的佳作，更由此引起了西方世界很多勇敢者（如哥伦布）探索未知世界的探险热潮。

窥视东方世界的窗口
——《马可·波罗游记》节选

作者生平

1254年，马可·波罗出生在意大利威尼斯的一个富商家里。年轻时的马可·波罗随其父亲、叔父从地中海东岸出发，历时三年半，于1275年5月抵达元朝的上都（今天的内蒙古自治区多伦县西北），元世祖忽必烈热烈欢迎，并把马可·波罗留在宫中，予以重任。马可·波罗一家三人在元朝宫廷供职达十七年之久。1295年，马可·波罗历尽艰辛返回威尼斯。1298年，马可·波罗在威尼斯和热那亚的战争中被俘。马可·波罗在狱中口述，由一同入狱的比萨作家鲁斯蒂谦笔录，合作完成了著名的《马可·波罗游记》。因为马可·波罗的名声很大，四年之后即结束了监禁生活。1323年，70岁的马可·波罗在威尼斯去世。

名文欣赏

高邮城

离开宝应城向东南骑行，一天后，抵达高邮城，此城十分大。城中的居民是崇拜偶像意大利著名旅行家马可·波罗像。

的教徒，使用的是纸币，臣属于大汗，依靠工商活动谋求生计，凡是生活必需品都十分丰饶富足。所产的鱼更是充足，有许多野味，其中鸟兽众多。用乌诺齐亚城的一枚银钱就可以购得三只令人满意的雉。

从此地出发，继续前进，讲述另外一个城市，名为泰州。

扬州城

从高邮城出发，向东南方向骑行一天，沿途处处可以看见村庄和农舍以及治理十分完好的田野。抵达泰州，发现城并不十分大，但物产丰富，生活富足。居民是崇拜偶像的教徒，用的是纸币，臣属于大汗。这个地方贸易昌盛，居民都靠工商业来维持生计，来自大江大河的船舶众多，都聚集于此。这个地方离东方日出的地方——大海只有三天的路程。从海滨到这个城市，到处都是以制盐为业的，人数众多，大概是因为这个地方有天下条件至为优越的盐池。

还有一座城市，名为真州（仪征）。这座城市非常大，所出产的盐可供全州之人食用，其获得的利润不可胜数，没有亲眼看见的人是难以相信的。居民是崇拜偶像的教徒，使用的是纸币。

现在再从此地出发，重返上面提到的泰州，请让我再讲述另一个名叫扬州的城市。

南京城

南京是一大州，位置在西面。城中的居民也都是信奉偶像的教徒，使用的是纸币，臣

属于大汗,倚恃商业为基本谋生的活计。所出产的丝织品十分丰饶,可以织出极为精美的锦缎和各式各样的绸绢。这里是一个十分富足的州城,所以在这里谷物粮食都显得便宜。境内有许多野味,还有老虎。有些富裕的大商家包办了其所买卖的商货的税额,君主由此获得的收入十分巨大。

别的也就没有什么可讲述的了。现在从这个地方出发,我再讲述一下也十分大的襄阳府城。此城之所以在本书中收录,那是因为和此城有关系的一件大事不得不说。

名言名段

· 忽必南是一座大城,居民都崇拜摩诃末。这个地方出铁、铜和铁矿,产量甚大;这里制作的铜镜也蔚为壮观……

作者	文体	推荐理由
但丁	诗歌	以梦幻文学的形式，演绎了一次精神和灵魂的游历历程。但丁以《神曲》这部不朽的史诗而名载史册。

中世纪不朽的史诗
——《但丁的奇遇》

作者生平

1265年5月，但丁出生在意大利佛罗伦萨的一个贵族家里，后家道中落。

1300年，但丁被任命为佛罗伦萨的行政官。担任行政官期间，但丁坚决反对教皇干涉佛罗伦萨内政的企图，并由此而得罪了教皇。1302年，但丁出使罗马时，他的政敌趁机夺取了佛罗伦萨的政权，并以贪污、反对教皇的罪名，革除了但丁的公职，并判以巨额罚金，流放两年。但丁坚贞不屈，拒不认罪，同年又被判处终身流放。但丁此后度过了近二十年漂泊无定的流亡生活。但丁晚年定居拉维纳，专心从事著述。1321年9月14日，但丁因病逝世。

名文欣赏

在人生的路途中，我发现自己已经离开了正路，走入了一大片幽暗的森林，这座森林是多么荒凉、艰险、难行啊！然而要说明这些是一件多么困难的事啊！一回忆到它，我就又会觉得害怕和痛苦。那其中的苦难和死相差无几。但为了述说我在其中遭遇到的事情，法国画家欧仁·德拉克洛瓦的《但丁之舟》。此图描绘的是《神曲》中《地狱》的一节。

我还是要讲述一下我在那里看到的其他的事物。

　　我怎样走进了这座森林的，我至今说不清楚，因为在我离弃真理之路的时刻，充满了强烈的昏沉的倦意。当来到令我胆战心惊的山谷的尽头时，在一座小山脚下，我向上望去，目睹了山的脉络已散满了行星的光辉——指导着世人选择并踏上各条正路。我何尝不是悲惨而可怜地度过这一个夜晚——心湖上一直浮荡着恐怖的情绪，这时才微微平静下来。这仿佛刚从海里逃命上了岸的人，喘息未定，惊魂未安，回头凝望眼前的惊涛骇浪一样：我的心魂仍在奔逃，回头重新凝望那道从来不让人生还的幽暗的关口。

　　我着力使得疲惫的身体稍休息片刻，然后又顺着荒凉的山坡，向前走去，这让我感觉到脚底下最稳的，总是后面的脚：它总是处在较低的位置。瞧！刚行到山势陡峭的地方，一只躯体轻巧而且非常敏捷的豹子就在那个地方，毛皮上满是五色斑斓的纹路。它不走开，却稳稳的，在着意挡住我前行的去路，我只得转身想退将回来。

　　此时，天刚刚破晓，太阳和群星正一起升起，在上帝之爱最初推动那辉煌壮丽的群星运行时，太阳和群星就曾同在。这一天开始的时辰，和这个温润的时令，让我觉得有足够的希望去战胜这只躯体有着醒目斑斓的毛色的野兽。但在这一只凶猛的狮子的面前，我并没有足够的信念让我觉得心里不惊惧。看见它高昂起头，一副饥饿难耐，几乎要发疯的样子，它似乎要向我扑来，连身边的空气都要震了。还有一只瘦瘦的母狼，它的躯体几乎满载着所有的贪欲——已经迫使很多的人过着悲惨的生活——它所呈现出来的凶相引起的恐怖情状让我的心境顿然沉郁，几乎都丧失了前行登顶的希望。正如一心想赢钱的人，当遇到输钱的时候，他所有的心思都会沉浸在悲哀和沮丧之中，这只永不静息的野兽也让我融入到这种情景，它向我走来，一步步冲着我，紧逼着我，我后退着，向太阳沉寂的地方退去。

　　我正往低处退走时，一个人影儿出现在眼前，或许由于长久沉默，他发出了声音。在这荒野里看到他，我向他喊道："可怜我吧，不论你是什么，是鬼魂抑或真人！"他回答道："我不是人，从前是人，我的父母是伦巴第人，在籍贯上，他们都是曼图亚人。我出生在恺撒的时代，虽然错过了赏誉之日，但住在圣明的奥古斯都统治下的罗马，那是一个信奉虚妄、谶纬漫行天下的时代。我是一个诗人，歌唱安奇塞斯的正直的儿子在目空一切的伊利乌姆城被焚毁后，从特洛亚迁来的事迹。可是你为什么回到这样的痛苦境地？为什

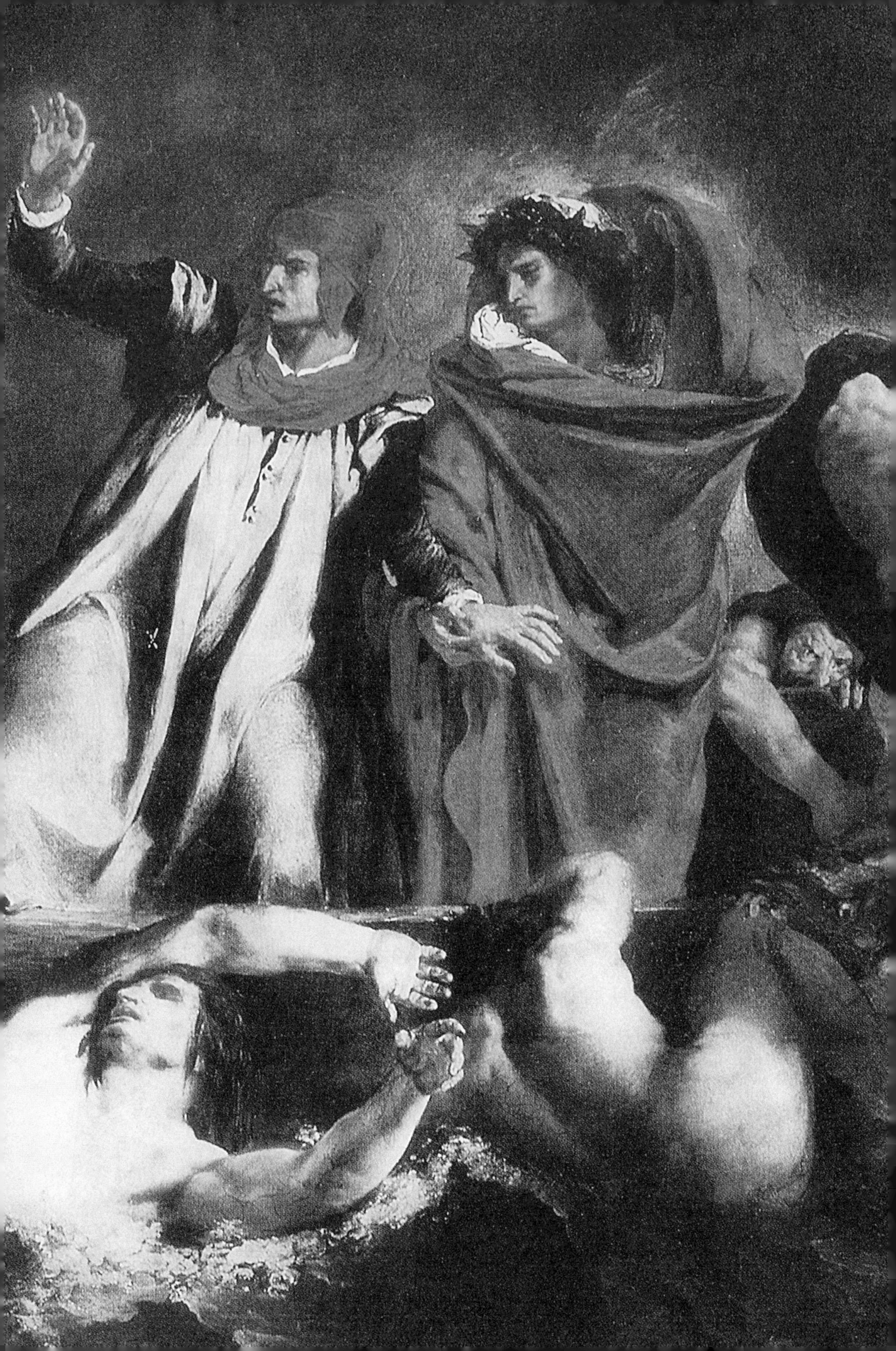

么不去攀登这令人心旷神怡的山？它可是一切欢乐的基石和阶梯。""那么，你就是维吉尔，就是可诵出源源不绝的语言，形成浩瀚洪流的源头的诗人吗？"我回问道，带羞涩的神情，"啊，其他诸位诗人的荣光啊，祈愿我长久学习和秉持深爱之心研读你的诗卷，可以让我博得你的同情和援助。你是我的师长，我的典范和权威的作家，就是从你那里我才学到了使我成名的优美风格。你看那只迫使我不得不转身退却的野兽，帮我逃脱它的进逼吧，我崇仰的圣哲，它已经让我胆战心寒。"

　　他见我眼泪流下来，回答说："你要逃离这个荒凉的地方，须选择另一条道路，因为这只迫使你高声呼救的野兽不会让人从这条路通过，它极力阻挡，以致会把人置于死地；它的本性至恶，永不能填满贪欲的沟壑，进食完，它只会比先前更加饥饿、贪婪。与它为伍为邻的人太多，日后会变得更多，直到猎犬的到来让这只野兽痛楚地结束生命为止。他不吞噬土地，更不要金钱，单单以智能、爱和美德为下口的食粮，将降生在理想的君主之间。他也是悲惨、衰微、分裂的意大利的救星，处女卡密拉、欧日阿鲁斯、图尔努斯和尼苏斯即是为这片国土负伤而死的。他将会从各个城邦把这只母狼赶出去，最后在地狱中安置它——当初正是嫉妒从那里把它放了出来。由此，为了你，我认为你最好跟着我从这里走出，由我做你的向导，让你游历一个永恒的地方……于是，他起身前行，我在后面紧随着他。

名言名段

　　·人不能像走兽那样活着，应该追求知识和美德。

　　·如同受夜间寒气侵袭而低垂、闭合的小花，经微白的朝阳一照，朵朵在花茎上挺起、开放，我的萎靡的精神又振作起来，一股勇气涌入我的心中。我像获得自由的人似的开始说："啊，她拯救我，多么慈悲啊！"

手持《神曲》的但丁。

144

作者	文体	推荐理由
薄伽丘	小说	欧洲第一部现实主义作品，通过对人物形象的塑造及社会生活的描绘，讴歌了人类最为甜美的感情——爱情。

卸下教会千年的光环
——《第四天的故事》

作者生平

1313年，薄伽丘诞生于意大利佛罗伦萨。14岁时，薄伽丘到那不勒斯学习经商，后又改学法律和宗教法规。薄伽丘自幼喜爱文学，广泛阅读经典作家的作品。

1350年，薄伽丘结识了意大利大诗人彼特拉克，两位著名的人文主义者建立起卓越的友谊。薄伽丘是举世闻名的多产作家，他以短篇小说、传奇小说蜚声文坛，同时还创作了大量的叙事诗、牧歌、十四行诗。在学术著述上，薄伽丘翻译了《荷马史诗》，晚年致力于但丁《神曲》的诠释和讲解。1375年12月21日，薄伽丘逝世。

名文欣赏

唐克莱的膝下并不是儿女成群，他只有一个独生的郡主，于是亲王对她真是百般疼爱。也许自古以来，再也没有父亲这般疼爱女儿了。可是谁也不曾想到，如果不养这个女儿，亲王的晚年或许会过得更快乐些。因为亲王太疼爱这位独生的郡主了，所以也不考虑薄伽丘的著作《十日谈》插图。

会耽误了女儿的青春，一直舍不得把她嫁出去。直到后来，女儿再也藏不住的时候，这才把她嫁给了卡普亚公爵的儿子。谁知道不幸的事发生了，婚后不久，郡主的丈夫去世，于是她成了一个寡妇，不得不又重新回到她的父亲那儿。

郡主正当青春年华，而且天性也非常活泼，无论身段还是容貌，都长得十分俏丽，不但如此，她还才思敏捷，只可惜生了个女儿身。在父亲的王宫里，郡主养尊处优，过着奢华的生活。因为她看见父亲这么疼爱她，而且他也根本不想让她再嫁，但是自己又不好意思开口，于是就私下打算找一个中意的男子做情人。

在她父亲的宫廷里，出入的有上中下三等人。郡主留意观察了这些男人的举止行为。在父亲跟前有一个年轻的侍从，名叫纪斯卡多，虽说他的出身卑微，但是人品倒很高尚，他气宇轩昂，的确比众人高出一筹。郡主非常中意他的为人，竟不自觉暗中爱上了纪斯卡多，因为朝夕相见，越看是越爱。那小伙子也不是傻瓜，不久，他也感觉到郡主的心意，不由得也动了情，整天只想看见她，把别的事情都抛在脑后了。两人就这样眉来眼去，日子也过了很久，郡主很想找个机会与纪斯卡多幽会。可是，这样的心事怎敢让别人知道呢？后来郡主真的想出一个很好的主意。于是她写了封短简，希望纪斯卡多第二天来和她相会。然后把这信藏在一根空心的竹竿里面，当面交给了纪斯卡多，并且还开玩笑地说："把这个拿去吹风箱吧，那么今儿晚上，你的女仆可以用这个生火了。"

接过竹竿，纪斯卡多觉得郡主决不会无缘无故给他这个东西，并且还说出了这样的话。当回到自己房里时,纪斯卡多开始检查竹竿,后来他发现竹竿中间有一条裂缝,劈开一看,原来里面藏着一封信。他急忙展开,明白了其中的含义,这时候他觉得自己成了世上最快乐的人儿。于是,依着信里的意思,纪斯卡多做好准备,去和郡主幽会。

在亲王的宫室附近有一座山,并且在山上有一间许多年以前开凿的石室,然而在山腰里,当时还另外又凿了一条隧道,能够透过微光,隧道直通那洞府。那石室年久失修,已经废弃,所以在隧道的出口处,也是荆棘杂草丛生,洞口几乎都被掩蔽了。那石室里还有一道秘密的石级,直通往宫室,石级和宫室之间,隔着一扇沉重的门,通过石门,就是郡主楼下的一间屋子。因为山洞已经多年废弃不用了,所以大家早把这道石级给忘了。可是什么也不能逃过情人的眼睛,居然,这些给那位多情的郡主记了起来。

郡主怕别人知道她的秘密,于是她找了几样工具,亲自动手把这道门打开,经过好几天的努力,门终于打开了,郡主登上石级,找到了山洞的出口处,然后她把隧道的地形、洞口离地大约多高等等都详细地写在信上,叫纪斯卡多设法从这隧道潜入她宫里来。

纪斯卡多看完信,立即预备了一条绳子,把中间打了许多结,绕了许多圈,便于攀上爬下。第二天晚上,为了不被荆棘刺伤,纪斯卡多穿了一件皮衣,独个儿偷偷来到山脚,然后找到了那个洞口,在一个坚固的树桩上,用绳子的一端牢牢地系住,然后就顺着绳索,慢慢落到了洞底,在那里等候郡主。

第二天,郡主说要午睡,就把侍女都打发出去,然后把自己独自关在房里。她打开那扇暗门,沿着石级,走下山洞,在那里郡主果然找到了纪斯卡多,见面后彼此都高兴得不得了。然后纪斯卡多跟着郡主来到郡主的卧室,在房里,两人逗留了大半天,真的比神仙还要快乐。在分别的时候,两人约定,要谨慎行事,他们的私情绝对不能让任何人知道。然后,纪斯卡多重新又回到了山洞里,郡主把暗门重新锁上,把她的侍女找来。天黑之后,纪斯卡多攀着绳子爬上去,从那洞口出去,回到自己的住所。这对情人自从发现了这条捷径以后,他们就时常幽会。

名言名段

· 我们人类的骨肉都是由同样的物质造成的,我们的灵魂都是天主赐给的,具备着同样的机能和一样的效用。我们人类是天生一律平等的。

· 罗马不是一个神圣的京城,而是一个容纳一切罪恶的大熔炉!

作者	文体	推荐理由
马基雅维利	议论文	因其主张"君主为了达到目的,可以不择手段"而对后世产生巨大影响的名作。

君主专制制度的赞歌
——《君主论》节选

作者生平

马基雅维利1469年5月3日出生于意大利佛罗伦萨。十二岁半时,他已能用拉丁文写作。马基雅维利对各国和意大利城邦间的社会政治现实有着敏锐的洞察力。1498年,马基雅维利被任命为佛罗伦萨第二秘书厅秘书长;同年7月又被任命为"自由与和平十人委员会"委员。

1506年,马基雅维利随新教皇出征,镇压那些试图摆脱教皇国控制的城邦。12月,马基雅维利担任"佛罗伦萨国民军军令局"局长。

1512年9月1日,佛罗伦萨共和国瓦解,美第奇家族重新统治佛罗伦萨。1512年11月,马基雅维利被罢免一切职务,被驱逐出佛罗伦萨一年,并被禁止离开国境,还要提供巨额保证金。1513年初,马雅基维利被诬告参与了反对美第奇家族的阴谋,遭到逮捕、囚禁和刑讯逼供。马基雅维利不为之所屈,后经多方营救于1513年3月出狱,但在行动上受到了诸多限制。马基雅维利的政治生命基本宣告结束,此后他长期隐居。

1527年6月22日,马基雅维利去世,享年58岁。

德国画家小荷尔拜因所绘《美第奇家族之男子肖像》。

名文欣赏

世人特别是君主受到赞美或责难的原因

现在，仍需考察的是君主该采取什么样的方法和行动，去对待臣下和朋友。我知道已经有许多的人和文章都探讨过这一问题。现在我也写这方面的文章，尤其当我讨论这一问题的时候，我的看法、观点与别人会有不同，所以我担心会被人认为是自以为是，桀骜自大。

但，因为我撰述的目的是，要对那些知晓此事的人有用，我就最好论述事物在实际上的真实境况，而不是论述臆想中的事物，或者对事物有太多的想象成分。此前许多人曾经幻想构建出那些从来没有人见过，或者也没有人知道的在实际的历史生活中存在过的共和国和君主国。但是，实际上人们如何生活，和人们应该如何生活，这之间的距离是非常大的——一个人如果是为了应该怎样做一件事而置实际上是怎样一件事于完全不顾，那么这个人不但不能保全自己，反而会导致自我的毁灭。因为一个人如果在一切事情上都打算以善良自持，以心意为念，那么，他身外的将是许许多多不善良的人，身处其中必定会遭到外来力量的毁弃。所以，我认为一个君主要保持自己的地位，必须清楚如何去做不好的事情，并且必须清楚根据实际情况的必要性，决定使用这一手段或者不使用这一手段。

既然如此，我决定把关于想象或构建中的理想的君主之事情付诸阙如，而只是探讨确实存在的那些事情。我认为在人们品评议论的一切人当中——尤其是君主，因为他在国家和社会中的位置更高，每个人都凸显出某些引起赞美颂扬，或者招来责难非议的品格。比如说有人被誉为慷慨大方，有人则被贬斥为吝啬（这个是我使用的托斯卡诺的语义，因为在我们的语言里，贪婪之人还包括想靠掠夺取得财富的人，而我们称为"吝啬"的人是那些不情愿使用自己东西的人）。有人被认为乐善好施，有人则被称为富而不仁，贪得

意大利著名政治思想家和历史学家马基雅维利像。

无厌；有人被认为残忍，有人被视为慈悲；有人是食言无信，有人是言必行，行必果；有人软弱怯懦，有人勇猛强悍，有人和蔼可亲，有人孤高自傲；有人淫荡好色，乐此不疲，有人纯洁天成，自尊自爱；有人诚恳老实，有人狡黠油滑；有人脾气耿直，有人则易于相处；有人持重，有人轻浮；有人虔诚，有人则无信无惧，如此等等，不一而足。

我想每一个人都会同意下面的观点：如果君主身上能表现出那些被通常认为是优良美好的品质和德行，就是值得褒扬赞美的。但，人类种种的条件并不允许这样，君主既不能拥有全部的所谓的优良美好的品质，更不能够完全保持住它们在一人之身，因此君主必须具有智慧和远见，让自己清楚怎样去掉那些使自己亡国的恶行，而且如果可能的话，还定要保留那些不会使自己亡国的恶行，但如果不能够的话，他即可以毫不犹豫地、果断地对自己的品质和德行听之任之。

另外，如果没有那些恶行，就不能挽救自己的国家的话，那么他就不必为自己的恶行所受到的责备而感到不安，因为如果静心思虑每一件事情，就能清晰地知道某些事情看起来似乎是好事，但君主就此而依照着去办就会自取灭亡，而另一些事情看起来似乎是恶行，可是如果把它做好了，就会给君主带来安全和美好的将来。

名言名段

·做人君的究竟使人觉得可爱好些，还是使人觉得可畏好些呢？当然两种兼而有之，是顶好不过了，然而一个人要做到既可爱又可畏，是很不容易的事，二者不可得兼，还是令人可畏比较而言安全些。

·讲到制胜这件事，一向有两条道路，一是用法，一是用力……然而法有时而穷，常须借力来维持。

作者	文体	推荐理由
哥白尼	议论文	哥白尼的这部不朽的著作宣告了地心说的破产，使科学的理性精神和理性精神的科学从中世纪宗教神学中独立出来。

严格意义上的科学的诞生
——《天体运行论》节选

作者生平

1473年2月19日，哥白尼生于波兰的托伦城。18岁时，哥白尼进克拉科夫大学学习。1497年，哥白尼到意大利学习教会法规。1497年3月9日，哥白尼和多米尼克进行了一次著名的月食观测。

1506年，哥白尼离开意大利回国。他开始投入到土星和木星"会合"问题的研究上。1513年，哥白尼在弗莱堡教堂定居并工作。哥白尼曾在该教堂的一个角楼上建立了简易的天文台，用自制的仪器进行观测。哥白尼《天体运行论》中所引用的观察材料，大多来自这个角楼的记录。

1543年5月24日，哥白尼在《天体运行论》刚刚出版之际，与世长辞。

名文欣赏

古代哲学家试图用其他一些理由来证明地球静居于宇宙中心，然而他们把轻和重作为

哥白尼宇宙体系示意图。

主要根据。他们认为，土是最重的元素，一切有重量的东西都朝它运动，并竭力趋向最深的中心。大地呈球形，地上所载的重物都向着地球表面垂直运动。因此，如果不是地面阻挡，它们会一直冲向地心。一条直线，如果垂直于与球面相切的水平面，就会穿过球心。由此可知，物体到达中心后，就在那里保持静止。整个地球静居于宇宙中心，而地球收容一切落体，它由于自身的重量也应静止不动。

古代哲学家用类似的方式分析运动及其性质，希望证实他们的结论。亚里士多德认为，一个单独的、简单的物体的运动是简单运动，简单运动包括直线运动和圆周运动，而直线运动可以是向上或向下的运动。因此，每一个简单运动不是朝中心（即向下），就是离中心（向上），或者绕中心（圆周运动）。只有被当做重元素的土和水，才有向下即趋向地心的运动，而气与火这样的轻元素则离开地心向上运动。这四种元素做直线运动，而天球绕宇宙中心做圆周运动，这样似乎是合理的。亚里士多德就如此断言《天穹篇》。

亚历山大城的托勒密的《天文学大成》指出，如果地球在运动，即使只有周日旋转，结果就会违反上述道理。这是因为要使整个地球每24小时转一周，这个运动应当异常剧烈，它的速度高得无可比拟。在急剧自转的作用下，物体很难聚集起来。即使它们是聚结在一起产生的，如果没有某种黏合物使之结合在一起，它们也会飞散。托勒密说，如果情况是这样，地球早就该分崩离析，并且从天穹中消散了（这自然是一个荒谬绝伦的想法）。此外，一切生物和可以活动的重物都决不会安然无恙地留存下来。落体也不会沿直线垂直坠落到预定地点，因为迅速运动使这个地点移开了。还有，云和浮现在空中的任何东西都会随时向西漂移。

根据这些以及诸如此类的理由，古人坚持说地球静居于宇宙中心，并认为地球的这种状态是毋庸置疑的。如果有人相信地球在动，他肯定会主张这种运动是自然的，而不是受迫运动。遵循自然法则产生的效果与在受迫情况下得出的结果截然相反，这是因为受外力或暴力作用的物体必然会瓦解，不能长久存在。反之，自然而然产生的事物都安排得很妥当，并保存在最佳状态中。托勒密担心地球和地上的一切会因地球自转而土崩瓦解，这是毫无根据的。地球自转是大自然的创造，它与人的技能和智慧的产品完全不同。

可是他为什么不替运动比地球快得多并比地球大得多的宇宙担心呢？由于无比强大的运动使天穹偏离宇宙中心，天穹是否就变得辽阔无际呢？一旦运动停止，天穹也会崩溃吗？如果这种理解是正确的，天穹的尺度肯定也会增长到无穷大。因为24小时运转所经过的途程不断增加，运动把天穹驱向愈高的地方，运动就变得愈快。反过来说，随着运动速度的增长，天穹会变得更加辽阔。就这样，速度使尺度增大，尺度又引起速度变快，如此循环下去，两者都会变成无限大。可是根据我们所熟悉的物理学原理，无限体既不能转动也不能运动，因此天穹必须静止不动。

据说在天穹之外既没有物体，也没有空间，甚至连虚无也没有，是绝对的一无所有，因此天穹没有扩张的余地。可是竟有什么东西为乌有所约束，这真是咄咄怪事。假如天穹是无限的，而只是在内侧四面处是有限的，我们就更有理由相信天穹之外别无一物。任何一件单独的物体，无论它有多大，都包含在天穹之内，而天穹是静止不动的。要知道论证宇宙有限的主要论点是它的运动。因此让我们把宇宙是有限还是无限的问题，留给自然哲学家们去讨论。

名言名段

·地球局限在两极之间，以一个球面为界，我们认为这是确凿无疑的。那么为什么我们还迟迟不肯承认地球在本性上具有与它的形状相适应的运动，而宁愿把一种运动赋予整个宇宙（它的限度是未知的，也是不可能有的）呢？为什么我们不承认看起来是天穹的周日旋转，实际上是地球运动的反映呢？

作者	文体	推荐理由
莫尔	小说	莫尔的《乌托邦》是科学社会主义的直接思想来源之一，其蕴藏的乌托邦精神，引导、激励、塑造了一大批人类精神楷模。

空想社会主义的先河
——《乌托邦中的金银》

作者生平

1478年，莫尔出生在英国伦敦一个律师家里。1494年，莫尔迫于父命开始学习法律。1496年2月，莫尔被获准进入林肯法律协会。1504年，年仅26岁的莫尔被选为议员。后来，因为莫尔的父亲遭国王嫉恨而被投入监狱，莫尔无法继续从政。1509年，亨利八世即位，莫尔重返政界。1533年，亨利八世与凯瑟琳离婚后与安娜·波琳结婚。莫尔拒绝参加安娜·波琳的加冕典礼。1534年，议院通过《至尊法案》，宣布亨利八世为英国教会的最高首领，全国臣民都要宣誓承认，莫尔因拒绝宣誓而被关进伦敦塔。1535年7月6日，莫尔被判定叛国罪，被推上断头台。

名文欣赏

他们看待铸钱的金银，都只按其本身真实性质所应得的价值，不超过这个价值。尽人皆知，金银的有用性远逊于铁。无铁，犹如无火无水，人类难以生存。自然所赋予金银的全部用途，假如不是由于人们的愚蠢而被看成是物以稀为贵，对我们来说都非必要。相反，自然如同仁慈而宽容的母亲一般,使一切最有用的东西都显露出来,像空气、水以及土本身,可是把所有空虚无益的东西尽量远之又远地与人类隔离开。

如果金银在乌托邦是锁藏在一座塔中的,一般人出于胡猜乱想,会疑心这是总督及议事会的骗人诡计,企图自己从中取利。如果乌托邦人将金银制成器皿以及类似的精巧工艺品,然后有必要时又将其悉数熔毁以支付军饷,那么,他们明白,作为器皿的主人的老百姓是不愿让出一度心爱的东西的。

乌托邦人有鉴于此,想出一种符合于他们的其他一切制度的办法。我们如此重视黄金,如此小心翼翼地保护它,因此那个办法和我们的制度绝无相同之处,除身临其境者外,也无人相信。原来乌托邦人饮食是用陶器及玻璃器皿,制作考究而值钱无几;至于公共厅馆和私人住宅等地的粪桶溺盆之类的用具倒是由金银铸成的;再则,套在奴隶身上的链铐也是取材于金银。最后,因犯罪而蒙受耻辱的人都戴着金耳环、金戒指、金项圈以及一顶金冠。乌托邦人就是这样用尽心力使金银成为耻的标记。所以别的民族对于金银的丧失感到万分悲痛,好像被扒出心肝一般;相反,在乌托邦,全部金银如有必要被拿走,没有人会感到损失一分钱。

乌托邦人在海滨捡珍珠,在某些崖壁上采钻石宝玉。他们并非有意找这种东西,而是偶然碰到后,打磨加工一番,给儿童做装饰品,儿童为此而得意,等稍微长大一些以后,发现只有孩子佩戴这类玩物,便将其扔掉,不是出于父母的劝告,而是自己过意不去,如同我国的儿童一旦成人也扔掉弹子、拨浪鼓以及洋娃娃一样。

乌托邦制度和别国制度如此不同,因而思想感情截然相反。

在这方面,阿尼蒙利安人派来的外交使节们的例子,使我获得深刻理解。他们到达亚马乌罗提时,我正在那儿。因为他们有要事前来商谈,乌托邦每座城市已有三位代表事先在此聚齐。凡过去光临过的邻近各国使节都深悉乌托邦风俗,知道华服盛装不受重视,丝绸被看成贱品,黄金是可耻的标志。所以这些外交官来时总是穿得异常朴素。可是阿尼蒙利安人住得较远,和乌托邦人素少交往。他们因听说在乌托邦大家衣服一样,而且料子粗陋,便认定乌托邦所不用的东西也就是乌托邦人所没有的东西。他们是高傲有余而聪明不足的人,决心用豪华的装束把自己打扮成天神一般,叫穷酸的乌托邦人在这宝光四射的装扮前眼花缭乱。

于是那三个使节堂堂皇皇地进入了乌托邦,随从有一百名,无不穿着五颜六色的衣服,大部分用丝绸制成。三位使节本人在自己的国家里是贵族,故穿着金缎衣服,戴着重金项圈及金耳环，手上有金戒指。他们的帽子上饰有成串的珍珠及宝石。他们打扮自己的全部东西恰是在乌托邦用来处罚奴隶，污辱罪犯以及给儿童开心的。当阿尼蒙利安人自鸣得意，把身上的华装和涌到街头看他们走过的乌托邦人的衣服相比时，那幅景象煞是可观。而注意一下，他们充满乐观的期望多么毫无根据，他们想为自己获得重视的想法又多么毫不受重视，这也是同样有趣的。在所有乌托邦人眼中（除了少数因事出过国的以外），这种华丽的排场是丢脸的。因此他们把使节团体中最下等的仆从当做主人来敬礼，把使节本人当做奴隶，因为使节戴着金链，走过时感受不到任何敬意。

是呀，你还可以发现，那些已经扔掉珍珠宝石的儿童见到这些使节帽子上有珍珠宝石，都轻推他们的母亲说："看，妈妈，多么大的傻蛋，还戴珍珠宝石，真是像小孩子一般！"

可是母亲们也当起真来，会说："莫做声，孩子，我想那是外国使节身边的小丑吧。"

又有些乌托邦人对那些金链诸多挑剔，说太细，不合用，容易被奴隶挣断，并且太松，奴隶可任意把它摔脱，溜之大吉。

这些使节在乌托邦住上一两天后，发现那儿金银无数，毫不值钱，被视同贱物，与他们自己珍视金银的情形正相反。他们又看到，一个逃亡奴隶身上的链铐所用的金银比他们三个使节打扮用的全部金银还要多。他们因此神情沮丧，羞愧万分，不得不把为使自己出风头穿的华丽服饰全部收拾起来，尤其是在和乌托邦人亲切交谈因而了解了其风俗和见解之后。

乌托邦人认为奇怪的是，一个人可以仰视星辰乃至太阳，何至于竟喜欢小块珠宝的闪闪微光。他们认为奇怪的是，竟有人由于身上穿的是细线羊毛衣，就大发狂想，以为自己更加高贵；其实不管羊毛质地多么细，原来是长在羊身上的，一只羊终归还是羊。

乌托邦人又觉得奇怪的是，黄金从其本身性质来说毫无价值，竟在世界各地目前如此受到重视，以致人比黄金贱得多，而黄金之所以那样昂贵，是由于人力所致以及供人使用所致。这是非常实在的情况，所以一个木偶般的傻子，不正直，不懂事，只因为他手头有非常多的金币，就可以奴役大批聪明人和好人。然而如果由于某种运道或是某种法律骗局(这种骗局如运道一样易于使贵者贱者互换地位)，黄金从其主人手中转到他家最卑微的杂役手中，这个主人无疑不久就会去伺候他的旧仆人，似乎他是金币的附属品或外加物。而乌托邦人更感到惊奇而且憎恨的是某些人的疯狂，这些人给富人以几乎神圣的荣誉，只是由于富人有钱，而他们自己既不欠富人的债，也并非在富人权力掌握之中。这些人又很清楚富人吝啬小气，深信富人只要还活在世上一天，就决不会从成堆现钱里取出一分钱给他们。

乌托邦人的这些见解以及类似见解是从他们的教养中形成的。他们是在这样一个国家里培养起来的，那儿的制度和上面说的那种愚昧无知是完全格格不入的。

同时这些见解来自他们的学习和对有益图书的阅读。每个城市中可免除其余一切工作以便专门从事学术工作的人(即从小被发现性格特殊、聪明不凡并爱好学问的人)固然为数不多，然而所有儿童都被引导去读有益的书。大部分公民，不分男女，总是把体力劳动后的剩余时间都花在学习上，这在上面已经提到了。

名言名段

· 乌托邦人还觉得奇怪的是：黄金从它的本身性质来说是毫无用处的，现在却到处被人们看得极珍贵；本来黄金是由于人才获得价值，也因为人加以使用才获得价值，可是人反不如黄金值钱。

作者	文体	推荐理由
蒙田	散文	法国乃至欧洲第一篇近代散文。文章语意深刻而笔调轻松自如，结构随意而精神真髓一以贯之。其剖析自我的精神与确立的文体对西方文坛影响巨大。

法国随笔式散文的源头
——《论悲哀》

作者生平

蒙田，法国思想家、散文家。1533年2月28日，蒙田生于法国的波尔多。蒙田的家庭为新贵族。蒙田曾任过十余年的文职，后来曾连任两届波尔多市长。蒙田学识渊博，喜外出旅游，曾游历瑞士、意大利等地。蒙田把自己平日里的读书心得、旅途见闻以及所思所感记录下来，最后结集为《随笔集》2卷，于1580年出版。蒙田一生笔耕不辍，直至逝世前，仍在修订他的著作。1592年9月13日，蒙田去世。

名文欣赏

这一种情感，我是最可以免除的。我不爱它，也不看重它，但大家对于它几乎都煞有介事地另眼相待。人们把这一种情感装饰在智慧、道德和良心之上，这是多么古怪而拙劣的装饰品！意大利人称之为"恶意（此处的'恶意'和'悲哀'是同一个单词）"，这实在是贴切多了，因为这种情感永远是无益的。秉持苦修为本的哲学流派把悲哀当成卑下与怯懦，禁止此派有人握有这一情感。

据载，埃及国王匹山门尼特斯被波斯国王坎庇斯打败，被俘虏。当看见被俘虏的女儿穿着婢女的衣服汲水时，他的朋友无不痛苦地哀号起来，而他却沉默无语，把双眸投向了脚下的大地；当他又看见儿子被推上断头台时，他依然保持着同样的举止和态度；可当他看到了自己的臣仆们在俘虏的人群中被左右驱使着时，他立刻狂乱地敲打自己的头颅，流露出万分的哀痛。

近来我们一个王子的遭际可以与这一个故事相提并论：在达兰特那里，他知道了长兄死去的噩耗，后又获知弟弟的死亡消息（长兄是全家的依靠，并为家庭赢得了荣光，弟弟则是全家的又一个希望），但他无不保持着自己十二分的镇静和从容。几天后，他的一个仆人死去了，抑制不住情感的他，纵情痛哭起来；见到此情此景的人都认为，这最后的死方撼动了

蒙田像。蒙田的散文思想内涵丰富，被誉为"思想的宝库"。

王子的心。但，事实并非如此，一个人充满了悲哀之时，哪怕是轻微增添的一点点就足以冲破他的坚守着的防线。这同样的道理也可以用来解释第一个故事，如果不了解第一个故事的后半段的话——据说坎庇斯问这位埃及国王为何对于自己的亲生儿女的遭际和命运，能够岿然不为所动，却看不得自己臣仆的苦难的景象呢，匹山门尼特斯答道，这最后的悲哀伤痛只能以眼泪的形式发泄出来，先前两个坏消息的震撼早已超出表现的限度了。

这一方面的道理，让我自然地想起了一个古代画家的作品：他的画要表现伊菲芝妮的牺牲，并且依照那时在座的众人与这位并无罪责的美女的远近深浅关系来表现不同程度的

维吉尔像。维吉尔是古罗马最伟大的诗人。

悲哀之情。画到死者的父亲之时,画家似乎已用尽了所有的艺术技法和才华,只是让父亲捂着脸,仿佛再没别的形态能表现这深挚的情感了。同样的缘由,诗人在描写前后失去七男一女的母亲妮尔贝时,只是想像她化为一座雕石。

　　由悲痛所凝结。——阿维特

　　用来形容那使人失去一切知觉后的空寂和迷惘,而这时常发生在当我们经受重重打击的时候。

　　确实如此,当哀恸的力量达到极点,必定会使我们的灵魂不知所措,以致它也会失去自由的行动。我们突然获知一个噩耗时,会感知到身躯的麻木、瘫软,所有的举止行动都好像被束缚住了;而当我们的灵魂迸发出泪水和哭号之后,它方得以排除,释放,净化,觉得本有的轻松和自由:

　　直到声音从悲哀中冲出一条道路。——维吉尔

　　德国君王弗尔蒂南德在布特与匈牙利王的遗孀作战之时,德国的拉依斯将军看见战场上抬回一个骑士的死去的躯体,大家曾亲眼看到此人在战场上超出众人的勇武,将军附和着众人一起为他扼腕叹息,和众人一起要看看此人到底是谁,等脱掉这人的盔甲,才知此人正是自己的儿子。震动天地的痛哭声中,唯有将军默不作声,孤独地站立着,怔怔地凝望着那具躯体,以致极度的悲哀使得他生命的血液凝固,冰冷地僵死在地上。

　　说得出热度的火

　　必定是极柔弱的火。——彼特拉克

　　人们以这样的词句来描摹恋爱中人的一种不可遏抑的激情:

　　丽思庇呵,爱情

160

勾取了我的心。

我瞥你一眼，

就已惊慌，不能成声。

我的舌儿麻木，

微微的火流淌过全身；

我的双耳失去听觉，

双眼也不能感知光明。——卡德勒

并且，过度激烈和燃烧着的热情中，哀怨和欣悦之情并不适合抒发和表露：那时候的灵魂已经被沉沉的思念拘禁起来，爱情也把身体推向颓唐和憔悴。所以，时时出现在情人身上的没有端由的晕眩以及灼烧着的热烈，会在销魂之刻，浸入到情人冰冷的躯体之中。所有的让人寻味和悄然消融的情感都不过是平庸之激情。

小哀喋喋，大哀默默。——西尼柯

出乎意料的欢欣之情，让人为之惊讶的怡愉同样可以发挥让人不知所终的效能：

在渐渐走近的特洛伊人丛中，

她瞥见我的温热离开她的身；

她惊惶，木然而立，昏厥于地上，

良久缓缓找到属于她的原来的声音。——维吉尔

罗马妇人曾因为看见儿子从甘纳路上归来大喜过望而死，索福希勒和暴君德尼士两人也是因为乐极而死，达尔毕在格洛斯岛读着罗马参议院赐予他荣爵的喜报时死去，除了这些之外，在我们当前这个世纪中，教皇勒昂当得知日夜盼望的米兰城被攻下的消息时，狂喜，因发烧而丢掉了性命。人类中因此还有一个比较尊贵的榜样，即使这证明了人类的愚蠢。古人所流传下来的故事中，哲学家狄欧多鲁斯，由于不能当众解答对手提出的难题，在他的学院里因感到羞耻而发狂，最后死去。

我很少受到这种强烈情感的牵制。我的知觉生来迟钝，是理性让它一天一天凝固起来的。

名言名段

·如果没有一定的主意占据心灵，把它约束住，它必定无目标地到处漂流，进入幻想的空泛境域里。灵魂没有目标，它就会丧失自己。

作者	文体	推荐理由
塞万提斯	小说	讽刺了当时盛行的骑士小说，展示了西班牙封建统治的腐朽，表现了强烈的人道主义精神。

描绘西班牙现实生活的画卷
——《堂吉诃德》节选

作者简介

1547年10月9日，塞万提斯出生在西班牙马德里近郊的一个医生家里。1569年，塞万提斯游历意大利的罗马、威尼斯、米兰等地，并阅读了大量文艺复兴时期的作品，接触到新鲜的人文主义思想。

1575年6月，塞万提斯被海盗俘获，几经周折才被赎回国。回国后的塞万提斯遭受的更多的是贫困和不幸。1577年，塞万提斯在贫困交加的生活中开始从事文学创作，由此一发而不可收，为人类留下了宝贵的文化遗产。

1616年，塞万提斯身患水肿病，最后在马德里逝世。

名文欣赏

不久以前，有位绅士住在拉·曼却的一个村上，村名我不想提了。他那类绅士，一般都有一支长枪插在枪架上，有一面古老的盾牌、一匹瘦马和一只猎狗。他日常吃的砂锅杂

塞万提斯被誉为西班牙文学领域里最伟大的作家。

烩里,牛肉比羊肉多些,晚餐往往是剩肉凉拌葱头,星期六吃煎腌肉和摊鸡蛋,星期五吃扁豆,星期日添只小鸽子:这就花了他一年四分之三的收入。他在节日里穿黑色细呢子的大氅、丝绒裤、丝绒鞋,平时穿一套上好的本色粗呢子衣服,这就把余钱花光了。他家里有一个四十多岁的管家,一个不到二十岁的外甥女,还有一个能下地也能上街的小伙子,替他套马、除草。

我们这位绅士快五十岁了,体格很强健。他身材瘦削,面貌清癯,每天很早起身,喜欢打猎。据说他姓吉哈达,又一说是吉沙达,记载不一,考证起来,大概是吉哈那。不过这点在本书中无关紧要,咱们只要讲来不失故事的真相就行。

且说这位绅士,一年到头闲的时候居多,闲来无事就埋头看骑士小说,看得爱不释手,津津有味,简直把打猎呀甚至管理家产呀都忘个一干二净。他好奇心强,而且很入迷,竟变卖了好几亩田去买书看,把能弄到手的骑士小说全搬回家。他最称赏名作家斐利西阿诺·台·西尔巴的作品,因为这个作家的文笔讲究,会绕着弯儿打比方。他简直视之为至宝,尤其是经常读到的那些求情和怨望的书信,例如:"你以无理对待我的有理,这个所以然之理，使我有理也理亏气短；因此我埋怨你美，确是有理。"又如"……崇高的天用神圣的手法，用星辰来增饰了你的神圣，使你能值当你的伟大所当值的价值。"

可怜的绅士给这些话迷了心窍，夜里还眼睁睁醒着，要理解这些句子，探索其中的意义。其实，即使亚里士多德特地为此还魂再生，也探索不出，也不会理解。这位绅士对于堂贝利阿尼斯打伤了人自己也受到的创伤，总觉得不大放心，因为照他设想，尽管外科医生手段高明，但伤口治好了也不免留下浑身的疤。不过话又说回来，作者在结尾声明故事未完待续，这点他很赞成。他屡次手痒痒地要动笔，真去把故事补完。只因为他时时刻刻盘算着更重要的事，才没有这么办，否则他一定会动笔去写，而且真会写出

画家笔下的堂吉诃德。

来。他常常和本村的一位神父（西宛沙大学毕业的一位博学之士）争论骑士里谁最杰出：是巴尔梅林·台·英格拉泰拉呢，还是阿马狄斯·台·咖乌拉。可是本村的理发师尼拉斯师傅认为他们都比不上太阳骑士，能和太阳骑士比美的只有阿马狄斯·台·咖乌拉的弟弟堂咖拉奥尔，因为他能屈能伸，不是个谨小慎微的骑士，也不像他哥哥那么爱哭，论勇敢，也一点不输他哥哥。

长话短说，他沉浸在书里，每夜从黄昏读到黎明，每天从黎明读到黄昏。这样少睡觉，多读书，他就脑汁枯竭，失去了理性。他满脑袋尽是书上读到的什么魔术呀、比

武呀、打仗呀、挑战呀、创伤呀、调情呀、恋爱呀、痛苦呀等等荒诞无稽的事。他十分固执，深信他所读的那些荒唐故事千真万确，是世界上最真实的信史。他常说：熙德·如恰·狄亚斯是一位了不起的骑士，但是比不上火剑骑士；火剑骑士只消把剑反手一挥，就能把一对凶神恶煞也似的巨人都劈成两半。他尤其佩服贝那尔都·台尔·咖比欧，因为他仿照赫拉克利斯用两臂扼杀地神之子安泰的办法，在隆塞斯巴列斯杀死了有魔法护身的罗尔丹。他称赞巨人莫冈德，因为莫冈德那一族都是些傲慢无礼的巨人，唯独莫冈德温文有礼。不过他最喜欢的是瑞那尔多斯·台·蒙达尔班，尤其喜欢这个人冲出自己的城堡，逢人抢劫，又到海外把传说是全身金铸的穆罕默德的像盗来。他还要把出卖同伙的奸贼咖拉隆狠狠地踢一顿，情愿赔掉一个管家，甚至再贴上一个外甥女作为代价。

总之，他已经完全失去理性，天下疯子从没有像他那样想入非非的。他要去做个游侠骑士，披上盔甲，拿起兵器，骑马漫游世界，到各处去猎奇冒险，按书里那些游侠骑士的行为一一照办；他要消灭一切暴行，经历种种艰险，将来功成业就，就可以名传千古。他觉得一方面为自己扬名，一方面为国家效劳，这是美事，也是非做不可的事。这可怜家伙梦想凭双臂之力，显身成名，少说也做到个特拉比松达的皇帝。他打着如意算盘自得其乐，急着要把心愿付诸行动，他头一件事就是去擦洗他曾祖传下的一套盔甲。这套盔甲长年累月堆在一个角落里没人理会，已经生锈发霉。他用尽方法去擦洗收拾，可是发现一个大缺陷，这里面没有掩护整个头脸的全盔，光有一只不带面甲的顶盔。他别出心裁，设法弥补，用硬纸做成个面甲，装在顶盔上，就仿佛是一只完整的头盔。他拔剑把它剁两下，试试是否结实而经得起刀剑，可是一剑砍下，把一星期的成绩都断送了。他瞧自己的手工一碰就碎，大为扫兴。他防止再有这种危险，就用几条铁皮衬着重新做了一个，自以为够结实了，不肯再检验，就当它是坚牢的、带面甲的头盔。

名言名段

·到了地球的尽头问人们："你们可明白了你们在地球上的生活？你们该怎样总结这一生活呢？"那时，人们便可以默默地把《堂吉诃德》递过去，说："这就是我给生活做的总结。你们难道能因为这个而责备我吗？"

——陀思妥耶夫斯基

作者	文体	推荐理由
培根	议论文	马克思曾说培根是"英国唯物主义和整个现代实验科学的真正始祖",而这位影响并引领人类步入近代科学的人,也因《新工具》这篇名著千古流芳。

科学界的一场革命
——《新工具》节选

作者生平

　　1561年1月22日,培根出生在英国伦敦一个新贵族的家里。12岁时,培根进入剑桥大学三一学院。1576年,培根以英国驻法国大使随员的身份,在巴黎旅居两年半。

　　父亲病逝后,培根一边攻读法律,一边四处谋职。1582年,培根取得了律师资格,后被聘为女皇特别法律顾问。1584年,培根当选为国会议员。培根1602年受封为爵士,1604年被任命为詹姆士的顾问,1613年被委任为首席检察官,后历任枢密院顾问、掌玺大臣。1621年,培根被封为奥尔本斯子爵。同年,培根被国会指控贪污受贿,被判终生不得担任公共职务。从此培根决心退出政坛,开始专心从事理论著述。培根第一部著作《论说文集》发表于1597年。1626年4月9日,培根去世,终年65岁。

名文欣赏

　　虽然通向人类权力和通向人类知识的两条道路是紧密相邻,并且几乎合二为一的,但被马克思称为"英国唯物主义和整个现代实验科学的真正始祖"的弗兰西斯·培根。

是鉴于人们一向有耽于抽象这种根深蒂固的有害的习惯，比较妥当的做法还是在那些与实践有关系的基础上来建立和提高科学，还是让行动的部分自身作为印模来印出和决定它的模本，即思辨的部分。于是我们就必须想到，如果一个人想在一个物体上导出和添入一种什么性质，他所最愿意得到的是怎样一种规则、指导或引导；我们还要用最简单的、最不艰深的语言把这些表述出来。譬如说，如果有人（注意到物质的法则）想在银子上面添入金子的颜色或是增加一些重量，或者想在不透明的石头上面添入透明的性质，或者想对玻璃添入韧性，或者想对一些非植物的质体加上植物性质——如果有人想这样，我说我们必须想一想他最想要的是怎样一种规则或指导。第一点，他无疑是愿意被指引到这样一种事物上的，在结果上不致把他欺骗，在尝试中不致使他失败。第二点，他必定愿意得到这样一种规则，不致把他束缚于某些手段和某些特定的动作方式。因为他可能既没有那些手段，也不能很方便地取得它们。因为亦可能在他能力所及之内另有其他手段和其他方法（在所规定者外）去产生所要求的性质，而一为规则的狭隘性所拘束，他就将被摒弃在那些手段和方法之外而不能把它们利用上。第三点，他必定要求指给他这样一些事物，不像计议中所要做的事那样困难，而是比较接近于实践的。

我们既经这样树立了知识的目标，就要前进到各项条规，而这又要以最直接最明显的次序来进行。先要说明，我对于解释自然的指导含有两个类别的分部：一部是指导人们怎样从经验来抽出和形成原理；另一部是指导人们怎样从原理来推演出新的实验。前者又要分为三种服役方式：一是服役于感官，二是服役于记忆，三是服役于心或理性。

首先，我们必须备妥一部自然和实验的历史，要充分，还要好。这是一切的基础，因为我们不是要去想象或假定，而是要去发现，自然在做什么或我们可以叫它去做什么。

　　但自然和实验的历史是如此纷纭繁杂，除非我们按适当的秩序加以整理再提到人们面前，否则它反而会扰乱和分散理解力。因此我们第二步又必须按某种方法和秩序把事例制成表格和排成行列，以使理解力能够对付它们。

　　即使这个做到了，若对理解力置之不理，任其自发地运动，而不加以指导和防护，那它仍不足也不宜去形成原理。于是第三步我们还必须使用归纳法，真正的和合格的归纳法，这才是解释自然的真正钥匙。这一步虽居最后，我却必须把它提到前头来谈，然后再回过头去讲其他两种服役方式。

　　这样说来，对于动作的一种真正而完善的指导规则就应当具有三点：它应当是确实的，自由的，倾向或引向行动的。而这和发现真正法式却正是一回事。首先，所谓一个性质的法式乃是这样的：法式一经给出，性质就随之而至。这就是说，性质在，法式就必在；法式本义就普遍地包含性质在内；法式经常地附着于性质本身。其次，所谓法式又是这样：法式一经取消，性质就随之而灭。这就是说，性质不在，法式就必不在；法式本义就包含性质的不在在内；性质不在，法式就别无所附。最后，真正的法式又是这样的：它以那附着于较多性质之内的，在事物自然秩序中比法式本身较为明白的某种存在为本源，而从其中演绎出所与性质。这样说来，要在知识上求得一个真正而完善的原理，其指导条规就应当是：要于所与性质之外发现另一性质，须能和所与性质相互掉转，又须是一个更普遍的性质的一种限定，须是真实的类的一种限定。现在我们可以看出，上述两条指示——一是属于行动方面的，一是属于思辨方面的——乃是同一回事；凡在动作方面是最有用的，在知识方面就是最真的。

名言名段

　　·人是自然的仆役和解释者，因此他所能做的和所能了解的，就是他在事实上或在思想上对于自然过程所见到的那么多，也只是那么多。除此，他既不知道什么，也不能做什么。

作者	文体	推荐理由
莎士比亚	戏剧	哈姆雷特是世界文学史上最经典的、空前绝后的艺术形象。无论是对人物内心世界的开掘,还是对人类命运与前途的关切,莎士比亚足以承载"戏剧之父"的美誉。

混乱年代的深沉思索
——《哈姆雷特》节选

作者生平

1564年4月23日,莎士比亚出生在英国埃文河畔的斯特拉特福镇。莎士比亚幼年在当地的一所文法学校学习,18岁的时候同一位农家女结婚。此后一段时间,莎士比亚的经历不详。

按照学者的考证,莎士比亚曾和多名著称于当世的演员来往,他所在的剧团也在著名的天鹅剧场、环球剧场乃至宫廷演出。1596年,莎士比亚申请到"绅士"称号和家徽。1597年,莎士比亚在斯特拉特福购置了房产,并在两年后成为环球剧场的股东。1610年,莎士比亚回乡隐居。1616年4月23日,莎士比亚病逝,安葬在家乡的圣三一教堂。

名文欣赏

露台上哈姆雷特与鬼魂的对话

(哈姆雷特、霍拉旭及玛昔勒斯上。)

哈姆雷特:风吹得人怪痛的,这天气真冷。

169

"戏剧之父"莎士比亚。

霍拉旭：很是凛冽的寒风。

哈姆雷特：现在什么时候了？

霍拉旭：我想还不到十二点。

玛昔勒斯：不，已经打过了。

霍拉旭：真的？我没有听见；那么鬼魂出现的时候快要到了。（内喇叭奏花腔及鸣炮）这是什么意思，殿下？

哈姆雷特：王上今晚大宴群臣，做通宵的醉舞；每次他喝下了一杯葡萄美酒，铜鼓和喇叭便吹打起来，欢祝万寿。

霍拉旭：这是向来的风俗吗？

哈姆雷特：嗯，是的。可是我虽然从小就熟习这种风俗，我却以为把它破坏了倒比遵守它还体面些，这一种酗酒纵乐的风俗，使我们在东西各国受到许多非议；他们称我们为酒徒醉汉，将下流的污名加在我们头上，使我们各项伟大的成就都因此而大为减色。在个人方面也常常是这样，有些人因为身体上长了丑陋的黑痣——这本来是天生的缺陷，不是他们自己的过失——或者生就一种令人侧目的怪癖，虽然他们此外还有许多纯洁优美的品性，可是为了这一个缺点，往往会受到世人的歧视。

（鬼上。）

霍拉旭：瞧，殿下，它来了！

哈姆雷特：天使保佑我们！不管你是一个善良的灵魂或是万恶的妖魔，不管你带来了天上的和风或是地狱中的罡风，不管你的来意好坏，因为你的行状是这样的和蔼可爱，我要对你说话；我要叫你哈姆雷特，君王，父亲！

尊严的丹麦先王，啊，回答我！不要让我在无知的蒙昧里抱恨终天；告诉我为什么你的长眠的骸骨不安窀穸,为什么安葬着你遗体的坟墓张开它的沉重的大理石的两颚,把你重新吐放出来。你这已死的尸体这样全身甲胄,出现在月光之下,使黑夜变得这样阴森,使我们这些为造化所玩弄的愚人充满了不可思议的恐怖,究竟是什么意思呢?说,这是为了什么?你要我们怎样?(鬼向哈姆雷特招手)

霍拉旭:它招手叫您跟着它去,好像它有什么话要对您一个人说似的。

玛昔勒斯:瞧,它用很有礼貌的举动,招呼您到一个僻远的所在去;可是别跟它去。

霍拉旭:千万不要跟它去。

哈姆雷特:它不肯说话;我还是跟它去。

霍拉旭:不要去,殿下。

哈姆雷特:嗨,怕什么呢?我把我的生命看得不值一枚针;至于我的灵魂,那是跟它自己同样永生不灭的,它能够加害它吗?它又在招手叫我前去了;我要跟它去。

雷拉旭:殿下,要是它把您诱到潮水里去,或者把您领到下临大海的峻峭的悬崖之巅,在那边它现出了狰狞的面貌,吓得您丧失理智,变得疯狂,那可怎么好呢?您想,无论什么人一到了那样的地方,望着下面千仞的峭壁,听见海水奔腾的怒吼,即使没有别的原因,也会吓得心惊胆战的。

哈姆雷特:它还在向我招手。去吧,我跟着你。

玛昔勒斯:您不能去,殿下!

哈姆雷特:放开你们的手!

霍拉旭:听我们的劝告,不去。

哈姆雷特:我的命运在高声呼喊,使我全身每一根微细的血管都变得像怒狮的筋骨一样坚硬。(鬼招手)它仍旧在招我去。放开我,朋友们;(挣脱二人之手)凭着上天起誓,谁要是拉住我,我就要叫他变成一个鬼!走开!

去吧,我跟着你。(鬼及哈姆雷特同下)

名言名段

·人是一件多么了不得的杰作!多么高贵的理性!多么伟大的力量!多么优美的仪表!多么文雅的举动!在行为上多么像一个天使!在智慧上多么像一个天神!宇宙的精华!万物的灵长!

作者	文体	推荐理由
笛卡尔	议论文	罗素这样评价笛卡尔的哲学思想："通常都把他看成是近代哲学的始祖，我认为这是对的。他是第一个禀有高超哲学能力、在见解方面受新物理学和新天文学深刻影响的人。"

哲学分析方法的创新
——《论方法》节选

作者生平

1596年3月31日，笛卡尔生于法国土伦省莱耳市的一个贵族家里。笛卡尔在8岁时，被送到法国国王亨利四世创立的欧洲当时最有名的学校之一——拉夫莱什公学。

1612年，笛卡尔开始在普瓦捷大学攻读法学，四年后获博士学位。之后，笛卡尔来到了巴黎，但他对大城市中喧闹的社交活动非常厌恶。笛卡尔于是隐居在市郊。

1628年，笛卡尔移居荷兰，这一年，他写出了《指导哲理之原则》。1634年，笛卡尔完成了以哥白尼学说为基础的《论世界》。

1637年，笛卡尔用法文写成三篇论文《折光学》、《气象学》和《几何学》，并为此写了一篇序言《科学中正确运用理性和追求真理的方法论》，哲学史上简称为《方法论》，并于6月8日匿名出版。1641年出版了《形而上学的沉思》，1644年又出版了《哲学原理》等重要著作。

1649年冬，笛卡尔应瑞典女王克里斯蒂安的邀请，来到了斯德哥尔摩，为瑞典女王授课。由于他身体孱弱，不能适应那里寒冷的气候，1650年患肺炎，抱病不起。同年2月，笛卡尔病逝于荷兰。

名文欣赏

良知是世上分配得最好的东西，因为每个人都认为自己很好地占有了它，以至于那些在别的方面很难满足的人，对于它通常也无更多的要求。在这方面要说每个人都错了是不大可能的。这倒是说明了那很好地判断和区别真假的能力，即我们恰当地称之为"良知"或"理性"的东西是天然地人人均等的。因而，我们的意见的分歧不是因为我们中的一些人比另一些人具有更多的理性，而只是因为我们是根据不同的途径指导着我们的思想的，我们关注的不是同样的东西。因为有了好的心智还是不够的，重要的是很好地运用它。最伟大的心灵可以拥有最伟大的德行，同样也可以犯下最重大的罪恶；而那些只是缓步而行的人，如果总是遵循着正确的道路，就会比那些匆匆赶路但离开正道的人取得更大的进步。

就我来说，我从不敢说我的心智在任何一个方面比普通人的心智更完善；实际上，我还总是希望有和其他一些人同样敏捷的理解力，或同样清楚明晰的想象力，或同样广阔生

法国莫瑞特1791年的作品：《笛卡尔思考世界体系》。

动的记忆力。除此之外，我不知道还有什么别的性质有助于完善我们的心智。因为谈到理性或良知，既然它是唯一使我们成为人，并把我们与禽兽分开的东西，我便乐于相信它是全部地、完整地存在于我们每一个人身上的。在此，我遵循哲学家们的共同意见，他们说不是在同种的个体的形式之间，而是在其偶性之间有程度的不同。

但是，我可以毫不犹豫地说，我认为我非常幸运，在青年时就发现了某些途径引导我思考，并获得了一些公理，由此我形成了一种方法，凭借着它我好像能逐步地增长我的知识，使之一点一点地上升到我平庸的心智和短促的生命所容许达到的最高点。现在，我对自己的判断总是倾向于不自信，而不倾向于自负；并且当我以哲学的眼光看人类的各种各样的活动

和事业时，我认为几乎没有什么东西不是徒劳和无用的。然而，我已经通过这种方法获得了如此丰硕的成果，以至于我对于自己在探求真理的过程中获得的进展不能不感到特别的满足，对于未来我不能不抱有这样的希望大胆地说，如果任何纯粹人类的职业是真正有价值的、重要的，那么它一定是我所选择的职业。

然而，我可能是错了，也许我当做黄金和钻石的只不过是铜和玻璃。我知道我们在与自己有关的事情上是多么的容易犯错误，我也知道我们朋友的判断在对我们有利的时候是多么的应该受到怀疑。不过我乐于在这篇谈话中揭示出我所遵循的途径，把我的生活历历如画地描绘出来，以便每个人都可以去评判它，从公众的反应中获悉关于它的意见，我将在我习惯用的方法之外加上一种新的自我教育的方法。

既然如此，我现在的目的就不是讲一种每个人为了正确地指导他的理性而必须遵循的方法，而只是揭示我是如何努力指导我自己的理性的。一个冒昧给别人规诫的人一定认为他自己比别人更有技术，如果他有一点错误，就可能被人责怪。但是，我把这个工作仅仅作为一个历史，或者如果你们乐意，也可以把它作为一个虚构的故事。在其中，在一些值得仿效的例子中，你也许将发现许多别的东西是理所当然不能遵循的。因此，我希望它会对一些人有用，而对任何人都无害，并且，每个人都会因我的坦率而感激我。

17世纪欧洲哲学界和科学界最有影响的巨匠之一：笛卡尔。

名言名段

· 我所说的方法，是指确定的、容易掌握的原则，凡是准确遵行这些原则的人，今后再也不会把谬误当做真理，再也不会徒劳无功地瞎干一通而消耗心智，而只会逐步使其学识增长不已，从而真正认识心智所能认识的一切事物。

作者	文体	推荐理由
帕斯卡	议论文	打开这本书，你会读到精辟独到的见解和深沉博大的情怀。在睿智的省思之后，心灵上一定会产生与伟人倾谈后的共鸣、启示与幸福。

人因思想而伟大的明证
——《思想录》节选

作者生平

1623 年，帕斯卡生于法国奥弗涅的克莱蒙费朗。帕斯卡自小就表现出极高的数学天赋，12 岁时就独自发现了"三角形的内角和等于 180 度"。他还在 11 岁的时候写过一篇关于音响的专论。1639 年至 1640 年间他写成了著名的《圆锥曲线之几何》一书。1642 年，刚满 19 岁的帕斯卡设计制造了世界上第一架机械式计算装置——加法器。

1647 年，帕斯卡根据托里拆利的理论，进行了大量的实验。他的实验轰动了整个巴黎。后来，压强的国际制单位"帕斯卡"就是以帕斯卡的名字命名的。帕斯卡实验的根本指导思想就是"反对自然厌恶真空"的传统观念。1647 年到 1648 年，帕斯卡发表了关于"真空"问题的论文。1648 年，帕斯卡通过对同一地区不同高度的大气压强进行测量的实验验证："随着高度降低，大气压强增大"。帕斯卡由此还发明了注射器、水压机，改进了"托里拆利水银气压计"。1649 年到 1651 年，帕斯卡与人合作，详细测量了同一地点的大气压变化情况，成为利用气压计进行天气预报的先驱。帕斯卡自小就体质虚弱，加上过度劳累，而使疾病缠身，但即使在他病休的 1651 年至 1654 年间，帕

法国著名数学家、物理学家帕斯卡。

斯卡还发表了关于液体平衡、空气的重量和密度及算术三角形等方面的多篇论文,并完成了《液体平衡及空气重量的论文集》。关于"算术三角形"的论文成为后世概率论的基础。

1646年至1653年,帕斯卡开始集中精力对"真空和流体静力学"进行研究,并且取得了一系列重大成果。1654年11月23日夜间,帕斯卡乘坐的马车突然出了事故,而他却幸免,由此他心神难安,对基督教的真谛若有所得,于是立志献身上帝。1656年后,帕斯卡就转入了神学研究工作。1662年8月19日,体弱多病的帕斯卡与世长辞,逝世时只有39岁。

名文欣赏

几何精神与敏感精神

在几何学中,原则都是显然可见的,但却脱离日常的应用,从而人们由于缺乏运用的习惯,很少能把脑筋放到这上面来,但是只要稍一放到这上面来,人们就会充分看出这些原则的。对于这些巨大得几乎不可能被错过的原则,若竟然也推理错误,那就一定是精神根本谬误了。

但是敏感性精神,其原则就在日常的应用之中,并且就在人人眼前。人们只需要开动脑筋,而并不需要勉强用力;问题只在于有良好的洞见力,但是这一洞见力却必须良好;因为这些原则是那么细微,而数量又是那么繁多,以致人们几乎不可能不错过。可是,漏

16世纪的版画《水力系统》。图中的水力系统的设置就是根据物理学原理完成的。

掉一条原则，就会引向错误。因此，就必须有异常清晰的洞见力才能看出全部的原则，然后又必须有正确的精神才不至于根据这些已知的原则进行谬误的推理。

因而，凡是几何学家，只要能有良好的洞见力，就都会是敏感的，因为他们是不会根据他们已知的原则做出谬误的推理的。而敏感的精神若能把自己的洞见力运用到那些自己不熟悉的几何学原则上去，也会成为几何学家的。

……

因而便有两种精神：一种能够敏锐地、深刻地钻研种种原则的结论，这就是精确性的精神；另一种则能够理解大量的原则而从不混淆，这就是几何学的精神。一种是精神的力量与正确性，另一种则是精神的广博……精神可以是强劲而又狭隘的，也可以是广博而又脆弱的。

……

几何学，敏感性——真正的雄辩会嘲笑雄辩，真正的道德会嘲笑道德。这就是说，判断的道德——它是没有规则的——是嘲笑精神的道德的。因为感觉之属于判断，正如科学之属于精神一样。敏感性乃是判断的构成部分，几何学则是精神的构成部分。能嘲笑哲学，这才真是哲学思维。

论宗教

人们鄙视宗教。他们仇恨宗教，他们害怕宗教是真的。要纠正这一点，首先就必须指明宗教绝不违反理智；指明它是可敬的，使人加以尊敬；然后使之可爱，使好人希望它能是真的；最后则指明它的确是真的。可敬，是因为它充分了解人类；可爱，是因为它允诺了真正的美好。

在一切的对话和谈论中，我们一定要能够向被触犯的人们说："你尤怨什么呢？"

首先要怜悯不信仰者；他们的状况已经使他们够不幸的了。我们只需以宗教对人有益的事例来谴责他们；而这就刺伤了他们。

要怜悯那些正在寻求之中的无神论者，因为他们岂不是十分不幸吗？要痛斥那些炫耀宗教的人。

思想形成人的伟大，人只不过是一根苇草，是自然界最脆弱的东西；但他是一根能思想的苇草。用不着整个宇宙都拿起武器来才能毁灭他；一口气、一滴水就足以致他于死命了。然而，纵使宇宙毁灭了他，人却仍然要比致他于死命的东西高贵得多；因为他知道自己要死亡以及宇宙对他所具有的优势，而宇宙对此却是一无所知。因而，我们全部的尊严就在于思想。正是由于它而不是由于我们所无法填充的空间和时间，我们才必须提高自己。因此，我们要努力好好地思想；这就是道德的原则。

能思想的苇草——我应该追求自己的尊严，绝不是求之于空间，而是求之于自己思想的规定。我占有多少土地都不会有用；由于空间，宇宙便囊括了我并吞没了我，有如一个质点；由于思想，我却囊括了宇宙。

名言名段

·使得我们无力认识事物的原因，就在于事物是单一的，而我们却是由两种相反的并且品类不同的本性，即灵魂和身体所构成的。

作者	文体	推荐理由
斯宾诺莎	议论文	在《伦理学》一书中,斯宾诺莎用"几何学方法"进行写作,即把人的思想、情感和欲望等看成是几何学上的点、线、面来研究,最终得出结论。

求真与至善的最高统一
——《伦理学》节选

作者生平

　　1632年11月24日,斯宾诺莎生于荷兰阿姆斯特丹一个犹太商人的家里。斯宾诺莎少年时代在当地一所专门培养犹太教士的教会学校读书,由于天资聪颖,成绩优异,被称为"希伯来之光"。斯宾诺沙在深入研读了培根、笛卡尔等人著作的基础上,形成了自己的思想体系。1660年,斯宾诺莎离开阿姆斯特丹,迁居莱茵堡村、海牙等地。斯宾诺莎以磨光学镜片为生,用空闲时间专心著述。1675年,斯宾诺沙完成了著名的《伦理学》的写作。1677年2月21日,斯宾诺莎因肺病而逝世。

名文欣赏

情感的起源和性质

　　在自然界中,没有任何东西可以说是起源于自然的缺陷,因为自然是永远和到处同一的;自然的力量和作用,亦即万物按照它们而取得存在,并从一些形态变化到另一些形态的自然的规律和法则,也是永远和到处同一的。因此也应该运用同一的方法去理解一切事物的性质,这就是说,应该运用普遍的自然规律和法则去理解一切事物的性质。因此,仇恨、愤怒、嫉妒等情感就其本身来看,正如其他个体事物一样,皆出于自然的同一的必然性和力量。所以它们也有一定的原因,通过这些原因可以了解它们,它们也有一定的特性,值得我们加以认识,正如我考察任何别的事物的特性一样,在单独地考察它们时我们可以得到快乐。所以,我将采取和我在前面两部分中考察神和心灵同样的方法来考察情感的性质和力量以及人心征服情感的力量;并且我将要考察人类的行为和欲望,如同我考察线、面和体积一样。

命题和证明

命题一:我们的心灵有时主动,但有时也被动;只要具有正确的观念,它必然主动,只要具有不正确的观念,它必然被动。

斯宾诺莎磨镜片。斯宾诺莎迁居莱茵堡村、海牙等地之后,一直以磨光学镜片为生,然后利用闲暇时间写作。

证明在每个人的心灵中,有些观念是正确的,也有些观念是歪曲的、混淆的(据第二部分命题四十附释)。但凡是在任何心灵中是正确的观念,在神中也是正确的,因为神构成这个心灵的本质(据第二部分命题十一绎理);不过在人的心灵中不正确的观念,在神中却仍然是正确的(据同一绎理),因为神在自身中不仅仅包含这一个心灵的本质,而且同时也包含着别的事物的观念。再则,从任何一个观念,必然有某种结果随之而出(据第一部分命题三十六),而神便是这个结果的正确原因(参看第三部分界说一),并不是因为神是无限的,而是因为神被认为是构成该观念的东西(参看第二部分命题九)。但神既然是这个结果的原因,因为神构成任何人心中的正确观念,而心灵乃是结果的正确的原因

180

⊙ 人们常由于情感的不同而引起观念的不同，由于观念的不同而产生激烈的冲突。图为法国名画《萨宾妇女》，表现出剑拔弩张的紧张场面。

（据第二部分命题十一绎理），那么，我们的心灵（据第二部分界说二），只要具有正确的观念，就必然是主动的。这是须得证明的第一点。再则，凡是必然由神之内的正确观念而出的东西，因为神在自身中不仅包含着一个人的心灵，而且神除此以外更包含着别的事物的观念，则这个人的心灵（据第二部分命题十一绎理）便不是该物的正确原因，而仅是部分的原因。因此（据第二部分界说二），只要心灵具有不正确的观念，就必然是被动的。这是须得证明的第二点。故我们的心灵有时主动，但有时也被动……等等。此证。

绎理由此推知，心灵具有不正确的观念愈多，则它便愈受情欲的支配，反之，心灵具有正确的观念愈多，则它便愈能自主……

名言名段

·任何物体被激动而成的一切情形，出于被激动的物体的性质，同时也出于激动的物体的性质，所以这些情形的观念，必定包含能激动与被激动两种物体的性质，所以人的身体为外物所激动的任何一个情形的观念必定包含有人体和外物的性质。

作者	文体	推荐理由
洛克	议论文	本文是西方国家法律思想和制度告别旧时代的标志,也是西方新法律发展和建设的基石,同时还为英国的君主立宪制度提供了理论依据,其意义深远而巨大。

近代西方自然法哲学的基调
——《立法权的范围》

作者生平

1632年8月29日,洛克出生于英国灵顿一个律师的家里。1652年,洛克进入牛津大学基督教学院。1656年获得学士学位,1658年获硕士学位。洛克精通化学、物理等自然学科,与著名化学家波义耳过从甚密,晚年和牛顿交流密切。1688年,洛克成为皇家学会会员。

1666年,洛克与莎夫茨伯里伯爵——英国资产阶级革命时期辉格党的领袖相识,并成为伯爵的秘书和家庭医生。1682年,莎夫茨伯里逃往荷兰,因洛克与莎夫茨伯里过从甚密,同样被看做是嫌疑分子。因此,洛克被迫于1683年逃往荷兰。1688年"光荣革命"后,洛克返回英国,并在新政府中担任职务。最后洛克由于健康状况不佳,辞去公职,隐居在英国贵族的乡村别墅里。1704年10月28日,洛克在格林尼治去世。

名文欣赏

因此,任何人受最严肃的约束而不得不表示的全部服从,最后总是归结到这个最高权力，并受它所制定的法律的指导。对任何外国权力或任何国内下级权力所做的誓言，也不能使任何社会成员解除他对那根据他们的委托而行使权力的立法机关的服从，也不能强使他做到与它所制定的法律相违背的或超过法律所许可的范围的服从。如果想象一个人可以被迫最终地服从社会中并非最高权力的任何权力，那是很可笑的。

  立法权，不论属于一个人或较多的人，不论经常或定期存在，是每一个国家中的最高权力，但是，第一，它对于人民的生命和财产不是并且也不可能是绝对地专断的。因为，既然它只是社会的各个成员交给作为立法者的那个个人或议会的联合权力，它就不能多于那些参加社会以前处在自然状态中的人们曾享有的和放弃给社会的权力。因为，没有人能把多于他自己所享有的权力转让给别人；也没有人享有对于自己或其他人的一种绝对的专断权力，用来毁灭自己的生命或夺去另一个人的生命或财产。正如业已证明的，一个人不能使自己受制于另一个人的专断权力；而在自然状态中既然并不享有支配另一个人的生命、自由或财产的专断权力，他所享有的就只是自然法所给予他的那种保护自己和其余人类的权力；这就是他所放弃或能放弃给国家的全部权力，再由国家把它交给立法权，所以立法机关的权力也不能超出此种限度。他们的权力，在最大范围内，以社会的公众福利为限。这是除了实施保护以外并无其他目的的权力，所以决不能有毁灭、奴役或故意使臣民陷于贫困的权力。自然法所规定的义务并不在社会中消失，而是在许多场合下表达得更加清楚，并由人类法附以明白的刑罚来迫使人们加以遵守。由此可见，自然法是所有的人、立法者以及其他人的永恒的规范。他们所制定的用来规范其他人的行动的法则以及他们自己和其他人的行动，都必须符合于自然法，即上帝的意志，而自然法也就是上帝的意志的一种宣告，并且，既然基本的自然法是为了保护人类，那么凡是与它相违背的人类的制裁都不会是正确或有效的。

  第二，立法机关或最高权力机关不能揽有权力，以临时的专断命令来进行统治，而是必须以颁布过的经常有效的法律并由有资格的著名法官来执行司法和判断臣民的权力。

  因为，既然自然法是不成文的，除在人们的意识中之外无处可找，如果没有专职的法官，人们由于情欲或利害关系，便会错误地加以引证或应用而不容易承认自己的错误。这样的话，自然法便失去了它应有的作用，不能用来决定那些生活在它之下的人们的权利，并保障他们的各种财产，在每人都是自然法和他自己案件的裁判者、解释者和执行者的情况下，尤其是这样；而有理的一方通常只有自己个人的力量可以凭借，这样就没有足够的实力来保卫自己免受损害或惩罚犯罪者。

洛克首次系统地提出"天赋人权"学说，来反对"君权神授"的思想。

　　为了避免这些在自然状态中妨害人们财产的缺陷，人类便联合成为社会，以便用整个社会的集体力量来保障和保护他们的财产，并以经常有效的规则来加以限制，从而每个人都可以知道什么是属于他自己的。为了达到这个目的，人们才把他们全部的自然权力交给他们所加入的社会，社会才把立法权交给他们认为适当的人选，给予委托，以便让正式公布的法律来治理他们，否则他们的和平、安宁和财产就会仍像以前在自然状态中那样很不稳定。

　　使用绝对的专断权力或不以确定的、经常有效的法律来进行统治，两者都是与社会和政府的目的不相符合的。

　　如果不是为了保护他们的生命、权利和财产，如果没有关于权利和财产的经常有效的规定来保障他们的和平与安宁，人们就不会舍弃自然状态的自由而加入社会和甘受它的约束。不能设想，如果他们有权力这样做的话，他们竟会有意把支配他们人身和财产的绝对的专断权力交给一个人或较多的人，并给予官长以力量，由他任意地对他们贯彻他的毫无限制的意志。这是要把自己置于比自然状态更坏的境地，在自然状态中，他们还享有保卫自己的权利不受别人侵害的自由，并以平等的力量来维护权利，而不论侵犯是来自个人或集合起来的许多人。可是，如果假定他们把自己交给了一个立法者的绝对的专断权力和意志，这不啻解除了自己的武装，而把立法者武装起来，任他宰割。一个人置身于能支配十万人的官长的权力之下，其处境远比置身于十万个个别人的专断权力之下更为恶劣。有这种支配权的人的实力虽是强大了十万倍，但谁也不能保证他的意志会比别人的意志更好。因此，无论国家采取什么形式，统治者应该以正式公布的和被接受的法律，而不是以临时的命令和未定的决议来进行统治。因为，如果把公众的集体力量给予一个人或少数人，并迫使人们服从这些人根据心血来潮或直到那时还无人知晓的、毫无拘束的意志而发布的苛刻和放肆的命令，而同时又没有可以作为他们行动的准绳和根据的任何规定，那么人类就处在比自然状态还要坏得多的状况中。因为，政府所有的一切权力，既然只是为社会谋幸福，就不应该是专断的和凭一时高兴的，而是应该根据既定的和公布的法律来行使的；这样，一方面使人民可以知道他们的责任并在法律范围内得到安全和保障，另一方面，也使统治者被限制在他们的适当范围之内，不致为他们所拥有的权力所诱惑，利用他们本来不熟悉的或不愿承认的手段来行使权力，以达到某些目的。

第三，最高权力，未经本人同意，不能取去任何人的财产的任何部分。因为，既然保护财产是政府的目的，也是人们加入社会的目的，这就必然假定而且要求人民应该享有财产权，否则就必须假定他们因参加社会而丧失了作为他们加入社会的目的的东西，这种十分悖理的事是无论何人也不会承认的。因此，在社会中享有财产权的人们，对于那些根据社会的法律确定是属于他们的财产，就享有这样一种权利，即未经他们本人的同意，任何人无权从他们那里夺去他们的财产或其中的任何一部分，否则他们就并不享有财产权了。因为，如果别人可以不得我的同意而有权随意取走我的所有物，我对于这些东西就确实并不享有财产权。所以，如果以为任何国家的最高权力或立法权能够为所欲为，任意处分人民的产业或随意取走其任何部分，那就是错误的想法。如果政府中的立法权，其全部或一部分属于可以改选的议会，其成员在议会解散时与其余的人一样，也受他们国家的共同法律的支配，那就不用担心会发生这种情况。但是，如果在有些政府中，立法权属于一个经常存在的议会，或如同在专制君主国那样归一人掌握，那就还有危险。他们会认为自己具有不同于社会其余成员的利益，因而会随意向人民索取，以增加他们的财富和权势。因为，如果支配那些臣民的人有权向任何私人取走其财产中他所属意的部分，并随意加以使用和处置，那么纵然有良好和公正的法律来规定他同一般臣民之间的产权范围，一个人的财产权还是没有保障的。

名言名段

·不论由谁掌握的政府，既然是为此受使人们能享有和保障他们的各种财产的这一目标的委托，那么君主或议会纵然拥有制定法律的权力来规定臣民彼此之间的财产权，但未经他们的同意，也绝没有权力取走臣民财产的全部或一部分。

作者	文体	推荐理由
牛顿	散文	牛顿的哲学使整个宇宙的真实结构、一切行星的运动规律及其运行的内部动力的问题，得到正确而可靠的解决。

现代科学理论体系的样板
——《上帝与自然哲学》

作者生平

1642年，牛顿诞生于英格兰林肯郡的小镇乌尔斯普的一个自耕农家里。1661年，牛顿进入剑桥大学三一学院。进入剑桥之后，牛顿如鱼得水，学业取得了长足的进展。

1665年秋季到1667年春季期间，瘟疫流行，学校停课，学生被遣散回家。牛顿回到家乡居住，时间多达十八个月之久。这期间，牛顿首先发现了数学中的二项式定理，然后建立微分学，后又建立积分学；用三棱镜研究光学，发现了白光的组成成分；开始研究重力问题，并想把重力理论推广到月球的运行轨道研究上去；从开普勒定律中推导出使行星保持在它们轨道上的力必定与它们到旋转中心的距离平方成反比。据说，牛顿因为看到苹果落地而突然领悟出地球引力的理论，也发生在这一时期。

1671年，牛顿向皇家学会正式提交"关于反射望远镜问题"的论文，由此被选为皇家学会会员。1687年，《自然哲学的数学原理》在私人资助下出版。

牛顿后来厌倦了大学教授的生活。1696年，牛顿任造币厂监督一职，1699年任厂长。英国的币制在当时十分混乱，牛顿运用他的才智，积极改革，取得了卓有成效的业绩。1705

1726年的牛顿。▶

年，牛顿受封为爵士。1689年至1705年期间，牛顿还两次当选为国会议员。

1727年3月20日，牛顿去世，终年85岁，以国葬形式礼葬于伦敦威斯敏斯特教堂。

名文欣赏

　　六个主要行星都在以太阳为中心的同心圆上绕着太阳运转，运转的方向相同，并且几乎在同一个平面之内。十个卫星都在以地球、木星和土星为中心的同心圆上围绕这些行星运转；它们的运动方向相同，并且几乎在这些行星的轨道平面之内。但是既然彗星能以偏心率很大的轨道走遍天空的所有部分，就不能设想单靠力学的原因就会产生这么多的有规则的运动；因为有了这样的运动，彗星才能容易地并以极大的速度穿过行星群；在它们的远日点地方，它们运动得最慢，因而在那里停留的时间也最长；而且在这些地方，它们相互间又离得最远，因而它们受到相互吸引的干扰也最小。这个由太阳、行星和彗星构成的最美满的体系，只能来自一个全智全能的主宰者的督促和统治。如果恒星是其他类似的天体系统的中心，那么由于这些系统也是按照同样的明智督促所形成的，它们必然也通通服从于这唯一主宰者的统治，特别是因为恒星的光和太阳的光性质相同以及来自每一天体系统的光都会传布到所有其他的天体系统上去的缘故；并且为了防止一切恒星系会由于它们的重力而彼此相撞，他就把这些星系放在相互离得很远很远的地方。

　　这个主宰者不是以世界的灵魂，而是以万物的主宰者面目出现来统治一切的。因为他有统治权，所以人们称他为"我主上帝"或"普天之君"；因为"上帝"是一个相对之词，是相对于他的仆人而言的；而神性就是指上帝的统治，但不是像那些把上帝想象为世界灵魂的

187

人所幻想的那样,指他对他自身的统治,而是指他对他的仆人们的统治。至高无上的上帝是一个永恒、无限、绝对完善的主宰者,但一个主宰者,无论其如何完善,如果没有统治权,也就不成其为"我主上帝"了。所以我们总是说"我的上帝","你的上帝","以色列的上帝","诸神之神","诸王之王";而不说什么"我的永恒者","你的永恒者","以色列的永恒者","诸神中的永恒者";我们也不说什么"我的无限者"或"我的完善者";所有这些称呼都没有涉及仆人。"上帝"一词通常是"主"的意思,但不是所有的主都是上帝。上帝之所以为上帝,就是因为他作为一个精神的存在者有统治权;真正的、至高无上的或想象中的统治权,就构成一个真正的、至高无上的或想象中的上帝。由于他有真正的统治权,所以上帝才成为一个有生命的,有智慧的,有权力的主宰者;而由于他的其他一切完善性,所以他是至高无上的,

牛顿从苹果落地的事例中得到启发,发现了万有引力定律。

也是最完善的。他是永恒的和无限的,无所不能的和无所不知的;就是说,他由永恒到永恒而存在,从无限到无限而显现;他统治一切,并且对所有已经存在和可能存在的事物都是无所不知的。他不是永恒或无限本身,但他是永恒的和无限的;他不是时间和空间本身,但他是持续的并且总是在空间中显现自己。他永远存在,也无所不在;而且正因为如此,他就构成了时间和空间。既然空间的每一部分总是长存的,时间上每一不能分割的瞬间总是存在的,所以一切事物的造物主肯定不能不是无时不有,无所不在的。每一个有知觉的人,虽然存在于不同的时间之内,具有不同的感觉和运动器官,但他总是同一个不可分割的人。时间有其特定的连续部分,空间有其特定的并列共存部分;但不论前者或后者都不存在于人的本身或其思想本原之中,更不存在于上帝的思想实质之中。每一个人从他有知觉这一点来说,在他

的整个生命过程中，在他的所有的和每一个感觉器官中，他总是同一个人。上帝也总是同一个上帝，永远如此，到处如此。上帝无所不在，不仅就其功能而言是这样，就其实质而言也是这样，他似乎能离开实质而存在。一切事物都包容于上帝之中，并在其中运动，但并不彼此发生干扰；上帝并不因为物体的运动而受到什么损害，物体也并不因为上帝无所不在而受到阻碍。所有人都承认至高无上的上帝是必然存在的，而由于这同一个必然性，他又是时时、处处存在的。因此，他也就到处相似，浑身是眼，浑身是耳，浑身是脑，浑身是臂，他是所有能够感觉、理解和活动的力量；但其方式绝不和人类的一样，绝不和物体的一样，而是我们所完全不知道的方式。正如瞎子没有颜色的观念那样，我们对于全能的上帝怎样感觉和理解所有的事物，也完全没有观念。上帝根本没有身体，也没有一个体形，所以既不能看到，也不能听到或者摸到他；我们也不应以任何有形物体作为他的代表而加以膜拜。我们知道他的属性，但任何事物的真正实质是什么我们却不知道。对于任何物体我们只能看到其形状和颜色，听到其声音，摸到其外表，嗅到其气味，尝到其味道；但用我们的感觉或用我们心灵的反射作用，都无法知道它的内在实质；所以我们更不能对上帝的实质是什么有任何概念。我们只是通过上帝对万物的最聪明和最巧妙的安排以及最终的原因，才对上帝有所认识。我们因为他至善至美而钦佩他，因为他统治万物，我们是他的仆人而敬畏他崇拜他。一个上帝，如果没有统治万物之权，没有佑护人类之力和其最终的原因，那就不成其为上帝，而不过是命运和自然而已。那种盲目的形而上学的必然性，当然同样是无时不在无处不在的，但它并不能产生出多种多样的事物来。我们在不同时间不同地点所看到的各种自然事物，只能发源于一个必然存在的上帝的思想和意志之中。但是，我们可以用一个比拟来说，上帝能见，能言，能笑，能爱，能恨，能有所欲，能授予，能接受，能喜，能怒，能战斗，能设计，能工作，能建造；因为我们关于上帝的一切观念都是从与人的行为相比拟而得出来的，这种比拟，虽不完善，但终究有某种近似性。以上就是我关于上帝所要说的一切；从事物的表象来论说上帝，无疑是自然哲学分内的事。

名言名段

·绝对的空间，就其本性而言，是与外界任何事物无关而永远是相同的和不动的……绝对的、真正的和数学的时间自身在流逝着，而且由于其本性而在均匀地、与任何其他外界事物无关地流逝着，又可以名之为"延续性"。

作者	文体	推荐理由
孟德斯鸠	散文	一篇完善三权分立学说的法学美文、一块奠定资产阶级政治制度的理论基石、一位地理政治的开山鼻祖——由此闪耀出了《论法的精神》的夺目光采。

资产阶级法的理论基石
——《论法的精神》序言

作者生平

1689年1月18日,孟德斯鸠出生于法国名城波尔多附近的拉伯烈德庄园。

1700年,孟德斯鸠在巴黎附近的一所教会学校接受古典教育。1706年,孟德斯鸠回到波尔多。踌躇满志的孟德斯鸠潜心苦读,一心要成为法学权威。1708年,19岁的孟德斯鸠获得法学学士的学位,并担任了议会律师。1714年,25岁的孟德斯鸠成为了波尔多法院的法官。

孟德斯鸠在科学方面表现出了卓越的才能,撰写了《论重力》、《论海水的来潮和退潮》、《论相对运动》等科学论文;在史学方面,孟德斯鸠考古论今,撰写了《论罗马的宗教政策》等历史论文。孟德斯鸠以博学多识加入波尔多科学院,经常到政治、经济、文化中心巴黎,出入上层社会的社交场合,对法国当时的社会动向了如指掌。

1721年,孟德斯鸠化名"彼尔·马多"发表了《波斯人信札》。

1730年,孟德斯鸠被选为英国皇家学会会员。1731年,孟德斯鸠回到法国,开始著书立说。1734年,孟德斯鸠写成了《罗马盛衰原因论》来阐述他的政治主张。1746年,孟德斯鸠被选为柏林皇家科学院院士。

1748年，孟德斯鸠出版了《论法的精神》一书。这本书一经出版就立即引起了轰动。1755年2月10日，孟德斯鸠去世，享年66岁。

名文欣赏

这本书里无数事物之中如果有一件竟是出乎意料而冒犯了人们的话，我至少应该说，那不是我恶意地放进去的。我生来没有一点儿以非难别人为快的性情。柏拉图感谢天，使他出生在苏格拉底的时代。我也感谢天，使我出生在我的生活所寄托的政府之下，并且感谢它，要我服从那些它叫我爱戴的人们。

我有一个请求，总怕人们不允许。就是请求读者对一本二十年的著作不要读一会儿就进行论断，要对整本书，而不是对几句话，加以赞许或非议。如果人们想寻找著者的意图的话，他们只有在著作的意图里才能很好地发现它。

我首先研究了人，我相信，在这样无限参差驳杂的法律和风俗之中，人不是单纯地跟着幻想走的。

我建立了一些原则。我看见了，个别的情况是服从这些原则的，仿佛是由原则引申而出的；各国的历史都不过是由这些原则而来的结果；每一部个别的法律都和另一部法律联系着，或是依赖于一部更具有一般性的法律。

当我回顾古代时，我便追寻它的精神之所在，以免把实际不同的情况当做相同，或是看不出表面相似的情况间的差别。

我的原则不是从我的成见上，而是从事物的性质上推演出来的。

在这里，有许多真理是只有在看到它们和其他的真理之间的联系时才能被觉察出来的。我们越思考细节，便越会感觉到这些原则的确实性。我并没有完全叙述这些细节，因为谁能全都叙述而不感到厌烦呢？

在这本书里，人们是找不到奇趣奔逸的笔墨的。这种笔法似乎是当今著述的特色。我们只要把眼界稍微放宽一些去审察事物，则奇思遐想便将溘然消逝。通常奇思遐想的产生，是因为我们只把精神贯注到事物的一方面，而忽略了其他各方面。

我的著作，没有非难任何国家已经建立了的东西的意思，每个国家将在这本书里找到自己的准则之所以建立的理由。并且我们将自然地从那里得到一个推论，就是只有那些十分幸福地生来就有天才洞察一个国家的整个政治制度的人们，才配建议改制。

▲ 法国画家欧仁·德拉克洛瓦的名作《自由引导人民》。图中人们正在用革命的方式争取自由，其实法律也是争取自由的一种方式。

启迪人民不是无关紧要的事。官吏的成见是从国家的成见中产生的。在蒙昧时代，人们就是做了极坏的事也毫无疑惧。在开明之世，即使做了最大的好事也还是要战栗的。我们看到旧时的弊病，并想要如何加以改正，但也要注意改正的本身的弊病。对邪恶，我们不去动它，如果怕改糟了的话。对良善，我们也不去动它，如果对改善有所怀疑的话。我们观察局部，不过是为了做整体的判断。我们研究一切的原因，不过是为了观察一切的后果。

如果我的书提供了新理由，使每个人爱他的责任、爱他的君主、爱他的祖国、爱他的法律的话，使每一个人在每一个国家、每一个政府、每一个岗位，都更好地感觉到自己是幸福的的话，那我便是所有人当中最快乐的人了。

如果我的书能使那些发号施令的人增加他们应该发布什么命令的知识，并使那些服从命令的人从服从上找到新的乐趣的话，那我便是所有人当中最快乐的人了。

如果我的书能使人类纠正他们的成见的话，那我便是所有人当中最快乐的人了。我这里的所谓成见，并不是那种使人们对某些事物表现出愚昧无知的东西，而是那种使人们对自己表现出愚昧无知的东西。

法国著名启蒙思想家、法学家孟德斯鸠像。

  我们只有在努力教导人类的过程中,才能够表现包括"爱一切人"在内的一般德行。人是具有适应性的存在物,他在社会上能同别人的思想和印象相适应。同样他也能够认识自己的本性,如果人们使他看到这个本性的话。他也能够失掉对自己的本性的感觉,如果人们把这个本性掩饰起来,使他看不见的话。

  这本著作,我曾屡次着手去写,也曾屡次搁置下来;我曾无数次把写好的手稿投弃给清风去玩弄;我每天都觉得写这本书的双手日益失去执笔的能力;我追求着我的目标而没有一定的计划;我不懂得什么是原则,什么是例外;我找到了真理,只是把它再丢掉而已。但是,当我一旦发现了我的原则的时候,我所追寻的东西便全都向我源源不断而来了;而且在二十年的过程中,我看到了我的著作的开始、增长、成熟、完成。

  如果这本书获得一些成功的话,那么,主要应归功于主题的庄严性,但是我却不认为我是完全缺乏天才的。当我看到在我之前,法兰西、英格兰和德意志有那么多伟大的人物曾经从事写作时,我羡慕不已;但是我并没有失掉我的勇气。我同达·科雷久一样地说:"我也是画家。"

名言名段

  ·我写《法意》(《论法的精神》的旧译名)的目的,并不在于使你阅读,而是要你多多思考。

  ·自由是做法律所许可的一切事情的权利。

作者	文体	推荐理由
伏尔泰	议论文	这是一部石破天惊的哲学巨著,这是一篇向宗教神学公开宣战的檄文。文章褒扬唯物主义哲学思想、倡导法律面前人人平等的观点,激励并影响了整个世界。

石破天惊的巨著
——《哲学通信》节选

作者生平

伏尔泰,本名弗朗索瓦·马利·阿鲁埃,伏尔泰是其笔名,他1694年11月21日出生在法国首都巴黎一个富有的公证人家里。

中学毕业后,伏尔泰学习了法律,参加过社会实践。他在言谈中时常流露出对封建统治者的不满,因而被逐出京城;事后不久,又因在诗中"诋毁"宫廷贵族,攻击宫廷的淫乱生活而被关进巴士底狱达十一个月。在狱中,伏尔泰完成了悲剧《俄狄浦斯王》和部分《亨利亚特》的创作。

1734年,伏尔泰的《哲学通信》在法国秘密出版。后来,伏尔泰隐居在法国和荷兰边境一个古老偏僻的贵族庄园长达十五年,这期间,他先后创作了《恺撒之死》、《穆罕默德》等历史剧,长诗《奥尔良的少女》以及历史著作《路易十四的时代》。

1746年,伏尔泰得到了法国宫廷的重视,被任命为法兰西学院院士,并被派往德国执行外交使命。然而,封建统治者只是把伏尔泰当做宫廷的点缀,为自己树立一个"开明君主"的形象造声势而已。后来,由于伏尔泰的威信越来越高,法国当局不得不做出让步。1778年,

"法兰西思想之王"伏尔泰像。

伏尔泰被巴黎人民作为伟人迎进了巴黎。1778年5月30日,伏尔泰在佛尔纳逝世。

名文欣赏

事件的联系

据说,现在孕育着未来。诸事件彼此间被一种战无不胜的宿命联结在一起:荷马将命运之神甚至置于朱庇特之上。这位众神与人的主宰直率地声明,他没有能力阻止其子萨耳珀冬在其被指定的时刻死去。萨耳珀冬生于其必生之时,而不会生在别的时刻;他不会亡于特洛伊战争之前;他不会被葬在别处,而只会葬在吕基亚;他必须在被指定的时候生产出蔬菜,而它们又必定会变为几个吕基亚人的财富;他的继承人必定在其国家中建立新的秩序;这种新秩序又必定会对邻国产生影响;由此,又必定会导致其邻国的邻国之间的战争与和平关系的新调整;这样,一步步地,一环扣一环地,整个世界的命运早就依赖于萨耳珀冬之死,而这又基于海伦的被诱拐;而这一诱拐又必然与赫卡柏的婚姻相关联,如果再进一步追溯下去的话,那么,赫卡柏的婚事又与其他一些事情的起因有关。

只要这些事实中的一件被做了不同的安排,那么,就会产生另一个世界;然而,我们今天的世界不可能不存在,因而,朱庇特也不可能拯救其子的生命,无论谁是朱庇特都一样。

据悉,这种有关必然性和宿命的体系目前已被莱布尼茨发明出来了,名曰"自足的理性"。不过,没有无因之果这种观念是非常古老的,而常常是最小的原因引起最大的结果,这样的观念也并不是新近才出现的。

贵族博林布鲁克公开宣称,马尔伯勒夫人与马沙姆夫人之间微不足道的不和,给他提供了促成安妮女王与路易十四达成私下协议的机遇;这项协议导致了《乌得勒支和平条约》的产生;这项条约将腓力五世扶上西班牙王位,腓力五世从奥地利王室获得了那不勒斯和西西里;西班牙国王——如今也是那不勒斯国王,完全将他获得这个王国归功于我的夫人马沙姆:如果马尔伯勒伯爵夫人向英格兰女王献了更多的殷勤,他就不会获得他的王位,他甚至不可能出生。西班牙国王在那不勒斯的存在依赖于伦敦宫廷的一件多少有些愚蠢可笑的事。

让我们来审查一下他们这些人的主张。它们是被建立在这样一连串的事实之上的:这些事实看起来与任何事物都没有联系,而实际上又与任何事物——这部庞大的机器中的任何东西,无论是轮牙、滑轮、绳索还是弹簧——都有联系。

在自然领域亦然。从非洲中部和南部海洋吹来的风,带来了一部分非洲的大气压,在阿尔卑斯山山谷降雨的过程中,气压下降,这些雨水滋润着我们的土地,而我们的北风又给黑人送去了我们的雾气。我们有益于几内亚,几内亚也有益于我们。在此,这种事物间

▼ 伏尔泰与普鲁士弗里德里克大帝在波茨坦的无忧宫里共同进餐。

的锁链在从一事物的结尾向另一事物的过渡中展开。

可是在我看来,这一原理被不可思议地滥用了。从这一原理出发,某些人得出结论说,没有哪一个微小原子的运动没有对世界目前的这种安排产生过影响,没有哪一个微不足道的偶然事件——无论它是在人们中还是在动物中发生的——不是巨大的命运锁链中的一个必不可少的环节。

让我们彼此都懂得:很清楚,任何结果都有其原因,在永恒性的深渊里,可以从一个原因追溯到另一个原因;可是,每个原因并不都有其持续数百年的结果。我承认,所有的事件都是彼此影响而产生的;如果说现在派生于过去,那么,未来就是派生于现在;每个人都有其父,然而并非所有的人总有其子。这情形恰如一幅家谱图:像我们所说的,每一个家庭都可以追溯到亚当;但是,在这个家族中,会有许多人无嗣而终。

今世的事件也有其谱系图。无可争辩的是,高卢和西班牙的居民都是哥蔑的后裔,俄罗斯人是玛各的后裔,谁都能够在很多内容丰富的书中发现这个谱系。在此基础上,谁也不能否认,同样也是玛各后裔的土耳其帝国,必定会在1769年理所当然地被俄国女皇叶卡捷琳娜二世击败。显然,这种大胆的推想是与另外一些超乎寻常的推想相联系的。但是,依我之见,玛各在高加索山附近时,是向右还是向左吐了口痰以及这口痰在池水中激起了两圈还是三圈水波,他睡觉时是左卧还是右卧,这些事对我们现在的事情没有什么影响。

必须引出这样的结论:每一事物,像牛顿所证实的那样,就性质来讲并不都是完满的;每一运动,像牛顿进一步证实的那样,就算绕上地球一圈,也不是都步步贯通的。将一个与水的密度相仿的物体投入水中,你不难推测出,一会儿,这个物体的运动以及由它传给水的运动就会消失。总之,这种运动会蓦然消逝。同样,由玛各向池里吐痰所引起的运动也不可能影响到今天在摩尔达维亚和瓦拉几亚所发生的事,因此,现在的事件并不是过去的所有事件的后裔;今日之事有其直系亲属,而众多的分系对它们则毫无意义,再重复一遍:每个人都有其父,但并非都有其子。

名言名段

·可鄙的人,无论你们穿着、佩戴着什么……如果你们不想被当做最傲慢鲁莽的人而被嘲笑足足几个世纪,如果你们不想被当做最不公正的人而遭受公众的憎恨,那么你们就决不要去追求运用唯独理性才具有的权威。

作者	文体	推荐理由
卢梭	议论文	《社会契约论》为1789年法国大革命奠定了思想基础，对封建专制下的广大人民寄予了深切的关注和同情，富有战斗性和建设性。

现代民主制度的基础
——《社会契约论》节选

作者生平

1712年6月28日，卢梭出生在瑞士日内瓦的一个钟表匠的家里。卢梭出生后不久，母亲即去世，10岁时，卢梭的父亲因同一名法国军官殴斗而流亡异乡。

卢梭自12岁开始自谋生计。15岁时，卢梭因不堪忍受东家的粗暴待遇，外出流浪，后被德·瓦朗夫人收留。这期间的刻苦自学为卢梭的渊博知识奠定了稳固的基础。1732年以后，卢梭过了一段相当平静的生活，这使得他有机会弥补学业上的缺陷。

1741年，卢梭前往巴黎。在这里卢梭结识了著名思想家、学者狄德罗、孔狄亚克等人，他们对卢梭产生了很大的影响。

1743年，卢梭应友人、法国启蒙思想家狄德罗的邀请，给《百科全书》撰写音乐方面的文稿。在狄德罗的鼓励下，1749年10月卢梭以论文《论科学与艺术》参加第戎学院的征文活动，得以中选，这使得卢梭在法国名声大振。

1755年，第戎学院再次征文。卢梭以《论人类不平等的起源和基础》为题应征，获得了极大的成功。

▼ 卢梭倡导以精简的契约为基础的政府,并出人意料地认为贵族是组成这样的政府的最佳人选。

　　1762年,卢梭的《爱弥儿》出版,由法国开始牵头,接着几乎是整个的欧洲掀起了声势浩大的反卢梭的浪潮。从此,卢梭开始了逃亡生活。1767年,卢梭改名易姓逃回法国,过着隐居的生活,并在流亡中断断续续地进行《忏悔录》的创作。这样的流亡生活直到1770年6月法国政府宣布赦免卢梭方告结束。卢梭晚年受到法国当局的监视,过着清贫的生活。完成《忏悔录》之后,卢梭完成了《忏悔录》的续篇:《一个孤独的散步者的遐想》。1778年7月2日,卢梭在悲愤中去世。

名文欣赏

政府论

一切自由的行为,都是由两种原因的结合而产生的:一种是精神的原因,亦即决定这

18世纪法国大革命的思想先驱卢梭像。

种行动的意志;另一种是物理的原因,亦即进行这种行动的力量。当我朝着一个目标前进时,首先必须是我想要走到那里去;其次必须是我的脚步能带动我到那里去。一个瘫痪的人想要跑,一个矫捷的人不想跑,这两个人都将停止在原地。政治体也有同样的动力,我们在这里同样地可以区别力量与意志;后者叫做立法权力,前者叫做行政权力。没有这两者的结合,便不会或者不应该做出任何事情来。

我们已经看到,立法权力是属于人民的,而且只能是属于人民的。反之,根据以前所确定的原则也很容易看出,行政权力并不能具有像立法者或主权者那样的普遍性;因为这一权力仅包括个别的行动,这些个别行动根本不在法律的能力范围之内,因而也就在主权者的能力范围之内,因为主权者的一切行为都只能是法律。

因此,公共力量就必须有一个适当的代理人来把它们结合在一起,并使它们按照公意的指示而活动;他可以充当国家与主权者之间的联系,他对公共人格所起的作用很有点像是灵魂与肉体的结合对一个人所起的作用那样。这就是国家之中所以要有政府的理由;政府和主权者往往被人混淆,其实政府只不过是主权者的执行人。

那么,什么是政府呢?政府就是在臣民与主权者之间所建立的一个中间体,以便两者得以互相适合，它负责执行法律并维持社会的以及政治的自由。

这一中间体的成员就叫做行政官或者国王,也就是说执政者,而这一整个的中间体则称为君主。所以有人认为人民服从首领时所根据的那种原则绝不是一项契约,这是很有道理的。那完全是一种委托,是一种任用;在那里,他们仅仅是主权者的官吏,是以主权者的名义在行使着主权者所托付给他们的权力,而且只要主权者高兴,他就可以限制、改变和收回这种权力。转让这样一种权力既然是与社会共同体的本性不相容的,所以也就是违反结合的目的的。因此,我把行政权力的合法运用者称为政府或最高行政体,并把负责这种行政权力运用的个人或团体称为君主或行政官。正是在政府之中,可以发现中间力量;这些中间力量的比率就构成全体对全体的比率,也就是主权者对国家的比率。我们可以用一个连比例中首尾两项的比率来表示主权者对国家的比率,而连比例的比例中项便是政府。政府从主权者那里接受它向人民所发布的一切命令;并且为了使国家能够处于很好的平衡状态,就必须——在全盘加以计算之后——使政府自乘的乘积或幂与一方面既是主权者而另一方面又是臣民的公民们的乘积或幂二者相等。而且,只要我们变更这三项中的任何一项,就会立刻破坏这个比例。如果主权者想要进行统治;或者,如果行政官想要制定法律;或者,如果臣民拒绝服从,那么,混乱就会代替规则,力量与意志就会不再协调一致,于是国家就会解体,从而建立专制政体或是陷入无政府状态。最后,正如在每种比率之间只有一个比例中项一样,所以一个国家也只能有一种可能的好政府。但是,由于千百种的事件都可以改变一个民族的这些比率,所以不仅各个不同的民族可以有不同的好政府,而且就是同一个民族在不同的时代也可以有不同的好政府。

名言名段

　　至强者,莫不希望把自己的力量转变成为权利,他人的服从转变成责任,唯此,它才能真正地至强,才能维护它的长治久安。因此,至强者的权利,虽然听来带着反讽意味,却被认为是现实中的一个基本准则。

　　我信仰神和我相信其他任何真理是同样坚定的,因为信与不信断不是由我做主的事情。

作者	文体	推荐理由
卢梭	记叙文	在浩瀚的自传作品中,《忏悔录》无疑是最优秀的。它不仅是一个平实的思想家内心深处的情感独白,更是蕴涵着人性尊严的自我剖析。

平民精神的最佳诠释
——《心情烦闷的我》

作者生平

1712年6月28日,卢梭出生在瑞士日内瓦的一个钟表匠的家里。卢梭出生后不久,母亲即去世,10岁时,卢梭的父亲因同一名法国军官殴斗而流亡异乡。

卢梭自12岁开始自谋生计。15岁,卢梭因不堪忍受东家的粗暴待遇,外出流浪,后被德·瓦朗夫人收留。这期间的刻苦自学为卢梭的渊博知识奠定了稳固的基础。1732年以后,卢梭过了一段相当平静的生活,这使得他有机会弥补学业上的缺陷。

1741年,卢梭前往巴黎。在这里卢梭结识了著名思想家、学者狄德罗、孔狄亚克等人,他们对卢梭产生了很大的影响。

1743年,卢梭应友人、法国启蒙思想家狄德罗的邀请,给《百科全书》撰写音乐方面的文稿。在狄德罗的鼓励下,1749年10月卢梭以论文《论科学与艺术》参加第戎学院的征文,得以中选,这使得卢梭在法国名声大振。

1755年,第戎学院再次征文。卢梭以《论人类不平等的起源和基础》为题应征,获得了极大的成功。

1762年，卢梭的《爱弥儿》出版，由法国开始牵头，接着几乎是整个的欧洲掀起了声势浩大的反卢梭的浪潮。从此，卢梭开始了逃亡生活。1767年，卢梭改名易姓逃回法国，过着隐居的生活，并在流亡中断断续续地进行《忏悔录》的创作。这样的流亡生活直到1770年6月法国政府宣布赦免卢梭方告结束。卢梭晚年受到法国当局的监视，过着清贫的生活。完成《忏悔录》之后，卢梭完成了《忏悔录》的续篇《一个孤独的散步者的遐想》。1778年7月2日，卢梭在悲愤中去世。

名文欣赏

心情烦闷的我

我离开维尔塞里斯夫人家的时候和我进入那里的时候没有什么两样，几乎是依然故我。我回到我的女房东家住了五六个星期。这期间，我由于年轻力壮，无事可做，常常心情烦闷。我坐立不安，精神恍惚，总跟做梦似的，我有时哭，有时叹息，有时希求一种自己毫不了解而又感到缺乏的幸福。这种处境无法描述，甚至能够想象出来的人也很稀少，因为大部分人对于这种既给人以无限烦恼又使人觉得十分甜蜜的充实生活，都在它尚未到来之前，便陶醉在渴望里，预先尝到了美味。我那沸腾的血液不断地往我脑袋里填充许多姑娘和女人的形象。但是，我并不懂得她们有什么真正的用处，我只好让她们按照我的奇思异想忙个不停，除此以外，还该怎样，我就完全不懂了。这些奇思异想使我的官能老是处于令人难受的兴奋状态中，但是幸而我的这些奇思异想没有教给我怎样解除这种不舒适的状态。要是能遇到一个像戈登小姐那样的姑娘并同她相会十五分钟，我真不惜付出自己的生命。但是，现在已经不是天真烂漫的儿童嬉戏的时代了。羞耻，这个与恶意识为伍的伙伴，与年俱增，这就更加强了我那天生的腼腆，甚至使它达到难以克服的程度；不论是在当时或是以后，对于我所接触的女性，虽然我知道对方并不那么拘谨，而且我几乎可以断言，只要我一开口就一定会如愿以偿；但是，若非对方首先有所表示，采取某种方式逼迫我，我是不敢贸然求欢的。

我的烦闷发展到了很强烈的程度，由于自己的欲望不能获得满足，我就用最荒诞的行为来缓解。我常常到幽暗的小路或隐蔽的角落去，以便在那里远远地对着异性显露我原想在她们跟前显露的那种状态。我要让她们看到的不是那淫秽部分——我甚至连想都没往这方面想，而只是我的臀部；我要在女人跟前暴露自己的那种愚蠢的乐趣是很滑稽的。我觉得这样距我所渴望的待遇只不过是一步之遥，我毫不怀疑：只要我有勇气等待，一定会有某个豪爽的女人从我身旁经过时会给我一种乐趣。结果，这种愚蠢的行为所闯的乱子几乎是可笑的，不过对我来说并不是很开心的。

有一天，我到了一个院落的尽头，那里有一眼水井，这个院子里的姑娘们常常到井边来打水。院子尽头有个小斜坡，从这里有好几个过道通往地窖去。我在幽暗中察看了一下这些地下通道，我觉得它们又长又黑，便认为这些通道并不是死胡同，于是我想，如果人们看见我或要逮我的时候，我就可以在那里找到安全的避难所。我怀着这种自信，就向前来打水的姑娘们做出一些怪样子，这与其说是勾引，不如说是荒唐可笑的恶作剧。那些最机灵的姑娘假装什么也没有看见；另一些只笑了一笑；还有一些认为受了侮辱，竟大叫起来。有人向我赶来了，于是我逃进了避难所。我听到一个男人的声音，这是我没有料到的，我慌了，我冒着迷失方向的危险一个劲儿地往地道里面跑。嘈杂声、喧嚷声、那个男人的声音，一直在追着我。我原来指望可以凭借黑暗藏身，谁知前面却亮起来。我浑身战栗了，我又往里钻了一阵，一堵墙挡住了去路，再也不能前进了，我只好待在那里听天由命。不一会儿我就被一个大汉追上逮住了。那个大汉蓄着大胡子，戴着大帽子，挎着一把腰刀。他后面跟着四五个拿笤帚把的老太婆，我在她们中间看见揭发我的那个小坏丫头，她一准是想亲眼看看我。

带腰刀的男人抓住我的胳膊，厉声问我在那儿打算干什么。不难想象，我并没有准备答复的话。然而，我镇定了一下，在这种危急时刻从脑子里想出了一种传奇式的脱身之计，效果很好。我用哀求的声音央告他，求他可怜我的年轻和处境，我说我是一个富贵人家出身的异乡人，但有神经错乱的毛病，因为家里人要把我关起来，我就逃出来了，如果他把我交出去，我可就完蛋了，他要是肯高抬贵手，放了我，我有朝一日会报答他的大恩的。我的话和油画《卢梭的革命行动》。卢梭是法国大革命思想的奠基者。

我的样子产生了出乎意料的效果:那个可怕的大汉的心肠软了下来,只责备了我一两句,没有再多问我什么,就让我溜之大吉了。我走的时候,那个年轻的女孩子和那些老太婆露出不高兴的神气,我认为,我原来那么害怕的男人对我倒有了莫大的好处,假使只有她们在场,我是不会这么便宜就走掉的。我不知道她们嘀嘀咕咕地说了些什么,但我并不怎么在意,因为只要那把腰刀和那个男人不管,像我这样敏捷强壮的人,可以放心,她们手中的武器和她们自己是对付不了我的。

名言名段

·请看!这就是我所做过的,这就是我所想过的,我当时就是那样的人……请你把那无数的众生叫到我跟前来!让他们听听我的忏悔……然后,让他们每一个人在您的宝座前面,同样真诚地披露自己的心灵,看有谁敢于对您说,我比这个人好……

·既没有隐瞒丝毫坏事,也没有增添任何好事……当时我是卑鄙龌龊的,就写我的卑鄙龌龊;当时我是善良忠厚、道德高尚的,就写我的善良忠厚和道德高尚。

作者	文体	推荐理由
卢梭	小说	作品文笔温婉，情节简约，把爱的忠贞与恋的激情和谐地体现在女主人公身上，把人性要秉持的善与美轻巧而深刻地蕴涵在了主题之中。

对爱情的首次讴歌
——《新爱洛伊丝》节选

作者生平

1712年6月28日，卢梭出生在瑞士日内瓦的一个钟表匠的家里。卢梭出生后不久，母亲即去世，10岁时，卢梭的父亲因同一名法国军官殴斗而流亡异乡。

卢梭自12岁开始自谋生计。15岁，卢梭因不堪忍受东家的粗暴待遇，外出流浪，后被德·瓦朗夫人收留。这期间的刻苦自学为卢梭的渊博知识奠定了稳固的基础。1732年以后，卢梭过了一段相当平静的生活，这使得他有机会弥补学业上的缺陷。

1741年，卢梭前往巴黎。在这里卢梭结识了著名思想家、学者狄德罗、孔狄亚克等人，他们对卢梭产生了很大的影响。

1743年，卢梭应友人、法国启蒙思想家狄德罗的邀请，给《百科全书》撰写音乐方面的文稿。在狄德罗的鼓励下，1749年10月卢梭以论文《论科学与艺术》参加第戎学院的征文，得以中选，这使得卢梭在法国名声大振。

1755年，第戎学院再次征文。卢梭以《论人类不平等的起源和基础》为题应征，获得了极大的成功。

▲ 1762年，卢梭的《爱弥儿》出版后，引起了声势浩大的反卢梭浪潮，由于遭到法国政府和宗教界的搜捕，卢梭被迫逃往瑞士，直到1770年，才得到法国政府的赦免，回到巴黎。

1762年，卢梭的《爱弥儿》出版，由法国开始牵头，接着几乎是整个的欧洲掀起了声势浩大反卢梭的浪潮。从此，卢梭开始了逃亡生活。1767年，卢梭改名易姓逃回法国，过着隐居的生活，并在流亡中断断续续地进行《忏悔录》的创作。这样的流亡生活直到1770年6月法国政府宣布赦免卢梭方告结束。卢梭的晚年受到法国当局的监视，过着清贫的生活。完成《忏悔录》之后，卢梭完成了《忏悔录》的续篇《一个孤独的散步者的遐想》。1778年7月2日，卢梭在悲愤中去世。

名文欣赏

亲爱的朱莉，你说得非常正确，对于你，我还是了解得不够！原来我以为，对你高尚的心中蕴藏的宝贵品质，我是了解的。可是现在我突然发现，在你的心中，还藏着许多新的东西。没有一个女人能像你这样，把温柔的爱情和美德结合起来，让它们彼此协调，从而使两者更加迷人！现在我发现，在你用来捉弄我的高明的办法中，隐藏着某种我尚不了解，但是诱惑人的东西；你用了许多巧妙的手腕剥夺了我对爱情的享受，但是还使得我相信，你剥夺得好，剥夺得我心里舒服。

逐渐地我更加清楚地意识到，世间没有，也不可能有，与你的爱相等的东西，但是我觉得得到你的爱是我人生最大的幸福，如果要在得到你的心和占有你的身体之间做出选择的话，迷人的朱莉，我会毫不犹豫地选择占有你的心。但是我不明白，为什么要做这种令人痛苦的二取一的选择呢？为什么要使在大自然中原本两者合一的东西变得互不相容呢？你说过时间对于我们来说是极其宝贵的，我们应当尽情享受，谨慎行事，不让顺利的进程变得纷乱。对！那么就祝愿时光平平静静地过去吧，祝愿它有一个顺利的进程吧！不过，难道为了能享受美好的现在，我们就不能再希望求得更美好的将来吗？难道为了祈求心灵的平静，就不要再去追求最大的幸福了吗？唉！如果在一刻钟内一个人能享受一千年的生活的话，那么为什么还要那么忧忧愁愁地计算可以活多少日子呢？

就我们目前的情况而言，你发表的看法是无可辩驳的。但是我认为，我们应当生活得很愉快，然而实际上我现在生活得并不愉快。从你口中所说出的那些明智的话，对我来说是没有用的；大自然的声音比你讲的话有力量多了。当大自然的声音与心的声音相融合的时候，难道还有什么办法去抵抗它们吗？在这个世界上，除了你，我根本就不知道另外还有什么人能占据我的心，能打动我的感官。是的，如果没有你，大自然对于我来说，什么意义也没有了。然而，只有在你的眼睛里，大自然的威力才能得以表现；只有在你的眼睛里，它才是不可战胜的。

天仙般美丽的朱莉呀，你的情况和我的情况不同呀！你迷惑我的感官，但是你自己却不同时触动你自己的感官。看来，人的感情的力量没有高尚的心灵的力量大呀。你像天使般美丽，也像天使般纯洁。啊，虽然我口口声声称羡你心灵的纯洁，可是我不能降低你的高度，而且也不能把我自己提高到和你一样的高度！不，我将永远匍匐在地上，高高地仰视你，你在天上闪耀光辉呀！啊！朱莉，只要你高兴，即使牺牲我心灵的宁静，我也在所不惜；但愿你能充分享受你的美德给你带来的幸福，让那些试图玷污你的美德的坏人，见鬼去吧！你应该记住你是个心情愉快的人，而我应忘记我是一个需要人同情的人；只要看到你快乐，我心中的痛苦就会得到减轻。是的，我的情人，我认为我的爱情宛如它敬爱的人那样完美。就让由于你迷人的美而燃烧起来的欲念，重新熄灭在你完美的心灵中吧！我发现，你的心灵是如此的平静，以致我不敢扰乱它的安宁。有时我试图获得你一点儿爱的关怀，可是我不敢启齿；在表面上看来，似乎是我怕你生气，所以才不敢冒昧行事的，但实际上，你知道吗？那是因为我怕破坏你那么完美的幸福生活。在我希望获得的幸福的享受中，其他的东西我全不要，除了你需要付出代价的东西。既然我的幸福和你的幸福不能结合在一起，那就请你回答我：我现在的爱法，是不是等于放弃我的幸福？

在我心中对你产生的感情中，有太多的难以解释的矛盾！我既想顺从，但是同时又常常鲁莽行事；我既感情冲动，却又尽量克制自己。每当我抬头看你的时候，我的心中就充满了矛盾；从你的目光和你的声音中，我感受到了爱，也感受到了你天真动人的美。这是一种多么神圣的美呀！如果让这种美在我心中消失了的话，那我将会后悔一辈子。如果我还抱什么大愿望的话，那就是希望你能时时刻刻和我在一起！但是我的愿望，是无论如何不敢向你提的，那么我就只有看你的画像，只好在你的画像上倾注我不敢向你表述的尊敬。

《新爱洛伊丝》插图。

我已经心力交瘁了，内心变得十分颓丧；爱情的火在我的血管中燃烧，我没有任何办法让它熄灭或平静；我愈是想熄灭它，反而它燃烧得愈加猛烈。我同意你的看法：我应当得到幸福，但是现在我已经很幸福了；我一点也不抱怨命运的不公，尽管目前，我的命运是不太公平，但是我也不愿意拿它去和国王的命运交换。然而，我的心的确被真正让人苦恼的事情折磨着，虽然我用尽全力，可是我无法摆脱这种折磨。虽然我现在已到了垂死的境地，但是我不愿意死，我希望为了你而活下去，但恰恰是你在剥夺我的生命。

名言名段

· 我这部小说现在是死寂了，我也知道它死寂的原因，但它将来是一定要复活的。

作者	文体	推荐理由
亚当·斯密	议论文	《国富论》的诞生标志着经济学作为一门独立学科登上了历史舞台，它也是现代政治经济学研究的起点。

欧洲文明的批评史
——《论商品价格的组成部分》

作者生平

1723年，亚当·斯密出生于英格兰的科尔卡秋城。1737年，斯密破格进入格拉斯哥大学。1740年，斯密获得牛津大学巴里奥学院的斯艾尔奖学金，进入牛津大学深造。1744年，斯密获牛津大学学士学位，他回到爱丁堡大学讲授英国文学和政治经济学，后又到格拉斯哥大学讲授逻辑学、伦理学和哲学。1759年，斯密的《道德情操论》出版，这部著作表达了斯密深刻的思想见解。在这部著作中，斯密提出了一个著名论断："看不见的手。"

1773年春，斯密完成《国富论》的初稿。斯密花了三年的时间对《国富论》进行修改和订正。1776年3月9日，斯密的代表作《国富论》正式出版。1787年，斯密当选为格拉斯哥大学名誉校长。1790年，斯密去世。

名文欣赏

在资本累积和土地私有尚未发生以前的初期野蛮社会，获取各种物品所需要的劳动量经济学的鼻祖亚当·斯密像。

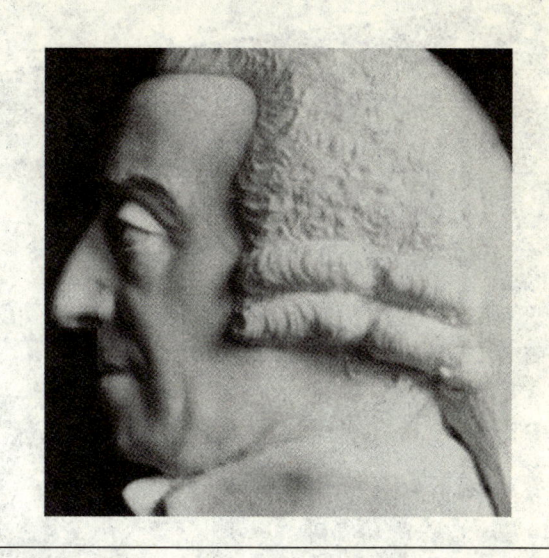

之间的比例,似乎是各种物品相互交换的唯一标准。例如,一般地说,狩猎民族捕杀海狸一头所需要的劳动,若二倍于捕杀鹿一头所需要的劳动,那么,海狸一头当然换鹿二头。所以,一般地说,二日劳动的生产物的价值二倍于一日劳动的生产物,两个钟头劳动的生产物的价值二倍于一个钟头劳动的生产物,这是很自然的。

如果一种劳动比另一种劳动更为艰苦,对于这较大的艰苦,自然要加以考虑。一个钟头艰苦程度较高的劳动的生产物,往往可交换两个钟头艰苦程度较低的劳动的生产物。

如果某种劳动需要非凡的技巧和智能,那么为尊重具有这种技能的人,对于他的生产物自然要给予较高的价值,即超过他的劳动时间所应得的价值。这种技能的获得,常须经过多年苦练,对有技能的人的生产物给予较高的价值,只不过是对获得技能所需花费的劳动与时间,给以合理的报酬。在进步社会,对特别艰苦的工作和特别熟练的劳动,一般都在劳动工资上加以考虑。在初期蒙昧社会,可能也做过这种考虑。

在这种社会状态下,劳动的全部生产物都属于劳动者自己。一种物品通常应可换购或支配的劳动量,只由取得或生产这物品一般所需要的劳动量来决定。

资本一经在个别人手中积聚起来,当然就有一些人,为了从劳动生产物的售卖或劳动对原材料增加的价值上得到一种利润,便把资本投在劳动人民身上,以原材料与生活资料供给他们,叫他们劳作。与货币、劳动或其他货物进行交换的完全制造品的价格,除了足够支付原材料代价和劳动工资外,还须剩有一部分,给予企业家,作为他把资本投在这个

◉ 在美国大萧条时期,芝加哥的大街上,政府向失业者发放食品。

企业而得的利润。所以,劳动者使原材料增加的价值,在这种情况下,就分为两个部分,其中一部分支付劳动者的工资,另一部分支付雇主的利润,来作为他垫付原材料和工资的全部资本的报酬。假若劳动生产物的售卖所得,不多于他所垫付的资本,他便不会有雇用工人的兴趣;而且,如果他所得的利润不能和他所垫付的资本额保持相当的比例,他就不会进行大投资而只进行小投资。

也许有人说,资本的利润只是特种劳动工资的别名,换言之,不外是监督指挥这种劳动的工资。但利润与工资截然不同,它们受着两个完全不同的原则的支配,而且资本的利润同所谓监督指挥这种劳动的数量、强度与技巧不成比例。利润完全受所投资本的价值的支配,利润的多少与资本的大小恰成比例。假定某处有两种不同的制造业,各雇用劳动者二十人,工资每人每年十五镑,即每年各需支付工资三百镑,而该处制造业资本的普通年利润为百分之十。又假定一方每年所加工的粗糙原料只值七百镑;另一方所加工的精细原料值七千镑。合计起来，前者每年投下的资本不过一千镑；而后者却有七千三百镑。因此，按百分之十年利计，前一企业家每年预期可得一百镑的利润；后一企业家每年却预期可得到七百三十镑的利润。他们的利润额，虽那么不相同，他们的监督指挥却无甚差别，甚或全然一样。在许多大工厂里，此类工作大抵托由一个重要职员负责。这个职员的工资，准确地表示了监督指挥那一类劳动的价值。在决定这个职员的工资时，通常不仅考虑他的劳动和技巧，而且考虑他所负的责任；不过，他的工资和他所管理监督的资本并不保持一定的比例。而这资本所有者，虽几乎没有劳动，却希望其利润与其资本保持一定的比例。所以，在商品价格中，资本利润成为一个组成部分，它和劳动工资绝不相同，而且受完全不相同的原则的支配。

在这种状态下，劳动的全部生产物，未必都属于劳动者，大都须与雇用他的资本所有者共分。一般用于取得或生产任何一种商品的劳动量，都不能单独决定这种商品一般所应交换、支配或购买的劳动量。很明显，还须在一定程度上由另一个因素决定，那就是为那些劳动垫付工资并提供材料的资本的利润。

一国土地，一旦完全成为私有财产，有土地的地主，就像一切其他人一样，都想不劳而获，甚至对土地的自然生产物，也要求地租。森林地带的树木，田野的草，大地上的各种自然果实，在土地共有时代，只需出些力去采集，现今除出力外，还须付给代价。劳动者要采集这些自然产物，就必须付出代价，取得准许采集的权力；他必须把他所生产或所采集的产物的一部分交给地主。这一部分，或者说，这一部分的代价，便构成土地的地租。在大多数商品的价格中，于是有了第三个组成部分。

必须指出，这三个组成部分各自的真实价值，由各自所能购买或所能支配的劳动量来衡量。劳动不仅衡量价格中分解成为劳动的那一部分的价值，而且衡量价格中分解成为地租和利润的那些部分的价值。

无论在什么社会，商品价格归根到底都分解成为那三个部分或其中之一。在进步社会，这三者都或多或少地成为绝大部分商品的价格的组成部分。

名言名段

·劳动是价值的普遍尺度和准确尺度，换言之，只有劳动能在一切时代、一切地方比较各种商品的价值。

作者	文体	推荐理由
康德	议论文	歌德曾这样赞誉康德:"当你读完一页康德的著作,你就会有一种仿佛跨入明亮的厅堂的感觉。"

宇宙神创论的消亡
——《宇宙发展史概论》节选

作者生平

康德祖籍为苏格兰,1724年出生在东普鲁士哥尼斯堡的一个小手工业者家里,康德在16岁之前一直就读于腓特烈公学。1740年,康德入哥尼斯堡大学哲学院学习,毕业后任家庭教师九年。他在授课读书之余研究自然科学,留下了相当数量的自然科学手稿。

1755年,康德提交了博士论文《对于火的形模的考察》,获哲学博士学位,后任哥尼斯堡大学讲师、教授、哲学院院长和校长。康德的教学生涯持续了四十余年,直至1797年退休。

1797年,康德停止教学工作之后,开始集中精力撰写《从自然界的形而上学到物理学的过渡》,这部著作尚未完成,康德就于1804年在家乡哥尼斯堡逝世。

名文欣赏

宇宙的运转状态

对于如此完美而且运转井然有序的宇宙来说,如果只是在一般运动规律所支配的物质所起的作用下前进,如果在最原始的混沌中,自然力的盲目机械运动能如此壮丽地进行自身演变,并能够自动地达到如此完美的地步,那么在欣赏宇宙之美时,人们所得出的神是创世主的说法,就不攻自破了。是的,大自然自身可以发展起来,没有必要假借神的力量来统治它。于是在基督教国家中,伊壁鸠鲁复活了。一种对神不尊敬的哲学把信仰践踏在了脚下,不过,这种哲学仍然被散发着灿烂光辉的信仰照耀着。

……假定整个宇宙的物质都处于普遍的分散状态,而且整个宇宙也因为这些原因形成一种完全的混沌状态,那么根据给定的吸引定律,我就可以说明物体的形成,又可以说明斥力可以改变物体的运动。任意的虚构是没有必要的,只要按照给定的运动定律,我就可以看到一个秩序井然的整个系统产生出来。我对这样的看法感到非常欣慰;这个系统与呈现在我们眼前的那个宇宙系统相比,竟是如此的相似,所以我就不得不把它们当做是同一个系统。起初,对于这种正确的相互配合我也怀疑过:自然秩序在大范围内的这种令人惊奇的发展,怎么也不可能建立在如此简单而纯朴的基础之上。但是,从上述的分析中,我终于受到启发,大自然这样的发展并没有什么好惊奇的,它自身的活动的结果必然会导致这种发展的倾向,而且,这也正好证明了大自然依赖于那种原始本质。而在原始本质自身中,它甚至还包含着一切本质和最初的几条运动规律之源。能认识到这一点,我想我的设想应该是有道理的。每向前一步,我的信心就会增加一点,直至最后我的胆怯和担心完全不见了。

关于牛顿的哲学

在自然科学所研究的各种课题中,只有对整个宇宙的真实结构进行研究,对所有行星的运动规律及其运行的内部原因进行研究,才能够得到更为正确而可靠的答案。只有牛顿的哲学才具有这种洞察力,这是任何别的哲学都无法解决的问题。正是由于这种原因,所以,在人们研究的各种自然物的起源中,人们可望首先得到的彻底而正确的认识就是:宇宙体系的起源、天体的产生及其运动的原因。要知道这方面的原因是很容易的:因为天体是球形的物体,所以它的结构就最为简单,这种球形结构,正是人们在探讨一个物体的起源时比较常见的一种结构。天体的运动同样是有序的,这种运动也是受到某次推动后的自由继续。当这种推动与中心物体的吸引相结合时,这种运动就是圆周运动。此外,天体在浩瀚的空间活动,彼此间隔着惊人的距离,这些事实都充分证明它们既可以有条不紊地运动,而人们也可以很清楚地明白这种运动。所以我认为,在这里,在某种意义上,我们可以毫不夸大地说,给我物质,我就可以用它造出一个宇宙来!换句话说就是,给我物质,我就会告诉你们,宇宙是怎样形成的!因为如果有了本质上具有引力的物质,那么,大体上就可以找出宇宙体系形成的原因了。我们知道,如果物体形成球形,需要什么条件;我们明白,圆球自由悬浮时,什么样的力可以使它围绕吸引它们的中心做圆周运动。轨道之间的相互位置、运动方向以及所需的偏心率,这一切都可以用最简单的力学来解释。而对于这些原因,我们很有把握找出,因为即使用最简单明了的道理也可以说明它们。但是,又有谁敢说,在微小的植物或昆虫身上也能找出它们的发生、发展的原因呢?又有哪个人敢说,给我物质,我将告诉你们,幼虫是怎样产生的呢?在这里,难道人们不是因为对对象的真正内在性质不是太了解吗?难道不是因为对象的复杂多样性,所以在一开始就碰到了麻烦吗?因此,如果我说,一切天体的形成及其运动的原因,或者更简单直接地说,现在整个宇宙的结构,我们反而可以先认识了,而且这些如果从力学的角度来做解释的话,要比同样完全清楚地说明一棵野草或一个幼虫的产生反而容易得多,人们肯定不会再感到惊异了。

名言名段

· 羞怯是大自然的某种秘密,用来抑制放纵的欲望。它顺乎自然的召唤,却永远同善、德行和谐一致。

天文望远镜的诞生与发展,推进着人类对宇宙的认识。

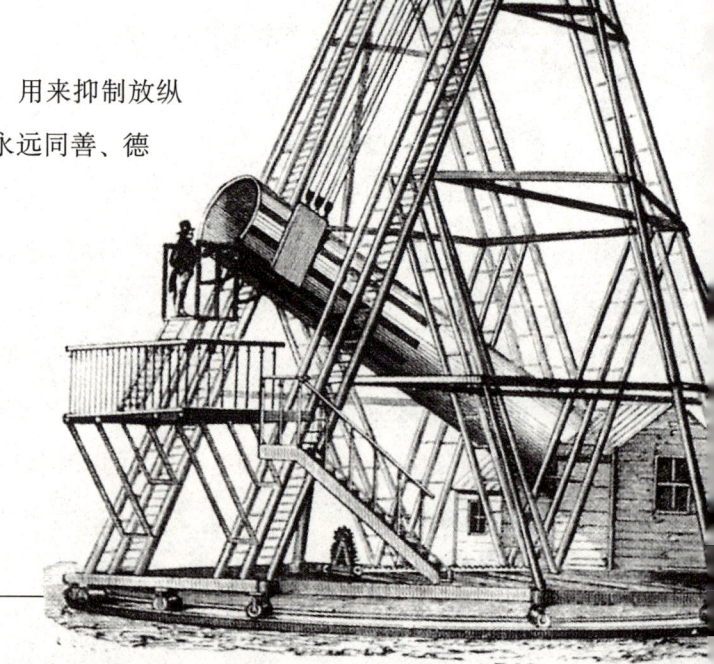

作者	文体	推荐理由
康德	议论文	赫德尔对自己的老师这样评价道:"康德整个是一个社会观察家,整个是一个完美的哲学家。"

哲学上的"哥白尼革命"
——《纯粹理性批判》节选

作者生平

康德祖籍为苏格兰,1724年出生在东普鲁士哥尼斯堡的一个小手工业者家里,康德在16岁之前一直就读于腓特烈公学。1740年,康德入哥尼斯堡大学哲学院学习,毕业后任家庭教师九年。授课读书之余研究自然科学,留下了相当数量的自然科学手稿。

1755年,康德提交了博士论文《对于火的形模的考察》,获哲学博士学位,后任哥尼斯堡大学讲师、教授、哲学院院长和校长。康德的教学生涯共持续了四十余年,直至1797年退休。

1797年,康德停止教学工作之后,开始集中精力撰写《从自然界的形而上学到物理学的过渡》,这部著作尚未完成,康德就于1804年在家乡哥尼斯堡逝世。

名文欣赏

理性的特殊命运

人类理性具有此种特殊命运,即在其所有知识之一门类中,为种种问题所困,此等问

德国古典哲学的奠基人康德侧面像。

题以其为理性自身之本质所加之于其自身者,故不能置之不顾,但又因其超越理性所有之一切能力,故又不能解答之也。

理性如是所陷入之烦困,非由理性本身之过误。理性初以"唯能运用原理于经验过程,同时经验充分证明理性使用此等原理之为正当者"一类原理开始。以此等原理之助,理性穷溯(盖此亦由理性本质所规定者)事物更高更远之条件,唯立即自悟以此种方法进行则问题永无尽期,理性之事业,势必无完成之日;乃迫不得已求之于"超越一切可能之经验的使用且又似不能拒斥即常人亦易于接受"之原理。但由此种进程,则人类理性实陷入黑暗及矛盾之境;斯时理性固推测此等黑暗及矛盾,必起于某种隐藏之误谬,但不能发现之。盖因其所使用之原理,超越经验之限界,已不受经验之检讨。此等论争无已之战场即名为玄学。
……

两大基本要求:正确和明晰

至关于吾人研究之方式,则正确及明晰二点,为二大基本要求,凡企图尝试此种精微事业者,自当令其充备此等条件。

关于正确,我对自身所制定之格率则为:在此类研究中,绝不容许臆断。故一切事物凡有类"假设"者,皆在禁止之列,一经发现,立即没收,固不容其廉价贩售也。任何知识,凡称为先天的所有者,皆要求被视为绝对必然者。此更适用于"一切纯粹先天的知识之任何规定",盖因此种规定,实用为一切必然的(哲学的)正确性之尺度,因而用为其最高之例证。在我所从事之事业中,是否有成,自当一任读者之判断;著者之任务唯在举示其根据而不陈述判断者对此等根据所当有之结果。但著者以不欲自身减弱其论据,自当注意足以引人疑虑(虽仅偶然的)之处。其所以有时参以己见者,实欲用以消除"所有对于不甚重要之点所生无谓疑惑,以致影响读者对于主要论点之态度"之一类影响耳。

至关于明晰,读者首先有权要求由概念而来之论证的(逻辑的)明晰,其次则要求由直观而来之直观的(感性的)明晰,即由于例证及其他具体之释明。关于第一点我已充分具备。盖此为我之目的之根本所在;但亦为不能满足第二要求(此虽非十分重要但亦为合理的)之旁因。在我著作之进展中,关于此一点,我每彷徨不知应如何进行。例证及释明固常视为所必需者,在我初稿中,凡需及时,常采入之。但我立即悟及我事业之宏大及所论究事项之繁复;且又见及我即纯然以学究的干枯论法论究之,而其结果在量上亦已充分过大,故再以例证及释明增大其数量,我殊觉其不宜。且此等例证及释明,仅为通俗起见所必需;而本书则绝不适于常人之理解。凡真纯研究学问之人无须乎此种例证释明之助,况例证释明虽常令人快适,实足以自弱其所论之效果。僧院长德勒森曾有言,书籍之分量,如不以页数为衡,而以通晓此书所需之时间为衡,则有许多书籍可谓为若不如是简短即应较此更大为简短。在另一方面,吾人如就"思辨的知识之全体(此虽广泛多歧,但具有自原理之统一而来之有条不紊始终一贯)能使人理解"而论,亦正可谓许多书籍若未曾如是努力使之明晰,则当较此更为明晰也。盖凡有助于明晰者,在其细密部分,虽有所补益,但常足妨吾人体会其全体。读者因而不容急速到达概观其全体之点;盖释明所用材料之鲜明色彩,每掩蔽体系之脉络及组织,顾此种体系吾人如能就其统一及巩固判断之,则为吾人所首应注意之主要事项也。

名言名段

· 崇高必定总是伟大的,而优美却也可以是渺小的。崇高必定是纯朴的,而优美则可以是经过装扮和修饰的。

——康德

· 康德哲学的基本特征是调和唯物主义和唯心主义,使二者妥协,使各种相互对立的哲学派别接合在一个体系当中。

——列宁

作者	文体	推荐理由
莱辛	议论文	别林斯基曾云:"德国文学的革命不是由一个伟大诗人开始的,却是由一位聪明而又有魄力的批评家莱辛来完成的。"

诗与画的界限
——《拉奥孔》节选

作者生平

1729年1月22日,莱辛生于德国的一个牧师家里。莱辛从拉丁文学校毕业后,进入圣阿芙拉公爵学校求学。

1746年9月,莱辛来到莱比锡大学学习神学,后又改学医学。在这一时期,莱辛早期创作的剧作《年轻的学者》演出获得成功。1760年10月至1765年5月,莱辛任一个普鲁士将军的秘书,开始致力于研究古希腊文化与艺术。1766年,莱辛完成了美学名著《拉奥孔》。1772年,莱辛完成悲剧《艾米丽雅·伽洛蒂》。

莱辛晚年与汉堡牧师葛茨在宗教问题上展开辩论,莱辛共撰写11篇文章表达他的人道主义思想,后结集为《反葛茨》。1781年2月15日,莱辛因脑溢血去世。

名文欣赏

在古希腊人看来,美是造型艺术的最高法律,这是我要表达的观点。

从这个论点出发可以得出这样一个必然的结论:在造型艺术的追求过程中,凡是和美不相处于古典主义向浪漫主义转折时期的莱辛，将德国启蒙运动推向高潮。

兼容的东西，统统都要给美让路；即使这些东西和美相兼容，但是也必须服从于美，为美服务。

下面我要来谈一下艺术造型中的表情问题。为了在面孔上表现一些激情或者表现一下激情的深浅程度如何，人们往往通过极度丑陋的歪曲原形的手法来再现，仿佛这样才能使整个身体表现一种非常激动的姿态，可是这样却使得那些原来在平静状态中所有美的线条消失了。所以在表现这种激情时，古代艺术家有的完全避免，有的简单地表现一下，多少还可以表现出一定程度的美。

在古代艺术家的作品里，狂怒和绝望，这两种表情从来不曾造成任何瑕疵。我敢妄加断言，在古代艺术家的笔下，我们找不到狂怒的复仇女神。他们会把这种愤怒的表情淡化为"严肃"。在诗人眼里，一位发出雷电的愤怒的朱庇特，在艺术家的笔下，却会被刻画成一位严肃的朱庇特。

对于哀伤来说，艺术家则会将其淡化为惆怅。如果必须表现哀伤的表情，但是哀伤又不能贬损和歪曲人物，对于这种情况，提曼特斯采用了这样的做法：在我们所熟知的《伊菲革涅亚的牺牲》那幅画里，在场的所有的人，在他的笔下都恰如其分地表现出不同程度的哀悼的神情，因为牺牲者的父亲是最为沉痛的人了，所以画家就把他的面孔遮盖起来。对于这一点，过去人们给了许多赞叹的评价。有人说，在画出许多人的愁容之后，画家的技巧已经用完了，不知道该怎样再现父亲更沉痛的表情。另外又有人说，画家之所以采用这样的手法，是因为艺术本身无法表现父亲在当时情况之下的痛苦。依我看来，这样处理的原因既不是艺术家的技艺欠缺，也不是他的无能……因为提曼特斯懂得文艺女神对他那门艺术所界定的范围。他懂得……歪曲原形在任何时候都是丑的。在表情再现上，他要以表情能和美与尊严结合到最好的程度为准……除非把它遮盖起来，他没有什么别的办法。凡是不应该画出来的，提曼特斯就留给观众去想象。总之，这种遮盖的手法是艺术家献给美的牺牲。它是一种典范，所显示的不是怎样才能使表情越出艺术的范围，而是怎样才能使表情服从艺术的首要规律——美的规律。

我之所以要提到上面这个道理,是因为我要通过这个道理说明《拉奥孔》的塑造。《拉奥孔》的塑造是雕刻家在特定的身体极度苦痛的情况之下,表现出的最高程度的美。而身体的极度苦痛必然导致激烈的形体扭曲,这种扭曲和最高程度的美是不相容的,所以雕塑家就必须把身体的苦痛淡化。在这里,哀号淡化成了轻微的叹息。这种淡化不是因为哀号使得心灵变得不高贵,而恰恰是因为哀号的表情会扭曲面孔,这种丑陋令人恶心。人们不妨做一次下面的设想:假如拉奥孔的口张得很大,号啕大哭!塑造拉奥孔的形象本来是为了让人怜悯的,因为美和苦痛在他身上同时得到了体现;可是照假想的样子,拉奥孔就变成一种惹人厌恶的丑陋的形象,人们就会对那副痛苦的样子产生反感,就不会愿意再看一眼。这样的话,遭受痛苦的主角的美就得不到体现,也无法使令人厌恶的表情引发甜美的怜悯。

假设拉奥孔张开大口,不仅面孔的其他部分都会随之产生令人不愉快的激烈的扭曲,而且在画里,这一表情也会成为一个大黑点,在雕刻里它就会成为一个大窟窿,恰恰这一点就会起到最坏的效果。在蒙特浮铿看来,一座张开大口长着胡须的老人头就是朱庇特发布预言的雕像,这一点足以说明蒙特浮铿的鉴赏力不是太高明。难道一位神在预示未来时,只有张开大口,他的预言才是真的吗?如果将他的口腔轮廓塑造得比较美些,我们就应该对他的预言产生怀疑吗……就连在艺术已经有些衰颓的时代,即使比提曼特斯差得远的艺术家们在塑造最粗鲁的野蛮人时,也从来不让他们在征服者的刀锋之下,在死的恐怖面前,张开大口哀号。

在一些古代艺术作品里,我们很容易找到这种把极端的身体苦痛冲淡为一种较轻微的情感的办法。即使一位不知名的雕刻家,在他的笔下,赫克勒斯因穿上涂了毒药的衣裳而感到苦痛的形象……赫克勒斯与其说是狂暴的,不如说是愁惨的。在毕达哥腊斯·里昂提弩斯的雕刻笔下,菲罗克忒忒斯很容易而且轻松地把他的痛苦传达到观众心里……

名言名段

· 走得最慢的人,只要他不丧失目标,也比漫无目的地徘徊的人走得快。

希腊雕塑名作《拉奥孔》。

作者	文体	推荐理由
潘恩	议论文	华盛顿对《常识》评价道:"《常识》将会使包括我在内的许多人的心理产生深刻变化。我们决心和这样一个不公正和不道德的国家(指英国)断绝一切关系。"

北美独立战争的旗帜
——《常识》节选

作者生平

1737年1月29日,潘恩生于英国东部诺福克郡一个小手工业者家里,因家境窘迫,潘恩曾做过裁缝、教师和税务官等。

一个偶然的机会让潘恩结识了富兰克林,富兰克林推荐潘恩到美国去定居。1774年,潘恩来到北美,开始在费城《宾夕法尼亚杂志》任编辑。

1776年,潘恩发表了经典之作《常识》。1776年8月,潘恩参加了大陆军宾夕法尼亚联队,为鼓舞士气而发表了以《危机》为题的一系列文章。潘恩为了自己的理想来到法国参加大革命,并成为法国国民议会议员。1793年12月,雅各宾派上台后,潘恩被捕入狱,后经保释后出狱。1802年,潘恩回到美国,备受统治当局的压制。1809年,潘恩在屈辱中病逝于纽约。

名文欣赏

人们已经写过好多卷有关英美之间的斗争问题的书。各阶层的人们几乎都参加了这场争论，他们出于不同的动机，抱着各自不同的目的；但一切争论都毫无效果，现在论战已经结束了……

有人曾经这样对我说，在以前，既然北美与大不列颠交往时曾经繁荣过，那么为了北美将来的幸福，还有必要保持同样的联系，并且还会产生同样的效果。我敢说再也没有比这更错误的任何论证了。如果这样，你还不如说，因为一个孩子是吃奶长大的，所以他永远不该吃肉，或者说，我们一生第二个二十年应该仿照开头的二十年。不管怎样说，这些说法都太言过其实了。在此，我可以直率地说，假如北美没有被欧洲列强注意的话，北美照样能够繁荣，或许还会更兴旺。北美赖以致富的贸易是属于生活必需的，只要欧洲人还有饮食的习惯，北美总会有市场的。

可是有人说我们被欧洲保护着。是的，欧洲把我们垄断了，而且她用我们和她自己的钱来保卫北美大陆，这也是事实；不过，同样可以说，从同样的动机出发，也就是说没有了她的贸易和统治权，欧洲同样会保卫土耳其的。

唉！长期以来，我们受到历史偏见的迷惑，并且因为迷信我们做出了很大的牺牲。曾经，我们自夸说，我们受到了大不列颠的保护，但是我们却忽略了她的动机是为了利益而不是出于情谊；她并不是为了我们，如果是，那么她保护我们免遭我们的敌人的侵犯了吗？她是为了保护她自己，为了她自己免受她的敌人的侵犯，甚至由于其他原因，还要保护她自己免受那些原本与我们无争端的人的侵犯，但是正是由于同样的原因，这些原本与我们无争端的人也将会成为我们永远的敌人。如果英国放弃在北美大陆的权利，或者北美大陆摆脱英国的束缚，那么，万一法国与西班牙同英国发生战争，至少我们还可以与这两个国家保持和平……

可是却有人这么说，说英国是我们的祖国，是我们的父母。那么她的所作所为就格外让人无法理解，虎毒尚且不食子，再野蛮的人也不会同亲属作战。所以，如果那种说法正确的话，那正是对英国有力的谴责；可是那种说法恰恰是不正确的，或者说只有部分正确，英王和他的同党阴险地在"父母之邦"或"母国"等词的遮掩下，其实带着卑鄙的天主教意图，想利用我们对他们轻信的弱点，从而让我们相信他那不公正的偏见是对的。欧洲（而不是英国）才是北美的父母之邦。这片新生的国土曾经扮演过避难所的角色，欧洲各地受迫害的酷爱公民自由与宗教自由的人士都纷纷逃到这里来，他们并不是希望逃出"母亲"温柔的怀抱，而是要躲避魔鬼的暴虐；把第一批移民逐出乡里的那种暴政，仍然延续到他们的后代身上，对英国来说，无论什么时候这都是千真万确的……对于那些最热心鼓吹和解的人，我希望他们能指出北美大陆由于同大不列颠保持联系而能得到的哪怕一点点好处。在欧洲任何市潘恩的挚友本杰明·富兰克林像。

场上，我们的谷物将售出好价钱，而我们的进口货物，则一定要在我们愿意购买的地方成交。

但是，由于同英国保持联系，我们遭到的危害和损失却是举不胜举；由于我们对全人类以及对我们自己所负的责任，我们拒绝这种联盟。因为对大不列颠的任何屈从或依附，都会立刻使得这个大陆卷入欧洲的各种战争和争执中，使得我们同一些国家之间发生冲突，而这些国家本来是愿意争取同我们的友谊的，并且对于这些国家，我们也找不到愤怒或是不满的理由。既然欧洲是我们的贸易市场，那么我们就应当对欧洲不管是哪部分，都应该保持"中立"的态度。避开欧洲的各种纷争才是北美的真正利益之所在。如果由于依附英国，从而使得北美变成英国政治天平上的一个小小的砝码，那么北美就永远不能逃脱欧洲的纷争。欧洲王国众多，因此长期保持和平状态是不可能的，一旦英国和任何一个国家发生战争，由于同不列颠的联系，北美对于欧洲的贸易一定会遭到毁灭。下一次战争的结果也许不会像上一次那样，如果结果有所不同的话，现在那些鼓吹和解的人，到时就会希望分离了，因为在这种情况下，"中立"将不会只是一个小小的士卒，它将会扮演一支更安全的护航队的角色。凡是正确或自然的人都会祈求与英国分离，那些被杀死的人的鲜血与造化的啜泣声在喊着，现在该是分离的时候了！甚至于上帝，也故意在英国和北美之间设置这么遥远的距离，这也有力地而顺理成章地证明，上帝也不同意英国对北美行使权力。

名言名段

·美洲人民被暴虐统治者残杀的已够多了，他们殷红的鲜血遍洒在大自然里，发出呜咽的声调，仿佛在控诉、在号召：现在应是采取独立运动的时候了！热爱人类的人们，敢于反对暴政和暴君的人们，请站到前面来！

作者	文体	推荐理由
歌德	诗歌	歌德的名著《浮士德》被西方思想家、哲学家评价为具有超时代的具有伟大意义和永恒价值的巨著。歌德的作品是属于全人类的精神财富和思想资源。

一部时代精神的发展史
——《浮士德》节选

作者生平

1749年8月28日，歌德出生于美因河畔的法兰克福。1765年，16岁的歌德离开家乡到莱比锡大学学习法律。后歌德在斯特拉斯堡大学学习哲学。1771年至1775年为歌德文学创作最旺盛的时期，震撼世界的书信体小说《少年维特之烦恼》就是这一时期的代表作品；代表作《浮士德》初稿的写作也开始于这个时期。1773年，歌德写出了德国第一部现实主义历史剧《葛兹·冯·伯利欣根》。

1775年秋，应魏玛公爵邀请，歌德来到魏玛公国，从此开始了"魏玛十年"的政治生活。在此期间歌德写下了《猎人的晚歌》、《流浪的夜歌》、《水上精灵之歌》、《伊尔美瑙》等诗篇。

1786年，歌德改名换姓来到充满浓郁的古典文化气氛的意大利。在这里，受当时著名的美学家温克尔曼的美学观点影响，歌德认为古代艺术体现了淳朴、静穆、和谐之美，是真正的艺术理想。这时，歌德的思想真正开始向淳朴的、现实的"古典主义"——人道主义理想转变。

1788年6月，歌德重返魏玛，担任魏玛的艺术和科学总监等职。1789年，歌德完成了剧作《塔索》。1794年歌德和德国另外一名作家席勒开始合作直到1805年，开创了德国古典文学的繁荣时期。

　　进入19世纪之后，歌德开始研究空想社会主义思想家的著作，研究东方的文学与哲学。歌德的艺术视野开始突破了德国的狭隘世界，更多地关注全欧洲乃至全世界的变化，提出了"世界文学的时代已快来临"的思想。1832年3月22日，歌德在魏玛去世，享年82岁。

名文欣赏

浮士德与瓦格纳

浮士德

和煦而使人苏醒的春光

使河水和溪流解冻，

欣欣向荣的气象点缀得山谷青葱；

老迈衰弱的残冬

已向荒山野岭匿迹潜踪。

可是它在逃亡当中，

还从那儿把冰粒化为无力的阵雨播送，

一阵阵洒向绿野芳丛。

但阳光不容许冰雪放纵，

到处鼓舞着造化施工，

把万物粉饰得异彩重重；

可是城区中还缺少鲜花供奉，

它就代以盛装的女绿男红。

试从这高处转身，

再向城市一瞬！

从那黑洞洞的城门，

涌出来喧嚣杂沓的人群。

人人都乐意在今日游春。

他们庆祝基督的复活良辰，

因为他们自己也获得新生。

梯施拜因所绘《歌德在罗马郊外的坎帕尼亚》。图中表现的是歌德罗马之行的情景。

▽

他们来自陋室低房，

来自工商行帮，

来自压榨人的屋顶山墙，

来自肩摩踵接的小街陋巷，

来自阴气森森的黑暗教堂，

大家都来接近这晴暖的阳光。

快瞧呀！熙熙攘攘的人群，

分散在园圃郊野，

还有前后纵横的河津，

让那些快乐的船儿浮泳，

直到最后一只小艇，

满载得快要倾覆时才离去水滨。

就是从遥远的山间小径，

也有耀眼的服饰缤纷。

我已听到村落的喧嚣，

这儿是人民的真正世界，

男女老幼都高呼称快：

这儿我是人，我可以当之无愧①！

瓦格纳

博士先生，同你一起散步，

真感到光荣而受益不少；

不过我一个人却不会到此游遨，

因为我敌视一切粗暴。

什么提琴，叫喊，九柱戏，

我听来都不堪入耳；

他们闹得好像着了魔，

还把这叫做欢乐，叫做唱歌。

农民们聚集在菩提树下跳舞和唱歌。

牧人打扮来跳舞，

彩衣，飘带和花冠，

浑身装饰真好看。

菩提树边人挤满，

一起跳舞像疯癫。

吁吓！吁吓！

吁嗨煞！嗨煞！吓②！

提琴调儿是这般。

---

①浮士德在人民群众当中才感到自己是人，不愧为进步思想的代表。同时也显示出这部剧本的现实进步意义。

②以上是表示欢呼、喝彩、鼓励和快乐之类的感叹词。

名言名段

·有两种精神居住在我的心胸，一个要同另一个分离！一个沉溺在迷离的爱欲之中，执拗地固守着这个尘世；另一个要猛烈地离开凡尘，向崇高的灵的境界飞驰。

·只有自然，才能造就大艺术家。

作者	文体	推荐理由
席勒	散文	席勒睿智地在人类历史上第一次提出了通过审美教育解决人类的精神危机的问题。在压力极大的今天,我们回味、思考席勒提出的命题,无疑会为我们的心灵注入力量和灵性。

对人类本性的最高赞美
——《美育书简》节选

作者生平

1759年席勒生于德国符腾堡内卡河畔的小城马尔巴赫的一个市民家里。1773年,席勒被公爵强迫着进入军事学校学习法律,后又学习医学,随后他被派往斯图加特的团部任军医。1780年,席勒登上文坛,写成剧本《强盗》。1782年1月13日,这一剧作在曼海姆首次公演即获得巨大成功。同年,席勒写出了他的代表作:悲剧《阴谋与爱情》,并着手进行新剧本《唐·卡洛斯》的创作。1785年4月,席勒接受格·克尔纳等四位仰慕者的邀请,前往莱比锡。在这里,他完成了名诗《欢乐颂》的创作。1785年秋,席勒在德累斯顿完成了《唐·卡洛斯》。1787年,席勒前往魏玛。次年,歌德举荐席勒去耶拿大学任历史教授。1805年5月,席勒不幸逝世。

名文欣赏

两种冲动

这样,由此产生对人的两种相反的要求,亦即感性兼理性的天性的两条基本规律。第一条规律要求绝对的现实性：他必须把凡是纯粹形式的一切化为世界，把他的一切自然倾向表现出来。第二条规律要求绝对的形式性：他必须在他心中根除凡是纯粹世界的一切，在他的一切变革中产生和谐。换句话说，他必须把内在的一切表现出来，把外在的一切化为形式。这两重使命，就其最高的成就来说，将引我们回到神性这概念，回到我的出发点。

这两重使命是：一方面要把我们心中的必然带到现实中来，另一方面要使我们身外的现实服从必然规律。有两种相反的力量驱使我们去完成这个使命。这两种力量称为"本能"或"冲动"，因为它们推动我们去实现它们的目的。第一种冲动，我将称之为感性的本能，它出自人的物质生存或出自他的感性的天性，它竭力把人局限在时间的范围内而

席勒在生命弥留之际的亲笔书信。

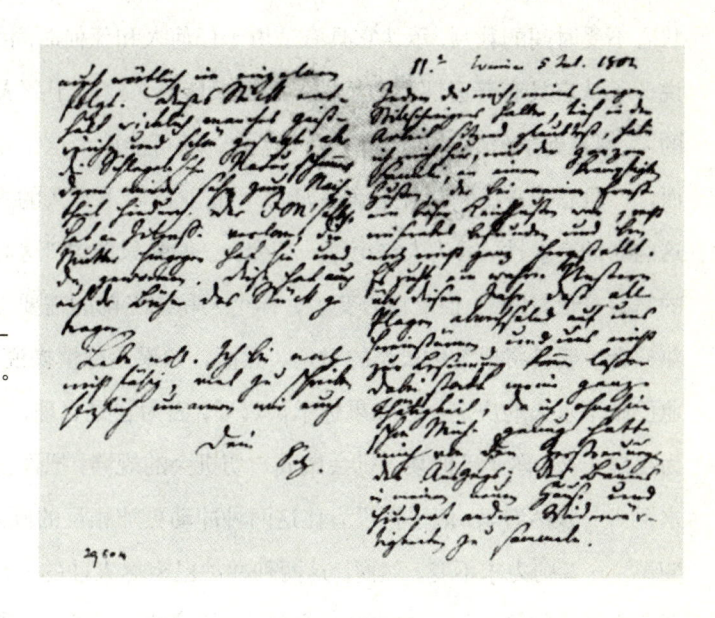

且使他成为物质的人。这不是说，它给予人以物质，因为这样就必须有人格的自由活动才能做到，人格一旦接受物质，就会区别物质与不变的自我。然而，这里所谓"物质"是指变化无常的事物或充塞时间的现实而已。因此，这种冲动要求事物应该有变革，时间应该有一些内容。这种只被充塞的时间的状态，可以称为感觉，只有通过它，物质的生存才能表现出来。

第二种冲动，可以称为形式的本能，它出自人的绝对生存或出自他的理性的天性，它倾向于使人获得自由，在他的种种不同表现中建立和谐，并且在任何状态的变化中坚持他

的人格。因为这种人格是一个绝对的不可分割的统一体，而且永远不会自相矛盾，因为我们永远是我们自身，所以这种坚持人格的本能，除了对永恒的要求以外，绝不要求其他。因此，它现在的决定就是永久的决定，它现在的命令就是永久的命令。所以，它包括时间的全部连续，那就不啻是扬弃了时间，扬弃了变革，希望现实是必然的和永恒的，希望必然与永恒是现实的了。换句话说，它坚决要求真理与正义。

感性的本能只能产生偶然的机会，形式的本能则产生规律：它在知识方面提供一切判断的规律，在行为方面提供一切意志的规律。然而，不论是我们认识了一个对象，并赋予我们的主观状态以一种客观有效性，或者是我们的行为出于真知灼见，以客观状态作为我们主观状态的动因，在这两种场合，我们都使得主观状态不受时间的裁判，承认它具有适用于任何人和任何时间的现实意义，也就是说，承认它具有普遍性和必然性。感情只能说"这对于此人并且在此时是正确的"，但是到了另一时间，来了另一个人，就可能取消这个目前感情的判断。然而，一旦思想来下判断"这确是如此"，它业已做下永久的决定，人格本身保证这判断的有效性，因为人格拒绝一切变化。偏爱只能说"这对你个人和对你当前的需要是很好的"，但是情势变了，你个人和你当前的需要也将改变，今日你所热望者，明日将成为你厌恶的对象。然而，如果道德情操说"这应该如此"，它业已做下永久的决定——如果你承认真理，因为它是真理，如果你主持正义，因为它是正义，你业已把某一机会做成一切机会的规律，把你一生中某一时机当做永恒……骤然看来，似乎再没有比这两种冲动更加相反的倾向了，因为一者力求变革，一者则力求不变。然而，这两种冲动已穷尽人性的一切涵义，能够作为这两者之桥梁的第三种基本冲动是全然不可思议的。那么，我们怎样能够恢复人性的统一呢？它似乎已经被这种原始的根本的对立彻底破坏了。

游戏的冲动

此刻，我们已经被引带到这两种冲动之间这样的交互影响这个概念上，即一方的作用确立了而又同时限制着对方的作用，每一方之所以各自达到最高的表现，正是因为对方起了作用……它们将唤起一种新的冲动。这种冲动，正因为上述两种冲动在其间合作，与这两者的任何一种都是对立的，因此我们颇有

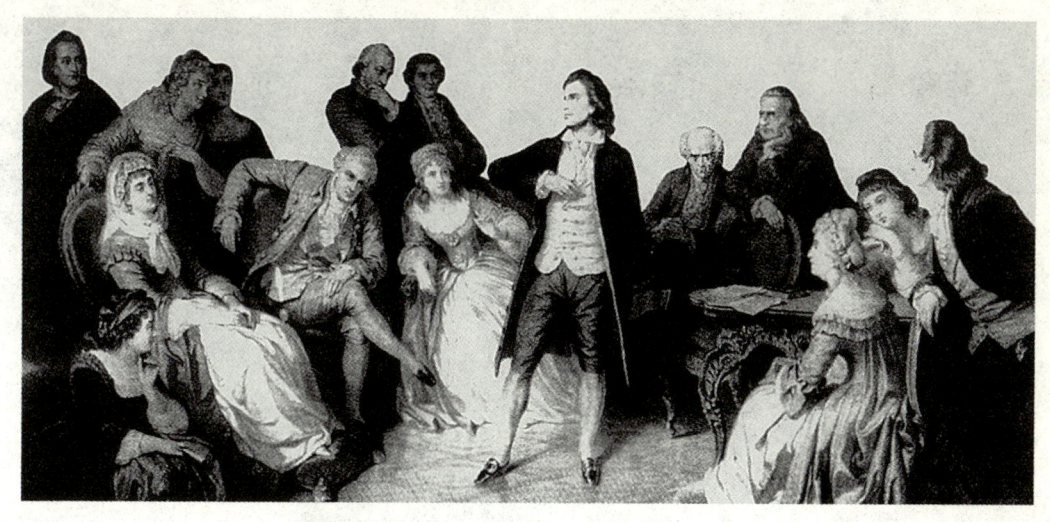

席勒为魏玛的奥古斯特公爵朗诵其狂飙突进式文学作品的情景。

理由把它看做一种新的冲动。感性本能要求事物须有变革,要求时间须有内容;形式本能要求时间应被扬弃,要求事物不应变革。因此,这种结合两种本能的作用的新冲动,让我暂时称它为游戏的冲动或游戏的本能,等到将来再解释这个名称。游戏本能的目的是:在时间中扬弃时间,使变化与绝对存在,多样与统一,彼此协调。

感性本能希望被规定,希望接受一个对象;形式本能希望有规定,希望产生一个对象。因此,游戏本能力求接受,一如它自己所产生,力求产生,一如感官所渴望接受。

名言名段

·欢乐啊,群神的美丽的火花,
来自极乐世界的姑娘,
天仙啊,我们意气风发,
走出你的神圣的殿堂。
无情的时尚隔开了大家,
靠你的魔力重新聚齐;
在你温柔的羽翼之下,
人人都彼此称为兄弟。

作者	文体	推荐理由
马尔萨斯	议论文	马尔萨斯通过长期对动植物的观察，在《人口论》中提出了生存斗争的原则。即在生存竞争的条件下，强者获得生存，弱者就可能消亡，其结果便会是一个新的物种的诞生。

对人口泛滥的反思
——《人口的增长》

作者生平

1766年，马尔萨斯出生于英国萨里郡一个英格兰新贵族家里。19岁时，马尔萨斯进入牛津大学耶稣学院学习，后在剑桥大学深造。1788年，他加入英国教会僧籍，在萨里郡的奥尔伯里当牧师。1798年，马尔萨斯出版了《人口原理》一书，并由此成名。自1805年起，马尔萨斯在英国东印度公司设立的东印度学院担任历史和经济学教授。1820年，马尔萨斯出版了《政治经济学原理及其实际应用》一书，这部著作对近代政治经济学的各种理论和实践问题做了总结，对后世产生了很大影响。这期间，马尔萨斯还出版了《地租的性质与发展》、《价值的尺度》等经济学著作。1834年，马尔萨斯去世。

名文欣赏

迄今为止，还没有哪个国家（至少就有记载的国家来说）的风俗如此淳朴，生活资料如此充裕，以致早婚可以不受任何抑制——下层阶级不必为此担心家用不足，上层阶级也杰出的生物学家达尔文。马尔萨斯的《人口论》加速了达尔文进化论的形成。

不必为此担心生活水平下降。因此，在我们所知道的无论哪一个国家，人口增殖力从未完全自由地发挥过作用。

无论有没有婚姻法，在天性与道德的驱使下，男人似乎总是倾向于及早爱上一个女子。即使择偶不成功而有重新选择的自由，这种自由只要不是毫无限制而极其不道德的，就不会对人口产生影响。况且在我们现在假设的社会中，人们几乎不知道罪恶为何物。

所以，如果在一个国家里，人人享有平等权利，道德风气良好，风俗淳朴，生活资料非常充足，无人为家人的生活担忧，人口增殖力可以不受抑制地发挥作用。那么，该国人口的增长速度就会大大超过迄今已知的人口增长速度。

同欧洲任何近代国家相比，美国的生活资料都一直比较充裕，风俗较为淳朴，从而对早婚的抑制也较少。我们发现，该国的人口每25年翻一番。

这种增长率虽说还未达到最高的人口增殖力，却是实际观察到的结果，因而我将把它看作一条规则，即人口若不受到抑制，将会每25年增加一倍，或者说将以几何比率增加。

现在让我们观察一下地球的任何一部分，比如这个岛国，看看它所提供的生活资料能以什么比率增加。我们且先观察该岛国在现时耕作状态下的情形。

▲ 人口的迅猛增长，给社会带来沉重的压力，导致各种矛盾、问题层出不穷。

如果我假定，通过实施尽可能好的政策，通过开垦更多的土地，通过大规模鼓励农业，这个岛国的产量可以在第一个25年里增加一倍，那么我想，这便是所能做的最乐观的假设了。

在第二个25年，决不能假设产量会增加到原来的四倍，我们对土地性质的全部了解，不允许我们做这样的假设。我们所能想象的最大增加幅度，是第二个25年的增加额或许会与原产量相等。这无疑与实际情况相去甚远，但我们且把这看做是一条规则，也就是假定，通过做出巨大努力，本岛国每25年可以按最初的产量增加其总产量。即便是最富于激情的思辨家，也不能想象有比这更大的增加额了。以这样的幅度增长，要不了几百年，就会把这岛国的每一亩土地耕种得像菜园一样。

可是这种增加比率显然是算术比率。所以，完全可以说，生活资料是按算术比率增加的。现在让我们把这种增加比率所带来的结果放在一起来看一看。

据计算，我国的人口约为700万。我们假设现有产量刚好能养活这么多人口。在第一个25年，人口将增加到1400万，食物也将增加一倍，生活资料与人口的增加相等。在第二个25年，人口增加到2800万，而生活资料仅能养活2100万人口。在第三个25年，人口将增加到5600万，而生活资料只能养活一半人口。在第一个100年结束时，人口将增加到11200万，而生活资料只能养活3500万人口，剩下的7700万人口将得不到任何生活资料。

若有大量人口从一国移居国外，则可以肯定，该国发生了某种不幸的事情。因为，除非原居住国使人实在不能安居乐业，或移住国有可能给人带来巨大好处，否则，很少有人会离弃他们的家族、亲戚、朋友和战士，去异国他乡定居。

为了使我们的论点更具普遍性，较少受移居现象的影响，让我们来考察整个世界而不是一个地区的情况。假设人口增长所受到的抑制已被完全消除。假设地球为人类提供的生活资料每25年增加一定数量，增加额等于目前整个世界的产量。这一假设无异于承认土地的生产力是绝对无限的，而且这种增长率要远远大于我们所能想象的人类努力使生活资料能够达到的增长率。

设世界人口为任一数目，比如说十亿，则人口将按1、2、4、8、16、32、64、128、256、512这样的比率增加，而生活资料将按1、2、3、4、5、6、7、8、9、10这样的比率增加。225年后，人口与生活资料之比将为512∶10，300年后，人口与生活资料之比将为4096∶13，两千年后，两者的差距将大得几乎无法加以计算，尽管到那时产量已增至极高的水平。

若不对土地的产量施加任何限制，则土地产量会不断增加，超过人们所能指出的任何数量；然而人口增殖力仍然占据着优势，要使人口的增长与生活资料的增长保持平衡，只能依靠强有力的自然法则不断发挥作用，抑制较强大的人口增殖力。

……

名言名段

· 我认为，我可以正当地提出两条公理：第一，食物为人类生存所必需；第二，两性间的情欲是必然的，且几乎会保持现状……一旦接受了上述两项公理，我便可以说，人口的增殖力无限大于土地为人类提供生产生活资料的能力。

作者	文体	推荐理由
拿破仑	法典	《拿破仑法典》是一部系统、完整、规范的成文民法典,这部法典在编订时吸取了以往政治法律的优点,原则坚定而鲜明,逻辑严谨,语言简洁,是世界法制史上的一个里程碑。

资产阶级国家的第一部民法典
——《拿破仑法典》

作者生平

1769年8月15日,拿破仑出生于法国科西嘉岛阿雅克修城的一个贵族家里。1784年,拿破仑进入巴黎陆军学校学习。1789年7月,法国大革命爆发,拿破仑参加了大革命。1791年,拿破仑被任命为炮兵上尉。1794年1月,拿破仑被雅各宾政府破格晋升为少将。

1796年2月,拿破仑被任命为法国远征意大利方面军的总司令。1797年5月,拿破仑率领一支35000人的军队远征埃及。1799年底,拿破仑秘密回到巴黎。这年11月9日(雾月18日),拿破仑依靠上层军官,发动了雾月军事政变,推翻了督政府,成立三人执政府,自任第一执政。

1800年2月,拿破仑创办了法兰西银行。1802年8月,他由首席执政变为终身执政,确立独裁统治。1804年5月,拿破仑宣布法国为帝国,史称"法兰西第一帝国"。同年12月2日,拿破仑举行加冕典礼,自称皇帝。

1813年2月,俄国、英国、奥地利、普鲁士、瑞典等组成第六次反法联盟。联军侵入巴黎,4月6日,拿破仑被迫退位,被流放到地中海上的厄尔巴岛,波旁王朝复辟。1815

年3月，拿破仑潜回法国，重新执政百日。欧洲各国拼凑了第七次反法联盟，6月再败拿破仑于滑铁卢，他被终身囚禁在南大西洋的圣赫勒拿岛。

1821年5月5日，拿破仑因胃癌病死，终年52岁。

名文欣赏

第527条：财产之作为动产，依其性质，或依法律的规定。

第528条：可以移转场所的物体，不问如动物以自力移动，或如无生物依他力变换位置，均依其性质为动产。

第529条：以请求偿还到期款项或动产为目的之债权及诉权，金融、商业或产业公司的股份及持份，即使隶属此等公司的企业拥有不动产，也均依法律规定为动产。此种股份与持份，当公司在存续中，对每一股东而言，视为动产。

对国家或个人所有的永久定期金或终身定期金收受权，依法律规定亦为动产。

第530条：凡以不动产的买价，或作为有偿或无偿转让不动产的条件，所设定的永久定期金收受权，债务人得一次还清其本金而赎回之。但债权人得规定赎回的约款与条件。

债权人并得订定经过一定期限后，始得赎回定期金收受权，但此项期限不得超过三十年。一切相反的约定无效。

第531条：小艇、渡舟、舰艇、船内的风车及沐浴设备以及一般不以柱定着及不构成房屋一部分的制造工具，均为动产。但由于上述物件的重要性，其扣押应依民事诉讼法规定，适用特别的方式。

第532条：拆卸建筑物所取得的材料，为建造新建筑而集中时，直至工人使用于建筑时为止，仍为动产。

第533条：法律规定中或人们行为中仅使用"动产物件"一词，而不加他词，亦无说明时，不包括现金、宝石、债权、书籍、勋章、科学及工艺器具、衬衣、马、车、兵器、谷类、酒类、干草及其他食物；同样不包括作为商业客体的货物。

第534条："动产家具"一词，仅包括供房屋使用或装饰用的动产，如：毛毡、床、椅、镜、钟、桌、瓷器以及其他同一性质的物件。构成房屋家具一部分法国画家大卫的作品《拿破仑越过圣贝尔纳山》。

的图画与雕像,亦包括在"动产家具"之内;但搜集的图画贮藏于陈列室或特别室者,不在此限。

关于瓷器亦同;仅作为房屋装饰物的瓷器包括于"动产家具"的范围内。

第535条:"动产"一词,一般指前数条规定视为动产的一切财产。关于家具的出卖及赠与仅包括"动产家具"。

第536条:房屋连同屋内物件出卖或赠与时,不包括保管于屋内的现金、债权及其他权利的证券;一切其他动产包括在内。

第三节　财产与其占有人的关系

第537条:除法律规定的限制外,私人得自由处分属于其所有的财产。

不属于私人所有的财产,依关于该财产的特别规定与方式处分并管理之。

第538条:国家管理的巷、街等道路,可以航行的河道、海岸、海滩、海港、碇泊场以及一般不得私有的法国领土部分,均认为是国有财产。

第539条:一切无主或无继承人的财产,或继承人放弃继承的财产,均归国家所有。

第540条:要塞和堡垒的门、壁、壕、垒,亦构成国有财产的一部分。

第541条:现已不作为要塞的地方的所有土地、城堡和壁垒亦同;如国家并未将此项财产合法转让,或其所有权未因时效而丧失,则仍归国家所有。

名言名段

·我真正的光荣并非打了40次胜仗,滑铁卢之战抹去了关于这一切的记忆,但是有一样东西是不会被人们忘记的,它必将永垂不朽——那就是我的民法典。

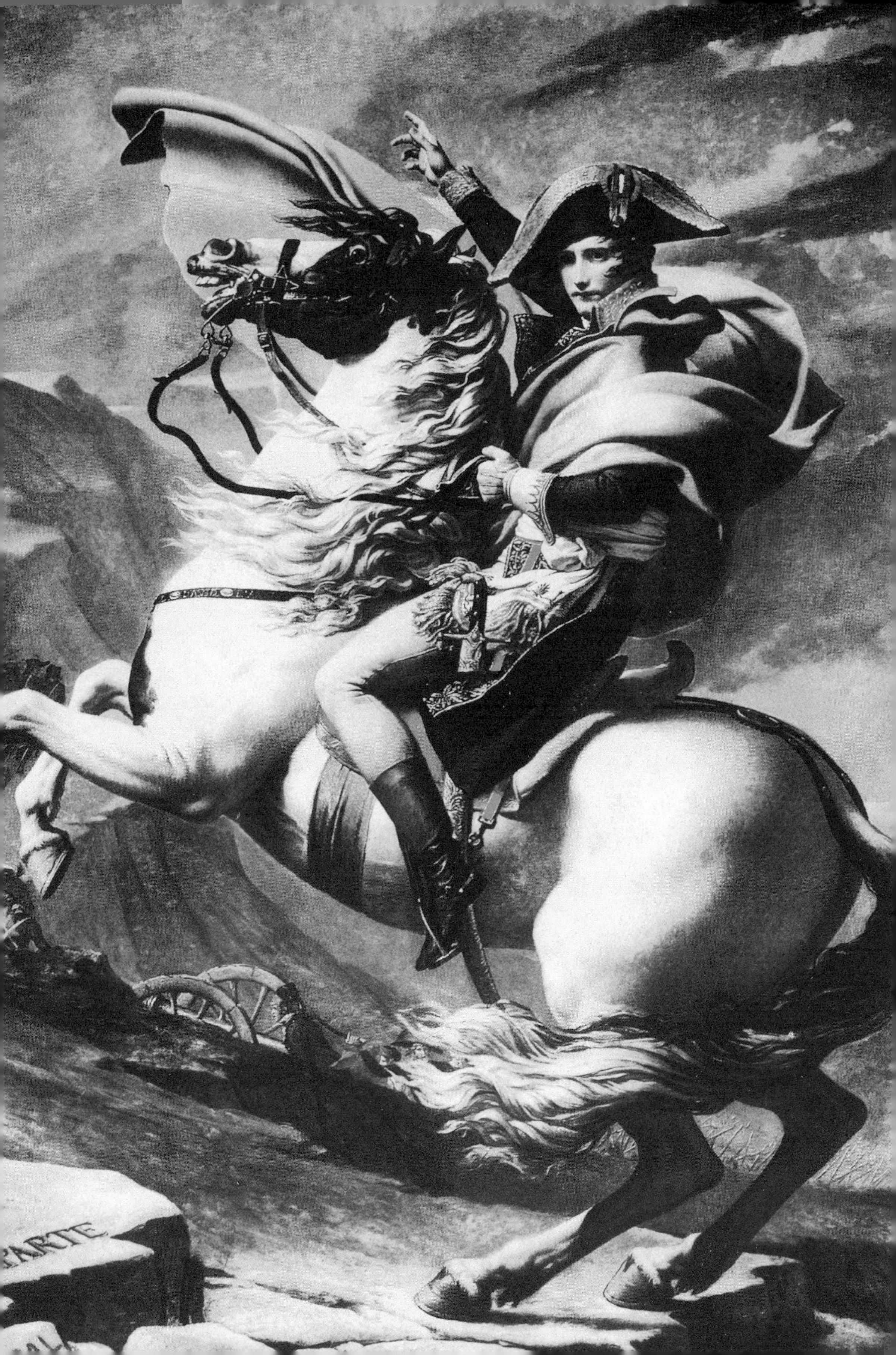

作者	文体	推荐理由
黑格尔	议论文	黑格尔的《精神现象学》深邃而博大,涉及心理、逻辑、伦理、政治、宗教等诸多领域,其中充满了辩证法的智慧与光辉,是西方学术世界的必读佳作。

黑格尔哲学的终极秘密
——《天才的灵感与健康的常识》

作者生平

1770年,乔治·威廉·弗里德里希·黑格尔出生于德国符腾堡的斯图加特城一个政府公务员家里。1780年,黑格尔就读于文科中学,接受古典启蒙教育。

1788年10月,黑格尔到图宾根神学院学习哲学和神学。1793年,黑格尔从图宾根神学院毕业。

1801年1月,黑格尔继承了父亲的一部分遗产,来到了当时德国哲学和文学的中心——耶拿。

1801年至1807年,黑格尔任耶拿大学讲师、副教授、教授等职,并与谢林一起合办《哲学评论》。1807年成为海德堡物理学会名誉会员。1808年12月黑格尔转到纽伦堡任中学校长。1818年被普鲁士政府聘任为柏林大学教授。1822年,黑格尔被任命为大学评议会委员。1829年10月黑格尔被选为柏林大学校长并兼任政府代表。1830年任柏林大学校长。1831年,黑格尔被授予三级"红鹰"勋章。

1831年11月14日,黑格尔因患霍乱病逝于柏林。

名文欣赏

不进行推理,或者自以为占有了现成的真理,这些与专门从事推理的那种办法一样,对于哲学研究来说,都是一种障碍。这种不劳而获的占有者认为,对现成的真理进行推理,根本没有这个必要,把它们直接当做根据完全是可以的。因为他相信他自己不但能够表述这些现成的真理,并且还能根据它们对其他事物进行评判和论断。从这一方面出发,特别有必要重新把哲学思维视为一种严肃的任务。对于所有的科学、艺术、技术和手艺等,人们都懂得:要想掌握这些知识或技术,必须经过学习和锻炼等多方面的努力。然而在哲学方面,情况却正好与此相反:现在似乎正流行着一种偏见,对于每个人来说,虽然都生有眼睛和手指,虽然也都有可能获得皮革和工具的时候,却并不能因为有了眼和手他们就能制造皮鞋。但是这种偏见却认为每个人都能直接进行哲学思维并做哲学判断,因为每个人在他天生的理性里已经具有了哲学判断的标准,但是他难道没有在他自己的胸上同样已经

德国著名哲学家黑格尔像。

挂了鞋的标准吗?——哲学知识和研究开始的地方,似乎正是哲学终止的地方,然而占有哲学,似乎恰恰缺少这种知识和缺乏研究。人们往往认为哲学是一种形式上的、空洞而毫无内容的知识;人们似乎完全误解了,就其内容来说,在任何一门知识或科学里所谓的真理的东西,也只有当它由哲学中产生出来的时候,才配得上真理这个名称;人们完全没认识到,虽然其他的科学都可以照它们自身所希望的那样,只靠推理不要哲学来进行研究,但如果没有哲学,其他科学在其自身是不能有生命、精神、真理的。

我们看到,在真正的哲学方面,神的直接启示既没通过别的知识也没通过由真正的哲学

◀ 黑格尔认为，个人的自由要经历一个渐进的过程。

思维而得到锻炼和陶冶的那种普通人的常识，认为它们自己简直就完全等于或至少可以很好地代替漫长的文化陶冶道路以及精神借以求得知识的那种既丰富又深刻的发展运动，这就如同苦荬自誉为可以代替咖啡一样。事实上，我们注意到，有些人根本不能思考一个抽象命题，更不能思考几个命题之间的相互关联，然而有时竟会将他们的那种无知无识的状态、放肆粗疏的作风说成是思维的自由和开明，有时又说是天才或灵感的表现，诸如此类的说法，是让人无法接受的。我们都很明白，现在哲学里流行的这种天才作风，从前在诗里也曾盛行一时；在这种天才的创作活动中，假如说还有一种创作意义的话，那么就应该说，他创作出来的并不是诗，而是平淡无味的散文，再者说，如果不是散文，那么就是一些狂言吃语。同样的，现在还流行一种所谓的自然哲学思维，他们自认为对概念的使用不屑一顾，然而由于概念缺乏，就自称是一种直观的、诗意的思维，给市场上带来的货色，既不是鱼又不是肉，可以说是一些由思维搅乱了的想象力所做出的任意拼凑，它们是既不是诗又不是哲学的虚构。

　　反过来说，仅仅漂浮于常识的平静河床上的这种所谓的自然的哲学思维，却对于那些平凡的真理，最能创造出一些优美的辞令。如果有人对此提出异议，说辞令是无关紧要的东西，那么这种自然的哲学思维就会马上保证说，在它内心里，它确实体会到了某种意义和内容，而且相信在别人的内心里一定也有这样的体会，因为它以为一提到心的天真和纯洁等等，那么就等于已经提出了既不能反驳也不能补充的最后的真理。但是，问题关键在于：让最好的东西从这种矿井里被运送到地面上，并且显露于阳光之下，而不是要它继续隐藏在内部。对于那种隐而未显的最后真理，因为早就在像答问式的宗教读本里以及民间流行的谚语里面包含了，所以可以不必花费力气而很容易地表述出来——事实上，很容易在它们的不确定和不端正的形式下去意识这样的真理，甚至在对这样的真理的意识里，也很容易指明有时包含着恰恰相反的真理。但当意识力图摆脱它本身的混乱的时候，意识将会陷于新的混乱之中，并且很可能坚决表示：事情肯定是如此这般，至于以前的说法都是诡辩（诡辩就是指常识反对训练有素的理性时所用的一个口号，不懂哲学的人很直接地认为哲学就是诡辩，就是想入非非）。常识既然以情感为根据，以它的内心的神谕为根据，那么对于那些持不同意见的人它就没有办法了；对那种在自己内心里体会不到和感受不到同样真理的人，它必须声明，它再也无话可说了。换句话说，常识是在践踏人性的根基。因为追求和别人意见的一致才是人性的本性，而且人性也只存在于意识与意识所取得的共同性里。违反人性的东西，就在于只以情感为限，只能以情感来进行彼此的交往。

如果有人想知道一条通往科学的康庄大道，那么最简便的捷径就是通过这样的一条道路：信赖常识，并且为了能够跟得上时代和哲学的进步，阅读关于哲学著作的评论，甚至于阅读哲学著作里的序言和最初的章节；因为与一切问题有关的一般原则常常在哲学著作的序言和开头部分讲述，而对于哲学著作的评论，不仅介绍该著作的写作经过，还会提供对该著作的评判，而评判既然是一种评判，谈论的范围就甚至于超越了被评判的东西本身。这是一条普通的道路，在这条道路上，人们是穿着家常便服走过的，但在另外一条道路上，充满了对永恒、神圣怀着无限的高尚情感的人们，他们则是要穿着法座的道袍阔步而来的——这样的一条道路，毋宁说本身就已经是内心里的直接存在，是产生深刻的创见和高尚的灵感的那种天才。不过，创见虽深刻，还没揭示出内在本质，同样，灵感虽闪烁着这样的光芒，也还没照亮最崇高的苍穹。真正的思想和科学的洞见，只有通过概念所做的劳动才能获得。只有概念才能产生知识的普遍性，而所产生出来的这种知识的普遍性：一方面既不带有普通常识所有的那种常见的不确定性和贫乏性，而是成形了的和完满的知识；另一方面又不是因天才的懒惰和自负而趋于败坏的理性天赋所具有的那种不常见的普遍性，而是已经发展到本来形式的真理，这种真理能够成为一切自觉的理性的财产。

名言名段

· 精神现象学是黑格尔哲学的真正起源和秘密。

——马克思《黑格尔辩证法和哲学一般的批判》

作者	文体	推荐理由
克劳塞维茨	议论文	对当今世界影响最为深远与巨大的军事论著之一。作品对战争的本质、战争与政治的关系、战争的暴力性进行了最为精准的剖析,使之成为西方近代军事理论的经典之作。

军事史上最夺目的奇葩
——《什么是战争》

作者生平

1780年6月,克劳塞维茨生于普鲁士王国的一个小贵族家里。克劳塞维茨12岁时在波茨坦一个步兵团当士官生。1793年,普鲁士同法国作战时,克劳塞维茨曾参加过围攻美因兹城等的战斗。1795年,克劳塞维茨升为少尉。

1801年秋天,克劳塞维茨到柏林军官学校学习。1803年春,克劳塞维茨从柏林军官学校毕业。

1806年10月14日,克劳塞维茨参加了第四次反法联盟的普鲁士军队,结果战败被俘。一年后,克劳塞维茨获释。此后,克劳塞维茨积极参加普鲁士王国的军事改革。

1810年秋天,克劳塞维茨被任命为柏林军官学校的教官,同时给王子讲授军事课。从1812年开始,拿破仑发动大规模侵俄战争,克劳塞维茨到俄国参加了反抗拿破仑军队的战争,并在俄军中任参谋长等职。1814年,克劳塞维茨重返普鲁士军队,后任莱茵军团参谋长,并开始从事战争理论的研究。1818年,克劳塞维茨被任命为柏林军官学校校长,后任第二炮兵监察部总监等职。1831年11月6日,克劳塞维茨因患霍乱而去世。

名文欣赏

对于整个民族的战争来说,特别是文明民族的战争,总是由于某种政治原因才会发生的,而且也只能是由于某种政治动机才会引起的。所以,从这种意义上说,战争就是一种政治行为。像纯概念推断的那样,只有战争真的才是一种完善的、不受限制的行为,是暴力的绝对的表现。当它被政治引起后,又好像成为一种完全独立于政治以外的东西进而代替政治,这时战争就会排挤政治而只服从本身的规律。它就像一包点着了导火索的炸药,只能在预先规定的方向上爆炸一样,不可能再有方向上的改变。直到现在,每当军事与政治之间的不协调在理论上引起分歧时,人们就会很自然地这样理解问题。但是,事实并非这么简单,可以说这种看法是根本错误的。在现实世界中,我们所看到的战争往往并不是

法国雅克·库尔托瓦所绘的《战争场景》。

极端的行为,而且战争的紧张程度也并不是通过一次爆炸就能消失和解决的。战争是由一些发展方式和程度不尽相同的力量的活动组成的,这些力量有时很强,足以克服惰性和摩擦产生的阻力。当这些力量太弱时,这些力量就不起什么作用了。

这时战争又仿佛是暴力的脉冲,急缓交替,快慢有序,直到达到目标为止。但在这两种情况下,战争都有一段持续时间,使自己充分汲取外来的力量,然后做这样或那样的改变。从这种意义上说,指导战争的意志仍然支配着战争。既然我们认为战争是政治目的引起的,那么在指导战争时,对于这个引起战争的最初动机,我们应该首先给予重视。但是,政治目的也不是万能的,因此它也不可能任意决定一切,它也必须和手段的性质相适应。

意大利弗朗西斯科·西莫尼尼的作品《冲锋的骑兵队》。

因此，从这一点出发，政治目的本身往往也会有很大的改变。尽管如此，我们还是必须要首先考虑政治目的的。所以，政治行为贯穿于整个战争行为之中，当战争中起作用的各种力量允许的话，就会对战争不断地发生影响。

由此可见，战争除了是一种政治行为，它还是一种真正的政治工具，是政治交往的继续，是政治交往通过另一种手段的实现。当然，战争也有自身特殊的地方，那就是手段特殊。

军事艺术可以在总的方面要求政治方针和政治意图与这一手段协调起来，统帅在具体场合中也可以做出同样的要求。而且做这样的要求确实是非常必要的。不过，即使这样的要求在某种情况下对政治意图的影响非常之大，但是仍然只能认为它只不过是对政治意图的修改而已。因为政治意图是目的，战争是手段，我们永远不可想象没有目的的手段是什么样子的。

如果一场战争，它的动机越大、越强，那么战争同整个民族生存的关系就越密切，战前的整个局势也就越紧张；战争越接近它的抽象形态，一切就越是它的抽象形态，一切就越是为了打垮敌人，政治目的和战争目标就越加一致，战争看来就越是纯军事的，而不是政治的。

反之，战争的动机越弱，战争的局势就越没有那么紧张，政治规定的方向同战争要素（即暴力）的自然趋向相差得就越远，因而战争离它的自然趋向就越远，政治目的同抽象的目标之间的差别就越大，这时战争看起来就是政治的。

但是，为了不让读者产生误解，在这里对战争的自然趋向必须再做一点补充说明，战争的这种趋向只是哲学的、纯粹逻辑的趋向，决不是指实际发生冲突的各种力量（例如作战双方的各种情绪和激情等等）的趋向。我们必须承认，在某些特殊的情况下，情绪和激情也可能被激发得很强烈，以致会偏离政治所规定的轨道。但在大多数情况下这种矛盾是不会发生的。因为有了这样强烈的情绪和激情，就一定会有一个宏大的计划与之相对应。如果计划追求的目的不远大，那么就很难激发群众的情绪，有时还会使之低落，这时往往需要采用相应的办法来激发群众的情绪，而不能加以抑制。

现在我们再来讨论主要问题，我们假设在某一种战争中，政治真的好像完全消失了，而在另一种战争中却表现得很明显，那么我们仍然可以肯定地说，前一种战争和后一种战争都同样是政治的。因为，如果一个国家的政治好比是一个人的头脑，那么，导致前一种战争的各种条件必然包括在政治要考虑的范围之内。当把政治不看做全面的智慧，而是按习惯的概念，把政治看做一种不使用暴力的、谨慎的、狡猾的、甚至阴险的计谋时，那么后一种战争比起前一种战争更是政治的。

从上面的分析中可知两点。第一，在任何情况下，我们都不能把战争孤立起来分析，而应该把它看做是政治的工具。只有这样理解战争，我们的理解才有可能不致和全部战史发生矛盾，才有可能深刻地理解它；第二，从这种观点出发，我们才可以得知由于战争的动机和产生战争的条件各有差异，才导致战争内容和性质的各不相同。

因为，每一位政治家和统帅是根据这种观点来正确地认识他所从事的战争的，然后做出最重大的、最有决定意义的判断。所以每一位政治家和统帅都应该把那种符合当时情况的战争看做是他应该从事的战争，而不应该想使他所从事的战争成为不符合当时情况的战争。这些问题是所有战略问题中首要的、涉及面最广的问题。

名言名段

·我没有在目前的恐惧气氛中忘记足以发人深省的历史事件、各世纪的明智教育、各著名民族的高尚事例；也没有受造谣惑众的报刊的欺骗而丢掉世界历史。我没有任何私心。我敢于把自己的任何思想向全国同胞袒露。如能在为祖国的自由和尊严而进行的光荣战斗中成仁，将是我的莫大幸福！

·战争，无非是政治通过另一种手段的继续。

作者	文体	推荐理由
叔本华	议论文	尼采以这种口吻推崇着叔本华:"我在读到最初一页时,便恨不得一口气把它全读完,并且,我一直觉得,我是很热心地注意倾听由他的嘴唇里吐出来的每一个词句。"

唯意志论哲学的诞生
——《论人世的痛苦》

作者生平

叔本华于1789年出生在波兰一个商人的家里。1809年,叔本华进入著名的哥廷根大学医学系,后转入哲学系。两年后,再到柏林大学学习。

1813年,叔本华获得耶拿大学的博士学位。1821年,叔本华被聘为柏林大学哲学系编外讲师。

1818年,叔本华发表《作为意志和表象的世界》,奠定了属于他的哲学体系的基础。1860年,叔本华在法兰克福去世。

名文欣赏

对人生而言,除了以受苦为生活的直接目的之外,没有什么别的目的可追求了。在观察世界时,我们看到世间的林林总总都充满了痛苦,这些都是生活本身的需要造成的,两者不可分离,好像生活真的毫无意义可言,这于道理是不相合的。对于个别的不幸,固然叔本华像。叔本华的作品极具感染力和洞察力。

可以认为是不期而遇的事物；但是对于通常的不幸，则每一件事情都仿佛是一样的，可见苦难是必然的，而非偶然的。

大多数哲学体系对外宣示：恶事的本质便是消极。但是在我看来，这种说法是不合理的。像其他的事情一样，恶事亦有它积极的一面，人们也常常感觉到它的存在。尤其是莱布尼兹，极力维护这种不合理的说法。他还用显而易见、无足轻重的诡辩来强化他的论据。其实，幸运亦有消极的一面。换言之，对于幸福与满足，就痛苦归于消灭之情境而言，常常都包含欲望圆满的意义在内。

我们可以用一个事实说明它：正如通常看到的一样，快乐会常不是我们所希望的快乐，而痛苦则会远远超过我们所预计的痛苦。

假如以重量来衡量世界上的快乐的话，那么世间快乐常常超过痛苦，否则的话，在任何情况下二者之间总能扯平。如果读者想考察这种说法的合理性，那么大家可以试取两个相互啖食的动物，并且其中一个正恣意吃掉另一个，大家就可以比较其所有的情感。

对任何的不幸和烦恼，最好的安慰办法就是想想有的人的境遇还不如自己呢。也许人人都可以用到这种安慰的方式。但对整个人类来说,这意味着是一个多么可悲的命运啊！

我们就好比是一群在田野上嬉戏的羊，但是这群羊却在屠夫们的监视之下，总有一天，将会依次被宰割。因此，在美好的日子里，我们对隐藏着的厄运都不曾意识到，如疾病、贫穷、残废、失明、昏聩等等，但是这些厄运在不知不觉中早已等待在我们身后了。

我们被时间逼迫得喘不过气来；但是时间又宛如一个监工，时常又在后面鞭策我们。只有当我们陷入烦恼的痛苦之中的时候，时间才会驻足不前。

画家以浪漫的手法将抽象的音乐形象化，营造出一个多空间的虚幻的超凡境界。

虽然如此，但是不幸的命运亦有它的作用！比如，如果去掉空气的压力，那么我们的躯壳将会因此而破裂。所以，如果人的生活中没有了需要、困难和逆境，当然也许人们的各种作为都会取得成就，但是这时，人们就会变得骄傲，变得不可一世。当然虽然人身涨大了，但不至于破裂。但是这时人体必将会暴露出他的愚蠢，甚至人会变得不可羁绊直到疯狂。从这一方面来谈，对于任何人，在任何时候，适当的忧患、痛苦、烦恼，都是必要的。正如一条船，若不载重就难以保持平衡，在海浪中就会颠簸不定，还有可能不能直线前进。

确实，有一个必然的事实我们必须承认：工作、烦恼构成了众多人的毕生经历，几乎尽人皆同。假如说，每个人的欲望很快就可以得到满足，那么人将以何度过其一生呢？虽然他们活在世上，但是又能有何作为呢？倘若这个世界成为繁华安逸的天国，这里是乳蜜甘芳的乐土，窈窕淑女配得贤才君子，无冤无仇，那么，人们即使不无聊地死去，亦会因烦闷而死的，或者就会有战斗、屠杀、谋害等等随之而来。这样比较起来，现在人类所遭受的大自然之苦难，远比那种苦难小多了。

年轻时，我们会不自觉地遐想未来的生活，这时，我们就好像是坐在戏院里的儿童，异常兴奋，瞪着眼，热切盼望着大幕的开启。不管将出现的究竟是什么，因为不知，所以这实在是一件快乐之事。如果能预知未来，就必然会有其时。就好比无罪无辜的儿童，不知何为的罪犯，虽不会被判死刑，但对所受判决却懵懂无知。可是，人人都希望颐养天年，也可以说，对于所企盼的生活情境，他只会说：“日甚一日，每况愈下，直至无可奈何而止。”

因为人们对未来及非当前的事物思考得过多，所以人就会产生如此强烈的欲望。对于人类的一切行为，这一点所产生的影响非常大，忧虑、希望、恐惧等等的真正来源也是如此。与动物相比，这种情绪对人的所有当前的快乐、痛苦以及所能发生的一切事情产生了更为深刻的影响。人就好像是一部机械，运用回想、记忆、预见的能力将所有的快乐和忧愁凝集并储存起来。相比之下，动物就全然没有这样的功能，所以，动物虽然屡遭同样的、多到不计其数的痛苦，可是当它们再次遭受痛苦之时，感觉仍然会像是第一次受到这样的痛苦一样。因为它们没有能力将其所有的情感综合起来，所以动物总是过得无忧无虑，温和平静。这是多么令人羡慕的事情啊！人就不一样了，一切情绪皆因这些能力而起。人与动物本来同样都是感受快乐及痛苦的元素，一旦接纳快乐和痛苦，对于幸福及困苦的感受的敏锐程度不同，人会甚至一刹那间，与快乐的境界接触，便可乐而致死，有时又会在一刹那间，坠入失望与自杀的深谷里。

名言名段

·这部书（即《作为意志和表象的世界》）不是为了转瞬即逝的年代，而是为了全人类而写的，今后会成为其他上百本书的源泉和根据。

——叔本华

作者	文体	推荐理由
巴尔扎克	小说	正如恩格斯对巴尔扎克作品的评价，他的作品是"对上流社会必然崩溃的一曲无尽的挽歌。他的全部同情都在注定要灭亡的那个阶级方面"。

对金钱关系的彻底揭露
——《高老头》节选

作者生平

巴尔扎克于1799年5月22日出生在法国古城图尔，他自幼进入寄宿学校和教会学校。1814年，巴尔扎克随全家迁往巴黎。

1818年4月，巴尔扎克开始他走向文学创作事业的征途。在1818年至1823年间，巴尔扎克写出了近十部各种各样的小说，但这些作品难登大雅之堂。

1829年，巴尔扎克开始了《人间喜剧》的创作。直到《欧也妮·葛朗台》和《高老头》等作品的问世，巴尔扎克的创作才达到成熟的阶段。1850年8月19日，巴尔扎克在巴黎逝世。

名文欣赏

拉斯蒂涅的访问

第二天，拉斯蒂涅穿得非常漂亮，下午三点光景出发到特·雷斯多太太家去了，一路上

巴尔扎克笔下的高老头的形象。

痴心妄想,希望无穷。因为有这种希望,青年人的生活才那么兴奋、激动。他们不考虑阻碍与危险,到处只看见成功;单凭幻想,把自己的生活变作一首诗;计划受到打击,他们便伤心苦恼,其实那些计划只不过是空中楼阁,漫无限制的野心。要不是他们无知,胆小,社会的秩序也没法维持了。欧也纳担着一百二十分的心,提防街上的泥土,一边走一边盘算跟特·雷斯多太太说些什么话,准备好他的聪明才智,想好一番敏捷的对答,整理了一套巧妙的措辞,像泰勒朗式精辟的句子,以便遇到求爱的机会就拿来应用,而能有求爱的机会就能建筑起他的前程。不幸大学生还是被泥土沾污了,只能在王宫市场叫人上鞋油,刷裤子。他用以防万一的一枚银币找换时想道:"我要是有钱,就可以坐在车上,舒舒服服地思索了。"

　　他终于到了海尔特街,向门上说要见特·雷斯多伯爵夫人。人家看他走过院子,大门外没有车马的声音,便轻蔑地瞟了他一眼;他存着终有一朝扬眉吐气的心,咬咬牙齿忍受了。院中停着一辆华丽的两轮车,披挂齐整的马在那儿跺脚。他看了挥金如土的奢华,暗示巴黎享乐生活的场面,已经自惭形秽,再加下人们的白眼,自然更难堪了。他马上心绪恶劣。满以为心窍大开、才思涌发的头脑,忽然闭塞了,神志也不清了。当差进去通报,欧也纳站在穿堂内一扇窗下,提着一只脚,肘子搁在窗子的拉手上,茫然地望着窗外的院子。他觉得等了很久;要不是他有南方人的固执脾气,坚持下去会产生奇迹的那股劲儿,他早已跑掉了。

"先生，"当差出来说，"太太在上房里忙得很，没有给我回音；请先生到客厅里去等一会儿，已经有客人在那里了。"

仆役能在一言半语之间批判主人或非难主人，拉斯蒂涅一边暗暗佩服这种可怕的本领，一边胸有成竹地推开当差走出来的门，想教那帮豪仆看看他是认得府里道路的人物，不料他莽莽撞撞地走进一间摆着油灯、酒架、烘干浴巾的器具的屋子，屋子通向一条黑洞洞的走廊和一座暗梯。他听到下人们在穿堂里暗笑，更慌了手脚。

"先生，客厅在这儿。"当差那种假装的恭敬似乎多加了一点讽刺的意味。

欧也纳慌忙退出来，撞在浴缸上，幸而帽子抓在手中，不曾掉在缸里。长廊尽头亮着一盏小灯，那边忽然开了一扇门，拉斯蒂涅听见特·雷斯多太太和高老头的声音，还带着一声亲吻。他跟着当差穿过饭厅，走进第一间客厅，发现一扇面临院子的窗，便去站在那儿。他想看看清楚，这个高老头是否真是他的高老头。他心跳得厉害，又想起伏脱冷那番可怕的议论。当差还在第二客室门口等他，忽然里面走出一个漂亮青年，不耐烦地说："我走了，莫利斯。告诉伯爵夫人，说我等了半个多钟点。"

这个放肆的男人——当然有他放肆的权力喽——哼着一支意大利歌曲的花腔，往欧也纳这边的窗子走过来，为了端详生客，也为了眺望院子。"爵爷还是再等一会儿吧，太太的事情已经完了。"莫利斯退往穿堂时说。

这时高老头从小扶梯的出口，靠近大门那边出现了。他提起雨伞准备撑开，没有注意大门开处，一个戴勋章的青年赶着一辆轻便马车直冲进来。高老头赶紧倒退一步，险些给撞翻。马被雨伞的绸盖吓了一下，向阶沿冲过去的时候，微微望斜刺里歪了一些。青年人怒气冲冲地回过头来，瞧了瞧高老头，在他没有出大门之前，对他点点头；那种礼貌就像对付一个有时要去求教的债主，又像对付一个不得不表敬意，而一转背就要为之脸红的下流坯。高老头亲热地答礼，好似很高兴。这些小节目都在一眨眼之间过去了。欧也纳全神贯注地瞧着，不觉得身边还有旁人，忽然听见伯爵夫人寒暄的带怨气的声音："嗳，玛克辛，你走啦？"

伯爵夫人也没留意到楼下有车子进来。拉斯蒂涅转过身子，瞧见她娇滴滴地穿着件白开司棉外扣粉红结的梳妆衣，头上随便挽着一个髻，正是巴黎妇女的晨装。她身上发出一阵阵的香味，两眼水汪汪的，大概才洗过澡；经过一番调理，她愈加娇艳了。年轻人是把什么都看在眼里的，他们的精神是和女人的光彩融成一片的，好似植物在空气中吸取养料一般。欧也纳无须接触，已经感觉到这位太太的手鲜嫩无比；微微敞开的梳妆衣有时露出一点儿粉红的胸脯，他的眼睛就在这上面打转。伯爵夫人用不到鲸鱼骨绑腰，

《欧也妮·葛朗台》的情景绘画。

一根带子就表现出柔软的腰肢；她的脖子教人疼爱，套着软底鞋的脚非常好看。玛克辛捧着她的手亲吻，欧也纳才瞧见了玛克辛，伯爵夫人才瞧见了欧也纳。

"啊？是你，拉斯蒂涅先生，我很高兴看到你。"她说话时的那副神气，聪明人看了马上会服从的。

玛克辛望望欧也纳，又望望伯爵夫人，那态度分明是叫不识趣的生客走开。——"喂，亲爱的，把这小子打发掉吧。"傲慢无礼的玛克辛的眼神，等于这句简单明了的话。伯爵夫人窥探玛克辛的脸色，唯命是听的表情无意中泄漏了一个女人的全部心事。

名言名段

·法国社会将成为历史学家，我不过是这位历史学家的秘书而已。开列恶癖与德行的清单，搜集激情的主要事实，描绘各种性格，选择社会上主要的事件，结合若干相同的性格上的特点而组成典型，在这样做的时候，我也许能够写出一部史学家们忘记写的历史，即风俗史。

作者	文体	推荐理由
普希金	小说	《叶甫盖尼·奥涅金》在艺术上的成就是它把抒情性和叙事性融合起来，语言精练、含蓄，同时把散文的流畅和朴素结合起来，创造出典型的俄罗斯文学语言。

俄罗斯生活的百科全书
——《叶甫盖尼·奥涅金》节选

作者生平

1799年，普希金出生在俄国莫斯科一个贵族家里。普希金8岁时开始用法文进行诗歌创作。1811年，12岁的普希金进入彼得堡的贵族学校。1817年，普希金毕业后任职于外交部，他创作了大量的"政治抒情诗"。1817年至1820年，普希金根据民间故事和传说，写成了一部长篇叙事诗《鲁斯兰和柳德米拉》。这一时期，普希金因为写了不少影射、讽刺沙皇及其宠臣的短诗而产生了巨大的社会影响。沙皇亚历山大一世就把这个"危险人物"流放到西伯利亚，后又以调动职务为名流放到南俄。流放期间，普希金创作了大量抒情诗和多部长诗，其中有《短剑》、《高加索的俘虏》、《强盗兄弟》、《巴赫切萨拉伊的喷泉》等。

1823年，普希金被调往敖德萨。在这里普希金开始了长诗《叶甫盖尼·奥涅金》的创作。

1828年，普希金完成了以彼得大帝的文治武功为题材的长诗《波尔塔瓦》。1828年末，普希金在莫斯科的一次舞会上结识冈察洛娃。1830年，普希金的求婚得到应允。1830年的秋天，普希金来到波尔金诺。于是就有了俄国文学史上著名的"波尔金诺之秋"。

普希金为维护自己的荣誉，最后与疯狂追求冈察洛娃的丹特士进行决斗。1837年2月

8日，普希金在决斗中受重伤，并于10日逝世。

名文欣赏

第一章

鲜花，爱情，乡村，悠闲的生活，
田野！我真诚地对你们效忠。
但我总喜欢指出，奥涅金和我
两人之间是怎样地不同，
以免一位爱嘲笑的读者，
或者是某位先生喜欢饶舌，
便去散布些巧妙的流言，
说在这儿发现了我的特点，
过后又昧良心去反复宣称，
说我是在给自己涂抹肖像，
如同骄傲的诗人拜伦一样——
似乎我们就没有可能
写几部关于别人的长诗，
要写就得写自己的故事。

所有的诗人——顺便说一声——
都和幻想的恋情是好朋友。
往往，有一些我所爱的身影
来到我的梦中，于是我心头
便珍藏着它们隐秘的形象；
过后，缪斯又使它们活在纸上：
就这样啊，无忧无虑的我，
为山中的少女，我的理想而歌，
歌唱沙尔吉尔河畔的女囚徒。

普希金画像。图中的普希金显得忧郁而又充满憧憬。

而今，我的朋友们，我经常，
听见你们这样向我发问：
"你的竖琴在为谁怨诉？
在这群妒妇中，对哪一个
你献出你的竖琴所唱的歌？

谁的顾盼激发你的灵感，
用柔情酬答了你的歌声？
你的诗句是那样抑郁缠绵，
究竟把谁奉若神灵？"
真的，谁也不是，我的朋友！
我曾经悲戚地在我心头
体验过爱情疯狂的痛苦。
有种幸福人，把热烈的诗
和这种痛苦糅合在一处。
他踏着诗人彼特拉克的足迹，
倍增了诗中神圣的梦呓，
自己心头的痛苦也得以平复，
同时还借此博得了一种名声。
而我呢，恋爱时，却又哑又蠢。

爱情逝去了，缪斯出现，
我昏迷的头脑开始清醒。
我自由了，
重又设法缀联迷人的音韵、思想和感情；
我写着，心已不再悲伤，
忘情地写，也不再只写半行，
便用笔在稿纸边把人像乱涂，
或是画上女人的一双秀足。

熄灭的灰烬已不会复燃,
我仍将悲伤,但不再哭泣,
很快很快地,风暴的痕迹,
将在我心灵中烟消云散:
待到那时,我便要开始,
写一部二十五章的长诗。

名言名段

· 我只会把自由颂扬,
只会向自由献出诗篇,
我来到世上,并非为了用那羞怯的缪斯取悦沙皇。

俄国针叶林风景画。

作者	文体	推荐理由
雨果	小说	雨果这样评价这部作品:"这部作品,是掺杂戏剧的历史,是从人生的广阔生活的特定角度,去反映如实捕捉住的人类的一面巨大镜子。"

社会才是真正的罪人
——《悲惨世界》

作者生平

1802年2月26日,雨果诞生在法国的贝尚松,雨果12岁开始写诗,1817年法兰西科学院举行诗歌比赛,雨果获得第一鼓励奖。

1822年,雨果发表了第一部诗集《颂歌集》。1827年发表韵文剧本《克伦威尔》。1830年,雨果写成了第一个浪漫主义剧本《爱尔那尼》,它的成功演出标志着浪漫主义对古典主义的胜利。

19世纪30年代至40年代,雨果主要从事诗歌和戏剧创作。

1841年,雨果当选为法兰西学院院士。1845年后积极参加政治活动,一度成为国民议会中社会民主党左派的领袖。1851年路易·波拿巴政变后被迫流亡国外。流亡期间,雨果创作了小说《悲惨世界》。1870年结束流亡返回巴黎,并在1871年当选为国民议会议员。

名文欣赏

第五部　冉阿让

第一卷　四堵墙中间的战争

十九　冉阿让的报复

现在，只剩下冉阿让和沙威单独在一起了，然后，他解开那根拦腰捆住犯人的绳索，绳结在桌子下面，然后做手势要沙威站起来。

沙威含笑照办，笑容还是那样无法捉摸，但表现出一种被捆绑的权威的优越感。

冉阿让抓住沙威的腰带，如同人们抓住负重牲口的皮带那样，把他拖在自己后面，慢慢走出酒店，由于沙威双腿被捆，只能跨很小的步子。

法国浪漫主义作家雨果。

冉阿让手中握着手枪。

他们经过了街垒内部的小方场。起义者对即将到来的猛攻全神贯注，身子都转了过去。

马吕斯单独一人被安置在围墙尽头的左侧，他看见他们走过。他心里燃烧着的阴森火光，照亮了受刑人和刽子手这一对形象。

冉阿让不无困难地让捆着腿的沙威爬过蒙德都巷子的战壕，但是一刻也不松手。

他们跨过了这堵围墙，现在小路上只有他们两人，谁也瞧不见他们。房屋的转角遮住了起义者的视线。街垒中搬出来的尸体在他们前面几步堆成可怕的一堆。

在这堆死人中可以认出一张惨白的脸，披散着的头发，一只打穿了的手，一个半裸着的女人的胸脯，这是爱潘妮。

位于法国巴黎市中心、西堤岛上的巴黎圣母院。

沙威侧目望望这具女尸，分外安详地小声说："我好像认识这个女孩子。"

他又转向冉阿让。

冉阿让臂下夹着枪，盯住沙威，这目光的意思是："沙威，是我。"

沙威回答：

"你报复吧。"

冉阿让从口袋中取出一把刀并打开来。

"一把匕首！"沙威喊了一声，"你做得对，这对你更合适。"

冉阿让用刀子把捆住沙威脖子的绳子割断，然后又割断他手腕上的绳子，再弯腰割断沙威脚上的绳子，站起来说："您自由了。"

沙威是轻易不会吃惊的。虽然他善于控制自己，这时也不免受到震动，因而目瞪口呆。

冉阿让又说："我想我是走不出这里的。如果我能幸运脱身，那么我住在武人街七号，用的名字是割风。"

像老虎似的，沙威皱了皱眉，嘴角微微张开，在牙缝中嘟囔着："你需要小心！"

"走吧。"冉阿让说。

"你刚才说的是割风，武人街？"

"七号。"

沙威小声重复一遍："七号。"

沙威重新扣好他的大衣，两肩间笔挺起来，恢复了军人的姿态，向后转去，双臂交叉，一只手托住腮，朝麻厂街走去。冉阿让目送着他。走了几步，沙威又折了回来，向冉阿让喊道："您真使我厌烦，还不如杀了我呢！"

沙威自己似乎也没有留意，对冉阿让他已不用"你"了。

"您走吧。"冉阿让说。

沙威缓步离去，片刻后，他在布道修士街的街角拐了弯。

当已看不见沙威了，冉阿让才向天空开了一枪。当回到街垒里时，他说："干掉了。"

当时的情况是这样的：因为马吕斯忙于外面的事，所以顾不上注意内部的事情，在这之前，他也没有仔细瞧瞧捆在地下室后部黑暗中的密探。

当在日光下，马吕斯看见他跨过街垒去死时，这才认了出来。在他脑中突然闪过一个回忆。他记起来他是蓬图瓦兹街的侦察员，这人曾给过他两支手枪，就是马吕斯目前正在街垒中使用的，他不但想起了他的相貌，而且还记得他的名字。

对他来说，像他的其他思想一样，这个回忆也是模糊不清的，他不能肯定，因而在心里自己问自己："他不就是那个对我说过叫沙威的警务侦察员吗？"

如果这样，可能还来得及，可以由他出面说一下情！但首先要知道究竟是不是那个沙威。

"安灼拉！"

"什么？"

"那人叫什么名字？"

"哪个人？"

"那个警察。你知道他的名字吗？"

"当然知道。他对我们说了。"

"叫什么？"

"沙威。"

马吕斯竖起了身子。

这时听见一声枪响。

冉阿让回来喊着："干掉了。"

马吕斯心里忧郁地打了一个寒战。

名言名段

· 但丁用诗歌造出一个地狱，而我呢，我试图用现实造出一个地狱。

作者	文体	推荐理由
达尔文	议论文	孙中山曾言:"自达尔文之书出后,则进化之学一旦豁然开朗,大放光明,而世界思想为之一变,从此各种学术皆依归于进化矣。"

人类思想史上一座最伟大的里程碑
——《抑制增加的性质》

作者生平

1809年2月12日,达尔文出生于英国希罗普郡的一个医生家里。1825年进入爱丁堡大学学医。1828年到剑桥大学改学神学。1831年以优异的成绩从剑桥大学毕业,专心于自然科学研究。同年12月,"贝格尔号"军舰进行环球考察,达尔文以"博物学家"的身份自费搭乘。达尔文回伦敦后,整理出版了很有科学价值的《旅行日记》。不久,他移居郊区,建立了一个动植物试验园地,集中精力研究生物进化发展的原因和物种的起源。1839年,达尔文被选为英国伦敦皇家学会会员。1842年,达尔文第一次写出《物种起源》的简要提纲。1859年11月24日,达尔文出版了《物种起源》一书。晚年的达尔文一方面与病魔进行斗争,一方面进行艰辛的工作。1882年4月19日,这位伟大的科学家因病逝世。

名文欣赏

在变化着的生活条件下,生物构造的每一部分几乎都要表现个体差异,这是无可争论的；由于生物按几何比率增加，它们在某年龄、某季节或某年代，发生激烈的生存斗争，这也的确是无可争论的；于是，考虑到一切生物相互之间及其与生活条件之间的无限复杂关系，会引起构造上、体质上及习性上发生对于它们有利的无限分歧，假如说从来没有发生过任何有益于每一生物本身繁荣的变异，正如曾经发生的许多有益于人类的变异那样，将是一件非常离奇的事。但是，如果有益于任何生物的变异的确曾发生，那么具有这种性状的诸个体肯定在生活斗争中会有最好的机会来保存自己；根据坚强的遗传原理，它们将会产生具有同样性状的后代。我把这种保存原理，即最适者生存，叫做"自然选择"。"自然选择"导致了生物根据有机的和无机的生活条件得到改进；结果，必须承认，在大多数情形里，这就会引起体制的一种进步。然而，低等而简单的类型，如果能够很好地适应它们的简单生活条件，也能长久保持不变。

根据品质在相应龄期的遗传原理，自然选择能够改变卵、种子、幼体，就像改变成体一样容易。在许多动物那里，性选择，能够帮助普通选择保证最强健的、最适应的雄体产生最多的后代。性选择又可使雄体获得有利的性状，以与其他雄体进行斗争或对抗；这些性状将按照普遍的遗传形式而传给一性或雌雄两性。

▼ 达尔文航行途中搭载的"贝格尔号"科考船。

自然选择是否真能如此发生作用,使各种生物类型适应于它们的若干条件和生活处所,必须根据以下各章所举的证据来判断。但是我们已经看到自然选择怎样引起生物的绝灭;而在世界史上绝灭的作用是何等巨大,地质学已明白地说明了这一点。自然选择还能引致性状的分歧,因为生物的构造、习性及体质愈分歧,则这个地区所能维持的生物就愈多——我们只要对任何一处小地方的生物以及外地归化的生物加以考察,便可以证明这一点。所以,在任何一个物种的后代的变异过程中以及在一切物种增加个体数目的不断斗争中,后代如果变得愈分歧,它们在生活斗争中就愈有成功的好机会,这样,同一物种中不同变种间的微小差异,就有逐渐增大的倾向,一直增大为同属的物种间的较大差异,甚至增大为异属间的较大差异。

我们已经看到,变异最大的,在每一个纲中是大属的那些普通的、广为分散的以及分布范围广的物种;而且这些物种有把它们的优越性——现今在本土成为优势种的那种优越性——传给变化了的后代的倾向。正如方才所讲的,自然选择能引致性状的分歧,并且能使改进较少的和中间类型的生物大量绝灭。根据这些原理,我们就可以解释全世界各纲中无数生物间的亲缘关系以及普遍存在的明显区别。这的确是奇异的事情——只因为看惯了就把它的奇异性忽视了——即一切时间和空间内的一切动物和植物,都可分为各群,而彼此关联,正如我们到处所看到的情形那样——即同种的变种间的关系最密切,同属的物种间的关系较疏远而且不均等,乃形成区及亚属;异属的物种间关系更疏远,并且属间关系远近程度不同,乃形成亚科、科、目、亚纲及纲。任何一个纲中的几个次级类群都不能列入单一行列,然皆环绕数点,这些点又环绕着另外一些点,如此下去,几乎是无穷的环状组成。如果物种是独立创造的,这样的分类便不能得到解释;但是,根据遗传以及根据引起绝灭和性状分歧的自然选择的复杂作用,如我们在图表中所见到的,这一点便可以得到解释。

同一纲中一切生物的亲缘关系常常用一株大树来表示。我相信这种比拟在很大程度上表达了真实情况。绿色的、生芽的小枝可以代表现存的物种;以往年代生长出来的枝条可以代表长期的、连续的绝灭物种。在每一生长期中,一切生长着的小枝都试图向各方分枝,并且试图遮盖和弄死周围的新枝和枝条,同样地,物种和物种的群在激烈的生活斗争中,随时都在压倒其他物种。巨枝分为大枝,再逐步分为愈来愈小的枝,当树幼小时,它们都曾一度是生芽的小枝;这种旧芽和新芽由分枝来联结的情形,很可以代表一切绝灭物种和现存物种的分类,它们在群之下又分为群。当这树还仅仅是一株矮树时,在许多茂盛的小枝中,只有两三个小枝现在成长为大枝了,生存至今,并且负荷着其他枝条;生存在久远地质时代中的物种也是这样,它们当中只有少数遗下现存的变异了的后代,从这树开始生以达尔文为讽刺对象的漫画。

长以来，许多巨枝和大枝都已经枯萎而且脱落了；这些枯落了的、大小不等的枝条，可以代表那些没有留下生存的后代而仅处于化石状态的全目、全科及全属。正如我们在这里或那里看到的，一个细小的、孤立的枝条从树的下部分叉处生出来，并且由于某种有利的机会，至今还在旺盛地生长着，正如有时我们看到如鸭嘴兽或肺鱼之类的动物，它们由亲缘关系把生物的两条大枝联络起来，并由于生活在受庇护的地点，乃从致命的竞争里得到幸免。芽由于生长而生出新芽，这些新芽如果健壮，就会分出枝条遮盖四周许多较弱的枝条，所以我相信，这巨大的"生命之树"在其传代中也是这样，这株大树用它的枯落的枝条填充了地壳，并且用它的分生不息的美丽的枝条遮盖了地面。

名言名段

·自然选择每日每时都在世界上发生着，优者生存，劣者消亡。各种变异现象是无时不在，无处不有，它们悄悄地、不为人们觉察地在起着作用……那些极其缓慢的进化的变化，只有在时光过了许多代以后我们才能看到。

作者	文体	推荐理由
梭罗	散文	我国已故的散文大家徐迟先生对这本书情有独钟:"本书十分精深,不是一般的读物。到了夜深人静、万籁无声之时,这《瓦尔登湖》毫不晦涩,清澄见底,吟诵之下不禁为之神往。"

心灵的归宿
——《寂寞》

作者生平

1817年7月12日,梭罗生于美国康科德城。哈佛大学毕业后,他曾担任教师,也从事过各种体力劳动。梭罗与思想家爱默生结为好友,两度寄居在爱默生家中。后来,梭罗移居纽约,结识了著名作家霍桑等人,并在报章上发表过评论,但并不得意。1845年,梭罗开始到无人居住的瓦尔登湖边的山林中过隐居生活。1846年,梭罗因拒绝交税支持美国和墨西哥之间的战争而被关押一夜。这一经历促成他撰写在20世纪影响巨大的《抵制国民政府》,后改名为《论公民的不服从》,成为最著名的演讲之一。1854年,梭罗的代表作《瓦尔登湖》出版。梭罗后期开始积极介入政治生活,他反对美国蓄奴制度。1862年,梭罗因病逝世于家乡。

名文欣赏

这是一个令人愉快的傍晚,全身的感觉都很舒畅,几乎每一个毛孔都浸润着喜悦。在大自然里,我以奇异的自由姿态自由来去,几乎成了大自然的一部分。今天,我只穿了件衬衫,霍桑像。梭罗去美国之后,霍桑给了他很大的支持。

我是沿着硬石铺的湖岸走的。虽然天气寒冷,多云又多风,但是也没有什么能让人分心的,对我来说,那时天气似乎异常地合适。牛蛙鸣叫声将黑夜邀来,夜鹰的乐音乘着泛起涟漪的和风从湖上传来,摇曳的赤杨和白杨,激起了我的情感,使我几乎不能呼吸;然而我宁静得像湖水一样,只有涟漪不会有激荡。如镜的湖面,晚风吹起来的微波是不能激起什么风暴的。天色虽然渐渐黑了,但是风还在森林中吹着,咆哮着,波浪还在拍打着湖岸,某一些不安分的动物还在用它们的乐音催眠着他们的同伴,这时宁静不可能是绝对的。最凶狠的野兽更不可能宁静下来,现在它们正找寻它们的猎物;狐狸,臭鼬,兔子,也正漫游在原野上,在森林中,它们却没有恐惧,它们是大自然的看守者,一个个都是连接白昼的生气勃勃的链环。等我回到家里时,已有访客来过,他们有的还留下了名片,这些名片,要么是一束花,要么是一朵常春树的花,或是在黄色的胡桃叶和木片上,用铅笔写着一个名字。对于一个不常进入森林的人来说,他会常把森林中的小玩意儿一路上拿在手里玩,或是故意,或是偶然地把它们留下。有一位客人,把剥下的柳树皮做成一个戒指丢在我桌上。在我出门时,我总能知道有没有客人来过,因为不是树枝或青草弯倒,便是有了鞋印,一般来说,我还能从他们留下的微小痕迹里猜出他们的年龄、性别和性格;有的会掉下一个花朵,有的抓来一把青草,又扔掉,甚至有的还会一直把它带到半英里外的铁路边才扔下呢;有时,还会有雪茄烟或烟斗残留的味道。从烟斗的香味上,我常常还能注意到六十杆之外公路上行经的一个旅行者。
……

然而,有时我会发现,即使是对于愤世嫉俗的可怜人和最最忧郁的人,在大自然的任何事物中,都能找出最甜蜜温柔,最天真和鼓舞人的伴侣。在大自然之中,只要生活还有

271

落暮时分的考考拉山丘。从画面中我们感受到的是落暮时分湖边的那种寂静之美。

乐趣的话,就不可能有很阴郁的忧虑。对于健全而无邪的耳朵,不管是暴风雨还是伊奥勒斯的音乐,都不能正当地迫使单纯而勇敢的人产生庸俗的伤感。在我享受着四季的友爱时,我相信,任何东西都不能使生活成为我沉重的负担。今天,梅雨洒在了我的豆子上,使我在屋里待了一整天,但是这雨既没有让我沮丧,也没有让我抑郁,我认为这对于我是再好不过的了。虽然这雨使得我不能够去锄地,但是这比我锄地更有价值。如果雨下得太久,使地里的种子、低地的土豆都烂掉,但是对高地的草来说,这雨是有好处的。既然对高地的草有好处,那么对我也是很好的。有时,我把自己和别人做比较,好像诸神对我更加宠爱,我得到的比我应得的似乎还多;在他们手上,我好像有一张证书和保单似的,所以我受到了特别的引导和保护,然而别人却没有。我不会自吹自擂的,如果可能的话,倒是他们称赞了我。我从来没有感到过寂寞,从来不曾受到寂寞之感的压迫,只有一次,在森林里我待了数星期后,有一个小时,我产生了怀疑,怀疑独处似乎不很愉快,宁静而健康的生活是否应当有些近邻。同时,我却觉得我的情绪有些失常了,但是我也预知我很快会恢复正常的。正当这些思想占据我的时候,温和的雨丝忽然飘洒下来,突然,我感觉到能跟大自然做伴是如此受惠。这滴答滴答的雨声,使得我屋子周围的每一个声音和景象都充满着无穷无尽无边际的友爱,一下子,这个气氛把我想拥有邻居方便一点的思潮淹没了。从此之后,我就没有产生过拥有邻居的思想。就连每一支小小的松针,在我心里仿佛都富于同情心,并且不断胀大起来,它们成了我的朋友。虽然我是在一般所谓凄惨荒凉的处境中,但是我明显地感到在这里我的同类存在着。我觉得那最接近我的血统并最富于人性的东西,并不是一个人或一个村民,所以从今以后,我再也不会感到有什么地方是陌生的了。

名言名段

·人类以万物之灵自居,以成千上万的发明而自豪,还有先人呕心沥血的诗歌词赋;不过只要在森林里一沾春风的喜悦,就不难领悟何者才是文明进化的指标。

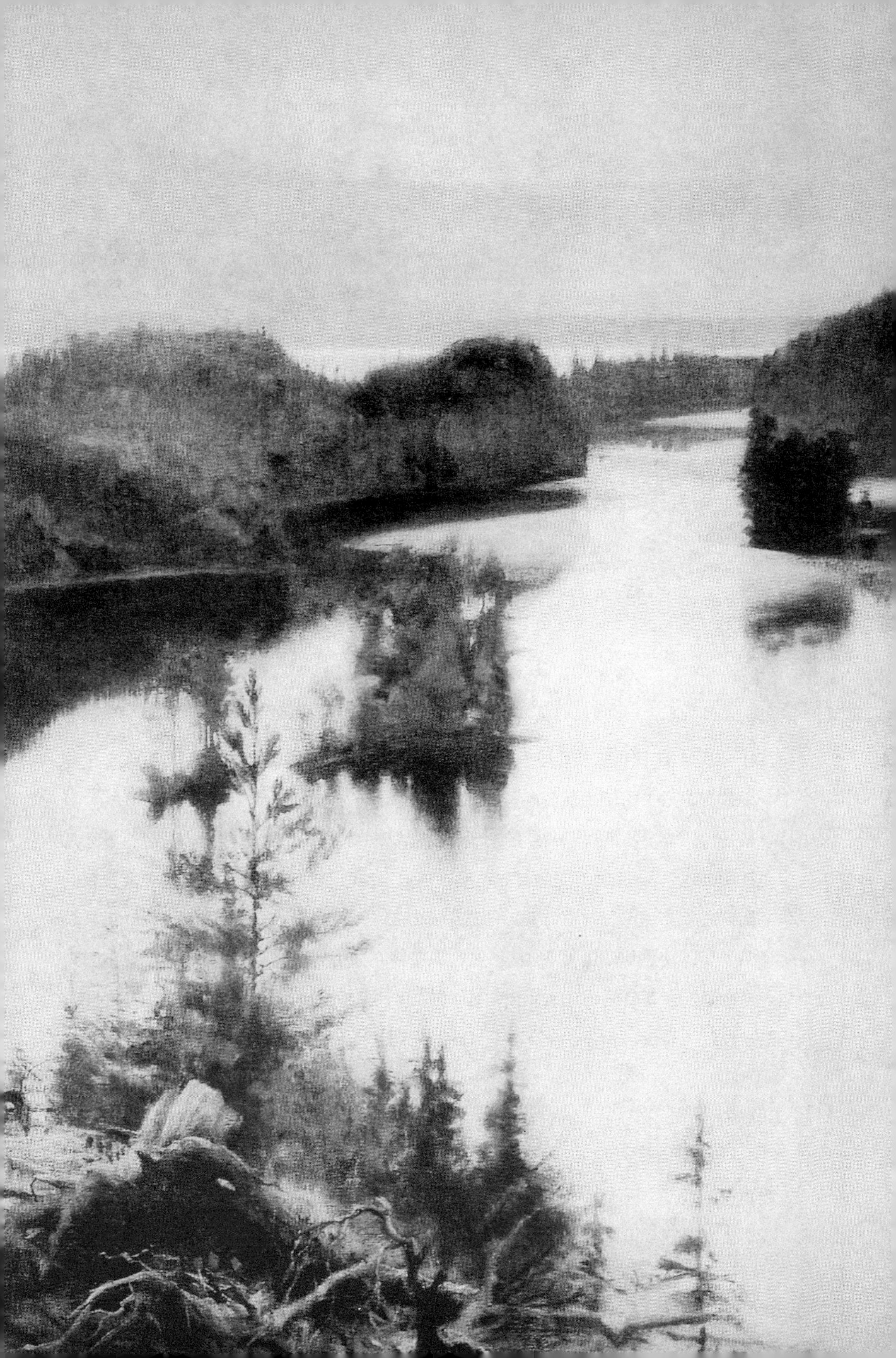

作者	文体	推荐理由
惠特曼	诗歌	美国最伟大的散文作家爱默生这样评价惠特曼:"我认为这是美国迄今在机智和智慧方面最杰出的贡献。"

美国民族诗歌的新时代
——《草叶集》节选

作者生平

1819年5月31日,惠特曼生于美国长岛,后全家迁居到布鲁克林。惠特曼在那里接受了小学教育,后来由于生活穷困,1830年起开始谋生。

惠特曼为《鹰报》撰写了大量的文章,反对奴隶制。19世纪40年代末,惠特曼还加入了"自由土地党",反对美国的蓄奴制度,主张土地改革。1850年,惠特曼放弃报社的工作,回到布鲁克林进行《草叶集》的创作。1855年,惠特曼自费印刷了《草叶集》。

1862年美国南北战争爆发后,惠特曼在华盛顿充当了一名义务护士。美国南北战争结束后,惠特曼发表著名的诗集《桴鼓集》。1873年,惠特曼患半身不遂的病。惠特曼整整在病榻上度过了将近二十年的光阴,于1892年3月26日在卡姆登去世。

名文欣赏

我自己的歌

我赞美我自己,歌唱我自己,

▶ 惠特曼创造了一种新型诗体——自由体诗。

我承担的你也将承担,

因为属于我的每一个原子也同样属于你。

我闲步,还邀请了我的灵魂,

我俯身悠然观察着一片夏日的草叶。

我的舌,我血液的每个原子,是在这片土壤、这个空气里形成的,

是这里的父母生下的,父母的父母也是在这里生下的,他们的父母也一样,

我,现在三十七岁,一生下来身体就十分健康,

希望永远如此,直到死去。

信条和学派暂时不论,

且后退一步,明了它们当前的情况已足够,但也决不是忘记,

不论我从善从恶,我允许随意发表意见,

顺乎自然,保持原始的活力。

……

我的灵魂是清澈而香甜的,不属于我灵魂的一切也是清澈而香甜的。

缺一即缺二,看不见的由看得见的证实,

看得见成为看不见时,也会照样得到证实。

指出最好的并和最坏的分开,是这一代给下一代带来的烦恼,认识到事物的完全吻合和平衡，他们在谈论时我却保持沉默，我走去洗个澡并欣赏我自己。

我欢迎我的每个器官和特性，也欢迎任何热情而洁净的人——他的器官和特性，
没有一寸或一寸中的一分一厘是邪恶的，也不应该有什么东西不及其余的那样熟悉。
……

我是肉体的诗人也是灵魂的诗人，
我占有天堂的愉快也占有地狱的苦痛，
前者我把它嫁接在自己身上使它增殖，后者我把它翻译成一种新的语言。

我既是男子的诗人也是妇女的诗人，
我是说作为妇女和作为男子同样伟大，
我是说再没有比人们的母亲更加伟大的。

……

一只沉默而耐心的蜘蛛

一只沉默而耐心的蜘蛛，
我注意它孤立地站在小小的海岬上。
注意它怎样勘测周围的茫茫空虚，
它射出了<u>丝</u>，<u>丝</u>，<u>丝</u>，从它自己之小，
不断地从纱锭放丝，不倦地加快速率。

而你——我的心灵啊，你站在何处，
被包围被孤立在无限空间的海洋里，
不停地沉思、探险、投射、寻求可以联结的地方，
直到架起你需要的桥，直到下定你韧性的锚，

直到你抛出的游丝抓住了某处,我的心灵啊!

名言名段

·我,惠特曼,一个美国人,一个粗鲁汉,一个世界,纵情声色……饥餐,渴饮,传宗接代。

·在每一座为争取自由而牺牲的斗士的坟墓上,自由的种子将长大起来,再生种子。

·风将把这些种子带到远方,重新播下,雨和雪将给它们以滋养。

·自由啊,让别人对你感到绝望吧——我对你永远不会感到绝望。

▼ 美国南北战争的战争场景。南北战争爆发以后,惠特曼在华盛顿当了一名义务护士。

作者	文体	推荐理由
陀思妥耶夫斯基	小说	爱因斯坦曾说:"艺术作品使我亲身得到一种最高的幸福的感受……陀思妥耶夫斯基使我产生的兴趣比科学的思想家还要大,比高斯还要大。"

对生活本身的透视
——《罪与罚》节选

作者生平

陀思妥耶夫斯基1821年出生于俄国的一个医生家里,自幼喜爱文学。1838年,他遵从父命进入彼得堡军事工程学校,但毕业后不久,就弃工从文,立志做一名职业作家。1846年,陀思妥耶夫斯基发表第一部小说《穷人》。

1849年,陀思妥耶夫斯基因朗读了反农奴制的书信以及参加了筹备秘密印刷所等革命活动而被沙皇政府逮捕,被判处死刑。在执行枪决的紧要关头,又被改判为流放西伯利亚并充军。流放回来后,陀思妥耶夫斯基的创作重点逐渐转向心理悲剧。1866年的《罪与罚》使得陀思妥耶夫斯基获得世界声誉,并成为他的代表作之一。陀思妥耶夫斯基最后一部作品《卡拉马佐夫兄弟》是不朽的世界名著之一。1881年2月,陀思妥耶夫斯基病逝于彼得堡。

名文欣赏

七月上旬,这天天气特别的热。在接近傍晚的时候,住在C胡同的一个年轻人悄悄走出向女房东租来的斗室，然后慢腾腾地来到街上，样子看起来有点犹豫不决，他正往K桥那边走去。

为了避免在楼梯上与自己的女房东相遇，他尽量从楼道的侧边溜过。那间斗室在一幢高高的五层楼房的顶部。就在房顶底下，有一间像大厨房的房间。他向女房东租房子时，就知道这间房子供给伙食，而且有女仆侍候。女房东就住在他楼下一套单独的住房里。每次外出，他都得从女房东的厨房门前经过。不巧的是女房东的厨房门几乎总是冲着楼梯大敞着。每次从一旁走过的时候，这个年轻人都有一种病态胆怯的感觉。虽然他为这种感觉感到羞愧，但是他皱皱眉头还要从这里经过。因为他欠了女房东一身债，怕和她见面。

虽然这样，但是倒不是说他胆小和怯懦，而是从某个时期开始，他就一直处于一种很容易激动和紧张的状态，好像患了多疑症：经常一个人陷入沉思的状态，离群索居，甚至害怕见到任何人，而不单单怕见女房东。因为他被贫穷给压垮了。但是最近一个时期，情况似乎变了，他不再为窘迫的处境感到苦恼。就连绝对必须的事情他也已经不再去做，也不想做。什么女房东他也不怕了，不管她打算怎样跟他过不去。然而前些时候，当他站在楼梯上的时候，听到这些与他毫不相干的日常生活中鸡毛蒜皮之类琐事的种种废话，听到所有这些纠缠不休的讨债、威胁、抱怨，自己却要尽力设法摆脱、道歉、撒谎——不，最好还是想个办法从楼梯上悄悄地过去，像猫儿一样偷偷溜掉，最好别让任何人看见他。

这一次，到了街上以后，怕遇到女债主的那种恐惧心理更加可怕，连他自己也感到惊讶。

"我正要下决心做一件什么伟大的事情，怎么能害怕一些微不足道的琐事？"他想着，脸上露出了奇怪的笑。"嗯……是的……有志者，事竟成嘛！如果仅仅由于胆怯而错过一切……这道理最明显不过了……太不可思议了，人们

陀思妥耶夫斯基是19世纪俄国文坛上一颗耀眼的明星，是俄国文学的代表人物。

《罪与罚》英文版封面。

最害怕什么呢？他们最害怕迈出新的一步，最害怕自己的新想法，最害怕……不过，我说空话说得太多了。因为我尽说空话，所以什么也不做；不过，大概也可能因为我什么也不做，所以才尽说空话。我是什么时候学会说空话的呢？对，是在最近一个月里学会的：我整天躺在一个角落里，想啊，想啊……想入非非。嗯，现在我去干什么？难道我能去干这个吗？难道这是真的？绝对不可以当真的。就这样吧，为了梦想，自己就哄自己吧；也可能是儿戏！对了，大概是儿戏！"

　　街上热得可怕，而且空气也很闷。到处都是石灰浆、脚手架、砖头、灰尘——拥挤不堪，还夹杂着那种夏天的特有臭气。对于每个无法租一座别墅的彼得堡人来说，那种臭气再熟悉不过了——所有这一切一下子震撼了这个青年人本已很不正常的神经，让他很不快乐。在这个城市的这一片儿，小酒馆特别的多。从这些小酒馆里冒出的臭气，还有那些尽管是在工作时间，却不断碰到的醉鬼，更给这幅不太美丽的街景添上了最后一笔令人厌恶的沉闷的色彩。有时，这个青年人清秀的面庞上会忽然闪出极端厌恶的神情。顺便说一声，这个年青人生得很美：一双漂亮的黑眼睛、一头褐色的头发、比中等身材还高一些而且消瘦匀称的身材。可是很快他就仿佛陷入沉思，有时那种神情似乎是想出了神。他不经意地往前走去，已经不注意周围的一切，而且也不想注意。由于他有自言自语的习惯，所以偶尔喃喃自语。这已经形成一种习惯，这些现在他已经暗自承认了。这时他自己也会意识到他的思想有时是混乱的。他显得十分虚弱，因为他已经有一天多几乎什么东西也没吃了。

他的衣着非常的差,如果换一个人,即使是对此已经习以为常的人,衣衫如此褴褛,白天上街也会感到不好意思。不过这条街区就是这样的,在这儿人们不太注意衣着的优劣。这儿离干草广场很近,妓院到处可见,而且麇集在彼得堡市中心这些大街小巷里的居民,主要是那些在车间干活的工人和手工业工匠,因此有时在这儿遇到这样一些人,反而使这儿的街景显得更加丰富多彩。如果在这儿碰不到这样的人,那倒是怪事了。尽管他有着青年人特有的爱面子心理,有时也非常注意生活的细节,但是因为这个年轻人心里已经积聚了太多愤懑不平的怒火——他蔑视一切,所以当穿着这身破烂儿外出时,他丝毫也不觉得不好意思。但是如果遇见他根本就不愿碰到的某些熟人和以前的老同学,那就另当别论了⋯⋯这时有个喝得醉醺醺的人,不知为什么这时候坐在一辆大车上从大街上经过,大车上套着一匹高头大马,也不知这辆马车要往哪里去。当这醉鬼从他旁边驶过的时候,突然用手指着他,扯着嗓子大喊一声:"嗳,你呀,德国做帽子的工人!"听到这喊声,年轻人突然站住,回过头急忙抓住了自己的帽子。这顶高筒圆帽是从齐梅尔曼帽店里买的,不过已经戴得十分破旧,颜色都褪尽了,到处都是破洞和污迹,没有宽帽檐,帽筒歪到了一边,上面还折了一个难看的角。他的这个动作不是因为羞愧,而完全是另一种感觉,好像是一种类似恐惧的感觉突然向他袭来。

"我就知道!"他惊恐不安地喃喃地说,"我就这么考虑过!这可是最糟糕的事了!是的,不管什么样的蠢事,不管什么不起眼的细节,都会破坏整个计划!是啊,帽子太惹人注意了⋯⋯可笑,因此就容易让人记住⋯⋯我这身破烂儿一定得配一顶制帽,哪怕是一顶煎饼式的旧帽子也行,可不能戴这个难看的怪玩意儿。戴这样的帽子,就是在一俄里以外的人也会注意到,会记住的⋯⋯最重要的是,以后还会不时想起来,瞧,这就是罪证。在这儿需要尽可能避人耳目⋯⋯细节,主要是细节⋯⋯就是这些细节,太关键了,有时总是会出问题的,还会毁掉一切⋯⋯"

名言名段

·首先是最崇高的思想,其次才是金钱;光有金钱而没有最崇高的思想的社会是会崩溃的。

作者	文体	推荐理由
列夫·托尔斯泰	小说	任何语言都不足以褒扬这部作品的伟大，漫长岁月也无法销蚀它的绚烂光芒——打开它、诵读它是最虔诚的评述。

世界上最伟大的小说
——《战争与和平》节选

作者生平

  1828年9月9日，托尔斯泰出生于俄国的一个贵族家里。1844年，托尔斯泰进入喀山大学东方系，因考试不及格后转入法律系。在这里他接受了法国启蒙运动的思想，特别是卢梭的思想，开始对俄国沙皇专制制度深感不满。

  1851年，托尔斯泰进入高加索的沙俄军队服军役，曾参加了在克里木保卫塞瓦斯托波尔的战争，任炮兵连长。在这一时期，托尔斯泰开始文学创作的历程。著名的《童年》、《少年》以及《塞瓦斯托波尔故事》等小说开始在《现代人》杂志上发表。1855年，托尔斯泰回到彼得堡，以新晋作家的身份进入俄国文学圈。1859年，托尔斯泰因其"怪异"的文学观与俄国当时的革命民主派不和，最后导致决裂。

  1860年以后，托尔斯泰两度到欧洲大陆的德国、意大利、比利时以及英国进行教育方面的实地考察，根据自己的亲身感受，写了一篇日记体小说《琉森》，呼吁按照"永恒的宗教真理"去生活。回国后，在调停农民和地主之间的矛盾时由于同情农民，招致贵族农奴主的敌视，在他外出时家中遭到了宪兵的搜查。

1862年，托尔斯泰开始集中精力创作旷世巨著《战争与和平》。经过六年的时间，这部巨著得以完成。

到了19世纪80年代，托尔斯泰完成了《忏悔录》、《我的信仰是什么？》。

1873年至1877年，经过12次精心修改，托尔斯泰完成了一部里程碑式的长篇小说《安娜·卡列尼娜》。1881年，托尔斯泰移居莫斯科，为了自己的社会理想而积极从事社会活动。

1899年，托尔斯泰完成最后一部长篇小说《复活》。托尔斯泰最后的时间仍在致力于"平民化"工作，但家里人无法理解，托尔斯泰在极度的苦闷与矛盾中，于1910年11月10日秘密离家出走。但在途中他身患肺炎，在11月20日病逝于阿斯塔波沃火车站，享年82岁。

"最清醒的现实主义"的"天才艺术家"托尔斯泰。

名文欣赏

拿破仑之所以要同俄国打仗，是因为他被荣耀和地位迷惑了，他认为自己一定要得到德累斯顿，他一定要穿上波兰军装，他还受到六月早晨诱发出的野心的影响，他要先当着库拉金的面，尔后当着巴拉舍夫的面突然发怒。

亚历山大拒绝了一切所谓的谈判，因为他觉得这些谈判使自己受了侮辱。巴克莱·德·托利尽力以最好的方式指挥军队，是为了尽到自己的天职，从而获得大统帅的荣誉。罗斯托

▲ 俄国画家列宾的《托尔斯泰在耕地》。画中描绘了托尔斯泰晚年致力于"平民化"的工作的场景。

夫之所以跃马向法军冲锋,是因为他只要在平坦的田野上就忍不住要纵马驰骋……正是这样,参加这场战争的无数人,他们都是按照各自的特性、习惯、环境和目的而行动的。他们感到害怕,徒骛虚名;他们感到高兴,义愤填膺;他们发表议论,认为他们知道自己所做的事,并且是为了自己而做的;其实他们都是未意识到自己当了历史的工具,做了他们自己不明白而我们却了解的工作。所有实际的活动家不可避免的命运就是这样,他们所处的地位越高,就越不自由。

虽然1812年的活动家他们早已退出自己的历史舞台,他们个人的兴趣也早已消失得无影无踪,留在我们面前的只有当时的某些历史后果。

天意差使所有这些人竭力追求他们自己的目的,从而造成一个巨大的历史后果。当时任何一个人,无论是拿破仑还是亚历山大,或者说战争的某一个参加者,对这个历史后果谁也未曾预料到。

1812年法军覆灭的原因,现在我们已经很清楚。毋庸置疑,那年拿破仑率领的军队覆灭的原因有二:一是他们深入俄国腹地,却迟迟没有为过冬做好准备;二是由于焚烧俄国城市，因此在俄国人民中激起对敌人的普遍仇恨，从而决定了战争的性质。但是，当时没有人预见到（现在这似乎很明显了）会有这样的历史后果。可是也只有这两个原因，才能导致世界上最优良、由最优秀的统帅所指挥的八十万军队在碰到比自己弱一半的、由没有经验的统帅所指挥的俄国军队时的覆灭；与此同时，不仅没有人预见到这一点，而且在俄国人方面，他们一切的努力经常都是在妨碍那唯一能够拯救俄国的事业的实现；而法国人方面，尽管有所谓拿破仑的军事天才和战斗的经验，但却尽一切的努力，在夏末向莫斯科推进，也就是在做使法军必然走向灭亡的事情。

在有关1812年的历史论著中，法国的作者总是喜欢这样写：当时拿破仑已经感到战线拉长的危险，因此不断寻觅决战的机会，拿破仑的元帅也劝他在斯摩棱斯克按兵不动。而且还会援引类似一些别的论据，来证明当时他们就已经意识到战争的危险性。而俄国的作者则更喜欢赞颂俄国人的公德：从战役一开始，俄国方面就有一个引诱拿破仑深入俄国腹地的西徐亚人式的作战计划。对于这个计划的拟定有多种说法，有人认为是普弗尔拟的，有人认为是某个法国人拟的，有人认为是托尔拟的，也有人认为是亚历山大皇帝本人拟的，还引用笔记、方案和书信来证明，其中确实有这种作战方案的暗示。但是有关预见所发生的事件的一切暗示，不论是俄国人还是法国人所为，只不过因为既成的事实证明了其暗示的正确性，所以现在公之于世。如果结果不是这样或者事件没有发生，那么这些暗示就会被人遗忘。就像现在成千上万相反的暗示和假设，在当时也许很流行，但是如果被证明是不正确的，那么也就被人忘了一样。关于每一个事件的结局，总是有那么多的假设，以致不管事件的结局是什么，事后总有人要说："我当时就说过，事情就是这样的结局。"可是他们却完全忘却了，在无数的假设之中还有许多完全与此相反的意见。

名言名段

· 一个人因为可爱而美丽，并非因美丽而可爱。

作者	文体	推荐理由
易卜生	戏剧	在舞台上大声喊出的妇女解放的《独立宣言》。

妇女解放运动的宣言书
——《玩偶之家》节选

作者生平

1828年,易卜生出生在挪威南部的小城希恩。由于父亲的生意破产,易卜生到一家药店当学徒。工作之余,易卜生刻苦读书,并尝试进行创作。

1850年,易卜生来到挪威的首都。1851年起,易卜生先后在卑尔根和奥斯陆首都剧院担任导演和经理。1864年,丹麦和普鲁士发生战争。易卜生由于对整个半岛的政治形势非常失望,愤而出国,在意大利、德国等地漂泊二十七年之久。在这一时期,幸运的是易卜生在创作上取得了辉煌的成就。1906年5月23日,易卜生在挪威首都奥斯陆逝世。

名文欣赏

娜拉:咱们两个之间的问题就在这儿!你从来就没了解过我。我已经受够了委屈,先在我的父亲那里,现在又在你的手中。

海尔茂：你这话是什么意思！你父亲和我都是非常爱你的，你反过来倒说受了我们的委屈！

娜拉：（摇头）你们哪里真爱过我，你们的爱只不过是把我当做解脱人生烦闷的良剂。

海尔茂：娜拉，你说的这是什么话！

娜拉：这是真实的话。我跟着父亲一起生活的时候，他会把他的意见告诉我，我就按照他的意见去做；如果我的意见和他的不一样，我就不让他知道，因为他知道了会不赞成的。在家中他喊我为"泥娃娃孩子"，像把我当做家中的一个玩具一样，像我小时候玩我的泥娃娃。

海尔茂：你用这样的话形容我们的夫妻生活简直不像话！

娜拉：（满不在乎）也就是说，从父亲的手中再来到你手中，我，和你在一块儿，事情都由你做主。你喜欢什么我也喜欢什么，或者假装去喜欢——有时候，自己都不知道是真是假——也许有时候是真的，有时候是假的。现在，回过头来想一想，这些年在这个家中我几乎就是一个讨饭的叫化子，得过且过，一天，一天。托伐，我是在凭着演戏过活。可是你爱让我这么去演。你，还有我的父亲让我陷入此中。现在我还要去想法子责怪你们。

海尔茂：娜拉，你这是不讲道理，也不知轻重！这儿过的日子何尝不快乐？

娜拉：不快乐。过去我还以为很快乐，其实不快乐。

海尔茂：什么？！不快乐！

娜拉：说不上什么快乐的，只不过是说说笑笑，在一起凑合着过罢了。你一向待我很好。可是这个家只是一个演戏的地方，谈不上有什么正式的事。在这个地方我是你的"泥娃娃老婆"，好比在我的父亲眼中是一个"泥娃娃女儿"一样。我的孩子又会是我的泥娃娃。你刻意逗着我玩儿，其中的意味，好比我逗弄孩子们，孩子们也感到很有意思。托伐，这就是我们的夫妻生活。

海尔茂：你的话虽然有些过火，但并非没有一点儿道理。可是，以后的生活就会不一样的。演戏的日子过去了，玩儿的日子一去不返了，现在是重新开始接受教育的时候了。

娜拉：谁的教育？我的？还是孩子们的？

海尔茂：两方面都有，我的好娜拉。

娜拉：托伐，你并没有资格去教育我该如何做一个好妻子。

海尔茂：你怎么能说出这种话？

娜拉：我有资格教育自己的孩子吗？

海尔茂：娜拉！

准备离家出走的娜拉。

　　娜拉：你刚才不是还在说不再把孩子交给我吗？

　　海尔茂：那是气头上的话，你为什么还是提起它！

　　娜拉：其实，你的话是对的。我没有资格去教育孩子，也不配。如果要教育孩子，就要先教育自己。你没资格帮我的忙。我一定得自己去做，所以，我现在要离开你。

　　海尔茂：（跳起来）你说什么？

　　娜拉：我想确切了解一下我自己和周围的环境，我想一个人过活，所以不能再和你一起生活下去了。

　　海尔茂：娜拉！娜拉！

　　娜拉：马上就走。克立斯蒂娜一定会留我住一宿的。

　　海尔茂：你发疯了！不让你走！也不许走！

　　娜拉：你不允许我走，这是没用的。我只带属于我自己的东西。你的东西，我不会要一件的，现在不要，今后也不会要的。

　　海尔茂：你怎么会如此疯狂！

名言名段

· 社会犹如一条船，每个人都要有掌舵的准备。

· 从事理上推想起来，娜拉或者其实也只有两条路：不是堕落，就是回来。

作者	文体	推荐理由
马汉	议论文	制海权在现代战争中有了更加重要的作用，马汉的《海权论》自然也成了当今军事人员的必读书。

海军的"圣经"
——《海权之要素》

作者生平

1840年，马汉出生于美国纽约州的西点镇。1859年，他毕业于美国海军学院。1861年至1865年，马汉作为北方军队的一员在联邦军队中服役，参加美国内战，并于1865年升为海军少校。1886年开始任罗得岛新港海军军事学院院长，讲授海军史、海军战略。1893年，开始任"芝加哥"号巡洋舰舰长。1896年，马汉退役，后又在"美西战争"中担任海军战略委员会委员一职，负责指挥海军的军事行动。1899年，马汉作为美国代表团成员出席了海牙国际会议。1906年，马汉晋升为非现役海军少将。马汉一生撰写了多本著作，鼓吹海外扩张的政策，曾任美国历史学会会长。1914年，马汉在华盛顿去世。

名文欣赏

如果从政治和社会的观点来分析，就会看到海洋呈现出的首要的和最明显的特征，那就是它如同一条大马路。如果在比较好的情况下，海洋则如同一块宽阔的通往四面八方的公地，人们可以选择任意一个方向行走。只是在地上，由于控制性原因的影响，一些走过的路径昭示人们选择某些旅行之途，而不是选择其他途径。这些旅行之途就是商路，正是在世界历史中要加以寻找的原因确定了它们的存在。

尽管人们知道通过海洋旅行有各种各样的危险存在，但是与陆路相比，通过水路进行旅行与贸易要容易和便宜得多。我们知道，荷兰的商业成就多半取决于它在海上的航运，但是也有部分取决于众多一帆风顺的水道，靠这些水上条件，商业贸易方便地进入了德国的腹地。犹如200年前的状况那样，与陆地运输相比，在公路短缺且状况十分糟糕，战争频繁发生，社会动荡不安的时期内，水路运输的优势更加显著地体现出来。当时，虽然海上交通仍然处于强盗围追堵截的危险之中，然而与陆地运输相比，却仍然较为安全与快捷。那个时期曾有一位荷兰作家，在估计荷兰与英国交战的胜负结果时，除了考虑其他因素外，他注意到，英国的水道不能从纵深方向切入荷兰；所以，在陆路状况不佳的情况下，王国的货物从一个地方转运到另一个地方就必须采用海上运输方式，如果这样的话，在中途就容易截击它。当然对纯粹的国内贸易来说，目前通常不存在这一危险。今天，在大多数文明国家，尽管水路运输仍然很便宜，但是沿岸贸易几乎丧失殆尽或者完全消失，这仅仅是因为水运不方便而已。尽管现在如此，但在法兰西共和国与第一帝国进行战争之际，那些对于那个时期的历史十分熟悉，或者十分熟悉对这一历史轻描淡写的海军文献的人，都会知道：沿着法兰西海岸，尽管大海之中到处都是英国人的巡逻舰，并且内陆道路状况也良好，但是运输船队却能从一个地点频繁地偷偷开到另一个地点。

……

对于一个拥有非武装舰船的国家来说，当其船只离开本土，远航于他乡后，不久它就会感觉到船只有必要依赖于和平贸易、避难场所和供给。在今天，虽然在世界各地随处可见陌生但还算友好的港口，只要世界和平得以延续，船只获得保护是没有什么问题的，但是，事情并非永远会是这样的，和平也不会长久存在。对美国来说，它获益匪浅的原因正是依赖于和平的持久延续。早期，进行商业贸易的海员为了扩大贸易，不断在新的与未探索的地区寻找，为了获得利润，他们冒着在异端国家或是敌对国家失去生命与自由的风险，但是在收集有利可图的货物时，却不能放开手脚。因此，凭着直觉，在其贸易航道的另一头，他们往往寻求一个或更多的站点，或者通过恩赐，或者通过武力。因为在那里，他们自己或者他们的代理人处于一种合理的安全状态之中；在那里，他们能使他们的船队秋毫无损；在那里，对有利可图的产品能够持续不断地进行收集，当本国船队到来时，能够将它们运载到自己的祖国。在早期的航行中，巨大的利润与风险是并存的，这样的情况发展下去，最终使某些地方演变成为殖民地；而正是由于它们得以出现的那个国家的政策与条件，它们才得以发展与成功，世界历史也由此形成，构成了世界海洋史的一个庞大体系。当然上述那种简单而又自然的产生与发展过程并不是所有的殖民地都具有的，许多殖民地在其孕育、形成过程中，在民众的统治者而不是单个个体的行为等方面，是更为正式并且带有纯粹政治意义的。贸易口岸的产生及其随后的扩大，最初只是冒险家为了寻找利润，但是就其理由与本质而言，与刻意组织和建立的殖民地的性质是相同的。在这两种情况下，他们都在外国土地上赢得了一块立足之地，寻找到了它输出物品的新的入口，找到了其航运的新范围，同时也为其人民带来了更多的就业机会，更为其自身赢得了舒适与财富。

然而，并不是在道路的另一端获取了安全，商业活动就能全部得以完成。航程是漫长而又危险的，各大海洋之中，到处都有敌人的踪迹。在殖民化最为活跃的时期，大洋之上到处是无法无天的烧杀抢掠，也许今天对这些的记忆已几乎荡然无存了。在海洋国家之间，很少会有稳定和平的日子。因此对沿途站口的需求迫在眉睫，正如好望角、圣海伦、毛里求斯一样，它们的形成最初是出于防御与战争的需要，而不是由于贸易的缘故。直布罗陀、马耳他、路易斯堡（位于圣劳伦斯湾入口处）等要塞，它们都具有战略性的价值。从殖民地与殖民要塞的特征出发，它们有时是商业性的，有时又是军事性的，如同纽约，在两种观点看来两种地位都是一样重要的。

生产、航运、殖民地这三者之间关系密切：生产，具有交换产品的必需性；航运，由此交换才得以进行；殖民地，方便并扩大了航运范围，并通过大量建立安全区对航运进行保护。因此这一连锁反应被认定为大部分历史与政策以及濒海国家的关键所在，这种政策

威廉·戴斯的油画《海神授予英国治海权》。

随着时代的精神以及统治者的性格、见识的改变而改变。然而，与其说濒海国家的历史是由其政府的英明与远见决定的，不如说是由其民众的地位、范围、组合方式、数量及性质来决定的。不管怎么说，简单一句话，这些濒海国家的历史是由自然状况决定的。然而，我们必须承认，而且也必将发现，对于广义的海洋霸权来说，在某些历史时期，明智或不明智的个人行为曾经起到过很大的作用。其中包括海洋上的军事实力（它以武力的方式统治着海洋或部分海洋），同时也包含和平时期的贸易与航运。只有这样，健康而有力的海军舰队才能自然而然地诞生，才能使其领导稳如泰山。

名言名段

·影响一个国家海上实力的主要因素可列举如下：1、地理位置；2、形态构成，其中包括与此相连的天然生产力与气候；3、领土范围；4、人口数量；5、民众特征；6、政府特征，其中包括国家机构。

作者	文体	推荐理由
马克思	议论文	列宁说过:"现在,自从《资本论》问世以来,唯物主义历史观已经不是假设,而是科学地证明了的原理。"

工人阶级强大的思想武器
——《原始积累的秘密》

作者生平

1818年5月5日,马克思诞生在普鲁士的莱茵省特里尔城,1830年至1835年,马克思在特里尔高中求学。紧接着马克思进入波恩大学,学习希腊罗马神话和艺术史之类的课程。一年后,他转入柏林大学攻读法律和哲学。

大学毕业后,马克思开始投身于政治活动。1842年以后,马克思开始为科隆的《莱茵报》撰稿,同年进入《莱茵报》做编辑工作。后来,《莱茵报》被普鲁士当局查封后,马克思把主要精力转向法国资产阶级革命史的研究工作。1844年,马克思发表了《〈黑格尔法哲学批判〉导言》。不久,马克思前往布鲁塞尔,并在那里结识了恩格斯。1845年,马克思和恩格斯合作撰写了《神圣家族》。马克思在布鲁塞尔确立了自己的学说。

1847年11月到12月,共产主义者同盟在伦敦举行第二次会议。马克思和恩格斯受邀参加了这一组织,并受委托拟定了同盟的宣言——《共产党宣言》,并于1848年2月正式发表。1850年至1864年期间,马克思过着贫困交加的生活,恩格斯给予了马克思极大的帮助,使他顺利地渡过了难关。

1864年国际工人协会成立，随后在伦敦举行了第一次公开集会，马克思以德国工人代表的身份出席了大会，并起草了《国际工人协会成立宣言》和《协会临时章程》。

1861年，马克思开始着手写作《资本论》。1867年，马克思出版了《资本论》的第一卷。19世纪70年代到80年代初，马克思的主要精力用于写《资本论》的第二、三卷。

名文欣赏

我们已经知道，货币怎样转化为资本，资本怎样产生剩余价值，剩余价值又怎样产生更多的资本。但是，资本积累以剩余价值为前提，剩余价值以资本主义生产为前提，而资本主义生产又以商品生产者握有较大量的资本和劳动力为前提。因此，这整个运动好像是在一个恶性循环中兜圈子，要脱出这个循环，就只有假定在资本主义积累之前有一种"原始"积累（亚当·斯密称为"预先积累"），这种积累不是资本主义生产方式的结果，而是它的起点。这种原始积累在政治经济学中所起的作用，同原罪在神学中所起的作用几乎是一样的。亚当吃了苹果，人类就有罪了。人们在解释这种原始积累的起源的时候，就像在谈过去的奇闻逸事。在很久很久以前有两种人，一种是勤劳的，聪明的，而且首先是节俭的中坚人物，另一种是懒惰的，耗尽了自己的一切，甚至耗费过了头的无赖汉。诚然，神学中关于原罪的传说告诉我们，人怎样被注定必须汗流满面才得糊口；而经济学中关于原罪的历史则向我们揭示，怎么会有人根本不需要这样做。但是，这无关紧要。于是出现了这样的局面：第一种人积累财富，而第二种人最后除了自己的皮以外没有可出卖的东西。大多数人的贫穷和少数人的富有就是从这种原罪开始的；前者无论怎样劳动，除了自己本身以外仍然没有可出卖的东西，而后者虽然早就不再劳动，但他们的财富却不断增加。例如梯也尔先生为了替所有权辩护，甚至带着政治家的严肃神情，向一度如此富有才华的法国人反复叨念这种乏味的儿童故事。但是，一旦涉及所有权问题，那么坚持把儿童读物的观点当做对于任何年龄和任何发育阶段来讲都是唯一正确的观点，就成了神圣的义务。大家知道，在真正的历史上，征服、奴役、劫掠、杀戮，总之，暴力起着巨大的作用。但是在温和的政治经济学中，从来都是田园诗占统治地位。正义和"劳动"自古以来就是唯一的致富手段，自然，"当前这一年"总是例外。事实上，原始积累的方法绝不是田园诗式的东西。

货币和商品，正如生产资料和生活资料一样，开始并不是资本。它们需要转化为资本。但是这种转化本身只有在一定的情况下才能发生，这些情况归结起来就是：两种极不相同的商品所有者必须互相对立和发生接触；一方面是货币、生产资料和生活资料的所有者，他们要购买别人的劳动力来增殖自己所占有的价值总额；另一方面是自由劳动者，自己劳动力的出卖者，也就是劳动的出卖者。自由劳动者有双重意义：他们本身既不像奴隶、农奴等等那样，直接属于生产资料之列，也不像自耕农等等那样，有生产资料属于他们，相反地，他们脱离生产资料而自由了，同生产资料分离了，失去了生产资料。商品市场的这种两极分化，造成了资本主义生产的基本条件。资本关系以劳动者和劳动实现条件的所有权之间的分离为前提。资本主义生产一旦站稳脚跟，它就不仅保持这种分离，而且以不断扩大的规模再生产这种分离。因此，创造资本关系的过程，只能是劳动者和他的劳动条件的所有权分离的过程，这个过程一方面使社会的生活资料和生产资料转化为资本，另一方面使直接生产者转化为雇佣工人。因此，所谓原始积累只不过是生产者和生产资料分离的历史过程。这个过程之所以表现为"原始的"，是因为它形成资本及与之相适应的生产方式的前史。资本主义社会的经济结构是从封建社会的经济结构中产生的。后者的解体使前者的要素得到解放。直接生产者，劳动者，只有当他不再被束缚于土地，不再隶属或从属于他人的时候，才能支配自身。其次，他要成为劳动力的自由出卖者，能把他的商品带到任何可以找到市场的地方去，他就必须摆脱行会的控制，摆脱行会关于学徒和帮工的制度以及关于劳动的约束性规定。因此，使生产者转化为雇佣工人的历史运动,一方面表现为生产者从隶属地位和行会束缚下解放出来;对于我们的资产阶级历史学家来说,只有这一方面是存在的。但是另一方面,新被解放的人只有在他们被剥夺了一切生产资料和旧封建制度给予他们的一切生存保障之后,才能成为他们自身的出卖者。而对他们的这种剥夺的历史是用血和火的文字载入人类编年史的。

工业资本家这些新权贵,不仅要排挤行会的手工业师傅,而且要排挤占有财富源泉的封建主。从这方面来说,他们的兴起是战胜了封建势力及其令人愤恨的特权的结果,也是战胜了行会及其对生产的自由发展和人对人的自由剥削所加的束缚的结果。但是,工业骑士之所以能够排挤掉佩剑骑士,只是因为他们利用了与自己毫不相干的事件。他们借以兴起的手段,同罗马的被释放奴隶成为自己保护人的主人所使用的手段同样卑鄙。

劳动者的奴役状态是产生雇佣工人和资本家的发展过程的起点。这一发展过程就是这种奴役状态的形式变换,就是封建剥削变成资本主义剥削。要了解这一过程的经过,不必追溯太远。虽然在十四世纪和十五世纪,在地中海沿岸的某些城市已经稀疏地出现了资本主义生产的最初萌芽,但是资本主义时代是从十六世纪才开始的。在这个时代来到的地方,农奴制早已废除,中世纪的顶点——主权城市也早已衰落。

在原始积累的历史中,对正在形成的资本家阶级起过推动作用的一切变革,都是历史上划时代的事情;但是首要的因素是:大量的人突然被强制地同自己的生存资料分离,被当做不受法律保护的无产者抛向劳动市场。对农业生产者即农民的土地的剥夺,形成全部过程的基础。这种剥夺的历史在不同的国家带有不同的色彩,按不同的顺序,在不同的历史时代通过不同的阶段。只有在英国,它才具有典型的形式,因此我们拿英国做例子。

名言名段

·货币和商品,正如生产资料和生活资料一样,开始并不是资本。它们需要转化为资本。但是这种转化本身只有在一定的情况下才能发生,这些情况归结起来就是:两种极不相同的商品所有者必须互相对立和发生接触;一方面是货币、生产资料和生活资料的所有者,他们要购买别人的劳动力来增殖自己所占有的价值总额;另一方面是自由劳动者,自己劳动力的出卖者,也就是劳动的出卖者。

作者	文体	推荐理由
马克思、恩格斯	议论文	《共产党宣言》总结了无产阶级斗争的历史经验，系统、完整地阐述了马克思主义的学说。

马克思主义诞生的标志
——《资产者和无产者》

作者生平

1820年11月28日，恩格斯诞生于普鲁士王国莱茵省的巴门市。他父亲是纺织厂老板，一心想让恩格斯继承父业，所以1837年恩格斯被迫中途辍学去学经商。

1842年，恩格斯去英国曼彻斯特他父亲的工厂办事处工作，和英国工人运动发生联系。1844年，恩格斯回德国时途经巴黎，会见了在这里的马克思。1848年，恩格斯和马克思一起发表了具有划时代意义的《共产党宣言》。1850年，他重返英国，从经济上支持马克思完成《资本论》的写作。1883年马克思去世后，恩格斯集中精力从事整理、补充、出版《资本论》第二、三卷的工作。1895年8月5日，恩格斯在伦敦去世。

名文欣赏

资产阶级在历史上曾经起过非常革命的作用。资产阶级在它已经取得了统治权的地方把一切封建的、宗法的和田园诗般的关系都破坏了。它无情地斩断了把人们束缚

马克思与恩格斯在讨论《资本论》手稿中的问题。

于天然首长的形形色色的封建羁绊，它使人和人之间除了赤裸裸的利害关系，除了冷酷无情的"现金交易"，就再也没有任何别的联系了。它把宗教的虔诚、骑士的热忱、小市民的伤感这些情感的神圣激发，淹没在利己主义打算的冰水之中。它把人的尊严变成了交换价值，用一种没有良心的贸易自由代替了无数特许的和自力挣得的自由。总而言之，它用公开的、无耻的、直接的、露骨的剥削代替了由宗教幻想和政治幻想掩盖着的剥削。

资产阶级抹去了一切向来受人尊崇和令人敬畏的职业的灵光。它把医生、律师、教士、诗人和学者变成了他出钱招雇的雇佣劳动者。

资产阶级撕下了罩在家庭关系上的温情脉脉的面纱，把这种关系变成了纯粹的金钱关系。

资产阶级生存和统治的根本条件，是财富在私人手里的积累，是资本的形成和增殖；资本的生存条件是雇佣劳动。雇佣劳动完全是建立在工人的自相竞争之上的。资产阶级无意中造成而又无力抵抗的工业进步，使工人通过联合而达到的革命团结代替了他们由于竞争而造成的分散状态。于是，随着大工业的发展，资产阶级赖以生产和占有产品的基础本身也就从它的脚下被挖掉了。它首先生产的是它自身的掘墓人。资产阶级的灭亡和无产阶级的胜利是同样不可避免的。

共产党人同一般无产者的关系是怎样的呢？共产党人不是同其他工人政党相对立的特殊政党。他们没有任何同整个无产阶级的利益不同的利益。他们不提出任何特殊的原则，用以塑造无产阶级的运动。

共产党人同其他无产阶级政党不同的地方只是：一方面，在各国无产者的斗争中，共产党人强调和坚持整个无产阶级的不分民族的共同利益；另一方面，在无产阶级和资产阶级的斗争所经历的各个发展阶段上，共产党人始终代表整个运动的利益。

马克思在共产主义者同盟会议上。

因此,在实践方面,共产党人是各国工人政党中最坚决的、始终推动运动前进的部分;在理论方面,他们比其余的无产阶级群众优越的地方在于他们了解无产阶级运动的条件、进程和一般结果。

共产党人的最近目的是和其他一切无产阶级政党的最近目的一样的:使无产阶级形成阶级,推翻资产阶级的统治,由无产阶级夺取政权。

共产党人的理论原理,绝不是以这个或那个世界改革家所发明或发现的思想、原则为根据的。

这些原理不过是现在的阶级斗争、我们眼前的历史运动的真实关系的一般表现。消灭先前存在的所有制关系,并不是共产主义所独具的特征。

一切所有制关系都经历了经常的历史更替、经常的历史变更。

例如,法国革命废除了封建的所有制,代之以资产阶级的所有制。

共产主义的特征并不是要废除一般的所有制,而是要废除资产阶级的所有制。

但是,现代的资产阶级私有制是建筑在阶级对立上面、建筑在一些人对另一些人的剥削上面的生产和产品占有的最后而又最完备的表现。

从这个意义上说,共产党人可以用一句话把自己的理论概括起来:消灭私有制。

名言名段

·一个幽灵,共产主义的幽灵,在欧洲徘徊。旧欧洲的一切势力,教皇和沙皇、梅特涅和基佐、法国的激进党人和德国的警察,都为驱除这个幽灵而结成了神圣同盟。

——《共产党宣言》

作者	文体	推荐理由
弗洛伊德	议论文	现代心理分析学的定鼎之作。

对人类心灵的揭秘
——《梦的解析》序言

作者生平

1856年，弗洛伊德出生于奥地利弗莱堡的一个犹太商人家里。1873年，弗洛伊德进入维也纳大学就读医学。1876年至1882年，弗洛伊德在维也纳生理研究所任助理研究员。1881年，弗洛伊德获医学博士学位。1895年，弗洛伊德和布鲁尔合作10年出版了《歇斯底里研究》一书。此后，弗洛伊德的思想变得十分激进。1893年至1900年，弗洛伊德为建构和发展精神分析理论，不断地进行自我分析。

1930年，弗洛伊德因在文学理论领域里所做出的巨大贡献而获歌德奖。1936年，弗洛伊德成为英国皇家学会通讯院士。1939年，弗洛伊德因口腔癌病逝于伦敦。

名文欣赏

我尝试着在本书中描述"梦的解析"；我相信从事这项工作的时候，这并没有超出神经病理学的范围。因为在心理学上探讨的梦只是许多病态心理现象的一种；其他的如歇斯

▲ 这幅布鲁叶的油画描绘的是夏尔科在学生面前诊断病患的场景。这幅画一直都挂在弗洛伊德的办公室,可见弗洛伊德对夏尔科的敬爱。

底里式的恐惧感、强迫性的思想、妄想也属于这一类现象,并且因为现实境况中的缘由,这些异常现象为医生们所重视。从这些现象遗留下来的病症来看,梦并没有实际上的重要性;但,从它作为一种典范的理论的价值来看,它的重要性却相对地更有价值。无论是哪一位,如果他不能解释梦中影像的来源,那么他也是不可能了解恐惧症、强迫症或是妄想的,并且也不可能通过这个思路为病人带来任何治疗上的实质影响。

不过,形成这一论题的重要性的原因也应是这本著作无法去完全承担的原因——这本书常常缺失了许多线索和脉络,我的论述由此也常常不得不中断;它的数目并不比关于梦的形成以及那些比较容易明白的病态心理问题之间存在的相关联的地方少。关于这些问题,我不打算在本书中讨论,不过如果时间和精力允许的话,如果能够进一步获得更多的资料的话,我今后将陆续地对这些问题加以讨论。

这本书发表困难的另一个原因，是说明"梦的解析"的材料的特殊性。大家在阅读本书时，应该明白为什么刊载于文献上或来源不甚明了的那些梦，都能够被加以利用而放在书中。按理说，只有我本人的，和那些接受我心理治疗的病患的梦才有资格被选用。我之所以放弃病人的梦不用，那是因为那些梦形成的程序由于现存的神经质特征会产生不必要的混杂、混淆。不过，我在发表自己的梦时，又不可避免地会把许多私人的精神生活表露在大家面前——超过我所愿意的，或者可以说超过任何科学家发表论著时所牵涉的隐私的范围（当然，这些对于诗人来说就会不一样的）。这是我所要承担的痛苦，但这些又是必要的；如果完全放弃提供在这些心理学问题上所获得的证据，我宁愿选择痛苦。很显然，我无法避免以省略或用替代物来替代的方式来掩盖我的一些草率行为。如果这样做的话，其价值就会因此而降低了。所以，我希望读者能够设身处地，从我的困境中设想一下，能够包涵我的抉择；另外，如果哪一位发现我的梦境涉及他时，请允许梦中生活的我有这样一份自由的权利。

奥地利精神分析学家弗洛伊德。

名言名段

·你想追究你自己许多显然无意的错误和疏忽吗？请走上特尔菲阿波罗神殿门上的名言——认识你自己——所照耀的坦荡大道吧！

作者	文体	推荐理由
索绪尔	议论文	西方语言学史上结构主义的开山之作，影响了西方社会科学思潮走向的鸿篇名著。

语言学史上结构主义的开端
——《语言的两个要素》

作者生平

  1857年，索绪尔出生于瑞士日内瓦的一个法国人家里。索绪尔从小受到良好的教育，学会了法语、德语、英语、拉丁语和希腊语等。

  1875年至1876年，索绪尔在日内瓦大学学习物理学和化学，后转入莱比锡大学攻读语言学。1876年，索绪尔加入巴黎语言学会。1878年发表了成名作《论印欧系语元音的原始系统》。1880年，索绪尔以论文《论梵语绝对属格的用法》获莱比锡大学博士学位。1881年至1891年他在法国巴黎高等研究学院任教，讲授历史比较语法。1891年回国担任日内瓦大学教授，讲授梵文和比较语法。1913年，索绪尔去世后，他的学生巴利和薛施蔼根据同学听课时的笔记整理成《普通语言学教程》一书，于1916年在日内瓦出版。

名文欣赏

  我们的关于语言的定义是要把一切与语言的组织、语言的系统无关的东西，简言之，一切我们用"外部语言学"这个术语所指的东西排除出去的。可是外部语言学所研究的却是一些很重要的东西；我们着手研究言语活动的时候想到的也正是这些东西。

首先是语言学和民族学的一切接触点，语言史和种族史及文化史之间可能存在的一切关系。这几种历史总是混杂在一起的，彼此之间有相互关系。这有点像固有语言现象之间的对应关系。一个民族的风俗习惯常会在它的语言中有所反映，另一方面，在很大程度上，构成民族的也正是语言。

其次，必须提到语言和政治史的关系。有些历史上的大事件，例如罗马人征服其他民族，对于许多语言事实有无可估量的影响。殖民只是征服的一种形式，把一种语言移植到不同的环境，结果引起了这种语言的变化。我们可以举出各种事实来加以证明。例如挪威在政治上和丹麦联合时曾采用过丹麦语；诚然，挪威人今天正要摆脱这种语言的影响。国家的政策对于语言的生命同样重要：某些政府，例如瑞士，容许几种语言同时并存；另外一些政府，例如法国，却希望语言统一。高度的文明有利于某些特殊语言（法律语言、科学术语等等）的发展。

第三点是语言和各种机构如教会、学校等的关系。这些制度和一种语言的文学发展有密切的联系，这是一种同政治史分不开的普遍现象。文学语言在任何方面都超越了文学为它划定的界限，例如沙龙、宫廷、科学院都对它发生影响。另一方面，文学语言又提出了它和地方方言发生冲突的重大问题，语言学家还应该考察书面语和口语的相互关系，因为任何文学语言都是文化的产物，到头来都会使它的生存范围脱离自然的范围，即口语的范围。

最后，凡与语言在地理上的扩展和方言分裂有关的一切，都属于外部语言学的范围。毫无疑问，正是在这一点上，外部语言学和内部语言学的区别看来似乎最没有道理，因为地理的现象和任何语言的存在都是紧密地联系在一起的；可是，实际上，它并没有触及语言的内部结构。

有人认为，把所有这些问题和固有意义的语言研究分开是绝对不可能的。特别是自从人们强调"Realia"（实物知识）以来，这就是一个很流行的观点。

正如植物会因受外部因素如土壤、气候等的影响而改变它的内部结构一样，难道语法结构不也经常要依赖于语言变化的外部因素吗？即语言里有许多技术上的术语和借词，如果不考虑到它们的来源，似乎很不好解释。一种语言的自然的、有机的发展，我们能把它和那语言由于外部的因而是无机的因素而形成的人为的形式，比方文学语言，区别开来吗？我们不是经常看见共同语和地方方言并肩发展吗？

▲ 托妮·莫里森是美国黑人女作家，她深受西方古典文学的熏陶，并在创作手法上集众家之长，又有所创新。在她的小说中，到处是色彩和音乐般的意想，增强了语言的美感。

　　我们认为，外部语言现象的研究是富有成果的，但是不能说，没有这些现象就不能认识语言的内部结构。试以外来借词为例：我们首先可以看到它绝对不是语言生命中的经常要素。在某些偏僻的山谷中有些土语可以说从来没有从外面接受过任何人为的词语，我们难道可以说，这些语言处在言语活动的正常条件之外，不能说明言语活动，而且正因为它们没有被混合过，所以要对它们进行一种"畸形的"研究吗？但是措词只放到系统当中去研究，首先就不算是措词了；它会和任何土生土长的符号一样，只因与它有关联的词的关系和对立而存在。一般地说，一种语言曾在什么环境中发展，是并不一定要知道的。有些语言，例如禅德语和古斯拉夫语，我们甚至并不确切地知道过去是哪些民族说的，但是这并不妨碍我们从内部研究这些语言和了解它们所经受过的变化。无论如何，把这两种观点分开是必不可少的，这一点我们遵守得越严格越好。

　　最好的证据是每种观点都创立了不同的方法。外部语言学可以把各种细节一件件地堆积起来而不致感到被系统的老虎钳钳住。例如每个作者都能按照自己的理解把一种语言在

▲ 16世纪的油画《语言的起源》。依据今天的一些理论，语言的起源具有共同性。

它的领域以外扩展的事实做出归类；他如果想要找出是什么因素在各种方言面前创造了一种文学语言，常可以采用简单的列举法；如果他把事实安排得多少有点条理，那只是为了眉目清楚的需要。

至于内部语言学，情况却完全不同：它不容许随意安排；语言是一个系统，它只知道自己固有的秩序，它跟国际象棋相比，更能使人感觉到这一点。在这里，要区别什么是外部的，什么是内部的，是比较容易的：国际象棋由波斯传到欧洲，这是外部的事实，反之，一切与系统和规则有关的都是内部的。例如我把木头的棋子换成象牙的棋子，这种改变对于系统是无关紧要的；但是假如我减少或增加了棋子的数目，那么，这种改变就会深深影响到"棋法"。不错，要做出这种区分，需要一定的注意力。例如，在任何情况下，人们都会提出有关现象的性质问题，而要解决这个问题，我们必须遵守这条规则：一切在任何程度上改变了系统的，都是内部的。

名言名段

・我们可以说，言语总是通过个别语言来表现自身的，没有言语，语言就不存在。反之，语言则完全独立于个人，它不可能是个人的创造，其本质上是社会的，并以集体为前提。

作者	文体	推荐理由
泰戈尔	诗歌	柳无忌先生曾说道:"他曾经是我们一派新诗人的灵感的泉源,东方文化的伟大的支持者,在他身上,实现了中印文化的交流;他对中国新文学运动的初期有着深刻的影响。"

"奉献给神的祭品"
——《吉檀迦利》节选

作者生平

1861年5月7日,泰戈尔出生在印度加尔各答的一个显赫家族的家里。泰戈尔童年时代即在文学创作上显示了独特的创造力,13岁开始创作长诗和颂歌体诗。1878年,泰戈尔到英国伦敦大学学习语言文学。1880年,泰戈尔回国,从事文学艺术的创作。

1901年,泰戈尔创办学校,宣传印度的民族文化。这所学校后来发展成为著名的印度国际大学。1924年,泰戈尔访问中国,历时长达50天,对中国的学术思想界产生了重大影响。1925年担任印度哲学大会主席。

泰戈尔发表了著名遗言《文明的危机》。1941年8月7日,泰戈尔病逝于加尔各答。

名文欣赏

你已经使我永生,这样做是你的欢乐。这脆薄的杯儿,你不断地把它倒空,又不断地以新生命来充满。

这小小的苇笛，你携带着它逾山越谷，从笛管里吹出永新的音乐。

在你双手的不朽的安抚下，我的小小的心，消融在无边快乐之中，发出不可言说的词调。

你的无穷的赐予只倾入我小小的手里。时代过去了，你还在倾注，而我的手里还有余量待充满。

……

我生命的生命，我要保持我的躯体永远纯洁，因为我知道你的生命的摩抚，接触着我的四肢。

我要永远从我的思想中摒除虚伪，因为我知道你就是那在我心中燃起理智之火的真理。我要从我心中驱走一切的丑恶，使我的爱开花，因为我知道你在我的心宫深处安设了座位。我要努力在我的行为上表现你，因为我知道是你的威力，给我力量来行动。

……

把礼赞和数珠撇在一边吧！你在门窗紧闭、幽暗孤寂的殿角里，向谁礼拜呢？睁开眼你看，上帝不在你的面前！

他是在锄着枯地的农夫那里，在敲石的造路工人那里。太阳下，阴雨里，他和他们同在，衣袍上蒙着尘土。脱掉你的圣袍，甚至像他一样地下到泥土里去吧！

超脱吗？从哪里找超脱呢？我们的主已经高高兴兴地把创造的锁链带起；他和我们大家永远连系在一起。

从静坐里走出来吧，丢开供养的香花！你的衣服污损了又何妨呢？去迎接他，在劳动里，流汗里，和他站在一起吧。

……

泰戈尔是第一位获得诺贝尔文学奖的亚洲人。

若是你不说话，我就含忍着，以你的沉默来填满我的心。

我要沉静地等候，像黑夜在星光中无眠，忍耐地低首。

清晨一定会来，黑暗也要消隐，你的声音将划破天空，从金泉中下注。

那时你的话语，要在我的每一鸟巢中生翼发声，你的音乐，要在我林丛繁花中盛开怒放。

……

在这暴风雨的夜晚你还在外面作爱的旅行吗，我的朋友？

天空像失望者在哀号。

我今夜无眠。我不断地开门向黑暗中瞭望，我的朋友！

我什么都看不见。我不知道你要走哪一条路！

是从墨黑的河岸上，是从远远的愁惨的树林边，是穿过昏暗迂回的曲径，你摸索着来到我这里吗，我的朋友？

……

灯火，灯火在哪里呢？用熊熊的渴望之火把它点上吧！

灯在这里，却没有一丝火焰——这是你的命运吗，我的心呵！

你还不如死了好！

悲哀在你门上敲着，她传话说你的主醒着呢，他叫你在夜的黑暗中奔赴爱的约会。

云雾遮满天空，雨也不停地下。我不知道我心里有什么在动荡——我不懂得它的意义。

一霎的电光，在我的视线上抛下一道更深的黑暗，我的心摸索着寻找那夜的音乐对我呼唤的径路。

灯火，灯火在哪里呢？用熊熊的渴望之火把它点上吧！雷声在响，狂风怒吼着穿过天空。夜像黑岩一般的黑。不要让时间在黑暗中度过吧。用你的生命把爱的灯点上吧。

名言名段

·蜜蜂从花中啜蜜，离开时营营地道谢。浮夸的蝴蝶却相信花是应该向他道谢的。

作者	文体	推荐理由
马克斯·韦伯	议论文	精辟阐述资本主义文明产生缘由的名作，作者因此与马克思、涂尔干等共居伟人之列。

资本主义精神的产生渊源
——《宗教派别和社会分层》

作者生平

1864年，马克斯·韦伯生于德国图林根的埃尔富特市。他1881年至1884年先后在海德堡大学、柏林大学学习法律、经济等；1885年冬季，就读于哥廷根大学；1893年至1896年任弗赖堡大学政治经济学教授；1896年至1919年执教于海德堡大学；1898年至1903年，因患精神病而中断工作和研究，此后又以惊人的毅力恢复了学术活动；1903年与桑巴特等人共同发起创办《社会科学和社会政策文库》杂志；1905年，学习俄语，并开始研究俄国第一次革命；1910年和席美尔等人共同创建德国社会学协会。1914年，韦伯以爱国者身份参加第一次世界大战，任职于医院。1918年，韦伯对奥地利上校团发表"社会主义"演说。1919年至1920年任教于慕尼黑大学，1920年因急性肺炎猝然逝世。

名文欣赏

凡是在那些宗教成分混杂的国度，从其职业情况的统计数字上，我们可以很容易地发现社会学奠基人——马克斯·韦伯。

　　这样一种普遍的现象：工商界的领导人、资本的占有者、近代企业中的高级技术工人、受过高等技术培训和商业培训的管理人员，绝大多数都是新教徒。在天主教的出版物和文献中，在德国的天主教大会上，都频频对这一状况做了讨论。这不仅适用于宗教差别、民族差别以及文化发展的差别相一致的情况（例如东部德意志人和波兰人之间），也适用于任何下面的情况，这就是只要资本主义在其迅猛发展的时期，可以根据自己的需要随便地改变人口中的社会分布，而且可以规定它的职业结构。于是在这种情况下，宗教派别的统计数字肯定也是这样的。在资本主义愈加盛行的时候，这一状况就会更加明显。当然，部分的历史因素也是造成新教徒在这些行业中占较多人数的原因之一。这些历史因素还要回归到遥远的过去：在那里，这种经济状况并非是因为宗教派别造成的，在某种程度上，经济状况造成了宗教派别这样的后果。如果要参与上述的经济职能，一般需要同时拥有两个外部条件：既需要先拥有一定的资本，又需要花许多钱接受教育。在今天，这些多半要靠遗产才能做到，至少也要有一定程度的物质保障。16世纪的古老帝国中，一些经济最发达、自然资源最丰富、自然环境最优越的地区（特别是大部分富庶城镇），最终都转向了新教。直到今天，这一转变的结果还使新教徒在求经济生存的斗争中处于有利地位。为什么经济最发达的地区都特别地赞成教会中的革命呢？这是一个历史性的问题，问题的答案远非我们通常认为的那么简单。

　　……宗教改革并不意味着教会对日常生活的控制的解除，相反，宗教改革只是使先前的控制被一种新型的控制取代了。这就是说，宗教改革意味着要废止一种非常松弛、在当时已几乎不见实施、近乎流于形式的控制，提倡一种对小到私人生活、大到公共生活的各个领域的一切行为都加以管理的控制方式。虽然这种控制方式让人极其难以接受，但是又必须严格地加以执行。比如，天主教会的教规中，有一条"惩罚异教，宽恕罪人"的教规，在过去实施的力度仿佛更大了。

现在，这种教规已被具有彻底的现代经济特征的诸民族接受。但是在15世纪初的时候，则曾被地球上最富裕、经济最发达的民族所接受。与此相反，加尔文教的教规，在我们看来是一种绝对无法忍受的对于个人的宗教控制形式，但是在16世纪的日内瓦和苏格兰、16和17世纪之交的荷兰大部分地区、17世纪的新英格兰以及一段时间内在英格兰本土得以实施。当时日内瓦、荷兰、英格兰的大部分旧商业贵族也同样认为这是一种对于个人的宗教控制的形式。在这些经济高度发达地区，宗教改革者所抱怨的不是教会对生活监督过多，而是希望宗教对生活能更多地加以监督和控制。那些当时经济最发达的国家以及在那些国家中正在蒸蒸日上的中产阶级，不仅没有阻挡这种史无前例的清教专制，反而为了捍卫这种专制，还出现了一种"英雄主义"精神。对这种现象，我们该怎样解释呢？确实，这是资产阶级本身前无古人、后无来者的英雄主义表现。卡莱尔很有道理地说过这是"我们唯一的英雄主义行为"。

需要提到的比较重要的一点是：在今天，我们或许可以（至少部分地）认为由于新教徒继承了较多的物质财富，所以，在近代经济生活中，新教徒才会拥有较多的所有权和较高的管理地位。然而，对于某些现象，这样理解就不是完全正确的。我们可以用以下几个事实加以证明：在巴登、巴伐利亚、匈牙利，天主教徒父母同新教徒父母为子女提供的高等教育种类大不相同。在高等学校的在校生和毕业生中，天主教徒的比例和他们在总人口中的比例不相称，一般要比在总人口中的比例低。对于这一事实，的确多半可以理解为由于他们继承的财产有差异。但从毕业生的比例情况来看，从特别训练技术人才和工商业人才的学校毕业的天主教徒人数的比例以及从一般培养中产阶级从业人员学校毕业的天主教徒人数的比例，都比新教徒还要更低。因为天主教徒比较愿意选择文科学校所提供的人文教育，所以，上面那种解释对于出现的这种现象就不太适用了。相反，这一现象却正好可以成为天主教徒很少有人从事资本主义企业活动的一个原因。

名言名段

·一个人得确信，即使这个世界在他看来愚陋不堪，根本不值得他为之献身，他仍能无悔无怨；尽管面对这样的局面，他仍能够说："等着瞧吧！"只有做到了这一点，才能说他听到了政治的"召唤"。

作者	文体	推荐理由
高尔基	小说	作品通过抒发对母亲深厚的感情，表现了革命的时代精神与完美的人性，作者也因此赢得了"苏联文学之父"的美誉。

无产阶级文学的历史新纪元
——《母亲》节选

作者生平

高尔基出身贫苦，幼年丧父，11岁即为生计在社会上奔波，当过装卸工、面包房工人，身受被压迫被剥削的痛苦。

1892年，高尔基发表处女作《马卡尔·楚德拉》。1901年，他创作了著名的散文诗《海燕之歌》，受到列宁的热情称赞。

1905年革命前夕，高尔基的剧作如《小市民》、《底层》、《太阳的孩子们》和《野蛮人》等在俄国剧坛上引起了轰动。1905年革命之际，高尔基积极参加了起义的准备工作。起义失败之后，高尔基不得不逃亡到国外去。1906年，高尔基写成长篇小说《母亲》和剧本《敌人》两部最重要的作品——标志着其创作达到了新的高峰。

第一次世界大战前夕，高尔基发表的重要作品有《意大利的故事》、《俄罗斯漫游记》等。在十月革命前后，高尔基完成了自传性的三部曲：《童年》（1914年）、《在人间》（1916年）、《我的大学》（1923年）。

十月革命后，高尔基完成了长篇小说《阿尔达莫诺夫家的事业》（1925年），同时又创

▲ 图为《在奥卡河上》，表现了一群贫苦人在奥卡河上泛舟的景象。

作了几个剧本，其中著名的有《叶戈尔·布雷乔夫及其他》（1932年）。高尔基最后一部长篇小说《克里姆·萨姆金的一生》是一部史诗式的不朽巨著。

1936年6月18日，高尔基与世长辞。

名文欣赏

在母亲的激愤的旋风似的头脑里，她眼前的一切回转翻腾起来，心里感到强烈的受辱的苦味儿。她把箱子猛地一拉，打开来。

"你看吧！大家来看吧！"母亲站起身来，抓了一把传单举到头顶上，高声喊着。喊声中充满了激动的愤恨与畅快的美妙……

"我不是贼！"母亲看见人们纷纷拥上来，稍微安稳了一些，朝着一张张奇怪而陌生的面孔放开嗓子说道：

高尔基像。列宁称其为"无产阶级艺术最杰出的代表"。

"昨天审判了一批政治犯,里面有一个叫符拉索夫的,是我的儿子!他在法庭上讲了话,这就是他讲话的稿子!今天,我要把这些稿子分散给大家,让大家认认真真地看一看,想一想真理……"

有的人出于好奇心,小心地从母亲手里抽了几张传单,样子看上去十分庄重。

母亲把手猛地在空中一挥,传单便纷纷飘到人群里。

……

母亲不断地将传单忽左忽右地朝群众们那一双双渴望的、灵活的、想接受真理的手上抛去。

"我的儿子和跟他一起的人们之所以要被判罪——你们想知道吗?一位母亲的心和她的白发可以告诉你们——他们昨天被判罪,是因为他们要将真理传达给你们!昨天我终于明白了,这种真理……没有人能够反抗,没有人能够反抗!"

……

"你们劳动的报酬是什么呢?贫困、饥饿和疾病!这一切都是我们的敌人——我们一辈子都是在劳作里面、在污泥里面、在欺骗里面,一天一天地葬送着自己的生命!可是别人却利用我们的血汗来享乐,坐享其成,花天酒地,作威作福!我们就像被锁着的狗,一辈子被幽禁在无知和恐怖之中,没有一点点出路——我们却什么都不知道!

高尔基归来。此图描绘的是高尔基流亡归来受到人们热烈欢迎的场景。这次归来后他决定用艺术为革命服务。

我们对什么都害怕!我们的生活就是黑夜,每一天都是黑夜!是漆黑的黑夜!"

"是这样的!"有人低声回应说。

……

"散开!散开!"宪兵拨拉开群众,高声喊着。

人们极不情愿地走开去,他们故意、下意识地推撞着宪兵。

……

是的!他们本来是被生活隔开,互相隔绝的,现在被她的热烈的言语所鼓动,融成了一个整体。

这些话,也许在很久之前,就为那些受不平等的凌辱的人们所追求和渴望着的。只是没有机会发现……

母亲觉得,大家都是愿意了解她并相信她的。因此,她也急于要把她知道的一切,把使她感受到力量的一切思想,完全告诉大家。

这些思想此时此刻极其容易地从她心坎里浮动出来了,变成了一支歌曲。

……

突然母亲的胸口被人推了一下子,她跟跟跄跄地坐在椅子上了。

在人们头上晃动着宪兵们的手,人们的衣领和肩膀纷纷被抓住,宪兵把他们推到旁边去,扯下人们的帽子,将它们丢得老远。

母亲觉得眼前一阵发黑,眼前所有的东西都摇晃起来了,她努力克服了自己的疲劳,又用尽全身力气大声喊道:

"同胞们,团结起来!"

突然母亲的衣领被宪兵的一只红色的大手抓住了,她摇荡了一下。

"住口!"宪兵喊道。

……

另外一个宪兵抓住母亲的另一只手。

他们带着母亲,大踏步地走去。

"你们的心每天被这种生活折磨着,你们的心灵正在被吸干!"

那暗探跑到前面,举着拳头恶狠狠地在母亲面前晃动着,尖声喝道:

"闭嘴,畜生!"

……

暗探还是挥着手在她的脸上打了一下。

……

母亲被人推着,推往门里。

母亲挣脱了一只手,抓住了门框。

……

宪兵们凶狠地扼住母亲的喉咙,使她不能呼吸。

"不幸的人们……"她依然发出嘶哑的喊声。

悲恸的哭声是对她最好的回答——不知是谁发出来的。

名言名段

·我的武器是思想,而坚信思想自由,坚信思想不朽和思想的创造力不断增长,则是我的力量取之不竭的源泉。

·人的天赋就像火花,它既可以熄灭,也可以燃烧起来。而逼使它燃烧成熊熊大火的方法只有一个,就是劳动,再劳动。

作者	文体	推荐理由
罗曼·罗兰	小说	《约翰·克利斯朵夫》是一部独树一帜的作品,理想主义与现实主义相结合,传统性与现代性交融于一体。小说中杰出的心理描写和自然景物描写构成了作品独特的艺术风格。

向知识分子发出的呼唤
——《约翰·克利斯朵夫》节选

作者生平

1866年1月,罗曼·罗兰生于法国中部小镇克拉姆西。1886年,罗曼·罗兰考入法国著名学府巴黎高等师范学校。毕业后,罗曼·罗兰通过考试取得中学教师终身职位的资格。罗曼·罗兰此后在巴黎高等师范学校和巴黎大学讲授艺术史,工作之余从事文学创作和音乐评论的撰写。

1912年,罗曼·罗兰写成10卷本的长篇小说《约翰·克利斯朵夫》。第一次世界大战期间,罗曼·罗兰坚决反对战争,曾出任国际反法西斯委员会主席。1936年,罗曼·罗兰应高尔基的邀请访问苏联,死后才发表了引起世界关注和争议的《莫斯科日记》。二战期间,罗曼·罗兰留在了沦陷的祖国,一心从事著述活动。1944年12月30日,罗曼·罗兰与世长辞。

名文欣赏

(作者与克利斯朵夫的对话)

罗曼·罗兰是法国著名思想家、批判现实主义作家。

作者：你是不是跟人家赌了东道才这么胡搅，克利斯朵夫？你简直教我跟所有的人都闹翻了。

克利斯朵夫：你不必假惺惺。一开场你就知道我要把你带到哪儿去的。

作者：你批评的事太多了。你惹恼了你的敌人，打搅了你的朋友。一个体面人家出了点不大光鲜的事，不去提它不是更雅吗？

克利斯朵夫：有什么办法？我根本不懂什么雅不雅。

作者：我知道，你是个蛮子。你太傻了！他们要人相信你是大众的敌人。你在德国已经得了反德国的名片。你到法国来又要得个反法国的——或者更严重些——反犹太的名片。你小心点儿。别提到犹太人……你得到他们的好处太多了，不能再说他们坏话。

克利斯朵夫：我认为是他们的好处跟坏处，干吗不能全部说出来呢？

作者：你特别是说他们的坏处。

克利斯朵夫：好处在后面呢。对他们难道应当比对基督徒更敷衍吗？我给他们的分量重一些，因为他们有这个资格。在我们这个光明正在熄灭的西方，他们既然占了重要的地位，我就得给他们一个重要的地位。他们之中一部分人大有把我们的文明断送的可能。可是我并非不知道，也有一些人对于我们的行动与思想是股很大的力量。我知道他们的民族还有哪些伟大的地方。我知道他们之中有成千累万的人竭忠尽智，孤高淡泊，充满着爱，力求上进，凭着孜孜不倦的毅力，默默无声地在那里苦干。我知道他们心中有个上帝。因为这样，我才恨那些否认上帝的人，恨那些为了求名求福而自甘堕落，而玷辱他们民族的使命的人。打击这等人便是爱护他们的种族，正如我打击腐化的法国人是为了爱护法国。

作者：孩子，这是你多管闲事。别忘了那个挨揍的史迦那兰女人。别管旁人的家务……犹太人的事跟我们不相干。至于法国，它就像玛蒂纳，愿意挨打而不愿意人家说出它挨打。

克利斯朵夫：可是非跟它说老实话不可，并且我越是喜欢它，越是非说不可。倘若我不说，谁会跟它说——你当然不说的，你们大家都给社会关系，面子关系，多多少少的顾虑，束缚住了。我没有束缚，我不是你们圈子里的人。我从来没参加任何社团、任何论战。我用不着附和你们，也无须跟着你们心照不宣地不出一声。

作者：你是外国人。

克利斯朵夫：对啦，人家会说一个德国音乐家没有权力来批判你们，也不会了解你们的，是不是——好吧，我可能是错的。可是至少我能告诉你们，某些外国的大人物——你跟我一样认识的——在过去的和活着的朋友中最伟大的人，对你们是怎么想的——如果他们看错了，他们的见解也值得知道，对你们也不无帮助。而这一点也总比你们相信大家都在佩服你们强得多，比你们一忽儿佩服自己，一忽儿毁谤自己强得多。照你们的风气，你们在某一个时期内大叫大嚷地自称为世界上最伟大的民族——在另一个时期内又说拉丁民族的颓废是无可救药的了——过了一晌你们又说所有伟大的思想都是从法国来的——然后又说你们除了给欧洲提供一些娱乐以外再没别的价值。试问这样的叫嚷有什么用？主要是不能对腐蚀你们的疾病闭上眼睛，也不能灰心，应当振作精神，为了你们民族的生存跟荣誉而奋斗。凡是感觉到这个不甘灭亡的民族还能抗拒疾病的人，就能够，而且应该，把民族的恶习和可笑的地方大胆地暴露出来，把它们铲除——尤其要铲除那些利用这些缺点而靠它们过活的败类。

名言名段

· 欢乐，如醉如狂的欢乐，好比一颗太阳照耀着一切现在的与未来的成就，创造的欢乐，神明的欢乐！唯有创造才是欢乐。唯有创造的生灵才是生灵。其余的尽是与生命无关而在地下飘浮的影子……创造，不论是肉体方面的或精神方面的，总是脱离躯壳的樊笼，卷入生命的旋风，与神明同寿。创造是消灭死。

作者	文体	推荐理由
列宁	议论文	列宁在《国家与革命》中关于国家的理论学说直接指导了俄国十月革命，并成为后来各国无产阶级进行革命斗争和建立国家政权的思想基础和指南。

马克思主义学说的新发展
——《革命的总结》

作者生平

1870年4月22日，列宁生于俄国伏尔加河畔的辛比尔斯克。1887年，中学毕业后，列宁进入喀山大学法律系学习。后来，列宁因参加学生运动而被捕、被流放。1888年，列宁回到喀山后加入了当地的一个马克思主义小组。

1892年，列宁组建了一个马克思主义小组，在伏尔加河一带传播马克思主义。1893年初，列宁来到俄国的中心彼得堡，开始组建马克思主义政党。1895年秋，他将彼得堡所有马克思主义小组合并为工人阶级解放斗争协会。

1903年，俄国社会民主工党第二次代表大会在伦敦举行。以列宁为首的布尔什维克（即多数的意思）派主张无产阶级专政。

1905年，俄国第一次资产阶级民主革命爆发，列宁领导布尔什维克党制定了马克思主义的路线。1905年12月，莫斯科工人武装起义失败。1907年底，列宁再度出国，并于1908年写成了著名的《唯物主义与经验批判主义》。

1917年3月，俄国二月革命推翻了沙皇政权。列宁提出了著名的《四月提纲》。同年的8月到9月间,列宁完成了《国家与革命》这一著名的革命篇章的撰写工作。

举世闻名的俄国十月社会主义革命取得了胜利,成立了第一个社会主义国家。1918年至1920年,列宁领导新生的苏维埃国家粉碎了帝国主义国家的联合武装进攻,并且平息了国内的反革命武装叛乱。1924年1月21日晚6时50分,列宁与世长辞,终年54岁。

名文欣赏

关于我们感兴趣的国家问题,马克思在《路易·波拿巴的雾月十八日》一书中总结1848—1851年的革命时写道:

……然而革命是彻底的。它还处在通过涤罪所的历程中。它在有条不紊地完成自己的事业。1851年12月2日(路易·波拿巴政变的日子)以前,它已经完成了它的前一半预备工作,现在它在完成另一半。它先使议会权力臻于完备,为的是能够推翻这个权力。现在,当它已达到这一步时,它就来使行政权力臻于完备,使它表现为最纯粹的形式,使它孤立,使它成为和自己对立的唯一的对象,以便集中自己的一切破坏

▼ 列宁在共产国际第一次大会上。

20世纪初的苏维埃领袖列宁。

力量来反对这个权力。而当革命完成自己这后一半准备工作的时候,欧洲就会站起来欢呼说:掘得好,老田鼠!

这个行政权力有庞大的官僚和军事组织,有复杂而巧妙的国家机器,有50万人的官吏队伍和50万人的军队——这个俨如密网一般缠住法国社会全身并堵塞其一切毛孔的可怕的寄生机体,是在专制君主制时代,在封建制度崩溃时期产生的,同时这个寄生机体又加速了封建制度的崩溃。第一次法国革命发展了中央集权,"但是它同时也就扩大了政府权力的容量、职能和帮手的数目。拿破仑完成了这个国家机器"。正统王朝和七月王朝"并没有增添什么新的东西,不过是扩大了分工……

……最后,议会制共和国在它反对革命的斗争中,除采用高压手段以外,还不得不加强政府权力的工具和集中化。一切变革都是使这个机器更加完备,而不是把它摧毁。那些因争夺统治权而相继更替的政党,都把这个庞大国家建筑物的夺得视为自己胜利的主要战利品。"(《路易·波拿巴的雾月十八日》1907年汉堡第4版第98—99页)

马克思主义在这一段精彩的论述里,与《共产党宣言》相比,向前迈进了一大步。在那里,国家问题还提得非常抽象,只用了最一般的概念和说法。在这里,问题提得具体了,并且做出了非常准确、明确、实际而具体的结论:过去一切革命都是使国家机器更加完备,

323

而这个机器是必须打碎，必须摧毁的。

这个结论是马克思主义国家学说中主要的基本的东西。正是这个基本的东西，不仅被占统治地位的正式社会民主党完全忘记了，而且被第二国际最著名的理论家卡·考茨基公然歪曲了（这点我们在下面就会看到）。

在《共产党宣言》中对历史作了一般的总结，使人们认识到国家是阶级统治的机关，还使人们得出这样一个必然的结论：无产阶级如果不先夺取政权，不取得政治统治权，不把国家变为"组织成为统治阶级的无产阶级"，就不能推翻资产阶级；这个无产阶级国家在它取得胜利以后就会立刻开始消亡，因为在没有阶级矛盾的社会里，国家是不必要的，也是不可能存在的。在这里还没有提出究竟应当怎样（从历史发展的观点来看）以无产阶级国家来代替资产阶级国家的问题。

马克思在1852年提出并加以解决的正是这个问题。马克思忠于自己的辩证唯物主义哲学，他以1848～1851年伟大革命年代的历史经验为依据。马克思的学说在这里也像在其他任何时候一样，是用深刻的哲学世界观和丰富的历史知识阐明的经验总结。

国家问题现在提得很具体：资产阶级的国家，资产阶级统治所需要的国家机器在历史上是怎样产生的？在历次资产阶级革命进程中，面对着各被压迫阶级的独立行动，国家机器如何改变，如何演变？无产阶级在对待这个国家机器方面的任务是什么？

资产阶级社会所特有的中央集权的国家政权，产生于专制制度崩溃的时代。最能表明这个国家机器特征的有两种机构，即官吏和常备军。马克思和恩格斯的著作中屡次谈到，这两种机构恰巧同资产阶级有千丝万缕的联系。每个工人的经验都非常清楚非常有力地说明了这种联系。工人阶级是根据亲身的体验来学习领会这种联系的，正因为这样，工人阶级很容易懂得并且很深刻地理解这种联系不可避免的道理，而小资产阶级民主派不是无知地、轻率地否认这个道理，便是更轻率地加以"一般地"承认而忘记作出相应的实际结论。

官吏和常备军是资产阶级社会身上的"寄生物",是使这个社会分裂的内部矛盾所产生的寄生物,而且正是"堵塞"生命的毛孔的寄生物。目前在正式的社会民主党内占统治地位的考茨基机会主义,认为把国家看做寄生机体是无政府主义独具的特性。当然,这样来歪曲马克思主义,对于那些空前地玷污社会主义、竟把"保卫祖国"的概念应用于帝国主义战争来替这个战争辩护和粉饰的市侩,是大有好处的,然而这毕竟是无可置疑的歪曲。

　　经过从封建制度崩溃以来欧洲所发生的为数很多的各次资产阶级革命,这个官吏和军事机构逐渐发展、完备和巩固起来。还必须指出,小资产阶级被吸引到大资产阶级方面去并受它支配,在很大程度上就是通过这个机构,这个机构给农民、小手工业者、商人等等的上层分子以比较舒适、安闲和荣耀的职位,使这些职位的占有者居于人民之上。看一看俄国在1917年2月27日以后这半年中发生的情况吧:以前优先给予黑帮分子的官吏位置,现已成为立宪民主党人、孟什维克和社会革命党人猎取的对象。实际上他们根本不想进行任何认真的改革,力图把这些改革推迟"到立宪会议召集的时候",而且又把立宪会议慢吞吞地推迟到战争结束再举行!至于瓜分战利品,攫取部长、副部长、总督等等职位,却没有延期,没有等待任何立宪会议!玩弄联合组阁的把戏,其实不过是全国上下一切中央和地方管理机关中瓜分和重新瓜分"战利品"的一种表现。各种改革都延期了,官吏职位已经瓜分了,瓜分方面的"错误"也由几次重新瓜分纠正了——这无疑就是1917年2月27日~8月27日这半年的总结,客观的总结。

名言名段

　　·国家问题,现在无论在理论方面或在政治实践方面,都具有特别重大的意义……旷日持久的战争造成的空前惨祸和灾难,使群众生活痛苦不堪,使他们更加愤慨。国际无产阶级革命正在显著地发展。这个革命对国家的态度问题,已经具有实践的意义了。

作者	文体	推荐理由
罗素	议论文	罗素的作品气度雍容持重,优雅含蓄,结构缜密简约,行笔犀利而不乏幽默,可以说是盎格鲁·撒克逊民族的精神风采的集中体现。

哲学思想的概括总结
——《关于哲学的价值》

作者生平

　　1872年5月18日,罗素生于英国的一个贵族家里。1894年,罗素毕业于剑桥大学三一学院,曾留校任研究员和哲学讲师,讲授哲学和数学原理。1908年,罗素当选为英国皇家学会会员。第一次世界大战期间,罗素因反对征兵、宣传和平主义而被监禁。一战后,罗素冲破重重阻力访问苏俄。

　　1920年,罗素来到中国进行长达一年之久的讲学。后来,罗素来到美国,先后执教于芝加哥大学、加利福尼亚大学。1944年,罗素重新回到剑桥担任研究员。1949年,罗素成为英国研究院名誉研究员,第二年获得诺贝尔文学奖。20世纪50年代,罗素积极争取世界和平,发起反对核战争的运动,并获得世界和平奖。1970年2月,罗素去世。

名文欣赏

　　哲学和别的学科一样,其目的首先是要获得知识。哲学所追求的是可以提供一套科

▶ 罗素一生共完成了四十余部著作，涉及哲学、科学、历史等各个领域。

学统一体系的知识，和由于批判我们的成见、偏见和信仰的基础而得来的知识。但是我们却不能够认为它对于它的问题提供确定的答案时，会有极高的成就。倘使你问一位数学家、一位矿物学家、一位历史学家或者任何一门科学的博学之士，在他那门科学里所肯定的一套真理是什么，他的答案会长得让你听得厌烦为止。但是，倘使你把这个问题拿来问一位哲学家的话，如果他的态度是坦率的，他一定会承认他的研究还没有能获得像别种科学所达到的那样肯定的结果。当然，下述的事实可以部分地说明这种情况：任何一门科学，只要关于它的知识一旦确定，这门科学便不再称为哲学，而变为一门独立的科学了。关于天体的全部研究工作现在属于天文学，但是过去曾包含在哲学之内；牛顿的伟大著作就叫做《自然哲学之数学原理》。同样，研究人类心理的学问，直到晚近还是哲学的一部分，但是现在已经脱离哲学而变为心理学。因此，哲学的不确定性在很大程度上不但是真实的，而且还是明显的：有了确定答案的问题，都已经放到各种科学里面去了；而现在还找不出确定答案的问题，便仍构成叫做哲学的这门学问的残存部分。

然而，关于哲学的不确定性，这一点还只是部分的真理。有许多问题——其中那些和我们的心灵生活最有密切关系的——就我们所知，乃是人类才智所始终不能解决的，除非人类的才智变得和现在完全不同了。宇宙是否有一个统一的计划或目的呢？抑或宇宙仅仅是许多原子的一种偶然的集合呢？意识是不是宇宙中的一个永恒不变的部分，使得智慧有着无限扩充的希望呢？抑或它只是一颗小行星上一桩昙花一现的偶然事件，在这颗行星上，最后连生命也要归于消灭呢？善和恶对于宇宙是否重要呢？或者它们只有对于人类才是重要的呢？这些问题都是哲学所设问的，不同的哲学家有不同的答案。但是，不论答案是否可以用别的方法找出来，看来哲学所提出来的答案并不是可以用实验来证明其真确性的。然而，不论找出一个答案的希望是如何地微乎其微，哲学的一部分责任就是要继续研究这类问题，使我们觉察到它们的重要性，研究解决它们的门径，并保持对于宇宙的思考兴趣，使之蓬勃不衰，而如果我们局限于可肯定的知识范围之内，这种兴趣是很容易被扼杀的。

不错，许多哲学家都曾抱有这种见解，认为对于上述那些基本问题的某些答案，哲学可以确定它们的真假。他们认为宗教信仰中最重要的部分是可以用严谨的验证方式证明其为真确的。要判断这些想法，就必须通盘考虑一下人类的知识，对于它的方法和范围就必须形成一种见解。对于这样一个问题，独断是不明智的；但是前几章的研究如果没有把我们引入歧途的话，我们便不得不放弃为宗教信仰寻找哲学证据的希望了。因此，对于这些问题的任何一套确定的答案，我们都不能容纳其成为哲学的价值的一部分。因此，我们要再一次说明，哲学的价值必然不在于哲学研究者可以获得任何一套可明确肯定的知识的假设体系。

事实上，哲学的价值大部分须在它的极其不确定性之中去追求。没有哲学色彩的人一生总免不了被束缚于种种偏见，如常识、他那个时代或民族的习见、未经深思熟虑而滋长的自信等等所形成的偏见。对于这样的人，世界是固定的、有穷的、一目了然的；普通的客体引不起他的疑问，可能发生的未知事物他会傲慢地否定。但是反之，正如在开头几章中我们所已明了的，只要我们一开始采取哲学的态度，我们就会发觉，连最平常的事情也有问题，而我们能提供的答案又只能是极不完善的。哲学虽然对于所提出的疑问，不能肯定地告诉我们哪个答案对，但却能扩展我们的思想境界，使我们摆脱习俗的控制。因此，哲学虽然对于例如事物是什么这类问题减轻了我们可以肯定的感觉，但却大大增长了我们对于事物可能是什么这类问题的知识。它把从未进入过自由怀疑的境地的人们的狂妄独断的说法排除掉了，并且指出所熟悉的事物中那不熟悉的一面，使我们的好奇感永远保持着敏锐状态。

哲学的用处在于能够指点出人们所不疑的各种可能性。此外，哲学的价值（也许是它的主要价值）就在于哲学所考虑的对象是重大的，而这种思考又能使人摆脱个人那些狭隘的打算。一个听凭本能支配的人，他的生活总是禁闭在他个在罗素的哲学思想中，最重要的还是他的"中立一元论"，即构成世界的材料既不是心也不是物，而是对于心物都取中立态度的东西。

人利害的圈子里：这个圈子可能也包括他的家庭和朋友，但是外部世界是绝不受到重视的，除非外部世界有利或者有碍于发生在他本能欲望圈子内的事。这样的生活和哲学式的恬淡的、逍遥的生活比较起来，就是一种类似狂热的和被囚禁的生活了。追求本能兴趣的个人世界是狭小的，它局促在一个庞大有力的世界之内，迟早我们的个人世界会被颠覆。除非我们能够扩大我们的趣味，把整个外部世界包罗在内；不然，我们就会像一支受困在堡垒中的守军，深知敌人不让自己逃脱，最后不免投降。在这样的生活里，没有安宁可言，只有坚持抵抗的欲望和无能为力的意志经常在不断斗争。倘使要我们的生活伟大而自由，我们就必须用种种方法躲避这种囚禁和斗争。

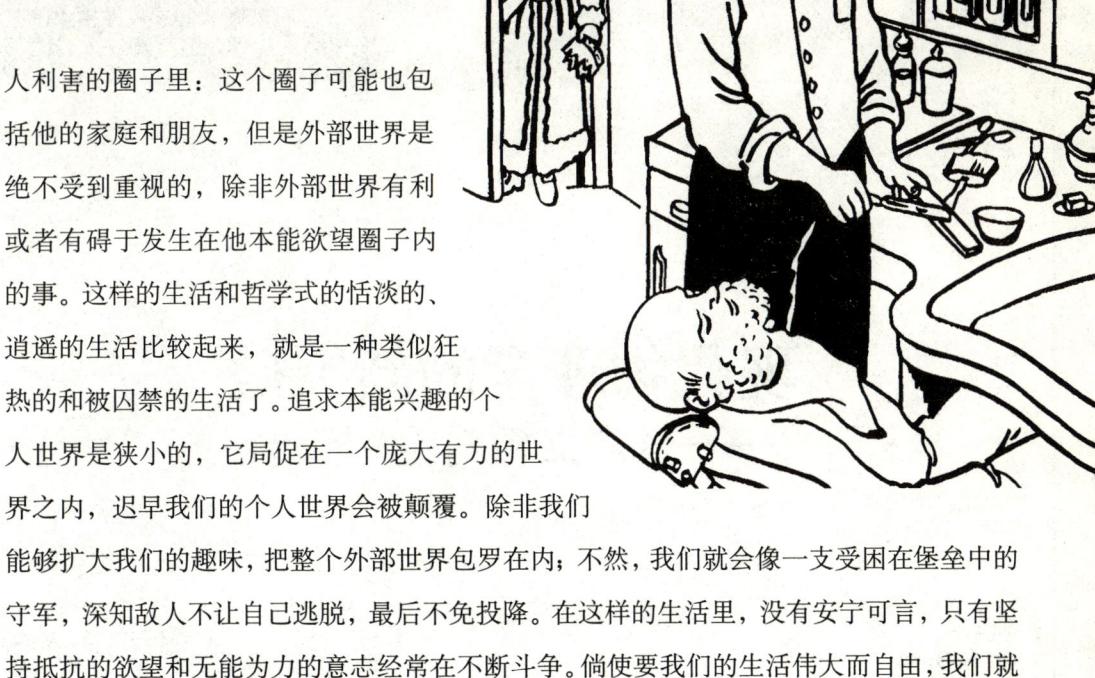

……

因此，关于哲学的价值的讨论，我们就可以总结说：哲学之应当学习并不在于它能对于所提出的问题提供任何确定的答案，因为通常不可能知道有什么确定的答案是真确的，而是在于这些问题本身；原因是，这些问题可以扩充我们对于一切可能事物的概念，丰富我们心灵方面的想象力，并且减少教条式的自信，因为这些都可能禁锢心灵的思考作用。此外，尤其在于通过哲学冥想中的宇宙之大，心灵便会变得伟大起来，因而就能够和那成其为至善的宇宙结合在一起。

名言名段

·我们西方文明的显著优点是科学的方法；中国人的显著优点是对生活的目标持一种正确的观念。人们必将期望这两种因素能真正逐渐结合起来。

作者	文体	推荐理由
爱因斯坦	议论文	德国物理学家玻恩把爱因斯坦的广义相对论与伟大的艺术作品相提并论："它在我看来像是一件伟大的艺术作品，从远处看去真令人喜爱和值得赞美。"

现代物理学的新突破
——《广义相对论》节选

作者生平

1879年3月14日，爱因斯坦生于德国乌耳姆一个经营电器作坊的小业主家里。1886年，爱因斯坦在慕尼黑公立学校读书。

1894年，爱因斯坦自动放弃学籍和德国国籍前往米兰。早在1895年，爱因斯坦就已自学完微积分。1896年进苏黎世联邦工业大学师范系学习物理学。1900年毕业后，完成论文《由毛细管现象得到的推论》，于第二年发表在莱比锡的《物理学杂志》上。1901年入了瑞士国籍。1902年被伯尔尼瑞士专利局录用为三级技术员，从事"发明专利申请"的技术鉴定工作。1902年6月，爱因斯坦提出热力学的统计理论。

1905年，爱因斯坦在物理学三个不同领域中取得了历史性成就，特别是"狭义相对论"的建立和"光量子理论"的提出，推动了物理学理论的革命。

1908年，爱因斯坦兼任伯尔尼大学编外讲师。1909年任苏黎世大学理论物理学副教授。1911年任布拉格德语大学理论物理学教授。1912年任母校苏黎世联邦工业大学教授。1914年，爱因斯坦回德国任威廉皇帝物理研究所所长兼柏林洪堡大学教授。

1915年11月25日，爱因斯坦提交的论文《引力场方程》，宣告广义相对论作为一种逻辑结构已经完成了。第二年的春天他又撰写了一篇总结性的论文《广义相对论的基础》和一本普及性的小册子《狭义与广义相对论浅说》。

1916年6月，爱因斯坦提出了"引力波理论"。用自己建立起来的"广义相对论"，爱因斯坦研究了宇宙的"时空"结构；分析了"宇宙在空间上是无限的"的传统观念，指出它同牛顿引力理论和广义相对论都是不协调的。1937年，爱因斯坦在助手的协作下，从广义相对论的引力场方程推导出运动方程，进一步揭示了空间、时间、物质、运动之间的统一性。

1940年，爱因斯坦入了美国国籍。1939年，爱因斯坦获悉铀核裂变及其链式反应的发现。爱因斯坦与罗素联名发表了反对核战争和呼吁世界和平的《罗素－爱因斯坦宣言》。1955年4月18日，爱因斯坦因主动脉瘤破裂逝世于美国普林斯顿。

爱因斯坦1999年被美国《时代周刊》评选为"世纪伟人"。

名文欣赏

广义相对论的基础

第三节

在古典力学和狭义相对论里，空间和时间的坐标都有直接的物理意义。假如一个点事件的横轴坐标为X_1，可以这样解释：在（正的）X_1轴上，当我们从坐标原点起，把一根选定的杆（单位直杆）挪动X_1次，就相当于按欧几里德几何规则，用刚性杆所规定的这

爱因斯坦（左）与罗伯特·奥本海默在交谈。

一点事件在X轴上的投影。如果一个点事件的纵坐标为X_4。在这里坐标为$X_4 = t$，可以这样理解：假设有一只按一定规则校准过的单位钟，相对于坐标系来说，它是相对静止的，还规定在空间位置（实际上）上，单位钟同这个点事件是完全重合的，那么当这个点事件发生时，单位钟就经历了$X_4 = t$个周期。

尽管在物理学家的心里，大多数人并没意识到对空间和时间的这种理解，但是我们可以从这两个概念在量度的物理学中所起的作用清楚地做一解释。对于读者来说，首先必须把这种理解作为前一节的第二种考虑的基础，这样他才可能对从那里得出的东西进行更深层次的理解。在这里，我们必须指出：如果存在那种没有引力场的极限情况，而狭义相对论也与之相吻合，那么为了使广义相对性的理念能够贯彻到底，我们就必须暂时把这种理念放下，而用一种更加广泛的观念来取代。

现在假设在一个没有引力场的极限空间里，我们引进一个伽利略参照系K（x，y，z，t），还要引进一个相对K做均匀转动的坐标系K′（x′，y′，z′，t′）。设这两个参照系的原点以及它们的Z轴永远是重合在一起的。现在我们将要证明：对于K′系中的空间—时间的量度来说，在上述的定义下，关于长度和时间的物理意义不能保持。在K的X－Y平面上一个绕着原点的圆，由于对称的缘故，那么可以同时认为这个圆也是K′的X′－Y′平面上的圆。现在让我们假设这个圆的周长和直径，然后用一个（比起半径来是无限小的）单位量杆来度量，最后做出这两个量度结果的商。在做这个实验时，假如这根量杆是一根相对于伽利略坐标系K静止的，那么最后的这个商的值一定是π。但是如果用的这根量杆是相对于坐标系K′静止的，那么这个商的值就会大于π。这样的结果可以这样解释：只要我们是由静止的K′系来判断整个测量过程，并且考虑的是测量圆周时，那么量杆这时会受到洛伦兹力的收缩作用，然而在测量半径时则不会受到这个力的作用。因此，从这个角度来看，欧几里德几何规则不适用于K′；因为在前面所定义的坐标观念里，是以欧几里德几何的有效性作为前提的，所以欧几里德几何对于K′系就不适用了。在K′系中，为了合乎物理要求的时间，我们需要引进一种与K′相对静止的而性能也一样的钟，可是这一点我们很少能做到。为了加深理解，我们设想：在相对静止的坐标系K的坐标原点和圆周上各放一只性能一样的钟，根据狭义相对论的一个已知的结果，从K来判断，在原点上的钟要比圆周上的钟走得快些，因为前一只钟不动，而后一只钟在运动。假设一个观测者处在坐标原点的位置上，如果他又能够用光来观察圆周上的钟，他就会看出那只在圆周上的钟比他身边的钟要走得慢。由于人为的因素不能让沿着所考查的这条路线上的光速同时间明显地相关，于是观察者很容易就会把这个结果理解为：处在原点上的钟"真的"比处在圆周上的钟走得快些。最后观察者就会这样来给时间下定义：钟走的快慢取决于它所在的地点。

通过上面的讨论，我们可以得到这样的结论：在广义相对论里，空间和时间的量不能简单地这样来定义——即以为空间的坐标差不能用单位量杆直接量出，时间的坐标差也不能用标准钟量出。

所以现今所用的那种以确定的方式把坐标安置在时间和空间连续区里的方法，由此失效了，而且似乎也找不到别的方法可以让我们使坐标来这样适应于四维空间，因此，使得我们也不能通过它们的应用而期望得到一个关于自然规律的特别简明的表述。所以，在描述自然界时，只有把一切可想象的坐标系都看作在原则上同样有效，否则，再也找不到别的办法了。要做到这一点，就要求：普遍的自然规律都能用那些对一切坐标系都有效的方程表示出来，反过来讲，这些方程对于无论哪种代换都是协变的（广义协变）。

很明显，凡是满足这条公设的物理学，同时也适合于广义相对性的公设。因为有一些代换总包含在全部代换之中，这些代换同三维坐标系中一切相对运动相对应……我们对于时间、空间的一切确定，总是归结到对时间空间上的重合所做的测定。比如，要是只存在由质点运动组成的事件，那么除了能观察到两个或者多个这些质点的会合外，就根本观察不到别的什么东西了。这样，我们的量度结果也只有确定我们量杆上的质点同别的质点的这种会合、确定时钟的指针、钟面标度盘上的点以及所观察到的在同一地点、时间发生的点事件三者的重合。

引进参照系是为了便于描述这种重合的全体。那么，我们就以这样的方式给世界配上四个时间空间变数 X_1, X_2, X_3, X_4，使得每一个点事件都有一组变数 $X_1 \cdots X_4$ 的值同它对应。两个相重合的事件则对应同一组变数 $X_1 \cdots X_4$ 的值；也可以说用坐标的一致来表征重合的。如果我们引进变数 $X_1 \cdots X_4$ 的函数 X'_1, X'_2, X'_3, X'_4 作为新的坐标系，以此来代替这些原有的变数，使这两组数值一一对应起来，那么，在新坐标系中，所有四个坐标的相等也都表示两个点事件在空间时间上的重合。由于我们的一切物理经验最后都可以归结为这种"重合"，因此就不要去偏爱某些坐标系，而冷落别的坐标系，这时我们就达到了广义协变性的要求。

名言名段

· 牛顿把时间和空间归纳为神的意志，康德又把时间和空间划入先验的范畴。我们要把绝对空间和绝对时间从先验论的神圣的山巅拉下来，用我们自己的经验来加以检验。

· 按照相对论来看，用四维的方式考虑"世界"是很自然的，因为根据这个理论，时间不再是独立的或无关的。

作者	文体	推荐理由
卡夫卡	小说	用象征式的表现手法来描绘荒诞与真实的复合体，以个人的孤独来隐喻社会的悲哀的深刻内涵——构成了世界文学史上独一无二的"卡夫卡"风采。

存在之谜的勘探者
——《变形记》节选

作者生平

　　1883年7月3日，卡夫卡生于奥地利布拉格的一个犹太人家里。卡夫卡性格忧郁而悲观，敏感而且焦虑。1901年，卡夫卡读完高级文科中学后进入布拉格大学攻读法律，并在1906年取得法学博士学位。卡夫卡后来进入布拉格的一家保险公司任职，直到1922年病退。1902年，卡夫卡开始文学创作。卡夫卡早期的散文小说集《观察》，共收18篇作品。1912年，卡夫卡的代表作《变形记》和《判决》问世。此后，卡夫卡还完成了多部短篇小说，三部长篇小说《失踪者》（后改名为《美国》）、《诉讼》（又译为《审判》）和《城堡》都未完成。1924年，卡夫卡因肺病病逝于维也纳。

名文欣赏

　　一天早晨，从不安的睡梦中，格里高尔·萨姆沙醒来了，他发现自己躺在床上变成了一只巨大的甲虫。他仰卧在床上，那坚硬的像铁甲一般的背贴着床，当他稍稍抬了抬头看

卡夫卡生前默默无闻，死后赢得了世界的认可。

时，才看见在自己那穹顶似的棕色肚子上分出了好多块弧形的硬片，被子几乎连肚子尖也盖不住了，都快滑下来了。与偌大的身躯比起来，他那许多只腿真是细得可怜，都在他眼前无可奈何地舞动着。

"我这是怎么了？"他想。这可不是梦吧！他的房间虽然嫌小了些，但是的确是普通人住的房间，仍然在四堵熟悉的墙壁当中安静地躺着。在摊放着衣料样品（萨姆沙是个旅行推销员）的桌子上方，还挂着那幅画，这是他最近从一本画报上剪下来的，然后装在了漂亮的金色镜框里。画里面有一位戴皮帽子围皮围巾的贵妇人，她挺直身子坐着，正向看画的人递一只套没了整个前臂的厚重的皮手筒。

然后，格里高尔把眼睛转向窗口，他看到天空很阴暗（可以听到雨点敲打在窗槛上的声音），于是他的心情也跟着忧郁了。"如果能再睡一会儿，把这一切晦气事统统忘掉，那该多好呀！"格里高尔想。但是这完全是不可能的，在平时，格里高尔习惯于向右边睡，可是在目前的情况下，再想采取那样的姿态是不可能的了。无论他怎样用力向右转，最后还是仍旧滚了回来，肚子朝着天。他至少试了有一百次，为了避免看到那些拼命挣扎的腿，他还闭上眼睛，到后来他感到他的腰部有一种从未体味过的隐痛，于是不得不罢休。

"啊，天哪，"他想，"怎么我单单挑上这么一个累人的差使呢！长年累月到处奔波，可比坐办公室辛苦多了。还会经常有出门的烦恼，还要担心各次火车的倒换、那些不定时而且低劣的饮食，和那些萍水相逢的人，也总是泛泛之交，根本不可能建立深厚的友情的，永远不可能变成知己朋友的。现在就让这一切都活见鬼去吧！"这时，他觉得肚子上好像有点儿痒，于是他就慢慢地挪动身子，让身子靠近床头，这样他自己头抬起来就会更容易些；他看清了发痒的地方，在那儿布满着白色的小斑点，对于这些，他不明白是怎么回事，于是他想用一条腿去搔一搔，可是马上又缩了回来，因为这一碰使他浑身起了一阵寒战。

他又滑下来恢复到原来的姿势。他想："如果起床这么早，会使人变傻的。人是需要休息的。别的推销员生活得像个贵妇人。比如，有一天上午，我赶回旅馆登记处，去取回订货单时，别的人这时才坐下来吃早餐。但是我若是跟我的老板也来这一手，准定当场就给开除了。也许开除了倒是件好事呢，谁说得准呢。如果不是为了父母亲，而总是谨小慎微的话，我早就辞职不干了，我早就会跑到老板面前，把肚子里的气全撒出来。气得那个家伙准会从写字桌后面直蹦起来！老板的工作方式也真太奇怪了，为什么总是那样居高临下坐在桌子上面对职员发号施令呢？而且他的耳朵又偏偏重听，所以大家不得不走到他跟前。但是事情也许还是有转机的；只要等我攒够了钱，把父母欠他的债还清了（也许还得五六年），我一定能做到这一点。到那时，我就会时来运转的。不过，现在我还是起床比较好，因为火车五点钟就要开了。"

他看了看柜子上滴滴答答响着的闹钟。天哪！已经六点半了，他想道，而时针还在慢悠悠地向前移动，六点半也过了，马上就要七点差一刻了。难道闹钟没有响过吗？从床上可以看到闹钟明明是定在四点钟的；很明显闹钟已经响过了。是的，为什么在那震耳欲聋的闹铃里，他还能安宁地睡觉呢？嗯，他睡得并不安宁，可是却正说明他睡得也不太差。那么现在他该怎么办呢？下一班车七点钟就要开了；要想搭这一班车，那么他就必须要发疯似的赶才行，可是现在他的样品都还没有包好，而且他也觉得自己的精神不好。而且即使他赶上这班车，上司还是会申斥他一顿的，因为公司的听差一定是在等候五点钟那班火车，而这时，听差也早已回去报告了他没有赶上了。那听差是老板的心腹，既无骨气又愚蠢不堪。那么，谎称自己病了行不行呢？不过这将成为一件最让人不愉快的事，而且也非常让人怀疑，因为在他服务的五年时间里，他可从来没有害过一次病。那么老板一定会亲自带了医药顾问来的，而且一定会责怪他的父母怎么养出这样懒惰的儿子，还会用医药顾问的话，粗暴地驳掉所有的理由，因为那个大夫会认为，世界上除了健康之至的假病号以外，再也没有第二种人了。针对今天的这种情况，大夫的话是不是真的不对呢？格里高尔除了觉得有些困乏，身体还挺不错，所以在如此长久的一次睡眠以后，这实在有些多余了，另外，他今天还觉得特别的饿。

这一切在他脑子里都飞快地闪过了，闹钟敲六点三刻了，他还没有下决心是否起床。这时，从他床头后面的门上传来了轻轻的叩门声。"格里高尔，"一个声音说，这是他母亲在喊他，"已经七点差一刻了。难道你不用赶火车了吗？"多么温和的声音呀！听到自己的回答声时，格里高尔大吃一惊。没错，这怎么会是他自己的声音呢？为什么伴随另一种可怕的叽叽喳喳的尖叫声同时发出来呢？仿佛这叽叽喳喳的尖叫声是伴音似的，他的话听起来只有最初几个字才是清清楚楚的,接着马上就受到了干扰,意义非常含混,人家也说不上到底听清楚没有。本来格里高尔想回答得更详细些,好把一切都解释清楚,可是在这样的情形之下,他只得简单地回答:"是的,是的,谢谢你,妈妈,我这会儿正在起床呢!"因为隔着木门,所以外面一定听不到格里高尔的声音发生了变化,这时他母亲听到这些话也满意了,也拖着步子走开了。然而通过这场简短的对话,家里人都知道格里高尔还在屋子里,这是他们怎么也没有意料到的,于是在侧边的一扇门上立刻就响起了他父亲的叩门声,虽然很轻,可是他父亲用的却是拳头。"格里高尔,格里高尔,"他喊道,"你怎么啦?"过了一小会儿,他父亲又用更低沉的声音催促道:"格里高尔!格里高尔!"他的妹妹在另一侧的门上也用轻轻的悲哀的声音问:"格里高尔,你不舒服吗?要不要什么东西?""我马上就好了。"格里高尔同时回答他们两个人,他把声音发得更清晰,一个字一个字地回答,这样可以竭力使他的声音显得正常些。他父亲回去吃他的早饭了,可是他妹妹却低声地说:"格里高尔,开开门吧,求求你。"可是他实在是不想开门,他非常庆幸自己由于时常旅行,养成了晚上锁住所有门的习惯。即使回到家里也毫不例外。

现在他要在不受打扰的情况下静悄悄地起床,然后穿好衣服,最要紧的是吃饱早饭,最后再考虑下一步该怎么办。因为他非常明白,躺在床上瞎想,是根本想不出什么办法来的。他还记得:过去也曾经因为睡觉姿势不好,所以躺在床上时,往往会觉得这儿那儿隐隐作痛,当真的起床了,就知道这些纯属心理作用,所以他殷切地盼望今天早晨的幻觉也会逐渐消逝。他也深信,他变声音的原因不是因为别的,而仅仅是因为重感冒,这种病是旅行推销员的职业病。

对他来说,要掀掉被子是很容易,只需把身子稍稍一抬,被子就会自己滑下来。但是因为他的身子宽得出奇,要完成下一个动作就非常困难了。因为要让自己坐起来,必须要有手和胳膊才行;可是现在他有的只是无数只一刻不停地向四面八方挥动的细小的腿,而他自己却完全无法控制它们。他想将其中的一条腿弯起来,可是那腿却偏偏伸得笔直;等他努力终于让它听从自己的指挥时,所有别的腿却莫名其妙地乱动起来。格里高尔自言自语地说:"总是待在床上真的没有什么意思呢!"

下身先下去,这样一定可以使自己离床的,他想。可是他的下身是什么样子他还没有见过,脑子里也根本没有概念,他更不知道要移动下身真是很困难,因为下身挪动起来是那样的迟缓;到最后,他难过死了,于是就用尽全力猛地将身子一甩,不料算错了方向,把自己重重地撞在床脚上,一阵彻骨的痛楚向他袭来,于是他明白了,如今他的下身也许正是他身上最敏感的地方。

卡夫卡代表作《变形记》封面。

后来，他打算先让上身离床，于是他小心翼翼地把头部一点点地向床沿挪动。这个动作却很简单，虽然他的身躯又宽又大，但终于还是跟着头部移动了。可是，等到头部终于悬在床边上了，他反而害怕起来，再不敢前进了。因为如果他就这样让自己掉下去，就一定会摔坏脑袋的。现在，最要紧的是保持清醒，特别是现在；他宁愿继续待在床上，也不能那样。

等重复了几遍同样的动作后，格里高尔深深地叹了一口气，最后还是恢复了原来的姿势，同时还要难以置信地看着那些细腿更疯狂地挣扎；对于这种荒唐的混乱处境，格里高尔不知道怎样才能摆脱，他一次又一次告诉自己，不能就这样待在床上，最最合理的做法就是：只要有一个极渺茫的希望，就要冒一切危险来离开这张床。同时他也没有忘记提醒自己，要冷静，极其冷静地考虑到最最微小的可能性，不顾一切地蛮干是不行的。他竭力集中精神望向窗外，可是太不幸了，这时节，狭街对面的房子都被早晨的浓雾裹住了。天气看起来一时是不会好转的，所以他更加得不到鼓励和安慰了。"已经七点钟了，"闹钟再度敲响时，他对自己说，"已经七点钟了，为何雾还这么重呢？"有那么一会儿，格里高尔就这样静静地躺着，轻轻地呼吸着，仿佛什么都会在这一养神的刹那恢复正常。

名言名段

·无论什么人，只要你在活着的时候应付不了生活，就应该用一只手挡开点笼罩你的命运的绝望……但同时，你可以用另一只手草草地记下你在废墟中看到的一切，因为你和别人看到的不同，而且更多……

作者	文体	推荐理由
尼采	诗歌	一位哲学家对尼采这样评述:"如果人们根据一位哲学家的著作对后世的影响来评判他的重要性,那么弗里德里希·尼采是可以同黑格尔、马克思、克尔凯郭尔和叔本华匹敌的。

献给人类的伟大赠礼
——《查拉斯图拉如是说》

作者生平

1844年10月15日,尼采生于普鲁士萨克森地区的勒肯。1858年,尼采来到享有盛名的舒尔普福特文科中学学习。中学毕业后,尼采先是来到波恩大学学习,后又转入莱比锡大学。

1869年,尼采到瑞士巴塞尔大学任教,并于1870年升任为教授。1872年,尼采发表了第一部重要著作《悲剧的诞生》。1873年,完成了《不合时宜的思想》的第一部分:《表白者和作家大卫·施特劳斯》和《希腊悲剧时代的哲学》。1874年,完成了《不合时宜的思想》的第二部分:《论历史对生命的损益》和第三部分:《教育家叔本华》。1876年,完成了《不合时宜的思想》的第四部分:《拜罗伊特的理查·瓦格纳》。

1876年,尼采因健康状况不佳,开始在瑞士及意大利各地休养。这期间,尼采一直努力著述,完成了他的代表作《查拉斯图拉如是说》和其他大量著作。1879年,尼采又染上了眼疾。1888年,尼采已经意识到了自己的生命即将结束,爆发出极大的力量完成了《偶像的毁灭》、《瓦格纳真相》、《反基督徒》等著作。尼采的自传《看啊,这个人》也在这一时期完成。

名文欣赏

一

在30岁的时候，查拉斯图拉离开了他的故乡，离开了他居住多年的故乡之湖，他选择住在山上。在那里，他度过了十年的时间，他保真养晦，毫无厌倦之意。可是突然，他的内心感情发生了转变。一天的黎明时分，他起床后，对着太阳说：

"啊，你，伟大的星球啊！假若被你照耀的人们消失的话，你的幸福还会存在吗？十年如一日，你每天走来我的山洞，假若没有了我，也没有我的鹰与蛇，你自己也会厌倦你的光明和这条旧路。

然而，每天早晨，我们等候着你，我们从你那里取得了多余的光明，因此我们向你祝福。

看啊！我像一只储蜜过多的蜜蜂一样，我已经厌倦了我的智慧；我需要伸出这手来领受智慧。

西方现代哲学的开创者尼采。

我愿意赠送与布散我的智慧，直到使聪明的人们再因为他们的疯狂而喜欢，穷困的人们再因为自己的财富而欢喜。

因此，我愿意像你一样降到最深处去：好像夜间你来到海的后边，把光明送到下面的世界去一样。啊，施恩世间的星球啊！

我将要去的人间是这样称呼这件事的：我要像你一样地'落下山'去。

祝福我吧，你有一双平静的眼睛，能够不妒忌一个无量的幸福！

祝福这满而将溢的杯儿吧！让这水呈金色流泛出来,让任何地方都有你祝福的回光吧！看呵，这杯儿又会变成空的,查拉斯图拉又会再做人了。"——查拉斯图拉之下山如是开始。

二

查拉斯图拉从山上独自下来,一路上任何人都认不出他。他走进森林里,这时候,忽然一个老者站在他的前面,这老者是从一个神圣的茅屋来的,现在他来到森林里是为了寻找树根。他对查拉斯图拉说：

"你这个旅行者,我们曾经有一面之缘;很多年以前,你曾经来过这里。你就是查拉斯图拉；但是现在你改变了。

那时候,你的火被你搬到山上去；现在你怎么又要把你的火带到谷里去？你会受到'放火犯'的惩罚的！

……

查拉斯图拉是改变了,看上去他变成了一个孩子；查拉斯图拉已是一个醒觉者了：你现在要到睡着的人群里去做什么呢?

唉,现在你怎么竟想登陆了呢？唉,当你生活在孤独里时,就像生活在海里一样,只有海载着你。你不想摆脱你的躯壳这重负吗？"

"我爱人类。"查拉斯图拉答道。

这圣哲却说："我逃跑到这森林里与孤独里来,你知道为什么吗？正是因为我曾太爱人类！

现在我不爱人类了,我开始爱上帝了。我觉得：人是一个太不完全的物件。对人类的爱很可能会将我毁灭的。"

这圣哲接着说："什么也不要给他们吧！你不要从他们那里取去一点负担,也不要替他们捐着。但是如果你高兴这样做,他们是非常欢喜的了。

即使今天你想赠与他们什么东西,给他们的东西也要像赏给乞丐的布施一样的多；而且一定让他们向你请求吧！"

"不,"查拉斯图拉答道,"我不布施什么,我并不穷得如此。"

……

"……留在森林里,不要到人群里去吧！不要到兽群里去吧！物以类聚,人以群分——我希望你愿意和我一样待在森林里。"

▲ 尼采认为人类从天性到理性的转变是一个极不快乐的过程。

查拉斯图拉问："在森林里，圣哲都做些什么事呢？"

"在森林里，我用颂诗来歌唱它们。当我制作曲目时，我会笑、我会哭、我会低声吟唱；赞美上帝。"这圣哲回答。

"我用歌唱、哭、笑和低吟，赞美我的上帝。可是你带了什么礼物给我们呢？"

听完了这些话，查拉斯图拉向这圣哲行了个礼，然后回答道："我什么礼物也不能够给你们！如果不让我快点走，我就会拿去你什么东西的！"说完这些话，这圣哲和这旅行者就笑得和两个孩子一样互相告别了。

离开后，查拉斯图拉独自走着，"这难道是真的吗？"他扪心自问，"在他的森林里，这老圣哲还不知道上帝已经死了！"

名言名段

· 世界上何处还有比慈悲更大的愚蠢。世界上还有什么比慈悲者所做的有更多的损害。

· 万物消灭了，万物又新生了，存在之自身永远建造同样存在之屋宇，万物分离又相合，存在之循环对于自己永久真实。

作者	文体	推荐理由
艾略特	诗歌	20世纪最伟大的英文诗。

世纪之诗
——《荒原》节选

作者生平

1888年9月26日,艾略特出生在美国密苏里州圣路易斯的一个清教徒家里。1906年,艾略特入哈佛大学攻读哲学和英法文学。1910年,艾略特获得哈佛大学硕士学位。1913年任哈佛大学哲学系助教。

一战期间,艾略特自德国辗转来到牛津大学研读希腊哲学。1915年,艾略特开始转向诗歌创作和文学批评。1922年任文学评论季刊《标准》主编。1927年,艾略特加入英国国籍。1947年获哈佛大学名誉博士学位。1948年,艾略特以《四个四重奏》获得诺贝尔文学奖。

1965年1月4日,艾略特在伦敦去世。

名文欣赏

五、雷霆的话

火把把流汗的面庞照得通红以后

花园里是那寒霜般的沉寂以后
经过了岩石地带的悲痛以后
又是叫喊又是呼号
监狱宫殿和春雷的
回响在远山那边震荡
他当时是活着的现在是死了
我们曾经是活着的现在也快要死了
稍带一点耐心

这里没有水只有岩石
岩石而没有水而有一条沙路
那路在上面山里绕行
是岩石堆成的山而没有水
若还有水我们就会停下来喝了
在岩石中间人不能停止或思想
汗是干的脚埋在沙土里
只要岩石中间有水
死了的山满口都是龋齿吐不出一滴水
这里的人既不能站也不能躺也不能坐
山上甚至连静默也不存在
只有枯干的雷没有雨
山上甚至连寂寞也不存在
只有绛红阴沉的脸在冷笑咆哮
在泥干缝裂的房屋的门里出现
只要有水
而没有岩石
若是有岩石
也有水
有水

庞德像。庞德是美国20世纪最具争议性的文学家,他曾提出意象主义的文学主张。艾略特深受意象主义诗歌的影响。

345

▶ 托马斯·艾略特是20世纪英国影响最大的诗人。

有泉

岩石间有小水潭

若是只有水的响声

不是知了

和枯草同唱

而是水的声音在岩石上

那里有蜂雀类的画眉在松树间歌唱

点滴点滴滴滴滴

可是没有水

名言名段

·诗不是放纵感情,而是逃避感情;不是表现个性,而是逃避个性。

·四月是最残忍的一个月,荒地上长着丁香,把回忆和欲望掺合在一起,又让春雨催促那些迟钝的根芽。

作者	文体	推荐理由
海德格尔	议论文	研究20世纪西方文化时无法绕开的名篇，存在主义始祖闻名于世的佳作。

存在主义的诞生
——《我如何走向现象学》

作者生平

海德格尔1889年9月26日生于德国西南部巴登邦的梅斯基尔希市。曾就读于弗莱堡大学，学习神学和哲学。

1913年，海德格尔获得博士学位，后跟随现象学创始人——胡塞尔当助教。1923年起，开始任马堡大学哲学教授。

1927年，海德格尔的代表著作《存在与时间》发表。1928年，胡塞尔退休时，推荐海德格尔回弗莱堡大学接任哲学讲座教授。

纳粹在德国上台后，海德格尔曾担任弗莱堡大学校长，公开表示拥护希特勒。战后，海德格尔一度被停职，1951年才恢复教职，1959年退休后，隐居在黑森林地区，专心讨论学术和著述。海德格尔的著作有《存在与时间》、《康德和形而上学问题》、《柏拉图的真理学说》、《真理的本质》、《林中路》、《形而上学导论》、《同一与差异》、《在通向语言的途中》、《技术与转向》、《路标》、《现象学与神学》、《现象学之基本问题》等。

名文欣赏

1909~1910年那个冬季我开始在弗莱堡大学学习神学。主要课业是神学，却也余下足够的时间让我攻读哲学。当时的神学专业本来也包含哲学课程。反正从第一个学期起，在我神学研究班的课堂上，胡塞尔的两卷《逻辑研究》一直摆在那里。书是从大学图书馆借来的。一次又一次地续借倒也不难，看来这部著作没什么学生对它感兴趣，也不知它是怎么被弄到这么个不相干的环境里来的。

我从前就从一些哲学期刊中了解到胡塞尔的思想是由弗朗茨·布伦塔诺决定的。早自1907年起，布伦塔诺的论文《论"存在者"在亚里士多德那里的多重意义》就是我进行哲学思考的主要帮助者和引导者。当然，我在哲学方面的那些最初的努力是够笨拙的。当时我最关切的问题还相当模糊。它大概是这样的：如果说人们是在多种含义上言及存在者的，那么哪种含义是起主导作用的根本含义呢？什么叫存在？在文科学校的最后一年，我偶然见到当时在弗莱堡大学讲神学教义的卡尔·勃莱格教授所写的《论存在 存在论提纲》。这书是1896年他还在弗莱堡大学神学系当讲师时出版的。这本书每一大段末尾都有亚里士多德、托马斯·阿奎那和苏阿列兹的大段引文，同时还附着存在论的基本概念的词源解说。

我当时期望胡塞尔的《逻辑研究》能为布伦塔诺那篇论文表明"现象学"在有意地、决

加缪一直反对别人将他视作存在主义者，但他确乎是个存在主义者，是一个披着荒诞主义外衣的存在主义者。

然地移向传统近代哲学。不过,"先验主体性"通过现象学取得了更原始更普遍的规定性。现象学仍然把"意识体验"保留为自己的专题领域,不过现在以系统计划和具有保障的方式来研究体验行为的结构以及就对象性来研究在体验行为中所体验到的客体。

《逻辑研究》原本仿佛在哲学上是中性的,这样在现象学哲学的整体规划中也就可以依体系找到其位置了。《逻辑研究》第二版在同一年(1913年)由同一出版者出版。大部分研究做了"深入改写"。据第一版前言说,第六篇"对现象学来说是最重要的",但这一篇却在第二版中被抽掉了。然而,胡塞尔交由新期刊《逻各斯》第一卷出版的《哲学之为精确科学》一文如今通过《纯粹现象学诸观念》才为其纲领性论题获得充足的根据。

仍是在1913年,尼埃梅尔还出版了马克斯·舍勒的重要研究成果:《同情、爱与恨的现象学。附:假设陌异之我的存在的根据》。

由于上述种种出版物,尼埃梅尔成为哲学作品出版者中的佼佼者。那时候,常听到事后诸葛亮说,一个新学派正在欧洲哲学中兴起,那就是现象学。那时谁会否认这种说法的正确性呢?

但是这样一种历史学上的讲法却没有抓住"现象学",就是说早已随着《逻辑研究》发生了什么。所发生之事当时未被道出,甚至今天仍难说得对头。胡塞尔自己的纲领式的说明和方法论上的表达也加深了一种误解,好像"现象学"否认从前的一切思想而宣告着哲学的新开端。

甚至在《纯粹现象学诸观念》发表以后,《逻辑研究》所具有的无限的魔力仍牢牢抓着我。随着这种魔力而来的又是那种不安,不安而又不知为什么,虽然或可猜度,那原因大概在于仅仅靠阅读哲学文献还完成不了被称为"现象学"的那一思想方式。一直到我在胡塞尔的工作地点亲识其人以后,我的惶惑才慢慢消失,迷乱才吃力地松解。

名言名段

· 林是树林的古名。林中有许多路,这些路多半突然断绝在人迹罕到之处。这些路叫做林中路。每人各奔前程,但都在同一林中。常常看来仿佛一个人的情形和另一个人的情形一样,然而只不过是看来仿佛如此而已……

· 运伟大之思者,行伟大之迷途。

作者	文体	推荐理由
巴赫金	议论文	俄罗斯最著名的文艺理论名作。文章通过对陀思妥耶夫斯基作品的分析，构架了一座俄罗斯与西方语境世界的超越民族的桥梁。

复调小说登上舞台
——《陀思妥耶夫斯基的诗学问题》

作者生平

1895年11月17日，巴赫金出生于俄国奥勒尔的一个破落的贵族家里。巴赫金幼时患有致命的骨髓炎。后来随父亲去敖德萨，在那里完成了中学学业，随后进入诺沃罗西斯克大学。

1915年，巴赫金转到彼得堡大学历史系与语文系读书。1919年9月，发表短文《艺术与责任》。

巴赫金于1928年12月24日被捕，后经高尔基妻子的营救，改判发配库斯塔奈，逃脱了死于集中营的厄运。

1929年，巴赫金出版了《陀思妥耶夫斯基的诗学问题》一书。1934年至1935年间，巴赫金完成《长篇小说话语》。

1938年，由于骨髓炎发作，巴赫金失去了一条腿。巴赫金靠亲友接济过活，完成了《教育小说及其在现实主义历史中的意义》、《小说的时间形式与时空体形式》、《长篇小说话语的发端》、《史诗与长篇小说》等。

1965年，巴赫金的《拉伯雷的创作与中世纪和文艺复兴时期的民间文化》正式出版。

名文欣赏

复调小说

陀思妥耶夫斯基小说的特点就是：独立和不相融合的声音、意识的多元性，音值充足的声音是真正的复调。在陀思妥耶夫斯基的小说中，综合而形成某一特定事件的统一性，但同时又保留其不相融性的，是各个平等意识及其所属世界的多元性，而不是一个统一的客观世界上的众多人物和命运(这些是由在作品中展开的作者的统一意识所揭示出来的)。在陀思妥耶夫斯基的创作构思中，作者笔下的主要人物的确不仅仅是作者言说的客体，而且还是这些客体直抒胸臆的主体。由于这些特点，主人公的话绝不仅仅限于通常刻画人物性格和展开情节，但也不是用来表达作者本人的思想感情的（如拜伦作品中的人物）。主人公的意识表达的是另一个不同的意识，一个陌生的意识，但同时又未被对象化，因为这种意识并未被封闭，也没有成为作者意识的简单客体。在这个意义上，陀思妥耶夫斯基笔下的主人公形象截然不同于传统小说中通常被对象化了的主人公的形象。

陀思妥耶夫斯基开创了一种全新的小说类型——复调小说。因此，陀思妥耶夫斯基不能把自己的作品局限在任何框框之内，其作品本身也不属于我们习惯上用于欧洲小说的历史—文学图式范围之内。在陀思妥耶夫斯基的作品中，主人公声音的建构方式与作者本人声音在普通小说中的建构方式是相同的。在作品的每一细小的方面，主人公对自身和对这个世界的议论与普通作者的议论都一样有理；这种议论并不作为主人公的特征之一，也不从属于被对象化了的形象，更不作为作者声音的传声筒。相反，在作品的结构中，这种议论具有一种特殊的独立性，以一种特殊的方式，伴随着作者的声音，与作者的声音和其他主人公音值充足的声音结合起来。

由此可见，对于陀思妥耶夫斯基小说的世界来说，通常对情节的实际发展所必要的物质或心理约束是不够的；作者构思的组成部分就是这些约束事先假定主人公的对象化和具体化，在按独白方式观照和理解的世界的统一性中，这些方式把人的完整形象联结和综合起来。事先假定具有相同价值的各种意识以及这些意识的世界的多元性构成了陀思妥耶夫斯基的独特构思。在陀思妥耶夫斯基的小说中，一般的实用性情节起到次要的作用，这些一般情节反而履行不同于其一般功能的特殊功能。而创造了他的小说世界的统一性的最终约束则属于另一种；不能把他的小说所揭示的基本事件阐释为一般的实用性情节。

此外，无论是作者的、叙述者的，还是主人公的叙述的取向，与独白式小说的叙述都完全不相同。在故事的讲述、形象的建构、信息的传达方面，必须以这个新的世界（这个居住着羽毛丰满的主体而非客体的新世界）为取向。所使用的叙述的、再现的、传达信息的词语必须与其客体建立某种新型的关系。

因此，陀思妥耶夫斯基小说结构的全部因素都具有深刻的创新性；新的艺术使命决定了上述这些特点，只有陀思妥耶夫斯基才能在广度和深度上成功地承担起并完成这项任务，他建立一个复调世界，捣毁基本上属于独白（单调）式欧洲小说的既定形式。

……

在陀思妥耶夫斯基之前，有些人已经以独白方式宣布个性的价值，所以不能将陀思妥耶夫斯基的创新性固定于此，他的小说的创新性在于：陀思妥耶夫斯基能够看到并以艺术的客观性展示出另一种陌生的个性（既不抒情地表现它，也不将其与自己的声音相融合，同时也不把它还原到具体化了的心理现实）。在陀思妥耶夫斯基的世界观中，对个性价值的高度评价并非首次出现。但是，陌生个性的艺术形象（如果我们接受阿斯克尔多夫的术语的话）和在特定精神事件的统一性中结合的众多不相融合的个性艺术形象，在陀思妥耶夫斯基的小说中第一次体现出来。

俄国画作《北方的民谣》。

名言名段

· 书不喜欢心不在焉的读者，也不回答他们的问题。应真正而投入地阅读，并不是消极地掌握，而是与书进行生动的热烈的对话。

· 天国既不在我们内部，也不在我们外部，它在我们之间。

作者	文体	推荐理由
福克纳	小说	瑞典科学院院士赫尔斯多来姆对福克纳做了高度的评价:"福克纳是二十世纪的小说家中,一位伟大的小说技巧的实验家——可以和乔伊斯并论,并且内容有过之。"

迷路的现代人的神话
——《喧哗与骚动》节选

作者生平

1897年9月25日,福克纳出生在美国密西西比州一个庄园主后代的家里。1902年,福克纳随家人迁居到奥克斯富镇。福克纳一生除了短暂的外出,基本上没有离开过这个地方。

福克纳自幼喜爱文学,1914年,他开始发表诗歌作品,并于1924年结集出版了《大理石牧神》。1925年,福克纳在小说家舍伍德·安德森的帮助下出版了第一部小说《士兵的报酬》。

1929年,福克纳出版了他最具代表性的作品《喧哗与骚动》。1929年到1942年,福克纳在完成《我弥留之际》之后,接着完成了《圣殿》、《八月之光》、《标塔》、《押沙龙,押沙龙!》、《没有被征服的》、《野棕榈》、《村子》、《去吧,摩西》等作品;此外,福克纳还出版了短篇小说集和诗集等。

福克纳由于出色的文学成就在1950年荣获诺贝尔文学奖。福克纳还创作了《一个寓言》、《小镇》、《大宅》等。

1962年7月,福克纳因心脏病发作去世。

威廉·福克纳在创作中。

名文欣赏

一九一零年二月六日（二）

眼前突然从路上岔开了一条小巷，于是我进入小巷。过了一会儿，我将速度降下来——从小跑变成快走——小巷的两边都是建筑物的背面和没有上漆的房子，晾衣绳上突然多了许多颜色鲜亮刺眼的衣服，在茂盛的果树间，有一座谷仓后墙坍塌了，它静静地朽烂着。那些果树也已经很久未经修剪了，四周杂草丛生，密密麻麻地使得所有的果树都喘不过气来；粉红色和白色的花在果树上摇曳着，经阳光一照，在蜂群的嗡嗡烘托声中，一切显得更加热闹。我回过头朝巷口看看，那儿没有一个人。于是我更加放慢脚步，在我身边，我的影子和我结伴而行，影子的头在遮没了栅栏的杂草丛中游动。

那条小巷在一扇插上门栓的栅门前断了，消失在草丛里了，在新长出来的草丛里，呈现一条隐隐约约的小径。我爬过栅门，眼前是一片树木茂密的院子，于是我穿过院子，来到另外一堵墙前，顺着墙，我漫步着……现在，我的影子长长地落在了我后面，蔓藤和爬山虎之类的植物爬满了那堵墙。在家乡，这些就叫做忍冬花。忍冬的气息一阵一阵地袭来，特别是在阴雨的黄昏时节，仿佛每一样东西里都混杂着忍冬的香味，仿佛少了这香味，事情就不够烦人似的。

因为又想起凯蒂小时候与一少年接吻的事。

你干吗让他吻你，吻你？

我可没有让他吻我，我只是让他看着我，没想到这就使他变得疯疯癫癫的了。你觉得怎么样？我一巴掌给她脸上留下一个红印，好像是手底下亮了一盏电灯，顿时使她的眼睛熠熠发亮。

我打你并不是因为你跟别人接吻的缘故。十五岁的姑娘家吃饭还把胳膊肘支在饭桌上，父亲说你咽东西时好像嗓子眼里绞着根鱼骨头似的，你和凯蒂怎么啦？在餐桌边你们正坐在我的对面却为什么不抬起头来看我呢？我打你那是因为你和城里的一个神气活现的臭小子接吻。你说不说你说不说这下子你该说"牛绳"了吧！（美国南方，男孩子欺侮女孩子时，爱揪住她们的发辫，让她们求饶，非要她们承认自己的发辫是"牛绳"，才肯松手。）

我把发红的巴掌从她的脸颊移开。你觉着怎么样我把她的头往草里按。草梗纵横交错地嵌进了她的肉里，她感觉到了刺痛我还是把她的头往草里按，说"牛绳"呀！你说还是不说？

娜塔丽这样下流的女孩子，我才没跟她接吻呢！

那堵墙在阴影里消失了，接着我的影子也消失了，我又骗过它了。这时，连河道是和路一起蜿蜒伸延的，我都忘记了。当我爬过那堵墙时，她却正在看着我往下跳，那只长面包还抱在胸前。

我们两人站在草丛里，面对面地互相凝视了一会儿。

"小妹妹，为什么刚才你不告诉我你就住在这边呢？"那张包面包的报纸实在太破了，真的需要另换一张了。"好吧，那就过来把你的家指给我看，好吗？"

（这时，又从凯蒂与他顶嘴的事，想到另一次他与娜塔丽玩"坐下来跳舞"的情景）

没有吻像娜塔丽这样下流的女孩子。天在下雨，我们能听见屋顶上雨滴的声音，声音像叹息一样传遍了谷仓高大香甜的空间。

这儿吗？我触摸着她！

这儿吗？雨下得不是太大，可是除了屋顶上的雨声之外，我们什么也听不见，仿佛那是我的血液和她的血液的流动声。

把我推下梯子，她一溜烟地跑开了，凯蒂跑开了。

如果你不赶快回家，包面包的纸就全都要破了。你妈妈该说你了！

我敢说我能把你抱起来

你抱不动我太重了

我能把你抱起来，你瞧我能！

凯蒂真的走了吗她进我们家了吗从我们家是看不见谷仓的

哦，她的血还是我的血，哦，我们走在薄薄的尘土上，在一束束光柱从树丛里斜照下来的薄薄的尘土上，我们的脚步像橡皮一样软得几乎什么声音也没有。啊，我又能感觉到，河水在隐秘的阴影里迅疾而静静地流淌。

"你的家可真远呀！你真能干，这么远还能一个人到镇上去买面包。"这就跟坐着跳舞很相似，你坐着跳过舞吗？我们能听到下雨声，小谷仓里有一只耗子在走动，空空的马栏里没有马儿。你是怎么搂住跳舞的，是这么搂的吗？

哦

我一直是这么搂的你以为我力气不够大是吗

哦哦哦哦

我一直是这么搂的我是说你听见我方才说的没有我说的是

哦哦哦哦

那条路继续向前延伸着，静寂而空荡荡的，夕照的阳光越来越斜了。她脑后是两条直僵僵的小辫子，在辫梢处用深红色的小布头扎起来了。她走路时，包面包的纸的一角轻轻地拍打着，面包的尖儿露了出来。我停了下来。

"喂，我说，你真的是在这边住吗？我们走了快一英里了，可没有一幢房子啊。"

她阴郁的诡秘眼睛友好地瞧瞧我。

"小妹妹，你到底住在哪儿啊？难道不是住在镇上吗？"

树林里不知哪儿有一只鸟在叫唤，好像在断断续续的斜阳之外。

"你爸爸要为你担心了。你已经买了面包还不马上回家，你爸爸该拿鞭子抽你了吧？"

那只鸟继续在鸣叫，但是仍然不能看见它在哪儿，只听见一个毫无意义的深沉的声音，平铺直叙，高低没有什么变化，突然它停止了，仿佛是被刀子一下子切断似的，突然又鸣啼起来，在隐秘的地方，河水迅疾而静静地流淌着，那种感觉又出现了，这既不是看见的也不是听到的，而是感觉出来的。

大约半张包面包的报纸已经软软地挂了下来，"哦，到底怎么了，小妹妹？这张纸现

《喧哗与躁动》英文版封面。

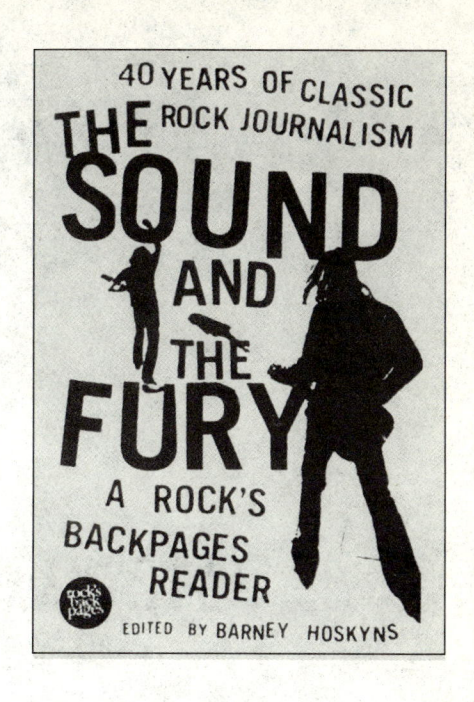

在已经不起作用了。"我把它扯了下来,扔在路旁,"走吧,咱们还得回镇上去呢。这次我们从河边返回去吧。"

我们离开了那条路。一些苍白的小花在青苔之间生长着,我有种对那听不见看不到的水的感觉。我一直是这么搂着的,我是说我一直是这么搂着的。她站在门口瞧着我两只手插在后腰上。你推我了那是你不好把我弄得好疼

我们方才是在坐着跳舞我敢说凯蒂不会坐着跳舞

别这样别这样

我不过是想把你衣服后背上的草皮粒屑掸掉

你快把你那双下流的脏手拿开别碰我都是你不好你把我推倒在地上我恨死你了我不在乎,她在瞧着我们,仍然气鼓鼓地走开了,我们开始听见叫嚷声和泼水声;我看见一个棕褐色的人体在阳光中闪了一下。

名言名段

··人者,无非是其不幸之总和而已。

——《喧哗与骚动》

作者	文体	推荐理由
马尔库塞	议论文	赋予乌托邦最新定义与内涵的独特见解，使本作品进入了20世纪的佳作之列。

乌托邦思想的现代宣言
——《乌托邦的终结》

作者生平

1898年，马尔库塞出生在德国柏林的一个犹太人家里。1916年至1918年在军队服役，1917年加入社会民主党左翼，后又退出。从1919年起，马尔库塞在柏林大学、弗莱堡大学攻读哲学，获得博士学位后回到柏林。1928年，马尔库塞回到弗莱堡大学担任海德格尔的助手。1933年，马尔库塞进入法兰克福社会研究所。1933年流亡瑞士，后又随研究所迁居到美国。第二次世界大战期间，马尔库塞曾任美国战略情报局东欧部主任等职。1950年，马尔库塞到纽约的哥伦比亚大学任教。1951年至1953年在哈佛大学俄罗斯研究中心任职，后又在加利福尼亚大学任教。1979年，马尔库塞病逝于德国。

名文欣赏

乌托邦是一个历史概念。它指的是被认为不可能实现的社会变革方案。为什么不可能实现？在通常有关乌托邦的讨论中，当一个既定的社会状况的主客观因素妨碍了改革时，在所谓不成熟的社会条件下，要实现一个新的社会方案是不可能的。法国革命期间的共产主义方案，也许还有高度发展的资本主义国家中的社会主义，二者都是实际缺乏或者被认为是缺乏主客观因素而成为不可能实现的例子的。

一种社会变革方案由于同某些科学地建立起来的规律，如生物学规律、物理学规律相矛盾，而被认为是行不通的。例如，所谓永葆青春这种古老观念，或者所谓回到黄金时代的想法。我认为，我们只有在后者的意义上，即当一个社会变革方案同真正的自然规律相矛盾时，才能说乌托邦。正是从这个严格的意义上说，即超出了历史的范围这个意义上来说，这种方案才是乌托邦式的，但是甚至这种"非历史性"也有一个历史的界线。

另外一些方案，其不可能性被归咎为缺乏主客观的因素，我们最好称它们只是"暂时"不能实行的，例如，由于这个简单的理由，卡尔·曼海姆关于这种方案的不可实现的标准是不充分的，比如，首先，那种不可实现性本身只是在事后才表现出来的。一个社会变革的方案被认为是不可实现的，这并不令人感到意外，因为在历史中它自身已证明是不可实现的。其次，在这个意义上不可实现的标准也是不充分的，因为情况可能会是这样：一个革命方案的实现受到反对势力和反对倾向的阻碍，而那些反对势力和反对倾向恰恰是能够在革命过程

▼ 一名美国海军士兵正在珊瑚海岸拖着战友的尸体上岸。

图为威斯康里州基诺沙纳什汽车公司的车轮制造部。随着机器化大生产的发展，美国开始从乡村向都市化方向转变。

中被消除的。由于这个原因，把缺乏特定的主客观因素作为反对激进变革的可行性的原因是成问题的。这里我们特别关心的是这样一个问题，即在技术最高度发展的资本主义国家里，革命的阶级是不能确定的，但这种事实并不意味着马克思主义是乌托邦。社会的革命力量——这是正统马克思主义的观念——只能在变革的过程中形成，因此人们也不能指望这样一个局面，即革命运动开始时，革命力量就已经存在。但是，在我看来，在技术上已经具备改革的物质力量和精神力量时——尽管这些力量的合理化的运用受到生产力的现存机构的阻挡——应该有一个可能实现的有效标准。我认为，正是在这个意义上，今天我们才能切实地谈论乌托邦的终结。

为一个自由社会服务的一切物质力量和精神力量必将到来。如果这些力量不用于实现这一目的，这得归咎于现存社会反对自身潜在的解放力量的总动员。但是，这种状况决不能使激烈变革的思想本身成为一种乌托邦。

名言名段

· 人们可能会问：哲学剩下什么呢？如果没有任何假设成分，没有任何解释，思想、智力还剩下什么呢？然而，成为问题的，并不是哲学的定义或尊严。更确切地说，这是维护和保护这种权利的机会，是需要用与普通用法不同的一些术语来思考和说话的，这些术语是意义丰富的、合理的以及有效的，就恰恰因为它们是另外一些术语。

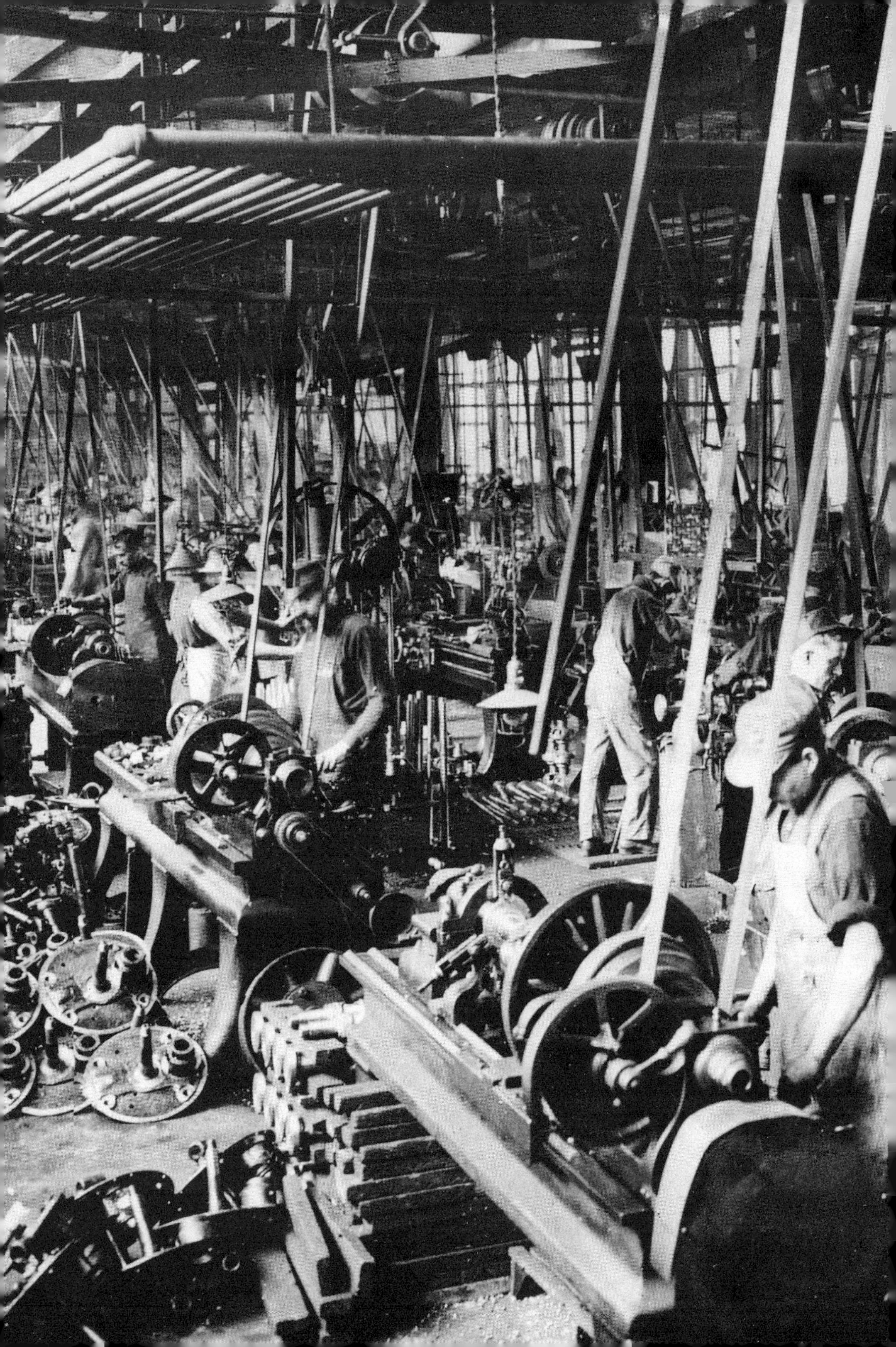

作者	文体	推荐理由
萨特	议论文	我们读这一篇短文完全可以感受到萨特哲学思想的魅力,感受到行动哲学的冲击力。萨特在这里完美地回答了存在主义所谓的作家为什么要写作的问题。

"自由"的畅述
——《为什么写作》

作者生平

1905年6月21日,萨特出生于法国巴黎。1924年,萨特以优异的成绩考进法国著名学府巴黎高等师范学校,攻读哲学。1929年,萨特以第一名的优异成绩通过中学会考,获得中学哲学教师学衔。此后,萨特在一所高级中学任教。1933年,萨特作为官费生到德国柏林法兰西学院进修哲学。

1936年8月,萨特发表了第一部哲学著作《想象力》。1936年9月,萨特在《哲学研究》中发表了他的第一篇重要的哲学论文《论自我的超越性》。1937年10月,萨特发表了第一篇短篇小说《墙》,并获得了极大的成功。第二次世界大战中,萨特投笔从戎,在1940年被德军俘虏并关入集中营。1941年,萨特声称自己是一个被误捕的文职人员从而得以逃出。从此,一向对政治冷漠的萨特开始介入到政治生活中去。1945年,萨特主持创办了《现代》杂志,传播存在主义的思想。萨特积极参加维护世界和平的活动,并于1953年被选为世界和平理事会理事。1968年5月,担任了当时"极左派"报纸《人民事业》和《解放》的主编。1980年4月15日,萨特因患肺气肿在巴黎逝世,享年75岁。

名文欣赏

各有各的理由：对于这个人来说，艺术是一种逃避；对于那个人来说，是一种征服手段。但是人们可以以隐居、发疯、死亡作为逃避方式；人们可以用武器征服。为什么偏偏要写作，要通过写作来达到逃避和征服的目的呢？这是因为在作者的各种意图背后还隐藏着一个更深的、更直接的、为大家共有的抉择。我们将试图弄清这个抉择，而且我们将看到，是不是正因为作家们选择了写作，所以我们就有理由要求他们介入。

我们的每一种感觉都伴随着意识活动，即意识到人的实在是"起揭示作用的"，就是说由于人的实在，才"有"（万物的）存有，或者说人是万物借以显示自己的手段；由于我们存在于世界之上，于是便产生了繁复的关系，是我们使这一棵树与这一角天空发生关联的；多亏我们，这颗灭寂了几千年的星，这一弯新月和这条阴沉的河流才得以在一个统一的风景中显示出来；是我们的汽车和我们的飞机的速度把地球的庞大体积组织起来；我们每有所举动，世界便被揭示出一种新的面貌。不过，即使说我们知道我们是存在的侦查者，我们也知道我们并非存在的生产者。这个风景，如果我们弃之不顾，它就失去见证者，停滞在永恒的默默无闻的状态之中。至少它将停滞在那里；没有那么疯狂的人会相信它将要消失。将要消失的是我们自己，而大地将停留在麻痹状态中直到有另一个意识来唤醒它。因此，我们一面在内心深处确信自己"起揭示作用"，另一面又确信自己对于被揭示的东西而言不是本质性的。

艺术创作的主要动机之一当然在于我们需要感到自己对于世界而言是本质性的。我揭示了田野或海洋的这一面貌，或者这一脸部表情，如果我把它们固定在画布上或文字里，把它们之间的关系变得紧凑，在原先没有秩序的地方引进秩序，并把精神的统一性强加给事物的多样性，于是我就意识到自己创造了它们，就是说我感到自己对于我的创造物而言是本质性的。但是这么一来我们就把握不住被创造的对象：我们不可能同时既揭示又生产。对于创造活动而言，创造物就沦于非本质地位了。首先，即便被创造的对象在别人看来已经定型了，对于我们自己它却总是处于未定状态：我们任何时候都可以改变这条线，这块颜色，这个词；因此它永远不能强使我们接受它。有个学画的问他的老师："我什么时候才能认为我的画已经完工了？"老师回答说："什么时候你可以用惊讶的目光看你自己的画，并且对自己说：'难道这是我画出来的？'这个时候才算完工。"

拒绝接受诺贝尔奖的让·保罗·萨特。

　　这等于说：永无完工之日。因为这样就等于用另一个人的眼睛来看自己的作品，等于揭示自己创造的东西。但是，不言而喻，我们越多意识到自己的生产性活动，我们就越少意识到被生产出来的物体。当我们生产一件陶器或者一座房架的时候，我们遵循传统的标准并且使用其用途早已规范化的工具，这个时候，是海德格尔有名的"人家"通过我们的手在工作。在这种场合，我们可以对（劳动的）结果相当淡漠，以致它在我们眼里能保存它的客观性。但是，如果我们自己决定生产规则、衡量尺度和标准，如果我们的创造冲动来自我们内心最深处，那么我们在我们自己的作品中所能找到的永远只是我们自己，是我们自己发明了我们据以判断作品的规则；我们在作品里认出来的是我们自己的历史、我们的爱情和我们的欢乐；即使我们只是看着我们的作品，再也不去碰它，我们也永远不能从它那里收到这份欢乐和这个爱情：是我们自己把欢乐和爱情放在作品里面；我们在画布上或者在纸上取得的效果对我们来说永远不会是客观的；我们太了解（取得它们的）方式了，而它们不过是这些方式产生的效果而已。这些方式始终是一种主观想出来的东西；它们便是我们自己，是我们的灵感，甚至当我们试图去感觉我们的作品的时候，我们仍在创造它，我们仍在心里重温产生这个作品的各项操作，而作品的每一方面对我们来说都好像是一个结果。因此,在感觉过程中,对象居于本质性地位而主体是非本质性的;主体在创造中寻求并且得到本质性,不过这一来对象却变成非本质的了。

……

因此,作家为诉诸读者的自由而写作,他只有得到这个自由才能使他的作品存在。但是他不能局限于此,他还要求读者们把他给予他们的信任再归还给他,要求他们承认他的创造自由,要求他们通过一项对称的、方向相反的召唤来吁请他的自由。这里确实出现了阅读过程中的另一个辩证矛盾:我们越是感到我们自己的自由,我们就越承认别人的自由;别人要求于我们的越多,我们要求于他们的就越多。

……奴役果然来到了;他作为人对之满怀喜悦,但是作为作家他忍受不了。正是这个时候,另一些人——幸亏他们是大多数——才懂得写作的自由包含着公民的自由,人们不能为奴隶写作。散文艺术与民主制度休戚相关,只有在民主制度下散文才保有一个意义。当一方受到威胁的时候,另一方也不能幸免。用笔杆子来保卫它们还不够,有朝一日笔杆子被迫搁置,那个时候作家就有必要拿起武器。因此,不管你是以什么方式来到文学界的,不管你曾经宣扬过什么观点,文学把你投入战斗;写作,这是某种要求自由的方式;一旦你开始写作,不管你愿意不愿意,你已经介入了。

介入什么?人们会问。保卫自由,这么说未免太匆促。作家是否守卫理想价值,如班达的圣职人员在叛变以前所做的那样,或者需要在政治和社会斗争中明确表态,从而保护具体的、日常生活中的自由?这个问题与另一个问题相连。后者表面上很简单,但是人们却从未对自己提出过:"人们为谁写作?"

名言名段

· 无论如何,世界是丑恶的,没有希望,这是一个即将死去的老人不会妨碍别人的失望……但是,我还要行动,我将在希望中死去。

· 我的用意是要通过这出荒诞的戏(《禁闭》)表明:我们争取自由是多么重要,也就是说,我们改变自己的行为是极其重要的。不管我们所生活的地狱是如何地禁锢着我们,我想我们有权力砸碎它。

作者	文体	推荐理由
波伏娃	议论文	有史以来讨论妇女问题最健全、最理智、最充满智慧的文章。

一部俯瞰女性世界的百科全书
——《女性解放的道路》

作者生平

波伏娃,法国20世纪著名女作家,杰出的存在主义的女权主义者。1908年生于巴黎。波伏娃六岁进教会学校。后来,波伏娃进入大学学习哲学,获学士学位。1929年,波伏娃通过了哲学教师的就业考试,然后在中学任教。1943年,波伏娃发表了著名小说《女宾》,跻身于法国著名作家的行列。1945年,波伏娃开始了职业作家的生涯。1945年,波伏娃发表了以反法西斯为主题的小说《他人的血》。波伏娃的主要作品还有:《人总是要死的》、《大人先生们》等,其中后者还荣获了法国的龚古尔奖金。二战后,波伏娃把精力放在妇女研究上,并于1949年发表了论文集《第二性》。波伏娃晚年有4部自传体回忆录:《一个安分守己的姑娘的回忆录》、《年富力强》、《势所必然》和《归根到底》等。1986年,波伏娃去世。

名文欣赏

女人决不是神秘命运的牺牲品;那些把她特别认定为女人的特质,其重要性来自于置

"布鲁斯皇后"贝茜·史密斯。在20世纪初那个忧伤的年代,贝茜·史密斯为了她的音乐付出了很大努力。她是妇女的榜样。

于它们的含义。将来若是用新的角度去对待它们,它们就可能被克服掉。所以,如我们所见,虽然女人通过性体验感受到(并且常常讨厌)男性的支配,但决不能依此断定,她的卵巢判处她永远跪着生活。只有在完全想肯定男性主权地位的制度中,男性的攻击性才仿佛是贵族特权;女人之所以在性行为中觉得自己非常被动,仅仅是因为她已经对自己产生了这样的想法。许多要求有人的尊严的现代女人,仍然在以传统的奴性为立足点去展望她们的性爱生活。

既然认为躺在男人下面,让他插入使她们蒙受耻辱,她们就会变得紧张因而变得性冷淡。但是,假如现实情况不一样,那么在性爱姿态和姿势中所表现出来的象征性意义也将会不同。

比如,一个付给情人报酬并对他进行支配的女人,就可以为她的超等懒惰感到自豪,就可以认为她在奴役积极卖力的男性。现在有许多过着正常性生活的夫妇,他们的胜败观念正在为交换观念所取代。

实际上,和女人一样,男人也是肉体,因而他也是被动的,也是他的荷尔蒙以及物种的玩物,也是被欲望弄得坐卧不安的猎物。和他一样,在肉欲的高度兴奋当中,她也是一个自动同意的人、自愿奉献的人、主动的人;他们都以自己的某些方式经历了化为身体的那种陌生而又暧昧的生存。在他们认为相互对抗的那些斗争中，实际上每一方都在同自我做斗争，都在把自己所厌恶的那部分自我投射到对方当中；每一方都不是在体验他们处境的暧昧性，而是想让对方容忍那可怜的地位，把尊严留给自我。然而，如果双方都以节制的态度去接受这种暧昧性，相互都保持真正的自尊，他们就会彼此视对方为平等的人，就会和睦地去体验他们的性爱戏剧。和使人们相互区别的一切特质相比，我们都是人这个事实有着无限的重要性。

优势决不是既定存在赋予的：古人所谓的"美德"，其定义在某种程度上"取决于我们"。两性当中表演着同样的肉体与精神、有限与超越的戏剧；两性都在受着时间的侵蚀，都在等待着死亡，他们彼此对对方都有着同样的本质需要；而且他们从自身的自由当中可以得到同样的荣耀。他们如果想品尝这种味道，就不会再去想争夺靠不住的特权，于是友爱便会在他们当中实现。

有人会对我说，这完全是乌托邦的幻想，因为女人不可能"改造"，除非社会首先让她和男人真正平等。保守人士在这种情况下肯定会提到那种恶性循环；然而，历史并不是循环的。如果一个等级处在低一等的地位，它无疑是低劣的；但是自由可以打破这种循环。让黑人去参加选举，他们就会配有选举权；让女人去负起责任，她就能够肩负起这些责任。事实上，不能指望压迫者会采取不谋私利的慷慨行动；但是，有时是被压迫者的反抗，有时甚至是特权等级本身的演变，造成了新的处境；所以男人也会基于自身利益给女人以部分解放：这只是意味着女人要继续攀登，而她们正在取得的成功使她们有了这样做的勇气。几乎可以肯定，她们或迟或早总要达到经济与社会的完全平等，而这将会引起深刻的精神变化。

无论这可能会怎样，总有人反对说，这样的世界即便是可以实现的，也不是理想的。当女人和她的男性"一模一样"时，生活将会失去其精华和趣味。这个论点也同样没有什么新鲜的：那些希望永远保持现状的人，总是为奇迹般的过去即将消失而流泪，并不为年轻的未来而欢笑。完全正确，消灭奴隶贸易就是意味着布满杜鹃花和山茶花的美丽壮观的大种植园的消失，就是意味着整个高尚的南方文明的毁灭。在饱经沧桑的阁楼上，仍有着稀有古老的花边以及西斯廷（阉人）的清脆纯正的声音，而某种"女性魅力"也处在到达同样布满灰尘的陈列室的路途中。我同意，的确只有野蛮人才不会去欣赏那精致的花卉，那稀有的花边，阉人那清脆纯正的声音以及那女性的魅力。

当"迷人的女人"展示出她的全部风采时，她是一个比令兰波激动的"愚蠢的绘画、门庭饰版、风景、爱出风头者的耀眼标志、大众彩色石印版"更令人激动的客体；用最现代的手法去装饰，用最新颖的技术去变美，她那遥远的古代从底比斯、从克里特、从奇琴伊察时起就一直是这样；她也是深深树立在非洲丛林中的图腾；她是直升机，她也是小鸟；而最令人惊叹的是：在她那着色的头发下面，森林的沙沙响声变成了思想，话语从她的双乳中流出。男人向这奇妙的东西伸出了渴望的双手，但是当抓住时，它却消失了；和其他所有人一样，妻子和情妇也是用她们的嘴来说话：她们话的价值正好等于她们本人的价值，也正好等于她们乳房的价值。这样一种令人难以捉摸的奇迹——也是十分罕见的奇迹，可以为我们永远保持有害于两性的处境进行辩护吗？人们可以去欣赏花卉之美和女人之魅力，也可以对它们的真正价值做出评价；但如果这些财富要以鲜血和不幸为代价，则必须把它们牺牲掉。

名言名段

· 妇女不是生成的，而是变成的。

▼ 妇女的选举权。英国妇女为争取选举权进行了一系列的运动，最终，在1918年，30岁以上的英国妇女获得了选举权。

作者	文体	推荐理由
马丁·路德·金	散文	饱蕴力量与激情的、维护人权的不朽演讲词,与马丁·路德·金的名字一同铭刻在了人类的历史之中。

闻名世界的一次演讲
——《我有一个梦想》

作者生平

1929年1月15日,马丁·路德·金出生于美国佐治亚州的亚特兰大城一个浸礼会牧师家里。他曾就读于克罗泽神学院、宾夕法尼亚大学和哈佛大学,并在波士顿大学取得了神学博士学位。马丁·路德·金于1954年参加了有色人种协进会,开始积极投身于民权运动。1957年,马丁·路德·金为领导反对种族歧视运动,成立了南方基督教领袖会议,并任该会的主席。1962年,马丁·路德·金在佐治亚州的奥尔巴尼市领导了反对种族歧视的运动,并在祈祷大会上发表演讲。1964年11月,马丁·路德·金荣获诺贝尔和平奖。1968年4月4日,马丁·路德·金在领导田纳西州孟菲斯城的黑人运动时,被一个白人种族主义者枪杀,死时年仅39岁。

名文欣赏

我梦想有一天,这个国家将会奋起,实现其立国信条的真谛:"我们认为这些真理不言而喻:人人生而平等。"

我梦想有一天,在佐治亚州的红色山冈上,昔日奴隶的儿子能够同昔日奴隶主的儿子同席而坐,亲如手足。

我梦想有一天,甚至连密西西比州——一个非正义的和压迫人的热浪逼人的荒漠之州,也会改造成为自由和公正的青青绿洲。

我梦想有一天,我的四个小女儿将生活在一个不是以皮肤的颜色,而是以品格的优劣作为评判标准的国家里。

我今天怀有一个梦。

我梦想有一天,亚拉巴马州会有所改变——尽管该州州长现在仍滔滔不绝地说什么要对联邦法令提出异议和拒绝执行——在那里,黑人儿童能够和白人儿童兄弟姐妹般地携手并行。

我今天怀有一个梦。

我梦想有一天,深谷弥合,高山夷平,歧路化坦途,曲径成通衢,上帝的光华再现,普天下生灵共谒。

演讲中的马丁·路德·金。

这是我们的希望。这是我将带回南方去的信念。有了这个信念,我们就能从绝望之山开采出希望之石。有了这个信念,我们就能把这个国家的嘈杂刺耳的争吵声,变为充满手足之情的悦耳交响曲。有了这个信念,我们就能一同工作,一同祈祷,一同斗争,一同入狱,一同维护自由,因为我们知道,我们终有一天会获得自由。

到了这一天,上帝的所有孩子都能以新的含义高唱这首歌:

我的祖国,可爱的自由之邦,我为您歌唱。这是我祖先终老的地方,这是早期移民自豪的地方,让自由之声,响彻每一座山冈。

如果美国要成为伟大的国家,这一点必须实现。因此,让自由之声响彻新罕布什尔州的巍峨高峰!

371

1963年8月28日，几十万支持者汇集在华盛顿特区纪念碑前，聆听马丁·路德·金的演说。

让自由之声响彻纽约州的崇山峻岭！

让自由之声响彻宾夕法尼亚州的阿勒格尼高峰！

让自由之声响彻科罗拉多州冰雪皑皑的洛基山！

让自由之声响彻加利福尼亚州的婀娜群峰！

不，不仅如此；

让自由之声响彻佐治亚州的石山！

让自由之声响彻田纳西州的望山！

让自由之声响彻密西西比州的一座座山峰，一个个土丘！

让自由之声响彻每一个山冈！

当自由之声轰响之时，当每一个大村小庄，每一个州府城镇回荡着自由之声之时，这一天的到来就更加快速了。那时，上帝的所有孩子，包括黑人或是白人，犹太教徒或是非犹太教徒，耶稣教徒或是天主教徒，将能携手同唱那首古老的黑人灵歌："终于自由了！终于自由了！感谢全能的上帝，我们终于自由了！"

名言名段

·朋友们，今天我要对你们说，尽管眼下困难重重，但我依然怀有一个梦。这个梦深深植根于美国梦之中。

作者	文体	推荐理由
丘吉尔	散文	无与伦比的、最能激发民族感情的宣言。

渴望胜利的呐喊
——《热血、辛劳、汗水、眼泪》

作者生平

1874年11月30日，丘吉尔出生在英格兰牛津郡的贵族家里。丘吉尔14岁进入著名的哈罗公学。1894年，丘吉尔从军事学院毕业，被编入第四骠骑团任骑兵少尉。1895年至1900年，丘吉尔参加多次战争，获得了丰富的阅历和经验。1899年，丘吉尔以保守党候选人的身份参加竞选，开始了漫长的政治生涯。丘吉尔由于与党内人士意见不合，退出保守党，加入了自由党。1906年，自由党在大选中获胜，丘吉尔首次入阁，任殖民副大臣。一战前后，丘吉尔曾任海军大臣。1924年，丘吉尔重新加入保守党。1924年到1929年间，丘吉尔出任财政大臣。1931年，丘吉尔因与党魁的政治意见相去甚远，从而退出保守党内阁。

1940年5月10日，丘吉尔出任首相兼国防大臣。1941年8月，丘吉尔与美国总统罗斯福在纽芬兰签署了《大西洋宪章》。

1945年7月，保守党在英国大选中失败，丘吉尔因此也失去了首相职务。1946年3月5日，丘吉尔访问美国，揭开了战后"冷战时代"的序幕。1951年，丘吉尔再一次出任首相。1955年，丘吉尔辞去首相职务。1965年1月24日，丘吉尔逝世。

名文欣赏

上星期五晚上,我接受了英王陛下的委托,组织新政府。这次组阁,应包括所有的政党,既有支持上届政府的政党,也有上届政府的反对党,显而易见,这是议会和国家的希望与意愿。我已完成了此项任务中最重要的部分。战时内阁业已成立,由五位阁员组成,其中包括反对党的自由主义者,代表了举国一致的团结。

三党领袖已经同意加入战时内阁,或者担任国家高级行政职务。三军指挥机构已加以充实。由于事态发展的极端紧迫感和严重性,仅仅用一天时间完成此项任务,是完全必要的。其他许多重要职位已在昨天任命。我将在今天晚上向英王陛下呈递补充名单,并希望于明日一天完成对政府主要大臣的任命。其他一些大臣的任命,虽然通常需要更多一点的时间,但是,我相信议会再次开会时,我的这项任务将告完成,而且本届政府在各方面都将是完整无缺的。

我认为,向下院建议在今天开会是符合公众利益的。议长先生同意这个建议,并根据

▽ 丘吉尔向群众挥手致意。

下院决议所授予他的权力，采取了必要的步骤。今天议程结束时，建议下院休会到五月二十一日星期二。当然，还要附加规定，如果需要的话，可以提前复会。下周会议所要考虑的议题，将尽早通知全体议员。现在，我请求下院，根据以我的名义提出的决议案，批准已采取的各项步骤，将它记录在案，并宣布对新政府的信任。

组成一届具有这种规模和复杂性的政府，本身就是一项严肃的任务。但是大家一定要记住，我们正处在历史上一次最伟大的战争的初期阶段，我们正在挪威和荷兰的许多地方进行战斗，我们必须在地中海地区做好准备，空战仍在继续，众多的战备工作必须在国内完成。在这危急存亡之际，如果我今天没有向下院做长篇演说，我希望能够得到你们的宽恕。我还希望，因为这次政府改组而受到影响的任何朋友和同事，或者以前的同事，会对礼节上的不周之处予以充分谅解，这种礼节上的欠缺，到目前为止是在所难免的。正如我曾对参加现届政府的成员所说的那样，我要向下院说："我没什么可以奉献，有的只是热血、辛劳、眼泪和汗水。"

摆在我们面前的，是一场极为痛苦的严峻的考验。在我们面前，有许多许多漫长的斗争

▽ 丘吉尔在他最后一次竞选演讲中受到了成千上万人的欢迎。

丘吉尔象征胜利的 V 型手势。

丘吉尔与杜鲁门。在二战后，丘吉尔和杜鲁门为共同反对苏联而暂时成为"同盟"。

和苦难的岁月。你们问：我们的政策是什么？我要说，我们的政策就是用我们的全部能力，用上帝所给予我们的全部力量，在海上、陆地和空中进行战争，同一个在人类黑暗悲惨的罪恶史上所从未有过的穷凶极恶的暴政进行战争。这就是我们的政策。你们问：我们的目标是什么？我可以用一个词回答：胜利——不惜一切代价，去取得胜利。无论多么可怕，也要赢得胜利。无论道路多么遥远和艰难，也要赢得胜利。因为没有胜利，就不能生存。大家必须认识到这一点：没有胜利，就没有英帝国的存在，就没有英帝国所代表的一切，就没有促使人类朝着自己目标奋勇前进这一世代相因的强烈欲望和动力，但是当我挑起这个担子的时候我是心情愉快、满怀希望的。我深信，人们不会听任我们的事业遭受失败。此时此刻，我觉得我有权利要求大家的支持，我要说："来吧，让我们同心协力，一道向前。"

名言名段

·"如果他问我'你会同意一个拥有超国家权力的机构告诉英国不要开采更多的煤炭或生产更多的钢铁，而是去生产西红柿吗？'那么我会毫不迟疑地回答'不'。"